À PROPOS DE L'AUTRICE

Christina Dodd est auteure de romance historique, contemporaine et paranormale. Après ses études à Boise, elle a commencé à travailler en tant que dessinatrice technique dans un bureau d'études avant de débuter sa carrière littéraire après la naissance de sa première fille en 1980. Son première romance historique, *Candle in the Window* (1991) a été couronné par le prix RITA. Christina Dodd vit actuellement à Seattle avec sa famille.

Voici son site, pour davantage d'informations :
http://christinadodd.com/

Courtois chevalier... ou presque

Collection : VICTORIA

Titre original :
OUTRAGEOUS

HARPERCOLLINS FRANCE
83-85, boulevard Vincent-Auriol, 75646 PARIS CEDEX 13
Service Lectrices — Tél. : 01 45 82 47 47 - www.harlequin.fr
ISBN 978-2-2804-5261-8 — ISSN 2493-013X

Composé et édité par HarperCollins France. Achevé d'imprimer en mars 2021.
par CPI Black Print - Barcelone - Espagne
Dépôt légal : avril 2021.

FSC www.fsc.org MIXTE Papier issu de sources responsables FSC® C159065

Pour limiter l'empreinte environnementale de ses livres, HarperCollins France s'engage à n'utiliser que du papier fabriqué à partir de bois provenant de forêts gérées durablement et de manière responsable.

CHRISTINA DODD

Courtois chevalier…
ou presque

Traduit de l'anglais (États-Unis) par
Marie Pascal

Victoria

HARLEQUIN

Ce livre est dédié à mon groupe de travail, avec tous mes remerciements et tous mes vœux de réussite.

NOTE DE L'AUTRICE

À mon grand désarroi, les Anglais ont toujours eu la regrettable habitude de donner le même nom à leurs souverains, sans jamais susciter la moindre lassitude. Par exemple, il y a eu six rois George, sept Édouard, quatre Guillaume, et – ce qui nous concerne directement ici – huit rois Henri et cinq Élisabeth (deux reines régnantes et trois reines consort).

Ce roman s'intéresse à Henri VII et à son épouse Élisabeth d'York, les parents du tristement célèbre Henri VIII et grands-parents de la fascinante Élisabeth I. Ensemble, ils fondèrent la dynastie des Tudors qui apporta la stabilité en Angleterre. Mais avant cela, ils connurent une jeunesse mouvementée, entre guerre, assassinat, adultère et haute trahison. L'adultère et la trahison servent de toile de fond à ce récit librement adapté de l'histoire d'Henri VII et d'Élisabeth d'York.

Prologue

22 août 1485
Bataille de Bosworth Field

La mort frôla Griffith ap Powel[1] en sifflant à ses oreilles alors qu'il esquivait l'épée ensanglantée du chevalier. Poussant son cri de guerre, Griffith fit exécuter un demi-tour à son destrier et tournoyer sa hache de combat dans les airs.

Le chevalier tomba, mais Griffith n'eut pas le temps de le regarder. Un autre chevalier prit la place de celui-ci, puis un autre, puis un autre encore. Aucun de ces frêles Anglais ne pouvait rivaliser avec la force et la puissance d'un Gallois. Pourtant les soldats de l'armée royale de Richard essayaient, et avec acharnement. Griffith éperonna sa monture. Les sabots de l'animal épuisé s'enfoncèrent dans les marécages, soulevant une odeur fétide de mort et de décomposition. Puis l'étalon gagna un terrain plus ferme et, dans un vacarme étourdissant

1. Onomastique typiquement galloise signifiant « Griffith fils de Powel ». « Ap » est l'équivalent du « Mac » ou « Mc » écossais. (NDLT)

d'acier entrechoqué, Griffith affronta le corps principal de l'armée de Richard.

À l'aide de sa masse et de sa hache, Griffith se fraya un passage parmi la succession ininterrompue de chevaliers. Les grognements et les hurlements grondaient à ses oreilles. La sueur coulait dans sa bouche. Elle avait un goût de sel et de métal. Il fut touché à la lèvre, mais il repoussa son assaillant d'un geste impatient. Sa chair était transpercée de milliers de petites coupures qui saignaient et détrempaient la jaque qu'il portait sous son armure, mais il n'en avait que faire.

Il fallait qu'il parvienne jusqu'à Henri.

Les nappes de brume matinale flottaient autour de Griffith. Les orifices de son heaume altéraient sa vision, mais sur la colline qui lui faisait face il aperçut la bannière portant la rose rouge sang des Lancastres. C'était là qu'il trouverait Henri Tudor, le dernier espoir de la maison de Lancastre.

L'homme qui serait roi d'Angleterre.

Griffith se battait sur les marges de la bataille, causant des dommages partout où il le pouvait, mais sans jamais perdre de vue son objectif. Il s'approchait de plus en plus, jusqu'à ce que la violence de son assaut effraie les gardes du corps d'Henri.

— Messire, il faut qu'ils viennent *maintenant* ! cria-t-il en gallois.

Dans la langue de sa jeunesse, Henri hurla à son tour :

— Pensez-vous que je ne le sais pas ?

Il désigna d'abord l'un des côtés du champ de bataille, où attendait une armée, puis l'autre côté, où attendait une autre armée.

— J'ai envoyé un message à chacun des commandants,

pour leur demander qu'ils attaquent comme ils l'avaient promis. Ils n'ont pas bougé.

— Les scélérats !

Griffith retira son heaume et but avec avidité l'eau proposée par l'écuyer d'Henri.

— Ils ont juré de nous aider.

— Je parie qu'ils ont juré la même chose à Richard, répondit Henri, avant de parcourir des yeux le champ de bataille. Ils vont attendre de voir qui prend l'avantage.

Griffith eut un petit ricanement sauvage.

— Les hommes de Richard nous dépassent en nombre et ils ont réussi à nous prendre à revers, mais nous leur avons causé de gros dommages. Nous avons tué leur meilleur commandant, ce qui a causé un grand désarroi parmi les rangs. Mais regardez, messire, voyez-vous ce que je vois ? demanda-t-il en pointant le doigt vers l'autre bout du champ de bataille. Richard d'York vient vers vous.

Henri retint son souffle et regarda avec consternation la troupe qui chargeait. Ces hommes étaient nombreux, presque deux fois plus nombreux que ceux qui composaient sa garde rapprochée. C'était Richard lui-même qui les menait, car il savait très bien que si Henri était tué cela porterait un coup fatal à la cause des Lancastres. Fin tacticien et combattant aguerri, Richard aurait pu lui aussi faire un bon roi, mais il avait volé le trône à ses propres neveux. Il avait fait assassiner les deux pauvres garçons, Dieu seul savait comment, et fait jeter leurs corps dans une fosse anonyme. Même en Angleterre, où la trahison royale se pratiquait depuis des temps immémoriaux, il ne pouvait y avoir pire péché que cet acte d'impiété et d'irrespect.

Richard III avait porté la couronne pendant deux

sombres années, et les rumeurs au sujet de sa perfidie n'avaient cessé d'enfler. L'on disait qu'il avait fait empoisonner sa reine, pourtant estimée de tous, et qu'il avait couché avec Élisabeth, sa propre nièce. Étant la sœur des deux princes disparus, elle aurait apporté à Richard la légitimité à laquelle il aspirait si elle l'avait épousé.

Mais, en fait, elle était promise à Henri.

C'était l'union parfaite entre la rose rouge de la maison de Lancastre et la rose blanche de la maison d'York. Et Griffith était déterminé à tout faire pour qu'elle soit scellée.

Henri n'était pas un guerrier. Griffith n'avait pas choisi de le suivre pour ses talents militaires, mais parce qu'Henri Tudor était légitime en tant que roi. Descendant des Lancastres par sa mère, Henri était le prince gallois promis par les légendes, le descendant d'Arthur, qui unirait l'Angleterre et le pays de Galles auquel il accorderait l'autonomie qu'il méritait. Griffith se battait pour le pays de Galles, pour sa patrie, pour la promesse de temps meilleurs.

Avec le même calme que s'il était le seigneur et Henri son suivant, Griffith donna ses instructions :

— Remettez votre heaume. Faites en sorte de pouvoir dégainer votre épée facilement. Ne vous raidissez pas sur votre selle, et faites attention à garder votre bouclier bien devant vous. Ne cédez jamais à la panique quoi qu'il arrive et n'oubliez pas – il toucha l'épaule cuirassée d'Henri avec sa masse d'arme – je ne vous ai pas suivi jusqu'ici depuis le pays de Galles pour perdre.

— Cela me rassure de vous l'entendre dire.

Dans un anglais précis mais fortement teinté d'accent gallois, Griffith ordonna aux gardes du corps de former une ligne, leur demanda de charger à son commandement, plaça le porte-étendard à l'arrière puis réajusta son heaume. Se tournant de nouveau vers Henri, il ajouta :

— N'ayez crainte, messire, je donnerai ma vie pour vous protéger.

Bien conscient du danger encouru, Henri répondit :

— Il se peut que vous ayez à le faire.

Posté au bord de la colline, légèrement devant les autres chevaliers, Griffith attendait. La garde rapprochée de Richard avait plongé au cœur de la bataille. Griffith attendait. Les chevaliers qui l'entouraient le suppliaient de charger. Les hommes de Richard ralentirent lorsqu'ils entreprirent l'ascension de la colline. Griffith leva la main. Ses compagnons empoignèrent leurs armes. En baissant la main, il s'écria :

— À Henri Roy !

Les gardes du corps dévalèrent la colline tels des anges exterminateurs, profitant de la pente descendante, du vent et de l'abattement de leurs ennemis.

Mais Richard avait bien choisi ses chevaliers, et ceux-ci étaient aussi dévoués à Richard que Griffith l'était à Henri. Ils se battaient pour Richard III, ils se battaient pour qu'il conserve le trône. Griffith se démenait comme un forcené, chargeant, esquivant, semant la mort à chaque coup et la risquant à chaque parade. Les combats se succédaient, se soldant à chaque fois par la mort d'un ennemi, qu'il appartienne à un camp ou à l'autre. À force de coups, les hommes de Richard parvinrent à contenir ceux d'Henri, puis à les repousser vers le sommet de la colline, vers Henri. Griffith essaya de les arrêter, de les ralentir, mais les soldats de Richard continuaient de presser, encore et encore, et parvinrent à les submerger tant leur supériorité numérique était écrasante.

Griffith avait déjà vu la mort en face, et il sut donc la

reconnaître à ce moment-là. Mais il n'abandonna pas. Il ne le pouvait pas. Son rêve était trop puissant, son désir trop impérieux.

— À Henri Roy ! gronda-t-il de nouveau.

Mais le hurlement qui lui sembla tout proche noya son propre cri de guerre.

Le porte-étendard d'Henri était à terre. Les hommes de Richard s'étaient placés en cercle derrière Griffith, et rien ne s'interposait plus entre Richard et Henri. Il y eut un bref moment de flottement durant lequel Griffith pria pour qu'Henri se souvienne de ses instructions. Puis il entendit un bruit de tonnerre. Le sol trembla, et il se tourna, prêt à essuyer une nouvelle charge, prêt à perdre la dernière bataille de sa vie.

L'on aurait dit qu'une armée entière s'abattait sur eux. De nouveaux chevaliers, des chevaliers à l'épée immaculée de tout sang et à l'armure intacte, se lançaient dans la mêlée. Les armées qui avaient jusque-là attendu n'attendaient plus. Elles avaient vu qui perdait et qui gagnait, et elles venaient se rallier aux plus forts et écraser les plus faibles. Griffith se grandit sur sa selle et, de son regard abattu, chercha Henri. Il ne pouvait arriver jusqu'à lui à temps, il ne pouvait plus l'aider. Seul Dieu le pouvait, et Dieu semblait à mille lieues de là.

Avec lassitude il leva sa hache et son bouclier, non pas parce qu'il pensait pouvoir s'en sortir vivant mais parce que ce n'était pas dans sa nature de se rendre. Mais les chevaliers qui attaquaient l'ignorèrent, et il comprit instantanément pourquoi.

Ces troupes se battaient pour Henri. Pour une raison ou pour une autre – pour le bien du pays ou parce qu'Henri était légitime – elles attaquaient Richard et ses hommes. Et elles les massacraient.

Les chevaliers encore frais prenaient du plaisir à la tâche. Ils riaient en tuant les hommes de Richard. Ils riaient en tuant leurs chevaux.

Écœuré, Griffith songea que ce n'était ni pour le bien du pays, ni parce qu'ils croyaient en la légitimité d'Henri que ces hommes se battaient. C'était pour se venger de Richard de la plus horrible façon qui soit.

En prenant soin de rester en dehors de leur chemin, il conduisit son destrier vers Henri.

— Ils l'ont trouvé, cria ce dernier, mais sans aucun triomphe. Regardez, ils sont en train de mettre Richard à mort.

De tous ses hommes, Henri était le seul encore en vie. Les chevaliers encerclèrent le roi et se jetèrent sur lui. Il distribua les coups, superbes et furieux, et Griffith ne put s'empêcher de l'encourager en son for intérieur lorsqu'il décapita un ennemi. Mais l'exploit de Richard ne fit qu'accroître la sauvagerie de ses adversaires, qui se le renvoyaient l'un l'autre, le transperçant au passage de leurs épées, l'entaillant de leurs haches, le fracassant de leurs masses.

Dans une ultime tentative pour se libérer – ou peut-être dans le seul but de mourir honorablement –, Richard cabra son cheval. La bête hennit en projetant ses sabots en avant et fit tomber deux chevaliers. L'un d'eux leva son épée et le noble animal s'effondra, le poitrail blanc barré d'un trait rouge écarlate.

Richard chuta dans un fracas de métal, et les chevaliers s'approchèrent. Son plastron et son heaume furent jetés au loin, puis il plut du sang.

La bonne terre anglaise but les torrents de sang. Le sang des fantassins. Le sang des chevaliers. Et le sang royal de Richard III.

Henri Tudor contempla le carnage, l'air horrifié. Se tournant vers Griffith, il prononça le serment par lequel il régnerait sur l'Angleterre.

— Si c'est ainsi que les Anglais traitent leurs rois déchus, alors je jure sur les clous de la sainte Croix que ni rien ni personne ne m'écartera du trône.

Chapitre 1

Château de Wenthaven
Shropshire, Angleterre, 1487

Le bruit des épées entrechoquées résonnait dans la grande galerie du coquet donjon, et Griffith ap Powel grimaça de dégoût.

— Un duel ? demanda-t-il à son hôte. Vous m'avez amené ici pour assister à un duel ?

Les cheveux argentés et le crâne légèrement dégarni, les traits aristocratiques, le comte de Wenthaven, qui partout où il allait était suivi par une meute d'épagneuls roux qui jappaient et batifolaient joyeusement, était l'incarnation même de l'hospitalité et du savoir-vivre raffiné.

— Je ne fais qu'accéder à votre requête.

Les éclats de rire et les exclamations surjouées heurtèrent les oreilles de Griffith alors qu'ils se frayaient un passage dans la rangée externe des spectateurs.

— Il n'y a aucun respect pour les guerriers dans ce pays, dit Griffith. Au pays de Galles, nous nous affrontons au combat, jusqu'à ce que mort s'ensuive, avec un espadon à la main et un ennemi face à nous. Ce que vous appelez duel n'existe pas.

D'un geste de la main élégant bien que sans équivoque, Wenthaven montra ce qu'il pensait du pays de Galles et de ses coutumes.

— C'est une pratique française, en réalité, mais de nombreux jeunes gens vivent sous mon toit, et ils se battent sous n'importe quel prétexte. Ils se battent pour le pur et simple plaisir de se battre, donc je les encourage à pratiquer le duel. Leurs épées sont légères et peu coupantes, et leurs velléités belliqueuses sont canalisées par un entraînement approprié. En outre, si vous souhaitez parler à Lady Marian, l'ancienne demoiselle de compagnie de notre reine sans couronne, alors votre présence ici est nécessaire.

Griffith, qui détestait déjà la basse mission qui lui avait été confiée, rétorqua :

— Cette Lady Marian se plaît-elle à admirer de jeunes idiots se découper en morceaux ?

Wenthaven accueillit les propos aigres de Griffith avec un sourire moqueur.

— Si vous regardiez d'un peu plus près, vous verriez le rôle joué par Lady Marian dans cette affaire.

Griffith était suffisamment grand pour ne pas être gêné par les deux rangées de bruyants spectateurs. Deux silhouettes évoluaient avec adresse sur le sol en pierre polie, leurs pauvres épées à la main. Les deux adversaires étaient extraordinairement doués, une ode à la jeunesse des corps et de l'esprit.

Puis il frotta ses yeux, frappé d'incrédulité.

— L'un des duellistes est une femme. Et cette femme manie l'épée.

Telle une flamme dansant au sommet d'une fine chandelle blanche, ses cheveux roux jaillissaient hors de sa coiffe au-dessus de son blanc visage. Ses yeux verts lançaient des éclairs. Son sourire de défi laissait apparaître des dents étincelantes. Le bas de sa robe en soie couleur crème reposait sur son bras, dévoilant partiellement des chevilles fines et des mollets galbés. Son pas léger détourna l'attention de Griffith de l'épée qu'elle tenait dans son autre main.

Doux saint Dewi, comme elle était grande ! Elle regardait le bel homme robuste qui lui faisait face droit dans les yeux, et avec une effronterie incroyable.

Griffith n'aimait pas les effrontées.

Entonnant un petit air discordant, elle ridiculisa son adversaire d'un rapide coup d'épée. Elle le ridiculisa de tout son amusement et de toute sa hauteur.

L'homme avait pourtant jusque-là fait preuve d'un talent et d'une agilité qui auraient forcé la plupart de ses adversaires à battre en retraite. Mais il haletait et, alors que la sueur baignait son front et ruisselait dans ses yeux, il semblait incapable de reprendre son souffle. Il se fendit alors d'un violent coup d'épée qui n'avait pas sa place dans un affrontement amical.

Il était en train de perdre.

À côté de Griffith, Wenthaven dit :

— Elle est douée, n'est-ce pas ? C'est moi qui lui ai tout appris.

Sans pouvoir détourner son regard de cette beauté trop grande et trop effrontée, Griffith dit :

— Vous êtes fou. Pourquoi un homme apprendrait-il à une femme à se battre à l'épée ?

Wenthaven ricana.

— Une femme comme elle doit avoir un moyen de se prémunir contre les… – comment dire ? – les attentions indésirables.

Les épées s'entrechoquèrent et, lorsque les lames

entrèrent en contact, une pluie d'étincelles bleues se mit à jaillir.

— Une femme comme elle ?

— Oui.

Ménageant ses effets, Wenthaven annonça alors :

— Vous avez devant vous Lady Marian Wenthaven.

Griffith se tourna vers Wenthaven, et manqua par la même occasion le coup de grâce. Mais la clameur de la foule attira de nouveau son attention sur Marian. Elle poussa un cri triomphal alors que l'épée de son adversaire s'envolait dans les airs. Auréolée de victoire, elle leva les poings et Griffith plissa les yeux d'un air réprobateur.

— La flamboyance sied mal aux femmes. Elle leur sied même très mal.

Il regrettait seulement que son corps ne semble pas comprendre ce que son esprit avait l'air de penser.

Wenthaven fit claquer sa langue.

— Je ne pense pas qu'Adrian Harbottle ait jamais eu la moindre chance contre elle. Il n'est rien qu'un vulgaire chevalier sans terre, presque un vilain.

Griffith observa l'homme que Wenthaven semblait tenir en si piètre estime. Avec sa magnifique chevelure dorée, ses dents blanches et parfaitement alignées et sa silhouette athlétique, il ressemblait à tout sauf à un vilain. Il était même beau à en faire mal. Et il rappelait quelque chose à Griffith. Quelque chose de familier. Quelque chose de rassurant.

Ah oui, Harbottle ressemblait aux enluminures représentant les anges dans le livre d'heures de sa mère.

Mais Griffith était prêt à parier que Harbottle n'était pas un ange. Son torse puissant se soulevait toujours au rythme de sa respiration saccadée et il fixait Marian avec rage, les poings serrés. Tout chez lui transpirait la malveillance.

— Quelle stupidité de sa part d'imaginer qu'il pouvait rivaliser avec elle…, insista Wenthaven.

Harbottle bondit alors vers l'épée de Marian, s'en empara et la pointa vers elle. Les réflexes protecteurs de Griffith le jetèrent dans la mêlée avant qu'il puisse réfléchir aux conséquences de son geste. Il bondit directement sur Harbottle. Les femmes hurlèrent, les hommes grognèrent, alors que Griffith plaquait Harbottle au sol, dans un fracas assourdissant d'os, de muscles et de tendons froissés. Griffith roula à terre, loin de Harbottle, et se releva alors que l'épée rebondissait sur le sol en pierre.

Avant qu'il puisse s'en saisir, une autre main l'empoigna. Et cette autre main – fine et féminine – pointa l'épée sur la gorge de Harbottle, puis, de sa voix de contralto, Marian déclara :

— Lâche et fourbe, lève-toi et viens recevoir ton châtiment pour cette perfidie.

Harbottle s'agenouilla. Une grimace haineuse tordait son visage angélique et son haleine était brûlante.

— Chienne, fais au moins preuve de compassion. Tu n'es même pas digne d'être une femme.

Elle appuya la pointe de son épée luisante contre la gorge du scélérat.

— Lève-toi, dis-je, et ose regarder en face cette lady que tu viens d'insulter.

Elle s'était montrée superbe dans le triomphe, et à présent, elle portait la colère comme un habit de reine. Griffith approcha. Si la flamboyance seyait mal aux femmes, pourquoi était-il irrésistiblement attiré par le feu dont elle brûlait ?

Harbottle se leva en chancelant et jeta un regard à Griffith.

— Vous vous cachez derrière votre dernier amant en date.

Sans daigner accorder le moindre regard à Griffith, Marian lui fit signe de reculer.

— Je n'ai besoin de l'aide d'aucun homme pour vous tuer, Harbottle.

Puis elle arma son bras.

Harbottle écarquilla les yeux. Leur blanc vira au rouge, et sa façade hautaine se fendilla sous l'effet de la peur.

— Vous ne feriez pas… Vous ne pouvez pas…

— Si je vous tue, le monde sera débarrassé d'une belle vermine.

Elle prit une grande inspiration, et Griffith pensa qu'elle s'apprêtait à transpercer le cœur de Harbottle.

— Pitié, pleurnicha celui-ci.

Elle quitta son air sévère, et, de son épée, elle désigna la porte.

— Allez ramper devant le prêtre. Peut-être vous accordera-t-il le pardon. C'est le mieux que vous puissiez espérer, car cette noble assistance n'oubliera pas ce qu'elle vient de voir.

Harbottle battit en retraite à reculons, et lorsqu'il fut assez loin pour se sentir en sécurité, il cria :

— Vous n'êtes qu'une putain ! Vous avez déshonoré votre famille rien qu'en portant son nom. Votre petit bâtard est marqué par vos péchés.

Griffith se raidit sous l'effet du choc et de la surprise, mais Harbottle n'en avait pas encore terminé.

— Vous avez donné naissance à un crétin. C'est votre punition.

Elle leva son épée avec l'intention manifeste de la

lancer, et les courtisans, bouche bée, se courbèrent pour se protéger. Griffith saisit sa main avant qu'elle puisse exécuter son geste, la tourna vers lui et la plaqua à lui.

Un bâtard, songea-t-il sombrement. Elle avait donné naissance à un enfant hors des liens sacrés du mariage. Il n'était pas étonnant qu'elle ait été bannie de la cour.

Un bâtard. Un enfant non reconnu par son père. Marian, en succombant à une passion interdite, avait attiré sur elle l'infamie et l'humiliation de l'exil, et c'était ce même manque de retenue qu'elle affichait dans ces combats inutiles.

Tel un insecte à demi écrasé, Harbottle prit la fuite en boitant.

Marian se débattit, furieuse que quelqu'un ait osé s'interposer entre elle et l'odieux monstre qui avait conspué son fils. À son oreille, une voix grave et réprobatrice gronda :

— La colère est le vent qui fait vaciller et souffle la lumière de la raison, et vous en êtes la preuve vivante. Il ne faut jamais menacer de mort un homme si vous n'avez pas l'intention de mettre votre sentence à exécution. Vous venez de vous faire un ennemi mortel pour le restant de vos jours, et il ne trouvera satisfaction que lorsqu'il vous aura humiliée et vaincue.

Elle recula son visage et leva les yeux, encore et encore.

Cet homme était immense – et peu plaisant à regarder. Ses cheveux noirs, qui lui arrivaient au menton, étaient coiffés en arrière et dégageaient un visage dur qui ne faisait rien pour paraître agréable. Sa peau tannée avait été exposée à trop de soleil, à trop de batailles, et les lignes profondes que l'expérience avait tracées sur son front allaient de pair avec les cicatrices qui marquaient ses joues. Son nez fin avait été trop souvent cassé, et son menton fort était hérissé d'une barbe d'un jour. Seuls ses yeux dorés possédaient un genre de beauté, et ils la fixaient avec tant de mépris qu'elle se raidit davantage.

— Je vous remercie, mais ce que je fais ne vous regarde pas.

Il soupira avec impatience, et elle sentit que son souffle faisait bouger les mèches qui étaient retombées sur son front. Elle s'écarta et l'entendit murmurer :

— Si seulement c'était vrai.

Dans son dos, Wenthaven dit :

— Ce monstre gallois est le nouvel émissaire de la reine. Il est ici pour vous voir.

Marian se tourna brusquement vers Wenthaven.

— Pardieu, Wenthaven, pourquoi ne me l'avez-vous pas dit tout de suite ?

En écartant les mains pour prouver une innocence dont il était possible de douter, Wenthaven répondit :

— Je pensais l'avoir fait.

Avec un grognement dubitatif, Marian pencha la tête et observa Griffith, en s'arrêtant longuement sur ses vilains vêtements bruns.

— Il ressemble en effet à un monstre. Ou à une bête. Et la bête a-t-elle un nom ?

Griffith s'inclina, ce qui eut pour effet de rapprocher son visage du sien.

— Griffith ap Powel, pour vous servir.

Il avait parlé d'une voix douce, et, en entendant son nom, elle sentit le sang affluer à son visage.

— Griffith ap Powel ? Griffith ap Powel n'est pas l'émissaire de ma lady, la reine. Griffith ap Powel est au service du roi, dont il est le plus fidèle serviteur.

Griffith se redressa, un sourire satisfait aux lèvres.

— Je suis en effet au service du roi, et de ce fait à

celui de la reine également, car ils sont mariés devant Dieu et unis par des liens sacrés et indéfectibles.

En regardant autour d'elle, Marian vit que la foule qui s'était rassemblée pour admirer ses exploits à l'épée était à présent suspendue à leurs lèvres. Elle fit signe à un page d'approcher et lui tendit son arme en lui demandant de la nettoyer et de la ranger avec le plus grand soin. Ce temps lui permit de tempérer sa colère.

— Comment se porte Élisabeth d'York ? Comment va ma lady ?

— L'épouse du roi se porte bien, tout comme son fils et héritier, Arthur.

— L'héritier du royaume d'Angleterre, commenta Marian, que l'ironie de la situation faisait sourire. Et Henri Tudor est son père.

— Le *roi* Henri Tudor est son père.

Marian faillit rire de la solennité obséquieuse de Griffith, mais les années qu'elle avait passées à la cour lui avaient appris qu'il fallait respecter le pouvoir royal, si ce n'était celui de ceux qui aspiraient à le devenir. Donc elle accepta ce bras offert et acquiesça.

— Bien entendu. Le roi Henri, septième du nom, est le père de cet enfant. Le roi Henri a-t-il fait couronner son épouse à présent ?

— Pas encore.

— Le roi a peur. Peur que tout le monde dise qu'il doit son trône à sa reine.

Griffith la corrigea sans ciller.

— Il est prudent, et à juste titre.

— Le trône chancelle toujours sous son royal séant.

— Le trône, chanceler ? Non, point du tout, et seul un idiot prétendrait le contraire. Mais ces mêmes idiots qui prétendent que le trône chancelle pourraient tout aussi bien prétendre que le roi serait incapable de le conserver sans l'appui de la famille d'York.

— Vous n'êtes pas un courtisan, n'est-ce pas ? demanda Marian en souriant, car elle était plus amusée que contrariée par ces accusations d'idiotie.

— Je suis ce qu'Henri a besoin que je sois.

— Un laquais, alors, rétorqua-t-elle, tout en se demandant s'il allait répondre à l'insulte.

— En ce moment, c'est la vérité. Je ne suis qu'un vulgaire messager, chargé de servir d'intermédiaire entre deux péronnelles.

Sans lui demander son avis, il l'emmena dehors, vers le jardin luxuriant baigné du parfum des roses nouvellement écloses sur lesquelles le soleil dardait ses rayons printaniers.

— Lorsque j'aurai accompli cette mission, j'aurai le droit, en guise de récompense, d'aller rendre visite à ma famille au pays de Galles.

Le soleil de l'après-midi ne se montrait guère charitable envers Griffith, remarqua Marian. Il laissait voir que ses cheveux n'étaient pas noirs comme elle l'avait pensé, mais brun foncé. Leur implantation partait d'un point situé au milieu de son front, ce qui conférait un caractère légèrement méphistophélique à sa face allongée, puis ils se répartissaient de façon exubérante tout autour de son visage telle la crinière d'un lion, ce qui accentuait son air bestial et menaçant. La lumière soulignait la dureté de ses traits, ainsi que sa taille et sa carrure imposantes, et elle se demanda quelle folie avait pu pousser Henri à le choisir comme envoyé.

Henri cherchait-il à l'intimider ? Que soupçonnait-il ? Que savait-il ? Et avait-il fait part de ses doutes à son messager ?

Une mèche de ses cheveux roux vif retomba devant ses yeux, et elle essaya de la rabattre sous sa coiffe, sans succès.

Il la regarda avec un petit sourire cynique.

— Vous teignez-vous les cheveux ?

Les bras lui tombèrent et elle le fixa, incrédule. En vingt-deux années d'existence, c'était la première fois qu'elle rencontrait un si grossier personnage.

— Si c'était le cas, pensez-vous que j'aurais choisi cette couleur ?

Il ne sourit pas, ne se troubla pas, n'essaya pas de se rattraper. Au lieu de cela, il saisit la mèche rebelle entre ses doigts et la fit disparaître sous sa coiffe.

— Quelqu'un peut-il nous entendre ici ?

Il ne laissait rien paraître de ses sentiments, mis à part un profond mépris pour sa personne et pour la mission qui lui avait été assignée. C'était tant mieux, songea-t-elle. Pour agréables que soient le château et la luxuriante campagne qui l'entourait, le piquant de la vie à la cour lui manquait, et elle était heureuse de pouvoir se frotter à ce hautain lord gallois.

— Personne ne peut nous entendre, mais c'est sans importance. Tout le monde sait que j'ai été la première demoiselle de compagnie de Lady Élisabeth. Tout le monde sait que nous communiquons dès que nous en avons la possibilité, même si le messager est d'ordinaire un tout petit peu plus… – elle l'examina de haut en bas – fringant.

Elle tendit la main, paume vers le ciel.

— Avez-vous une lettre pour moi ?

Il sortit de sous sa ceinture un parchemin portant le sceau de la reine et le décacheta.

— Dois-je vous la lire ?

Elle la lui arracha et la glissa dans sa manche.

— Je la lirai moi-même. Y a-t-il une bourse ?

Avec davantage de lenteur, il tendit une lourde poche. Elle la soupesa et soupira de soulagement.

— Notre bonne Vierge Marie m'a exaucée.

— La reine vous envoie une bonne partie de ses maigres revenus.

— Oui, reconnut-elle, en songeant au petit enfant qui était en ce moment même en train de faire la sieste au cottage. Elle se préoccupe de mon sort.

Puis elle vit l'air outré du messager, qui ne cherchait d'ailleurs pas à le dissimuler. Elle s'assit sur un banc en pierre, pencha la tête, et sourit dédaigneusement.

— Eh bien, Griffith ap Powel, quelles pensées vous traversent-elles donc ?

— Je me demande si vous savez quelque chose que la reine souhaiterait cacher, pour ainsi plonger sans vergogne la main dans sa poche.

Sa brusquerie et sa franchise témoignaient de son irrespect vis-à-vis d'elle, et sa colère, qu'elle avait tout juste réussi à contenir, resurgit au galop. La légère brise qui soufflait depuis le lac accentua la sensation de brûlure sur ses joues, et elle le fixa d'un air noir. Puis elle repensa au secret qui n'était pas le sien, et elle baissa les yeux. De sa voix la plus monocorde possible, elle déclara :

— Le chantage ne peut avoir aucune prise sur Lady Élisabeth. Elle a toujours mené une vie exemplaire. Comment aurait-il pu en être différemment ? Ce n'est pas par hasard si son père, le roi Édouard, la chérissait. Ni si son oncle, le roi Richard III, l'a toujours traitée avec la plus haute considération.

— Le *roi* Richard ? répliqua-t-il. L'usurpateur, vous voulez dire. Richard était le frère d'Édouard. Ce sont les fils d'Édouard qui auraient dû hériter du trône, mais où sont-ils à présent ? Où sont-ils ?

En serrant la bourse entre ses doigts, elle réprima de nouveau son animosité.

— Je n'en sais rien. Mais ce que je sais c'est qu'Élisabeth était leur sœur. Elle n'a rien à voir avec leur disparition.

— C'est Richard qui les a emprisonnés dans la Tour de Londres, d'où ils ne sont jamais sortis.

Il posa le pied sur le banc à côté d'elle, appuya son bras contre son genou, et approcha son visage du sien.

— Ils ont disparu, et personne ne les a jamais revus. J'ai combattu pour Henri et j'ai prié pour qu'il puisse unir les maisons d'York et de Lancastre grâce au mariage, mais lorsque nous sommes arrivés à Londres nous avons découvert la vérité. Nous avons découvert que Lady Élisabeth vivait à la cour de Richard et lui conférait une légitimité qu'il n'aurait pas eue sans elle. Élisabeth porte en elle cette pourriture qui a rongé la maison d'York, et à présent cette pourriture a gagné la lignée des Tudors.

Sans réfléchir, elle lui lança la bourse emplie de pièces d'or au visage. Son nez craqua. Il recula en chancelant, couvrit son visage, et alors que le sang coulait entre ses doigts, elle attrapa sa chemise et l'attira à elle avec violence.

Le bruit du tissu se déchirant fut vif, mais elle parla suffisamment fort pour qu'il l'entende.

— Lady Élisabeth a tout sacrifié pour sauver ses frères. Tout. Parbleu, ne dites plus jamais du mal d'elle devant moi, ou je tirerai mon épée et vous attaquerai jusqu'à ce que mort s'ensuive.

Elle le repoussa et s'enfuit, abandonnant la bourse dans sa hâte et sa fureur. Lorsqu'elle fut sûre d'être hors de sa vue, elle souleva ses jupes pour pouvoir aller plus vite et faire de plus grands pas. Elle voulait partir loin de ce malotru, de cet imbécile, de ce lèche-bottes dévoué à la cause d'Henri.

Cela n'avait peut-être pas été très prudent de sa part de le frapper. Surtout avec cette lourde bourse. Elle avait entendu un craquement. Lui avait-elle cassé le nez ?

Mais comment avait-il osé accuser Élisabeth d'être complice de la mort de ses frères ? Marian connaissait la vérité à ce sujet. Elle était entrée au service d'Élisabeth à cinq ans, car elles avaient le même âge et étaient parentes. Depuis le début, il avait été établi très clairement qu'elle devrait servir Élisabeth de toutes les façons possibles.

À la même époque, il avait été dit très clairement à Élisabeth qu'elle devrait se sacrifier pour le bien de la dynastie. Chaque geste, chaque mot, chaque sourire étaient soupesés et ne devaient exister que s'ils étaient jugés dignes d'une princesse de la maison d'York. Élisabeth, qui avait été une enfant gentille et conciliante, avait fait de son mieux pour agir comme on le lui demandait, et si son intelligence n'était pas exceptionnelle, ce n'était pas grave, car une princesse n'avait pas besoin d'être intelligente.

Elle n'en avait pas eu besoin jusqu'à la mort de son père, le roi Édouard VII. Alors était venu le temps de la traîtrise, et Élisabeth n'avait pas été préparée comme il le fallait pour prendre part aux jeux politiques qui avaient mené le pays à la guerre. Son oncle bien-aimé plaça ses deux frères sous bonne garde à la Tour de Londres, tout en prétendant qu'il ne voulait que les protéger. Puis, sans crier gare, il proclama un édit les déclarant illégitimes, comme il déclara illégitimes tous les enfants d'Édouard.

Comme il le souhaitait, Richard fut nommé roi par le Parlement.

Marian avait soutenu sa lady pendant qu'elle avait

pleuré ses frères, sa liberté et son honneur, à présent traîné dans la boue. Elle avait aidé Élisabeth à y voir clair dans ses projets d'avenir. Quand Richard et son épouse l'avaient invitée à la cour, Marian et Élisabeth, outrées, avaient d'abord hurlé de rage, puis elles s'étaient ressaisies et avaient réfléchi. Si Élisabeth se trouvait à la cour, si elle jouait le rôle de la nièce dévouée, alors peut-être pourrait-elle découvrir ce qui était arrivé à ses frères. Peut-être pourrait-elle influencer son oncle, peut-être pourrait-elle aider ses frères à s'échapper.

Marian et Élisabeth avaient échafaudé des plans osés, essayant de parer à chaque éventualité, mais jamais elles n'auraient pu imaginer le rôle qu'elles allaient finalement être appelées à tenir au cours de ce règne voué à l'échec depuis le début. Si seulement elles avaient su…

Marian soupira. Tous ces « si seulement » la rendaient folle.

Son cottage se trouvait à proximité immédiate du mur d'enceinte entourant le château et le protégeant des assauts ennemis, et à bonne distance du donjon lui-même. C'était très bien comme cela. Elle était loin de Lord Wenthaven et des intrigues politiques auxquelles il prenait part, quand il n'en était pas l'instigateur. Là, elle et son fils étaient en sécurité.

Lionel. Était-il réveillé à présent ?

En poussant la grille du jardin, elle l'appela, puis elle rit quand le garçonnet potelé aux cheveux noirs fit le tour de la maison d'un pas encore mal assuré. Elle le prit dans ses bras, et s'exclama :

— Tu es tout sale. Est-ce que tu étais en train de jouer dans le sable ?

Il acquiesça, avec un sourire radieux, et tritura les joues de Marian de ses mains poussiéreuses.

— Tu construisais un château ?

Il hocha la tête.

— Avec des douves ?

— Oh ! ne lui parlez pas de douves, dit sa nourrice qui les avait rejoints. Il va vouloir aller chercher de l'eau au puits, et alors ce sera un cataclysme sans pareil.

La très jolie Cecily ressemblait incroyablement à la mère de Marian, qui était morte depuis longtemps. Mais la beauté n'allait hélas pas de pair chez Cecily avec le discernement, et elle s'était toujours trop facilement laissé influencer par les modes, l'opinion des gens, et surtout par les flatteries des hommes. Quels qu'ils soient.

Néanmoins, elle avait accepté de suivre Marian, pratiquement sans ciller, jusqu'à ce coin reculé du Shropshire.

— A-t-il dormi ? demanda Marian.

Cecily souffla sur les mèches de cheveux qui cachaient ses yeux.

— Il a dormi un peu, mais il a été actif pendant une grande partie de l'après-midi.

Marian le caressa, l'embrassa, et hocha la tête.

— Oui, c'est un enfant en pleine santé.

— Qui pourrait dire qu'il a pleuré durant toute sa première année ?

— Ce n'étaient que des coliques, répondit Marian tout en regardant Lionel qui s'agitait pour descendre de ses bras.

— Et c'était horrible, commenta Cecily.

Marian ne répondit pas. Il y avait beaucoup de choses qu'elle gardait secrètes, et parmi elles l'antipathie qu'elle avait tout d'abord éprouvée pour Lionel.

Elle ne voulait pas devenir mère. Les enfants ne l'intéressaient pas. Quand la sage-femme avait placé cette petite chose gluante et sanguinolente dans ses bras, elle avait d'abord eu une réaction de dégoût fort peu maternelle.

— Les bébés qui naissent avant terme sont toujours chétifs, difficiles et vilains, dit-on, déclara Cecily qui semblait prendre le silence de Marian comme un signe d'acquiescement. Il m'est arrivé de penser que Lionel ne survivrait pas à ses premiers mois.

Parfois, tard dans la nuit, quand il avait hurlé pendant des heures, il était arrivé à Marian de ne pas être certaine de vouloir qu'il survive à ses premiers mois. Assaillie par un sentiment de culpabilité rétrospectif, elle crispa ses épaules, avant de suivre Lionel jusqu'au tas de sable que quelqu'un était allé chercher pour lui au bord de la rivière.

Tout en marchant, Cecily continua :

— Mais pour vous, ma lady, j'aurais fait n'importe quoi.

Le remords éprouvé par Marian l'avait conduite à s'occuper de plus en plus souvent de Lionel, et puis un jour… il lui avait souri.

Elle n'avait jamais eu la moindre raison de croire en l'amour. Elle n'avait jamais cru en le moindre moment d'enchantement. Mais ce premier sourire édenté de la part du bébé qu'elle tenait dans les bras l'avait changée. Ensuite, chaque sourire, chaque maladie, chaque petite conquête de l'enfance l'avait davantage liée à lui. À présent, il remuait sa tête brune tout en grattant le sable avec elle, et elle exultait, submergée par la puissance de la dévotion qu'elle éprouvait. Elle aurait donné sa vie pour lui, non pas par devoir ni par loyauté, mais par amour.

Cecily soupira aussi fort que Lionel quand il voulait attirer l'attention.

— Je regrette de ne pas avoir pu être à vos côtés pour vous aider durant la naissance.

Marian lui adressa un regard incrédule.

— Toi ? Tu t'évanouis à la moindre goutte de sang.

— Je sais, acquiesça Cecily, mais je suis sûre que mes instincts maternels auraient pris le dessus.

Marian en doutait, mais elle ne dit rien.

— Vous avez dû accompagner Lady Élisabeth en exil, bien entendu. Elle pouvait difficilement rester à la cour avec toutes ces rumeurs, poursuivit Cecily, en roulant de grands yeux candides. À propos de son mariage avec le roi, son oncle, je veux dire.

Tout en palpant la page déchirée cachée dans sa manche, Marian répondit :

— J'avais bien compris ce que tu voulais dire.

— Je suis toujours surprise que vous ayez voulu m'écarter. Devoir faire face à un tel déshonneur, seule, sans le soutien de votre chère cousine.

Cecily renifla légèrement.

— Après tout, j'étais la femme de chambre de votre lady.

— Cecily, dit Marian en la regardant bien en face. Avec qui as-tu parlé ?

Cecily prit un air coupable et marqua un temps d'hésitation.

— Pourquoi voudriez-vous que j'aie parlé avec quelqu'un ?

— Parce que tu sais aussi bien que moi que pour rien au monde tu n'aurais voulu assister à la naissance de Lionel. L'une de tes connaissances attendrait-elle un enfant ?

— N… Non, bredouilla Cecily, alors que son visage exprimait tout à la fois la confusion, le désarroi et la gêne.

Marian, qui avait toujours eu de la suite dans les idées, poursuivit :

— Si tu as dit à quelqu'un que tu m'as aidée à mettre au monde Lionel et si tu as promis d'aider cette personne à son tour, tu ferais mieux d'avouer tout de suite que tu as menti.

Cecily fit la même grimace que si elle avait croqué dans un citron.

— Je n'ai menti à personne. Mais cela n'a pas été facile d'essayer d'expliquer pourquoi vous m'aviez laissée à la cour pour aller accoucher ailleurs sans moi. Les… autres femmes de chambre ont laissé entendre que vous ne me faisiez pas confiance.

— Ne pas te faire confiance, moi ?

Comprenant à présent, Marian prit la pauvre Cecily dans ses bras.

— Bien sûr que si, je te fais confiance.

Marian compensa ce demi-mensonge par une chaleureuse étreinte.

— Si les autres femmes de chambre se moquent de toi, dis-leur la vérité. Que c'est par égard pour toi que je t'ai laissée à la cour. Que je voulais que tu trouves un mari, que tu fondes un foyer, avant que quelqu'un découvre mon secret. Je ne voulais pas que tu sois perdue en même temps que moi… Ce qui s'est pourtant produit, malheureusement.

— Mais non, murmura Cecily.

— Si. Et tu n'as jamais formulé le moindre reproche à mon endroit. Mais ne me prends pas pour une ingrate : j'ai tout à fait conscience du sacrifice auquel tu as consenti pour moi.

Cecily se dégagea.

— Je n'ai jamais pensé que vous étiez une ingrate.

Vous avez toujours été bonne pour moi. Vous m'appelez cousine…

— C'est parce que tu *es* ma cousine.

— Une cousine bâtarde…

Se rendant compte, peut-être, de son faux pas, Cecily regarda en direction de Lionel et murmura :

— Ce n'est pas que ce soit un problème, ce n'est pas ce que je voulais dire. Mais je ne suis pas comme vous. Je ne sais pas écrire, et encore moins manier l'épée.

Marian sourit et s'agenouilla à côté de l'enfant extatique pour gratter le sable avec lui.

— Pour certains hommes, c'est un avantage que tu as sur moi.

— Les hommes parlent, et je les écoute. Certains vous trouvent époustouflante.

— Et d'autres non, répondit Marian, en repensant au regard sombre et méprisant du Gallois, puis au sang qu'elle avait fait couler pour lui apprendre le respect.

Sir Griffith possédait un charme âpre, comme celui d'une montagne vierge et sauvage, cachant des mystères dans les recoins de ses vallons escarpés, et elle regrettait de l'avoir frappé.

Mais il l'avait mérité et, par ailleurs, à cause de lui – que le diable l'emporte – elle avait abandonné sa bourse.

Elle allait devoir aller le supplier de la lui rendre. Et il la ferait le supplier à genoux, à coup sûr. Marian frémit. Il lui fallait cet argent, mais elle ne voulait plus revoir ce grand homme sombre. Elle ne voulait pas l'entendre lui signifier sa désapprobation de sa voix de velours. Elle ne voulait vraiment pas s'excuser et elle allait devoir le faire. Il y avait peut-être un autre moyen. Peut-être… Elle plissa les yeux. Oui, elle trouverait un autre moyen.

— Cet homme, aujourd'hui, vous trouvait époustouflante.

Marian, qui pensait toujours à Griffith, fronça les sourcils.

— Oh non, pas du tout.

— Mais si. Sinon pourquoi se serait-il battu contre vous ? Il voulait gagner ce duel pour remporter le droit de partager votre lit.

— Comment ?

Après un moment de confusion, Marian comprit que Cecily faisait référence à cet abruti de Harbottle, et elle chassa son souvenir d'un geste méprisant de la main.

— Lui... Ce n'est qu'un moins-que-rien qui m'a prise pour une proie facile. Je l'ai détrompé.

— Je lui ai parlé. Il est prêt à vous épouser.

La suggestion de sa cousine, formulée sur un ton appelant la gratitude, la mit hors d'elle, et ce fut au prix d'un grand effort qu'elle parvint à se maîtriser.

— Évidemment ! Quoi de mieux pour s'élever tout en me rabaissant ? Non, je te remercie.

— Si vous ne vous mariez pas, vous n'aurez jamais d'enfant légitime.

Marian se leva d'un bond.

— Je suis donc destinée à avoir un autre bâtard, c'est bien cela que tu veux dire ?

— Non ! se défendit Cecily, l'air prise en faute. Non, je...

— Il y a peut-être profusion de bâtards en Angleterre, et certains d'entre eux connaîtront peut-être la gloire et la richesse. Mais leurs pères les reconnaissent, car ils sont la preuve de leur virilité, de la vitalité de leur noble lignée.

Marian regarda d'un air sévère sa cousine, qui pencha la tête.

— Lionel n'a pas de père pour le reconnaître. Lionel n'a que moi, et je le protégerai, et que personne n'ose jamais…

Elle s'arrêta car on tirait sur ses jupes. Lionel se redressa en s'accrochant au tissu, et la regarda de ses grands yeux bruns éplorés. Alors toute son animosité disparut. Elle s'agenouilla, passa ses bras autour de l'enfant, et lorsqu'elle fut capable de parler calmement, elle demanda :

— Est-ce que tu veux que je t'aide à construire une route ?

Il hocha la tête, avant de regarder Cecily.

Toujours en colère contre sa domestique, mais encore plus en colère de s'être emportée, Marian dit :

— Cecily peut aller couper le pain pour notre souper. Est-ce que tu voudrais du miel, également, mon joli ?

Il hocha de nouveau la tête, mais Cecily joignit les deux mains dans un geste de supplication.

— Oh ! Lady Marian, j'avais espéré pouvoir passer la soirée au manoir. Et j'aurais aussi aimé passer la nuit là-bas. Si vous n'avez pas besoin de moi, bien sûr.

— Oh ! Cecily.

Marian avait le cœur serré de voir sa servante courir si allègrement à sa perte, et elle ne put s'empêcher de demander :

— Qui fréquentes-tu donc ?

Cecily lui adressa un sourire fier et radieux.

— Un homme contre lequel vous ne trouveriez rien à redire. Il est intelligent et admirable.

— Alors, vas-y, bien sûr.

Comme Cecily partait déjà, Marian ajouta sur un ton solennel :

— Mais prends garde, Cecily, sinon tu auras vite fait de te retrouver toi aussi avec un bébé sans père.

Chapitre 2

— Elle vous en a collé une bonne, pour sûr, dit Art tout en posant un linge frais et humide sur le nez de Griffith. J'aimerais faire la connaissance de cette lady.

— Je suis sûr que tu ne le regretterais pas.

Griffith écarta Art d'une main, puis, prudemment, il tâta l'endroit où l'os et le cartilage se rejoignaient.

— Encore cassé ! Que saint Dewi ait pitié de moi, il est encore cassé !

Art acquiesça.

— Oui, elle vous l'a cassé. Continuez comme ça et vous aurez un aussi beau visage que le mien.

Le gonflement exerçait une pression désagréable autour de ses yeux, mais Griffith observa son domestique tavelé, édenté et borgne. En émettant un grognement, il replaça le linge sur son visage et regretta de ne pas avoir tordu le joli cou de Marian. Mais, plus encore, il regretta d'avoir dit du mal de sa lady.

Marian s'était montrée loyale envers Élisabeth. Si Griffith n'avait pas été cet homme toujours maître de lui-même, il aurait pu céder à l'envie de répondre physiquement à sa provocation. Mais elle était loyale, au point de se mettre en danger pour défendre sa dame, et c'était quelque chose que Griffith respectait.

— Ce n'est pas comme si vous aviez un visage à se faire pâmer une femme, de toute façon. Pas de bonheur, en tout cas, gloussa Art, jusqu'à ce qu'il s'étrangle. Votre nez était trop fort avant même d'être cassé. Vos cheveux sont tellement en bataille qu'on croirait un animal sauvage. Vous avez le menton des Powel – trop carré – et les yeux de votre bienheureuse mère – trop jaunes. Je ne comprendrai jamais pourquoi vous avez tant de succès avec les femmes. Mais vous ne m'avez pas raconté ce qui s'est passé avec la dame en question… Comment s'appelle-t-elle pour commencer ?

— Lady Marian Wenthaven. C'est une parente du comte.

— Vous ne m'avez pas raconté ce qui s'est passé avec Lady Marian, répéta Art. Mais je pense savoir. Je pense savoir !

— Savoir quoi ?

— La vieille et grosse Lady Marian a voulu vous mettre le grappin dessus, dit Art qui mimait la scène avec beaucoup de conviction. Vous l'avez repoussée. Et cette vilaine sorcière vous a collé son poing vigoureux et potelé dans la figure.

Interrompant Art dans son imitation, Griffith dit :

— Elle n'est ni grosse, ni vieille, ni vilaine.

Art se redressa et son regard s'aiguisa.

— Oh ?

Griffith, qui venait de s'allonger, tapota le matelas en plume et arrangea les oreillers derrière son dos. Cette activité lui permit de gagner du temps.

Il savait ce qu'Art était en train de faire. Son domestique bien-aimé avait, pour une raison qui lui échappait, décidé que Griffith devait se remarier, et il étudiait chaque opportunité avec le plus grand soin. En ce moment même, il cherchait des informations, et si Griffith lui avouait que Marian était séduisante, Art ne le laisserait pas tranquille une seconde. Pire encore, si Griffith lui disait qu'elle n'était pas séduisante et qu'Art la voyait, il découvrirait que Griffith lui avait menti et imaginerait la pire des explications. Ainsi, Griffith n'osait pas formuler le moindre commentaire au sujet de l'apparence de Marian.

— Elle est jeune, se contenta-t-il de dire, passant sous silence la silhouette élancée et le visage souriant qui l'avaient charmé.

— Jeune comment ? demanda Art, qui semblait fort curieux d'en savoir plus.

Jeune au point de se croire tout permis, songea Griffith en repensant à ses yeux moqueurs, à sa bouche méprisante, relevée en ses deux coins, et aux deux adorables fossettes que ce sourire dessinait sur ses joues.

— Vingt ans ? Vingt-cinq, peut-être ?

— L'âge parfait pour vous, qui en avez vingt-huit ! s'exclama Art avec enthousiasme. De quelle couleur sont ses cheveux ?

— Roux.

— Des cheveux roux ? demanda Art, l'air dubitatif. Les Anglaises n'ont pas les cheveux roux. Elle doit se les teindre dans cet abominable rouge criard qu'on voit tant.

Griffith fronça les sourcils pour faire comme s'il réfléchissait. Mais il se souvenait. Il ne se souvenait même que trop bien.

— Leur couleur est naturelle.

— Ils sont cuivrés, alors ?

— Rouges, corrigea Griffith d'une voix ferme. Mais je suis sûr que cela plaît à certains hommes.

— Rouge flamme, alors, dit Art d'un air satisfait.

— Une flamme ardente, murmura Griffith.

Art ramassa l'arme de Marian – la bourse – qui se trouvait au sol.

— De quelle couleur sont ses yeux ?

— Verts.

— Voilà ! jubila Art. Quand un homme connaît la couleur des yeux d'une femme, c'est qu'il est amoureux.

— Comment ? grogna Griffith, en retirant le linge de son visage.

— Quand un homme…

Griffith se leva du lit et fit un pas vers Art.

— Je t'ai entendu ! Espèce d'idiot, si tu veux tout savoir, je l'ai trouvée insupportable. Elle est prétentieuse, malpolie, violente, frivole…

— Elle a l'air parfaite pour vous, dit Art, tout en reculant prudemment.

— Ce n'est pas mon type de femme.

Griffith prit une grande inspiration pour tenter de calmer son indignation. Tout en regardant son domestique hilare droit dans les yeux, il expliqua :

— Tu sais que j'aime les femmes d'intérieur, douées pour les travaux d'aiguille, heureuses de rester à la maison. Je n'aime pas les femmes qui baladent leurs yeux partout sans vergogne, qui se battent comme des hommes, les femmes dont les cheveux roux trahissent la nature impétueuse. Je n'aime pas les femmes si belles que les hommes se battent pour elles et pour obtenir le privilège d'accéder à leur lit.

Art boita jusqu'à la table de chevet où il déposa la bourse.

— Vous m'avez juste dit qu'elle n'était pas vieille, ni grosse, ni laide.

— Et alors ?

— Vous ne m'avez pas dit qu'elle était belle.

— Et alors ?

Art fredonna un petit air.

— Allons-nous rester ici, alors ?

— La nuit est tombée, espèce d'idiot, répondit Griffith. Bien sûr que nous allons rester… ce soir, et jusqu'à ce que j'aie rendu cette maudite bourse à sa propriétaire. Mais pas une minute de plus. Alors ?

— Alors, rien. Vous êtes jeune et fort. Ce n'est pas à moi de vous dire ce que vous devez faire.

— Tu ne vas te mêler de rien ?

— Non, maître.

— Ah, j'aimerais bien voir ça !

L'air satisfait, Art boita de nouveau jusqu'aux sacoches de selle et aux sacs en cuir qu'ils avaient transportés depuis Londres.

— Je n'ai jamais vu un château comme celui-ci au pays de Galles. Pourquoi ne vous recouchez-vous pas ? Vous avez l'air dans tous vos états.

Griffith grommela tout en se rallongeant.

— Aurai-je jamais le dernier mot avec toi ?

Art l'ignora, et préféra montrer son mépris de Gallois envers les Anglais et leurs qualités guerrières.

— À la place des catapultes et des armes, les parterres situés à l'intérieur des murs sont couverts de fleurs. Chez nous, un château comme celui-ci tomberait en moins de deux semaines.

D'une voix distraite, Griffith répondit :

— Wenthaven se sent peut-être en sécurité parce qu'il a placé son château sur une île au milieu d'un lac.

— Bah ! De même que les poulets sont enfermés dans leur enclos, les soldats restent tapis dans leurs baraquements.

— Ce ne sont pas des soldats, corrigea Griffith, mais des mercenaires. Gallois, qui plus est.

— Il est vrai que j'ai beaucoup entendu parler gallois dans les parages.

— Et tout le monde sait que les Gallois sont les meilleurs guerriers des îles Britanniques.

— Voulez-vous que j'aille parler avec eux, l'air de rien, pour essayer de découvrir de quoi il retourne ?

Alors que Griffith hésitait, Art ouvrit les sacs et les vida sur le sol.

— Que voulez-vous que je sorte ?

— Nos affaires de voyage. Nous partons demain, direction le pays de Galles.

— C'est fort dommage de ne pas rester ici pour faire plus ample connaissance avec Lady Marian.

— Nos affaires de voyage, répéta Griffith avec emphase.

Il ne voulait plus discuter de Marian avec Art. Il ne voulait même plus penser à Marian.

Une Anglaise, songea-t-il avec dédain. Il avait découvert ce que les Anglaises entendaient par « amour » quand il s'était rendu à Londres après la victoire de Bosworth Field et qu'il avait entendu narrer les aventures d'Élisabeth d'York.

Il avait dit la vérité à Marian. Le mépris patent d'Élisabeth pour le sort de ses frères et les rumeurs au sujet de sa liaison consentie avec Richard l'avaient écœuré. Ils avaient aussi écœuré Henri, qui n'avait plus voulu d'une catin pour épouse. Mais les membres du Parlement avaient fait entendre leur voix. Henri avait dû honorer le serment par lequel il avait juré d'épouser Élisabeth.

Henri s'était incliné devant la nécessité, en répétant le vœu qu'il avait prononcé sur le champ de bataille : que rien ni personne ne l'éloignerait du trône.

Avec méfiance et réticence, il avait rencontré Élisabeth, et il était revenu de cette entrevue changé. De façon assez inexplicable, il avait épousé Élisabeth sans piper mot et avait semblé se résigner avec bonheur à son sort d'homme marié.

Élisabeth était une femme séduisante, Griffith l'admettait, mais il ne pouvait oublier la trahison qu'elle avait commise en s'alliant avec Richard, et il se demandait comment Henri avait fait pour surmonter son aversion. Peut-être avait-il été séduit par la jeunesse et par la beauté d'Élisabeth d'York. Peut-être... Griffith repensa à la taille fine de Marian et spécula sur sa poitrine dont il avait aperçu la naissance.

Peut-être, reconnut Griffith, que les charmes d'une Anglaise avaient ravi le cœur d'Henri. Mais le chagrin, la guerre et l'inquiétude avaient endurci le caractère de Griffith. Il n'avait jamais témoigné davantage d'affection à une femme, quelle qu'elle soit, qu'à ses faucons.

Et ce ne serait jamais le cas. Jamais.

— Vous me semblez bien perdu dans vos pensées, dit tout à coup Art, le ramenant à la réalité.

— Pas du tout, protesta Griffith.

— Alors ne trouvez-vous pas qu'il serait dommage de ne pas essayer de deviner quels sont les plans de Wenthaven, insista Art.

Griffith hésitait toujours. En tant que représentant du roi, c'était son rôle de découvrir ce que tramait Wenthaven. Mais ce dernier bénéficiait pour l'instant de toute la confiance du roi et devait savoir que son avenir dépendait de sa loyauté envers son souverain.

— J'enverrai un message à la cour. Si Henri veut que je revienne ici, j'obéirai.

Art soupira d'un air contrarié.

— C'est idiot de partir si rapidement. Et moi je dis que si vous voulez cette donzelle, vous feriez mieux de la prendre vite, sinon elle va vous passer sous le… – et Art remplaça sur son visage le linge devenu chaud par un morceau de tissu bien frais – nez.

— Je ne veux pas d'elle.

— Je ne vous crois pas. J'ai vu votre trouble quand vous parliez d'elle tout à l'heure.

Griffith poussa un gémissement.

— Bon sang, Art, ferme ton bec avant que je te fasse avaler ce qu'il te reste de dents.

— Oh ! je tremble de peur.

En retirant le linge de sa figure, Griffith insista :

— Je ne suis pas intéressé par les femmes qui ne savent pas dominer leurs pulsions.

Aussi peu impressionné par la sévérité de Griffith que par ses menaces, Art pencha la tête et lui adressa un regard perçant et inquisiteur.

— Et en quoi a-t-elle failli ?

— Elle était la demoiselle d'honneur favorite d'Élisabeth d'York. Marian aurait pu faire un très beau mariage, et exercer une grande influence sur le couple royal. Au lieu de cela, elle a détruit le brillant avenir auquel elle était destinée pour un petit moment dans le lit d'un grand seigneur.

— Elle n'est pas la première à commettre ce péché.

— Elle a porté un bâtard.

Griffith entendit les durs reproches dans sa propre voix et sut qu'Art ne laisserait pas passer cela.

— Ah.

En hochant la tête, Art fit le tour du lit d'un pas alerte.

— Donc son tort n'est pas la fornication, mais l'enfantement. Non pas d'avoir péché, mais de s'être fait prendre.

Le problème avec les vieux serviteurs fidèles, songea amèrement Griffith, ce n'était pas leurs pensées, mais le fait qu'ils se sentent obligés de les partager. Dans le but de décourager tout autre commentaire déplaisant et déplacé de la part d'Art, Griffith dit :

— Toute personne incapable de se maîtriser n'est pas digne d'exercer la moindre autorité sur autrui.

— On dirait un proverbe !

Art cessa de se démener et adressa à Griffith un regard lourd de sous-entendus.

— Dommage que vous ne l'ayez pas toujours suivi.

Contre cela, Griffith ne pouvait rien dire, en tout cas pas à Art qui avait fait les frais des folies de jeunesse de son maître en perdant un œil.

— J'ai assez vite retenu la leçon.

— Damoiselle Marian l'a peut-être retenue aussi, mais la preuve de son erreur n'est pas facilement dissimulable.

Le couteau du souvenir s'enfonça profondément dans le cœur de Griffith, qui se remit à saigner. La lame était un tesson de verre, une stalactite cassée, ou bien un morceau d'acier tout rouillé car le souvenir, avait-il découvert, avait la capacité de blesser et faire souffrir à jamais.

— Je le reconnais, mon garçon, dit Art en le forçant à se rallonger pour changer de nouveau le linge, c'était un coup bas, et je m'en excuse. J'essayais juste de dire que nous commettons tous des erreurs, et que vous avez jugé cette demoiselle trop sévèrement.

En se détournant, il murmura assez fort pour que Griffith entende :

— Et tout cela parce qu'elle vous a émoustillé.

En essayant de retrouver un peu de la dignité qu'il avait visiblement égarée, Griffith déclara d'une voix solennelle :

— Je suis ici pour m'occuper des affaires d'Henri, et pour rien d'autre.

Art ouvrit une poche située sur sa propre sacoche de selle, et en sortit une feuille de papier pliée, qu'il tendit à Griffith.

La lettre était cachetée par un sceau de cire rouge dont Griffith reconnut le motif. Les sourcils froncés, il prit le pli, et adressa un regard interrogateur à Art.

— Notre souverain a envoyé cette lettre – apportée en main propre par son petit secrétaire – avec l'instruction de l'ouvrir une fois que vous aurez rencontré Lady Marian.

Même s'il ne savait pas lire, Art se pencha au-dessus de Griffith pendant qu'il étudiait le contenu de la missive.

— Alors, des nouvelles intéressantes ?

Après avoir enroulé le papier sur lui-même, Griffith le tendit à Art.

— Brûle-le, puis vide nos sacs. Nous restons ici, par l'enfer !

Art se gratta derrière l'oreille, là où il lui restait quelques cheveux.

— Le roi ne dit pas pourquoi ?

— C'est tout à fait le style d'Henri. Des ordres, mais aucune explication. C'est pour cela qu'il t'a fait porter cette lettre, remise par Oliver King[1] en personne. Si

1. Oliver King (1432-1503) fut le secrétaire personnel d'Édouard IV puis d'Henri VII. Également prêtre, il fut nommé évêque d'Exeter en 1492, puis évêque de Bath et Wells en 1495. (NDLT)

Henri m'avait donné ses ordres lui-même, je lui aurais demandé la vérité.

— Malin, n'est-ce pas ? demanda Art sur un ton admiratif. Et quels sont les ordres en question ?

— Nous devons rester ici jusqu'à nouvel ordre et surveiller Lady Marian et son fils.

Art poussa le parchemin au milieu des flammes avec un tisonnier en fer.

— Pourquoi le roi se préoccupe-t-il du sort de cette damoiselle Marian et de son fils ?

Les lèvres pincées, Griffith répondit :

— Je ne sais pas. Henri ne s'en est pas ouvert à moi.

— Mais c'est bigrement étrange qu'il s'y intéresse.

Art retourna à la pile de vêtements qui menaçait de s'écrouler et la redressa tant bien que mal.

— Je ferais mieux de suspendre tout ça. Heureusement que vous m'aviez demandé de prendre toutes vos affaires pour que votre mère les nettoie. Sinon vous auriez eu du mal à trouver quelque chose de correct à vous mettre en cette belle compagnie.

— Je me demandais pourquoi Henri insistait tant pour que je rende visite à mes parents. Il devait être inquiet, dit Griffith en posant les pieds à terre. J'ai entendu des bruits au sujet d'un fâcheux contretemps en Irlande.

— Quel genre de contretemps ?

— D'après les rumeurs, le comte de Warwick serait libre de ses mouvements en Irlande.

Art poussa un soupir exaspéré, destiné à montrer sa fierté d'être un Gallois ignorant tout de l'aristocratie anglaise.

— Est-ce censé me dire quelque chose ?

— Le comte de Warwick, expliqua Griffith avec patience, est le fils de feu le duc de Clarence.

Art soupira de nouveau.

— Regarde bien.

Griffith retira trois pommes de la corbeille de fruits qui se trouvait sur la table de chevet et les posa sur la table. En prenant entre ses mains la plus grosse et la plus rose, il dit :

— Voici le roi Édouard, le père d'Élisabeth d'York.

— Il est bien gros, observa Art.

— Il l'était. Ceci – Griffith souleva une autre pomme, quelque peu ratatinée, c'est le roi Richard, l'usurpateur, battu et tué à Bosworth.

Griffith prit la dernière pomme, qui était plus petite que les autres.

— Et ceci, c'est le duc de Clarence. Ces trois hommes étaient frères, issus de la maison d'York.

— Oui, je vois un air de famille, commenta Art.

— Deux d'entre eux furent rois, et bien que Clarence ne l'ait pas été, il a eu un fils.

— Ah, fit Art dont le visage ridé venait de s'illuminer. Le comte de Warwick.

— Exactement ! Il a été le neveu de deux rois yorkistes, et il compte donc parmi les héritiers au trône d'Angleterre.

— Et maintenant il se trouve en Irlande ?

— Non, le comte de Warwick vit sous la protection d'Henri dans la Tour de Londres.

Posant la main sur son front, Art marmonna :

— Je ne comprendrai jamais tous ces rois, toutes ces filles de rois, ni tous ces neveux de rois…

— Réfléchis un peu, le pressa Griffith. Les héritiers d'Édouard ont disparu dans la Tour, et on ne les a jamais revus, car ils ont été assassinés par leur propre oncle – il reprit la pomme ridée – Richard. À présent, Henri a placé sous sa garde un autre héritier. Si tu étais un seigneur qui n'avait pas soutenu Henri lors de ses manœuvres pour accéder au trône, que penserais-tu ?

— Qu'Henri a assassiné le comte de Warwick.

— Exact. Et si tu étais un seigneur qui n'avait pas soutenu Henri lors de ses manœuvres pour accéder au trône, comment t'y prendrais-tu pour l'en chasser ?

Art laissa tomber ses bras pour signifier qu'il se sentait perdu.

— Je prétendrais avoir le comte de Warwick à mes côtés, je lèverais une armée, et j'essayerais d'attaquer l'Angleterre depuis l'Irlande, où le parti yorkiste est encore fort.

En remettant les pommes dans leur corbeille, Griffith s'exclama :

— Ah, Arthur, c'est bien toi le plus intelligent des…

Il fut interrompu par quelqu'un qui frappait, et avec Art, ils échangèrent un regard surpris. En ouvrant la porte, Art fit entrer une servante ronde et ridée, qui exécuta une révérence en souriant.

— Je m'appelle Jane. On m'a demandé de vous aider à vous installer.

Elle gloussa lorsqu'elle vit le tas de vêtements en désordre par terre et s'agenouilla aussitôt pour les ranger. Pendant qu'elle triait les chemises, les braies, les pourpoints et les disposait en piles distinctes, elle commenta :

— On dirait qu'un peu d'aide pourrait vous être utile. Je n'ai jamais compris pourquoi vous les hommes vous entêtiez à vouloir vous occuper de votre linge tout seul. Vos affaires sont dans un triste état.

Elle secoua un manteau richement brodé d'un air désapprobateur.

— Regardez-moi ça ! Il est tout noir – et elle regarda le reste des affaires –, tout comme la plupart de vos vêtements. Ils méritent mieux que d'être jetés dans un sac et trimbalés par monts et par vaux. Je vais m'occuper de votre manteau tout de suite, et vous pourrez le porter dès demain, sir.

Elle prit le silence de Griffith pour un acquiescement, mais alors qu'il s'apprêtait à parler, Art posa une main sur son bras pour l'en dissuader, et Griffith obéit. Art savait y faire avec les femmes, toutes les femmes. Il s'avança et s'inclina, tout en déclarant sur un ton enjoué :

— Je m'appelle Art, et je vous serai éternellement reconnaissant de l'aide que vous voudrez bien nous apporter.

Visiblement versée dans l'art de la bagatelle, Jane pouffa en rosissant.

— Heureuse de faire votre connaissance, Art.

— Allez-vous emporter aussi le reste des vêtements ? demanda-t-il.

— Nous nous en occuperons en temps voulu, et votre maître aura de quoi se vêtir chaque jour. Quand nous avancerons dans l'hiver, néanmoins, il faudra peut-être que nous vous prêtions une cape bien chaude. Mais ne vous inquiétez pas, nous avons de qu…

C'en était trop pour Griffith, qui ne put plus se taire.

— Pourquoi pensez-vous que je serai encore ici pendant l'hiver ? demanda-t-il. J'ai dit à Wenthaven que je partais demain.

Jane se redressa et le fixa.

— Me serais-je trompée de chambre ? N'êtes-vous pas Griffith ap Powel ?

Art fit taire Griffith d'un coup de coude.

— C'est bien lui. Et il est bien ingrat de refuser ainsi vos services. En ce qui me concerne – et Art s'approcha pour prendre la main de Jane – je bénis la ténacité qui vous fait travailler si tard. Votre époux doit être un homme heureux.

Jane rit nerveusement alors qu'il embrassait ses doigts.

— Je suis veuve.

— Veuve ? Comme c'est triste.

Art roucoula ce dernier mot, comme pour montrer la vraie teneur de ses sentiments. Jane sourit, et Griffith s'éclaircit la gorge pour signifier sa désapprobation.

Rappelée à son devoir, la lingère se raidit.

— Tout ce que je sais, c'est que l'ordre est venu de M. le comte juste au moment où nous allions nous retirer pour la nuit. Il nous a dit que vous alliez rester longtemps et que nous devions nous occuper de vous comme si vous étiez les hôtes les plus prestigieux que nous ayons jamais reçus. Il a dit que nous devions attendre demain après-midi pour cela, mais j'ai dit à maîtresse Fay : « Est-ce ainsi qu'on traite des hôtes prestigieux ? Est-ce des manières de les faire attendre après leurs vêtements ? » Donc me voici, et c'est une bonne chose, selon moi.

Stupéfaits, les deux hommes regardèrent la femme se lever, les bras recouverts de vêtements. Comme ils ne répondaient rien, elle haussa les épaules.

— Je vais vous ramener tout ceci en un clin d'œil.

Elle observa Griffith et fit claquer sa langue.

— Oh ! Lady Marian ne vous a pas fait de cadeau. Elle a toujours eu du caractère. Voulez-vous bien fermer la porte derrière moi, Art ?

Art s'empressa d'obéir, puis il regarda son maître les mains tendues, pour prouver son innocence.

— Je n'ai parlé à personne de Lady Marian et de votre nez. Quelqu'un a dû vous voir vous quereller.

— Peu m'importent Lady Marian et son mauvais caractère, répliqua Griffith. Ce que je veux savoir, c'est comment Wenthaven a appris que je resterais au château avant moi.

— Le roi a été en contact avec Wenthaven, supposa Art. Ce doit être pour cela qu'il a su que vous alliez rester.

— Ou bien peut-être que les murs de ce château ont des oreilles, suggéra Griffith en désignant les panneaux de bois artistiquement sculptés qui recouvraient les parois.

Art regarda à son tour autour de lui, et comprit tout de suite ce que son maître voulait dire. Avant qu'il puisse exprimer sa colère, Griffith dit à voix basse :

— Garde l'œil ouvert durant la nuit, s'il te plaît, Arthur. Avec le coup que j'ai reçu, je risque quant à moi d'avoir le sommeil profond, mais il faut que nous nous montrions vigilants.Le grognement de l'épagneul allongé sur sa poitrine le réveilla, et le comte de Wenthaven garda les yeux fermés pendant qu'il tendait l'oreille. Quelque chose s'agitait dans les buissons situés sous la fenêtre de sa chambre. Quelque chose… non, quelqu'un. Il calma l'animal d'une caresse sur la tête et murmura un ordre, que la chienne suivit. Se déplaçant avec la légèreté d'un bovin, l'intrus entra par la fenêtre ouverte. Il avança vers le lit, et l'épagneul se raidit, prêt à bondir. Wenthaven attendit jusqu'à ce que l'homme se trouve juste devant le lit, puis il cria :

— Attaque !

L'épagneul se dressa dans un jappement terrifiant, la femme qui partageait le lit de Wenthaven hurla, et l'intrus proféra des jurons où se mêlaient de façon fleurie langage des rues et expressions aristocratiques. Wenthaven reconnut cette voix grave, mais il laissa la chienne planter ses crocs une ou deux fois pendant qu'il s'armait de son épée. Puis il rappela son chien, le félicita, et se posta face à Sir Adrian Harbottle.

— Que faites-vous dans ma chambre ?

— Satanée bestiole, fulminait Harbottle. Elle m'a mordu au poignet et à la cheville. Je saigne et ça fait mal !

— Eh bien, ne saignez pas sur mon tapis. Il est neuf et m'a coûté cher, répondit sèchement Wenthaven.

— J'imagine.

Harbottle enveloppa son poignet dans un mouchoir et quitta le précieux tapis.

— Je réitère ma question : que faites-vous dans ma chambre ?

— Je suis venu régler certaines choses. Je voulais réclamer réparation.

— Réparation ? Pourquoi ?

Wenthaven garda son épée levée tandis que ses mots fusaient.

— Parce que je vous ai offert l'hospitalité ? Parce que je vous ai nourri plus que n'importe qui pourrait raisonnablement avaler ? Parce que j'ai supporté vos manières grossières ?

— Vous avez conspiré contre moi, accusa Harbottle.

— Moi, j'ai conspiré contre vous ? Moi… ?

Puis, tout à coup, le ton de Wenthaven se fit caressant.

— Mon ange, continua-t-il, veux-tu bien allumer quelques chandelles ? La lune vient de se lever, et j'ai besoin de faire toute la lumière sur cette face bien sombre et sinistre de l'humanité.

D'une main tremblante, la femme alluma une bougie, dont la flamme commença par vaciller, avant de s'enhardir.

Harbottle ricana mesquinement.

— Vous avez une jolie femme plantureuse dans votre lit, et tous ces jolis gens dans votre joli château, au milieu de votre joli lac, mais s'ils restent là autour de vous, c'est uniquement parce que vous êtes riche…

— Vous y compris ? l'interrompit Wenthaven.

— Je suis arrivé ici en toute bonne foi, heureux de pouvoir profiter du couvert et du logis. Je ne savais pas que je devrais un jour payer tout cela de mon honneur.

Wenthaven rit de bon cœur.

— Votre honneur ? Depuis quand les benjamins comme vous en sont-ils pourvus ? Votre frère est baron, vous n'avez aucune autre perspective que celles que votre joli visage saura vous octroyer… Et vous parlez de votre honneur ? Je vous en prie !

— Vous exigez de moi des choses auxquelles aucun honnête homme ne consentirait à s'abaisser.

La sueur ruisselait sur le visage pénétré de Harbottle.

— Vous voulez que j'écoute dans les coins, que je débusque les secrets bien cachés, que je soulève les pierres sous lesquelles pullule tout ce qui est mauvais.

— Vous êtes fait pour cela.

— Non ! cria Harbottle.

Avec ce jeune homme, il fallait procéder en douceur et avec délicatesse, comprit Wenthaven. En le dotant d'un physique parfait, la nature s'était montrée si généreuse envers lui qu'il se comportait en enfant gâté. La bagarre était devenue sa seconde nature. Et, pour cela, il ne manquait pas non plus d'agilité ni de force.

Oui, Marian avait porté un coup à la vanité et à la confiance de Harbottle, et un homme en plein désarroi était facilement enclin à chercher à se venger. Avec son caractère bouillant et son sang chaud, Harbottle lui faisait penser à un chien non dressé. Fringant, imprévisible, mais éducable pour peu qu'il trouve le bon maître.

Certes, c'étaient des chiens de race qu'élevait Wenthaven,

mais les principes de base étaient les mêmes. En désignant une bouteille de la pointe de son épée, il proposa :

— Servez-vous un verre de vin. C'est le meilleur que j'aie en cave.

— N'essayez pas de m'amadouer comme un enfant, protesta Harbottle.

Mais il se servit et goûta le vin. Son visage s'éclaira.

— Délicieux.

— Je vous l'avais dit ! Maintenant, asseyez-vous.

Le visage de Harbottle se ferma de nouveau.

— Non !

Un claquement de talons, puis un petit coup bien senti de la part du maître. C'était ainsi qu'il fallait s'y prendre. Wenthaven ficha la pointe de son épée dans le torse de Harbottle.

— S'il vous plaît, asseyez-vous.

Après avoir obéi comme un bon chien, Harbottle regarda de ses beaux yeux bleus et tristes Wenthaven se servir de vin à son tour et s'asseoir en face de lui.

— Je me rends compte, déclara Wenthaven, que j'ai mal utilisé vos talents. J'aurais dû voir tout de suite que vous étiez trop raffiné pour une tâche aussi basse que l'espionnage.

— Oui.

Harbottle but et Wenthaven fit un signe à la femme qui se tenait prudemment à côté du lit. Elle apporta la carafe et resservit Harbottle.

— Oui, en effet.

Wenthaven, qui voulait garder les idées claires, fit semblant de boire, en ne trempant que ses lèvres dans l'alcool.

— Aujourd'hui, vous avez prouvé que votre force, c'était votre épée.

Harbottle se leva, l'air indigné, et s'écria :

— Je ne tolérerai pas que l'on se moque de moi !

Wenthaven haussa les sourcils.

— Qui se moque de vous ? C'était un compliment sincère.

Il vit le jeune homme marquer un temps d'hésitation, puis désigna de nouveau la chaise de son épée.

— Asseyez-vous.

Cette fois, Harbottle se montra moins récalcitrant. Il s'assit.

En maître satisfait, Wenthaven dit :

— Quand je vous ai encouragé à vous battre contre Lady Marian, j'aurais dû vous prévenir de sa sournoiserie. Il était évident pour tout le monde que vous reteniez vos coups parce que votre adversaire était une femme, et quand elle l'a compris, elle s'en est servie à vos dépens.

Harbottle ouvrit la bouche d'un air surpris.

— Vraiment ?

— C'est indubitable. Et tout le monde ne parle que de votre talent dans le maniement de l'épée.

— Je suis fort ! Très fort. C'est ce talent qui m'a fait vivre jusque-là, et je serais prêt à parier que vous le saviez.

— Comment l'aurais-je su ?

— De la même façon que vous savez toujours tout. Je parierais que tous ces nobles qui mangent à votre table vous paient en secret. Je suis sûr que vous êtes l'homme le mieux informé du royaume.

— Vous me flattez.

Wenthaven tapota sa joue d'un ongle très long, et se dit qu'il était temps de faire miroiter l'ultime récompense.

— Mais nous ne sommes pas là pour parler de moi. Nous sommes là pour parler de vous. De vous et de la nubile Lady Marian. Me trompé-je ?

En entendant le nom de Marian, Harbottle réprima un tremblement de sa main et s'exprima d'une voix plus aiguë d'une octave.

— Comment cela, moi et Lady Marian ?

Un chien qui avait flairé une chienne, en conclut Wenthaven.

— Vous vouliez avoir l'occasion de faire plus ample connaissance avec elle, n'est-ce pas ? Elle ne prêtait pas attention à vous et je vous ai suggéré de la provoquer en duel. Je pensais qu'une fois que vous l'auriez battue elle vous témoignerait davantage de respect.

Wenthaven poussa un soupir triste.

— Je n'ai pas pensé une seule seconde qu'elle pourrait prendre l'avantage sur vous… J'imagine que sa délicieuse silhouette a pu vous distraire. Non ?

Il regarda Harbottle dans les yeux, qui les détourna aussitôt.

— Vous n'avez pas à avoir honte. Croyez-moi, Lady Marian possède la plus jolie poitrine de tout le royaume. Sa beauté n'égale pas la vôtre, bien entendu, mais à part vous, il y a très peu d'hommes suffisamment grands pour elle. Ceux qui ont la chance de pouvoir partager son lit doivent être heureux des prouesses qu'elle peut accomplir avec ses interminables jambes.

Harbottle devint tout à coup très rouge.

Dissimulant un sourire satisfait, Wenthaven ouvrit à présent la porte du chenil.

— C'est moi qui ai appris à Lady Marian à se battre à l'épée. Mais je ne suis pas stupide, je ne lui ai pas *tout* appris.

Devant l'air soufflé de Harbottle, Wenthaven s'efforça de prendre le ton le plus sincère possible pour demander :

— Que diriez-vous de leçons particulières ? Je serais heureux de vous enseigner ce qu'elle ne sait pas.

Harbottle sauta à pieds joints dans le piège.

— Je veux prendre ma revanche. Qu'elle cesse de se sentir toute-puissante. Quand je l'aurai battue, elle sera à ma merci. Bien sûr – et il regarda ses mains bien faites avec un petit sourire rusé – dans un premier temps, elle résistera, mais aucune femme ne s'est encore refusée à moi.

La vantardise de cet homme insupportait Wenthaven, qui se demanda combien de femmes il avait prises par la force pour pouvoir prétendre qu'aucune d'entre elles ne s'était refusée à lui.

Ce n'était pas du tout ce qu'il avait prévu pour Marian. Elle valait bien mieux que cela.

Wenthaven le mit en garde :

— La convaincre de se battre de nouveau contre vous risque d'être compliqué. Vous auriez mieux fait de vous abstenir au sujet de son fils.

Harbottle fit une grimace méprisante.

— Cet idiot n'est qu'un bâtard.

Wenthaven sentit poindre l'impatience, mais il se domina. Si Harbottle était une arme imparfaite, il n'en était pas moins une arme. Et Wenthaven avait besoin de toutes les armes dont il pouvait disposer, car Henri Tudor avait envoyé ce colosse gallois pour protéger Marian, ce qui signifiait que le roi se méfiait. Il déclara :

— Cet idiot est *son* bâtard, et elle l'adore.

De plus en plus énervé, Harbottle dit :

— Il n'y en a toujours que pour lui quand elle devrait être en train de m'écouter. J'aimerais le réduire en bouillie.

— Ne faites pas de mal à Lionel ! s'exclama Wenthaven, alarmé. Cet enfant m'est précieux. Écoutez plutôt mon plan. Restez loin d'elle jusqu'à ce que je vous enseigne quelques coups qu'elle ignore, ensuite vous pourrez insulter son fils et elle vous provoquera en duel.

— Et pour ce qui est de ma récompense ?

— Votre récompense sera plus importante que vous ne pourrez jamais l'imaginer, promit Wenthaven. Maintenant sortez par où vous êtes arrivé, il y a un…

— Non.

Harbottle se pencha en avant, les poings crispés autour des accoudoirs du siège.

— Je ne me contenterai plus d'une promesse aussi vague. Si je fais ce que vous voulez et que je vaincs Lady Marian…

— C'est ce que vous voulez vous aussi, lui rappela Wenthaven.

— Oui, c'est ce que je veux, moi aussi. Mais je veux savoir quelle sera ma récompense. Je veux que vous me le disiez.

Wenthaven hésitait. Sa nature prudente l'empêchait de révéler ses plans, à personne, jamais. Mais était-ce grave si, pour une fois, il allait contre ses principes ? Il pourrait toujours sacrifier cet imbécile et le servir sur un plateau à Henri sans que personne ne trouve rien à y redire.

— Si vous mettez Lady Marian au défi et que vous la battez, elle ne pourra vous refuser son lit. Et lorsque vous aurez bien froissé les draps, elle n'aura d'autre choix que de vous épouser. J'y veillerai moi-même.

— Il se pourrait qu'elle refuse.

Sur un ton aussi tranchant que la lame de son épée, Wenthaven déclara :

— C'est une femme. Elle dépend de ma charité. Elle fera ce que je lui dis.

— Quand vous parlez ainsi, j'ai presque pitié d'elle.

Harbottle n'avait pas l'air de croire à ce qu'il disait, remarqua Wenthaven.

— Ne parlez à personne de notre conversation, ou bien vous gâcherez la surprise que nous avons prévue pour Lady Marian.

D'un bond plein d'enthousiasme, Harbottle sauta par la fenêtre. Wenthaven souffla les bougies, avec le sentiment d'avoir accompli du bon travail, puis il sentit un petit coup de coude.

Sa dernière maîtresse en date passa la tête sous son bras et la posa sur son torse.

— Je ne reste pas à vos côtés parce que vous êtes riche, murmura-t-elle, tout en fausse candeur et en séduction sensuelle. Et vous ne me gardez pas à vos côtés pour m'utiliser. Cet homme détestable n'avait aucune idée de ce dont il parlait.

— Non.

Wenthaven caressa sa tête blonde et répondit avec la même hypocrisie.

— Toi et moi, c'est pour la vie, et quand le moment sera venu, je t'épouserai et tu seras ma comtesse, car jamais je ne pourrais me servir d'une femme qui offre son amour avec autant de générosité.

Et, intérieurement, il sourit.

Chapitre 3

Quelqu'un se trouvait dans la pièce. Quelqu'un d'autre qu'Art, qui était allongé au pied du lit de Griffith et qui l'avait secoué pour le réveiller. Faisant appel à ses instincts guerriers, Griffith s'efforça de garder une respiration lente et régulière tandis que ses yeux s'adaptaient au contraste de lumière noire et blanche créé par la nuit et la lune. Il tourna lentement la tête et devina quelqu'un accroupi à côté de ses sacoches de selle. L'intrus, qui se trouvait trop loin de la fenêtre pour être identifiable, fouillait dans les sacs de cuir, et Griffith l'observait attentivement.

Ce personnage sans scrupule cherchait-il de l'or ? Ou bien s'agissait-il d'un des favoris de Wenthaven en quête d'informations ?

Lorsqu'il se leva, les mains vides, le voleur s'avéra être un jeune homme vêtu de braies et d'un justaucorps. Il ouvrit le buffet et fouilla son contenu sans bruit, pendant que Griffith évaluait la distance qui le séparait de la porte. Si le jeune homme donnait l'impression de vouloir s'en aller, une fois sa besogne effectuée, Griffith le contraindrait à rester. Il l'y contraindrait physiquement. Et même si ce jouvenceau avait de longues jambes, celles de Griffith étaient plus longues encore.

Il arriverait à la porte le premier.

Mais cela ne se révéla pas nécessaire. L'air insatisfait, le voleur referma les portes du meuble et se dirigea vers le lit de Griffith.

Le sac d'or était posé juste à côté, sur la table de chevet. Le sac d'or de Marian.

Avec un petit murmure de contentement, le jeune homme s'en empara et Griffith se leva en poussant un rugissement. Le voleur hurla et se jeta sur lui en tourbillonnant. Griffith le saisit par la taille et le plaqua sur le lit. D'un bond, Griffith évita les poings qui visaient directement son nez. Il attrapa les mains menaçantes. Puis, à l'aide d'une prise de lutteur, il plaça son bras plié sur la fine gorge de l'intrus.

Le parfum, la douceur et son instinct lui firent prendre conscience de la réalité.

— Vous l'avez, ce scélérat ? demanda Art, féroce comme seul peut l'être un vieux guerrier.

— C'est une scélérate, corrigea Griffith d'une voix acide, en sentant le corps rétif s'affaisser sous lui.

— Pardon ?

Art alluma une petite bougie et la tendit devant lui. La flamme se refléta alors dans les mèches rousses qui encadraient un visage empreint de défi. Aussitôt, Art troqua sa sauvagerie contre un sourire.

— Lady Marian, je parie !

— Oui, il s'agit bien de Lady Marian.

Toujours à califourchon autour des hanches de Marian, Griffith s'assit sur ses talons et observa ce qu'il avait devant les yeux.

Lady Marian, dans la plus scandaleuse des tenues.

Le justaucorps à manches longues était matelassé et rembourré – ce qui était tout à fait à la mode, mais aussi très pratique pour dissimuler un torse féminin. La courte jupe qui s'évasait sous la ceinture servait également à masquer la courbe de ses hanches. Mais la jupe prenait fin en haut de ses cuisses, et dans cette position allongée, elle était relevée et dévoilait la braguette. Ou, plutôt… la braguette vide.

— Bonté divine !

Gêné, horrifié, et troublé malgré lui, Griffith détourna le regard, pour se concentrer sur le visage de Marian.

— Que faites-vous ici ? Et ce costume de baladin est absolument ridicule.

Elle pinça ses lèvres pleines qui se mirent à trembler comme celles d'un enfant grondé, mais elle essaya de conserver un semblant de dignité, lorsqu'elle protesta :

— Je pouvais difficilement venir cambrioler votre chambre en robe et jupons.

— Cambrioler ma…

— Et j'aimerais que vous parliez moins fort et que vous souffliez cette bougie, dit-elle d'une voix basse mais plus sûre d'elle alors qu'elle semblait se remettre peu à peu de sa frayeur. Le comte a des espions partout, et je vous assure que j'aimerais mieux que personne n'apprenne ce qui vient de se passer.

Griffith jeta un coup d'œil à Art, et Art hocha la tête. En mouchant la chandelle, il dit :

— Vous feriez mieux de lâcher la demoiselle avant que je sois obligé de jouer au chaperon et d'appeler un prêtre.

Griffith bondit loin du lit comme un chat échaudé, et Art continua :

— Vous feriez mieux de l'interroger sur Wenthaven avant qu'elle file.

— Je n'ai pas l'intention de partir.

Marian évita de les regarder tous les deux lorsqu'elle souleva la bourse de la table de chevet.

— En tout cas, pas sans ça. C'est à moi, n'est-ce pas ?

Avec une légère pointe de déception dans la voix, Griffith répondit :

— Mercenaire *et* voleuse.

— Griffith, grogna Art.

— C'est à peu près cela, acquiesça Marian sur un ton neutre.

Trop neutre. Griffith perçut la dureté d'une âme injustement accusée et résignée à être mal jugée. Ce fut lui-même qui l'excusa :

— Mais vous n'êtes pas une voleuse. Comme vous l'avez dit, cet argent est à vous.

Elle accrocha la lourde bourse à sa ceinture.

— Je ne suis que mercenaire, alors.

Comme un gnome bienveillant, Art passa son bras autour de ses épaules.

— Pas du tout. Vous devez nourrir votre bébé, n'est-ce pas ?

Marian se dégagea, mais Art la poussa vers la fenêtre.

— Maintenant, mon enfant, regardez-moi et dites-moi que vous ne faites pas confiance à ce pauvre vieux visage.

Bien sûr qu'elle lui faisait confiance. Une fois que le clair de lune eut baigné son œil bleu et vif, son menton ridé et à demi imberbe, et son bon sourire, elle lui fit confiance comme le faisaient toutes les femmes de tous les pays.

— Griffith ici présent – et Art tendit un doigt crochu –, Griffith ne comprend pas pourquoi vous avez besoin de l'argent de Sa Majesté, mais Griffith n'a jamais été père. Il n'a jamais dû vêtir et chausser un enfant ne cessant de grandir, ni nourrir un estomac déjà vide à peine rempli, ni payer une sorcière pour qu'elle tente de faire passer une méchante fièvre avec ses herbes.

— Ni payer un prêtre pour qu'il enterre les petits corps ?

La question que Marian avait posée avec beaucoup de douceur stupéfia Griffith. Il connaissait l'histoire d'Art, il savait quelle douleur cette « méchante fièvre » avait causée.

Mais Marian avait dû entendre la vieille voix chevroter, car elle demanda :

— Avez-vous des enfants, Art ?

Art s'éclaircit la gorge.

— Je n'en ai plus, jeune demoiselle. Je les ai sauvés d'une bataille et je les ai perdus – tous les six, et leur mère avec eux – dans la famine et les épidémies qui ont suivi.

Elle lui donna un petit coup d'épaule, le même coup d'épaule que donne un chat lorsqu'il veut être cajolé. Il leva la main et caressa ses cheveux roux. Puis, avec une sévérité exagérée, il dit :

— Maintenant dites-nous, comme la bonne fille que vous êtes : est-ce vrai que Wenthaven en sait toujours plus que tout le monde sur ses hôtes et leurs affaires ?

À voir le sourire impertinent qu'elle esquissa l'on aurait pu douter qu'elle ait été véritablement touchée par l'histoire d'Art, et Griffith aurait presque pu croire que ce moment de compassion n'avait jamais eu lieu… Sauf qu'Art essuya une larme sur sa joue.

En désignant les murs qui les entouraient, elle murmura :

— Wenthaven pourrait vendre des informations au diable, mais il est trop avide et il garde tout pour lui. Cette pièce est celle qui est le mieux pourvue en coins et recoins pour écouter et épier, et Wenthaven n'y installe que ses invités les plus prestigieux.

Elle adressa un petit sourire narquois à Griffith.

— Qu'avez-vous fait pour intéresser à ce point Wenthaven ?

— Bonne question, répondit-il. J'aimerais le savoir moi-même.

Elle porta la main à la bourse et fit rouler les pièces sous ses doigts, tout en regardant Art qui lui faisait les yeux doux.

— Je vais vous installer dans une autre pièce. Plus sûre.

Griffith l'observa avec méfiance.

— Pourquoi imaginez-vous pouvoir déplacer des hôtes de Wenthaven sans qu'il proteste ?

Elle lâcha la bourse pour poser la main sur sa hanche et lui adressa un sourire plein d'assurance.

— Wenthaven, j'en fais ce que je veux.

— Et comment savez-vous que la pièce que vous nous proposez est sûre ? continua Griffith.

— Vous verrez.

Elle s'écarta de la fenêtre.

— Rassemblez les vêtements de votre maître, Art, et je vous y conduirai.

— Je n'ai rien à transporter, répondit Art avec une mimique espiègle. Jane, la lingère, a tout pris. Je vais devoir partir à sa recherche demain, j'en ai peur, pour que les vêtements soient montés dans notre nouvelle chambre.

Marian sortit dans le couloir, qui était éclairé par des bougies, et se pencha pour enfiler une paire de bottes en cuir, parfaites pour un jeune homme.

Griffith posa la main sur son bras et la força à se tourner vers lui.

— Pourquoi ne m'avez-vous pas demandé votre or, tout simplement ?

Il voulait connaître la vérité. Il voulait savoir ce qu'elle pensait, et elle l'agaça en répondant :

— Quand aurais-je pu le faire ?

— Demain.

— Ne partez-vous pas dès demain ?

— Si je pars demain sans vous donner votre or, alors je suis un voleur.

— Non, pas un voleur, mais peut-être… – elle le regarda, et regarda son nez enflé – un homme en colère.

— Est-ce ce que vous pensez de moi ? Que je serais capable de vous voler pour vous punir de m'avoir infligé cette blessure ridicule ?

— Je vous demande pardon.

Offensé par cet affront fait à son honneur, il rétorqua :

— J'espère bien.

— Que vous vous soyez montré insultant n'était pas une excuse pour que je vous frappe, je n'aurais pas dû. Mais quand vous avez osé mettre en doute l'honnêteté de Lady Élisabeth…

— Attendez un instant, fit-il en levant la main. Voulez-vous dire que vous vous excusez non pas d'avoir mis en doute ma propre honnêteté mais de m'avoir frappé ?

Le regardant droit dans les yeux, elle répondit d'un ton acerbe :

— Il faudrait être stupide pour croire à l'honnêteté des hommes.

— Quel type d'hommes avez-vous jusqu'ici fréquenté ?

Elle pencha la tête, l'air sincèrement surprise par sa question. Écœuré – non pas par elle, mais par les hommes qui l'avaient amenée à se forger une telle opinion –, il lui adressa un petit geste.

— Passez devant, je vous suis.

Alors qu'elle les menait jusqu'au bout du couloir, Griffith entendit Art murmurer dans son dos.

— Elle fera une noix difficile à ouvrir. Vous devriez peut-être abandonner avant d'avoir commencé.

Marian se tourna, les sourcils froncés, pour vérifier leur présence... Ou peut-être était-ce parce qu'elle avait entendu Art ? Griffith haussa les épaules et lui adressa un regard sombre.

— Vous arrive-t-il de sourire ? demanda-t-elle, comme si elle était agacée par sa mauvaise humeur.

Mais elle n'attendit pas la réponse et détacha une bougie de son socle. Avec un mépris patent pour les possessions du comte, elle la plaça sur une assiette décorative en verre qu'elle décrocha du mur et ouvrit une petite porte dissimulée dans les lambris. Griffith dut se pencher pour entrer, manqua de tomber en descendant quatre marches étroites, et se retrouva au pied d'un escalier en colimaçon.

— La tour, dit-il, tout en rendant intérieurement hommage à l'intelligence de Marian. Oui, j'imagine que même Wenthaven aurait du mal à placer un espion ici.

Elle sourit, mais ses yeux étaient sérieux et elle semblait mal à l'aise.

— Wenthaven ne vient jamais ici.

Le clair de lune filtrait par les meurtrières, apportant un maigre renfort à la bougie, que Marian tenait levée bien haut devant elle. Mais Griffith ne voyait qu'un tunnel sombre au-dessus de lui. Sous ses pieds, les pavés formaient un dessin savamment composé.

— C'est la partie la plus ancienne du château, dit Marian en regardant tout autour d'elle. Toutes ces vieilles pierres semblent sans âge.

— Oui, acquiesça Art avant de prendre une grande inspiration. Ça ne sent pas le neuf par ici.

Elle lui sourit, tandis que ses bottes claquaient sur la pierre des marches qu'elle grimpait deux à deux.

— Impulsive, murmura Griffith.

Il la suivit de près, pour l'empêcher de faire un faux pas, se dit-il. Mais il en profita pour observer les fesses et les jambes qui ondulaient devant lui. C'était une perspective inédite, et alors qu'il aurait dû être dégoûté par une femme en braies, il découvrit que cet accoutrement ne faisait qu'aiguiser son appétit malgré lui déjà féroce. La force de ses mollets, le mouvement harmonieux de ses muscles travaillant à la faire gravir les marches le captivaient et lui donnaient le vertige. Et lorsqu'elle s'arrêta brusquement en haut des escaliers, il manqua une marche et se cogna le genou.

Elle attrapa son bras comme s'il était un vieillard.

— Vous êtes-vous fait mal ?

— Non !

En frottant cette nouvelle ecchymose et en adressant un regard noir à Art qui ne dissimulait pas son amusement, il demanda :

— Où se trouve cette chambre ?

— Ici.

Elle poussa une porte qu'il n'avait jusqu'à présent pas remarquée et agita la bougie.

— Allez-y.

Dès qu'il entra, il sentit une odeur de poussière. Elle le suivit, leva la bougie, et il vit l'élégance – et la mélancolie – du lieu. Au beau milieu de la pièce ronde se trouvait un baldaquin qui abritait un lit en bois sculpté entouré de rideaux de brocart. Sur les murs en pierre étaient suspendues des tapisseries où étaient représentées des scènes de chasse, de bataille et de la vie domestique appartenant toutes à une époque révolue. Une immense cheminée ouvrait sa gueule béante qui semblait réclamer bois, lumière et chaleur. Coffres et buffets, artistiquement disposés, attendaient d'être remplis. Les sièges se languissaient d'être occupés.

— Ce n'est pas une chambre d'invité, objecta Griffith. C'est…

Marian rit, et ce doux son fit l'effet d'un courant d'air frais. Tout à coup, la pièce parut plus lumineuse, plus heureuse.

— C'était la chambre de la comtesse de Wenthaven.

— Si cela est censé me rassurer, dit-il sombrement, ce n'est pas le cas.

— Il paraît qu'elle aimait s'élever au-dessus du brouhaha des hôtes du château.

Elle posa la bougie à côté du lit et ouvrit les rideaux. De la poussière s'envola, et elle toussa.

— Les domestiques n'ont pas entretenu cette pièce, mais puisque vous allez l'occuper, ils y seront forcés.

Elle passa un doigt sur la vitre de la fenêtre et contempla avec dégoût la trace qu'il y avait laissée.

— Les paresseux…

Griffith dit :

— Wenthaven ne voudrait pas que je profane un sanctuaire qu'il a pris tant de soin à préserver.

— Comme vous le souhaitez, répondit-elle. Mais où que vous alliez dans le donjon, faites attention aux tentures qui semblent isoler du froid, aux petites alcôves et aux passages qui ne mènent nulle part. Ils cachent souvent des espions.

Il frémit.

— Je pensais, poursuivit-elle, que vous vouliez pouvoir

parler librement à Art. Pouvoir être sûr qu'aucun œil indiscret ne vous regardait vous habiller. Pouvoir soulager votre vessie sans gêne...

— Ma lady, dit Art, tout observateur ne pourrait qu'être envieux et admiratif.

— Tais-toi, Art, le morigéna Griffith. Là n'est pas la question.

— Et pourtant si, insista Marian. Il n'y a aucun endroit de ce château où les espions de Wenthaven ne puissent aller – à part ici.

Griffith était un homme habitué à la solitude, aux immensités désertes du littoral gallois et à l'appel nocturne de la chouette au fond des bois. Vivre ici au château pour une durée indéterminée serait déjà une épreuve en soi. Mais sans savoir si, en plus, quelqu'un l'espionnait...

Depuis la porte, Art demanda :

— Alors, est-ce que nous restons ?

— Wenthaven nous mettra dehors lorsqu'il découvrira notre impudence, insista Griffith.

Mais il était en train de céder, et Marian le savait. Elle lui adressa un petit sourire en coin.

— Il s'en moquera.

Art entra et posa les sacs. Le tapis épais étouffa le bruit, et il essuya les mains sur son pourpoint.

— Que lui est-il arrivé ? s'enquit-il.

— À la comtesse ? demanda Marian qui détourna le regard vers la fenêtre. Il y a dix-huit ans elle a fait une chute dans l'escalier et s'est brisé la nuque. C'est pour cela que cette pièce est sûre pour vous. Wenthaven ne vient jamais ici. Il paraît que la comtesse était la seule chose à laquelle il ait jamais tenu.

— Donc nous troquons la curiosité de Wenthaven contre la présence constante de son épouse.

Le murmure d'Art fit frissonner Griffith.

Marian s'approcha du vieil homme, sans paraître surprise qu'il ait fait allusion à l'existence d'un spectre. Elle posa une main sur son bras.

— Est-elle vraiment ici ? Certains domestiques prétendent que oui. Ils disent qu'il fait trop froid dans cette pièce et qu'il flotte dans l'air quelque chose de malveillant. Mais je n'ai jamais rien ressenti de tel.

Art tapota sa main.

— Bien sûr que non. Elle n'est pas morte sans confession, n'est-ce pas ?

— Non. Elle vivait encore quand on l'a trouvée, et le prêtre lui a administré les derniers sacrements. Puis ils ont essayé de la bouger, et…

Marian laissa tomber ses mains dans un geste explicite.

— Donc ce n'est pas un fantôme cruel, déclara Art, mais une gentille ombre dont le travail sur terre a été interrompu. Elle doit manquer de patience vis-à-vis des femmes de chambre paresseuses et des valets beaux parleurs. Mais vous, elle vous aime, Lady Marian. Oui, elle vous aime.

Enchantée, Marian sourit à Art, et Griffith se sentit de plus en plus agacé par l'amitié naissante entre son domestique et sa… et Lady Marian.

— Arthur, railla-t-il, je ne te savais pas si sensible.

— Croyez-vous tout savoir de moi ? rétorqua Art. Espèce de petit avorton !

Marian pencha la tête en arrière et rit sans retenue. Cette fois, le changement fut tangible. La pièce s'éclaira, et Griffith chercha une explication. Là, par la fenêtre qui donnait vers l'est, le soleil dardait ses tout premiers rayons. L'aube ne se lèverait pas avant deux heures, mais Marian le constata elle aussi et dit :

— Il faut que j'y aille. Je me suis absentée trop longtemps.

Avec empressement, elle se dirigea vers la porte.

— Je demanderai aux domestiques de monter jusqu'ici dès que le coq chantera. Et je m'arrangerai avec…

— Je vous accompagne, dit Griffith.

— Comment ? Où cela ? demanda-t-elle après une pause.

— Jusqu'à vos appartements. Ce n'est pas sûr pour une jeune femme, habillée comme vous l'êtes, de se promener seule.

Il avait essayé de chasser les accents sévères et réprobateurs de sa voix, mais visiblement il n'y était pas parvenu.

— En ce qui me concerne, je ne crains rien, répliqua-t-elle.

— Néanmoins je vous accompagne.

Et lorsqu'elle ouvrit de nouveau la bouche, il ajouta :

— Ou bien vous allez devoir rester ici jusqu'au lever du soleil.

Son sourire exprima une féroce impatience.

— Venez donc si cela vous chante, alors, et allez au diable.

— Une lady ne jure pas, répondit-il.

Elle fit semblant de ne pas avoir entendu, mais à son haussement d'épaules il comprit qu'elle l'avait très bien entendu au contraire. Elle le conduisit devant son ancienne chambre, dans le couloir qui menait à la porte principale, puis vers un passage plus étroit qui descendait aux cuisines. Empruntant un petit escalier, elle le mena jusqu'à une porte. Elle l'entrouvrit, dit : « c'est moi », et elle fut ouverte par un soldat massif.

Il regarda d'un œil craintif Griffith surgir dans la pommeraie du domaine.

— Ma lady, ce passage est supposé être secret.

— Sir Griffith ne dira rien, assura-t-elle, en frottant ses genoux.

Le colosse tâta son menton.

— Dans ce cas, je ne vais pas être obligé de le tuer.

— J'en suis heureux, commenta Griffith en observant l'arsenal dont disposait le soldat.

— Vous pouvez l'être, répondit Marian. Billy est notre guerrier le plus féroce.

Billy s'inclina devant cet hommage, puis lui tendit un manteau descendant jusqu'aux genoux.

— Enfilez ceci, ma lady, pressa-t-il. Vous vous habillez de façon scandaleuse. Certains hommes – et il regarda Griffith d'un œil mauvais – pourraient se faire de fausses idées à votre sujet.

— C'est impossible. Sir Griffith sait déjà tout de moi, répliqua-t-elle. Et ce qu'il a appris l'a dégoûté de moi.

— Mettez ce manteau, dit Griffith.

En riant, elle s'exécuta.

— Voulez-vous que je vous escorte jusqu'à votre cottage, ma lady ? demanda Billy, qui révéla alors à Griffith quelle était leur destination.

— Je m'assurerai personnellement qu'il ne lui arrive rien de fâcheux, déclara Griffith.

Billy désigna le nez de Griffith.

— Êtes-vous sûr d'être à la hauteur ?

— J'en suis sûr.

Alors que Billy semblait vouloir ajouter quelque chose, Griffith se pencha vers lui et le regarda droit dans les yeux.

— Sûr et certain.

Billy recula.

— D'accord, Sir Griffith. Si vous le dites, Sir Griffith.

Mais, alors que Marian et Griffith s'éloignaient, il lança :

— Faites attention à vous, Lady Marian. Je serais vous, je me méfierais tout de même de Sir Griffith.

Griffith espérait que Marian aurait la présence d'esprit de ne rien répondre. Les soupçons et sous-entendus de Billy ne l'amusaient pas, et il se demanda si tout le monde pouvait voir le mélange bouillonnant de désir et de désapprobation que Marian avait instillé en lui et qui menaçait de le submerger. Il espérait qu'elle était consciente qu'il risquait d'exploser, qu'elle était consciente de l'ardeur du feu qu'elle avait allumé en lui.

En même temps, il espérait qu'elle ne serait pas sage, et cette pensée le choqua. S'adressant à lui-même autant qu'à elle, il dit :

— Les femmes ne devraient jamais s'adonner à la fornication hors des liens du mariage.

Marian glissa ses pouces sous sa ceinture et, entre deux rangs de pommiers, se tourna vers lui.

— Vous être vierge, alors ? demanda-t-elle.

— À quoi servent les prostituées, à votre avis ?

— À soigner à leur façon les malheureux puceaux ? Dites-moi – juste à la sortie du verger, elle se tourna et lui adressa un clin d'œil – où en est votre petite vérole ? À un stade avancé, sans doute, ce qui explique vos mauvaises dispositions.

Un cottage – son cottage ? – se dressait dans l'ombre du mur d'enceinte, mais il ne put détourner son regard de celui de Marian pour l'observer. À la place il attrapa son petit menton et leva son visage souriant vers le sien.

— Je n'ai pas la petite vérole.

— Alors vous êtes l'un de ces hommes qui pensent

que pour conserver leur pureté ils doivent ne prendre que des vierges.

— Non, bon sang ! Cessez de m'accabler. J'ai été marié, et mon épouse suffisait à combler tous mes désirs. Je n'ai eu aucune femme depuis sa mort.

— Et à quand cela remonte-t-il ?

— À deux ans.

— Deux ans.

Elle souriait toujours, d'un air moqueur.

— Ma foi, je suis surprise que le désir ne vous ait pas encore rendu fou. Billy avait l'air de douter de la pureté de vos intentions.

Sa moquerie eut raison de sa maîtrise, et il sourit à son tour, à la fois heureux et inquiet de sa propre réaction… mais surtout heureux.

— Billy n'est pas un idiot. Je *suis* fou de désir. Voulez-vous que je vous montre à quel point ?

L'inquiétude qu'il vit dans son regard lui fit grand plaisir, ainsi que la force avec laquelle elle essaya de le repousser.

— Non.

— Trop tard.

Et il pencha la tête vers elle.

Elle ne voulait pas l'embrasser. Cela faisait longtemps qu'elle n'avait pas embrassé un homme, et ses expériences avaient été si peu marquantes qu'elle s'était convaincue que les hommes l'ennuyaient. Mais Griffith… Griffith ne l'ennuyait pas.

Il la mettait hors d'elle. Il l'amusait, il la défiait… Il l'attirait.

Pas grâce à un beau visage. Même sa mère ne devait pas le trouver beau. Non, ce qui l'attirait, c'était sa rudesse, sa calme détermination, son honnêteté. En sa compagnie, elle se sentait en sûreté, comme si elle pouvait lui faire confiance pour qu'il veille sur elle.

Elle avait honte de sa propre stupidité.

Mais cela ne l'empêcha pas de l'embrasser, car – bon sang ! – il embrassait remarquablement bien. Ses lèvres étaient fermes, sa langue tout en retenue. Il faisait attention à ne pas écraser son visage contre le sien et à ne pas lui faire mal avec ses moustaches. Il caressa ses lèvres du bout de la langue, sans chercher à forcer le passage, semblant plutôt se délecter de sa saveur, comme s'il s'agissait d'un privilège. Et il la lâcha lorsqu'elle recula.

Que le diable l'emporte, il avait éveillé son intérêt.

L'odeur épicée des œillets du cottage, la brise fraîche de l'automne, les étoiles brillant au ciel, la lune éclairant ses traits virils… Elle passa son doigt sur son arcade sourcilière et observa ses yeux étincelants. Sa main s'aventura plus bas, et elle effleura sa bouche comme si elle pouvait saisir sa magie sans être affectée par elle.

Cela ne fonctionna pas. Son souffle lent et profond enflamma sa paume. Ses lèvres semblaient lustrées comme un verre réchauffé par du vin épicé. La patience extraordinaire dont il semblait pourvu l'intriguait, la provoquait. Prudemment, elle murmura :

— Encore.

Avec beaucoup d'égards, il l'attira à lui.

— Encore.

Leurs corps s'embrassèrent. Leurs lèvres s'étreignirent.

Ils s'embrasèrent, tels des fétus de paille frappée par la foudre.

Surprise, elle se laissa aller contre lui.

Stupéfait, il souleva son manteau et empoigna ses fesses.

Ils luttèrent pour se rapprocher encore. Elle attrapa les cheveux dans sa nuque pour l'attirer à elle, en ouvrant grand les lèvres. Il la goûta, puis aspira sa langue dans sa bouche. En gémissant, ils se frottèrent l'un à l'autre comme des chats sauvages en train de s'accoupler, agacés par leurs vêtements, mais aussi comblés que s'ils n'en portaient pas.

Elle essaya de passer une jambe autour de lui. Il essaya de l'aider… et il cogna son nez contre sa tête.

Il hurla de douleur. Elle gémit, à la fois désolée et exaspérée par elle-même… puis elle prit conscience de ce qu'elle avait fait. De ce qu'elle avait failli faire. Des vœux qu'elle avait failli rompre, de son imbécillité, de…

— Excusez-moi, dit-elle en se dégageant vivement.

— N'y pensez même pas, dit-il en tendant la main pour la retenir.

Elle lui échappa néanmoins.

— Sir Griffith, je m'excuse, vraiment.

Il se figea.

— Pourquoi me dis-je que ce n'est pas seulement pour mon nez que vous vous excusez ?

— Je ne voulais pas… Je n'aurais jamais dû…

Après un dernier regard, elle courut vers son cottage. Elle n'eut pas besoin de se retourner pour savoir qu'il était juste derrière elle. À grandes enjambées, il réduisait peu à peu la distance qui les séparait, et lorsqu'elle buta contre une motte de terre juste devant la barrière, il l'attrapa par l'épaule.

Elle se tourna vers lui.

— Je vous demande pardon. Vraiment. Je n'aurais jamais dû…

— *Nous* n'aurions jamais dû, corrigea-t-il.

— Comment ?

— Nous étions deux. Et vous avez raison. Nous n'aurions pas dû.

Elle l'aurait peut-être davantage cru s'il n'avait pas conservé comme une espèce d'éclat, témoignage de son ardeur virile.

Il continua :

— Mais j'ai dit que je vous escorterais jusque chez vous, et vous n'êtes pas encore chez vous.

— Je suis arrivée, répondit-elle en désignant son cottage.

— Je vous accompagnerai jusqu'à la porte. Je vous escorterai jusque chez vous.

Elle ouvrit la bouche pour protester, mais il plaça un doigt sur ses lèvres.

— Chez vous, murmura-t-il.

— Chez moi, répéta-t-elle.

Ce contact lui rappela des choses qu'il valait mieux oublier, et elle s'écarta. Après avoir actionné le verrou, elle poussa la porte et pénétra dans la pièce unique. À la lumière de la chandelle, elle vit son fils. Assis dans son lit, il se frottait les yeux d'un air ensommeillé. Se reprochant de l'avoir laissé seul et regrettant d'être sortie, elle s'agenouilla auprès de lui.

— C'est nous qui t'avons réveillé ? demanda-t-elle.

Il secoua la tête et désigna la fenêtre.

— Quelque chose dehors… ?

Elle s'interrompit, se souvenant des bruits qui leur avaient échappé lors de leur étreinte.

Le regard vif, Lionel hocha la tête, et sa mère rougit.

— Il semble vous adorer, observa Griffith.

Vexée, elle déclara :

— C'est mon fils !

— Des femmes moins riches et moins titrées que vous ont vendu leurs bijoux pour engager une nourrice.

D'offensée, son attitude se fit défensive.

— Il a une nourrice.

— Il semblerait qu'il ait tout ce dont il a besoin, répondit Griffith.

Son amusement la gênait, car il lui faisait prendre conscience qu'elle était passée d'un extrême à l'autre. Lorsqu'elle baissa les yeux vers Lionel, elle remarqua qu'il détaillait l'étranger. Quand il eut terminé, il enfouit son visage contre le torse de Marian.

En caressant ses cheveux noirs, elle expliqua :

— Il est timide. Il n'aime pas trop les étrangers, et il ne parle pas encore.

Griffith la scrutait avec la même attention que celle dont il venait d'être l'objet.

— Entend-il ?

— Oui.

— Alors il comprend tout ce que vous dites, et vous ne devriez pas parler de lui comme s'il n'était pas là.

Cette annonce la laissa bouche bée, et sa stupeur grandit encore lorsque Lionel recula pour observer de nouveau Griffith. Alors son enfant si timide sourit et tendit les bras au géant gallois. Griffith l'attrapa avec l'aisance de ceux qui ont depuis toujours l'habitude des enfants.

— La plupart des adultes parlent de cette façon devant les enfants, mais ce petit bonhomme mérite mieux.

Il regarda Lionel comme s'il cherchait une confirmation, et l'enfant hocha la tête sans hésiter. Griffith poursuivit :

— Moi-même je n'ai pas beaucoup parlé durant mes premières années. Mais ensuite, d'après ma mère, dès que je me suis mis à ouvrir la bouche, ce fut pour débiter des phrases entières. Des discours entiers. Des histoires, en gallois et en anglais. Des chansons et des ballades. En fait quand j'ai commencé à parler, on n'a plus pu me faire taire.

Marian croisa les bras sur sa poitrine et lui lança un regard sombre.

— Je m'en suis rendu compte.

Griffith reposa Lionel dans son lit, puis il s'agenouilla à côté de lui et tapota l'oreiller.

— Allonge-toi, mon bonhomme, et dors jusqu'au chant du coq.

Lionel secoua la tête.

Griffith rit.

— Tu ne ressembles pas à ta mère, mais tu te comportes comme elle.

Marian et Lionel échangèrent un regard.

Griffith rit de nouveau, d'un rire grave et profond qui ressemblait au ronronnement d'un chat satisfait.

— Fais comme tu veux, mais sans une bonne nuit de sommeil, tu ne seras pas assez reposé pour notre promenade de demain matin.

Pendant un instant, Marian crut qu'il s'adressait à elle, mais Lionel, lui, n'eut aucun doute. Il s'allongea aussitôt et ferma les yeux. Griffith remonta les couvertures, le borda, caressa rapidement ses cheveux noirs et brillants, puis se leva.

Il ne semblait pas surpris de la victoire qu'il venait de remporter sur un enfant têtu, remarqua-t-elle, et elle se demanda s'il triomphait toujours aussi aisément sur le champ de bataille. Si oui… Elle frémit. Quel était le but du baiser qu'il lui avait donné ? De cette douceur affichée ? N'était-ce qu'une méthode pour la contrôler ?

Croyait-il, comme tous les autres, qu'elle était une dévergondée ?

Comme pour confirmer ses doutes, il lui sourit. C'était le premier sourire qu'il lui adressait, et elle en fut ébranlée. Son expression sévère s'adoucit, ses yeux jaunes se réchauffèrent, ses lèvres…

Ses lèvres lui rappelaient ses baisers, et ses baisers lui rappelaient sa propre solitude.

Son sourire n'était-il qu'une autre arme dont il usait contre elle ?

— Allez au lit à présent, dit-il, et nous vous emmènerons aussi en promenade demain matin.

— Au lit, répéta-t-elle, captivée et ensorcelée.

Puis les mots cheminèrent jusqu'à son esprit et la ramenèrent brutalement à la réalité.

Avait-il l'intention de la border elle aussi ? Avait-il l'intention de mettre fin à deux années de célibat cette nuit ? En touchant ses lèvres, elle s'interrogea. Quel type d'amant pouvait-il être ? Si, vraiment il avait été abstinent tout ce temps… Mais en quoi cela l'intéressait-il ? Et pourquoi cela devrait-il l'intéresser ?

S'en irait-il sans qu'elle l'y oblige, ou bien avait-il feint de s'intéresser à son fils pour l'amadouer ? L'air de rien, elle se dirigea vers la porte, et il la suivit. Dehors elle vit la lune encore haute parmi les amoncellements de nuages. Les arbres bruissaient toujours et le vent charriait l'odeur des œillets. La fraîcheur de la nuit s'était accentuée, mais ce n'était pas pour cette raison qu'elle frissonnait. Elle frissonnait à cause des souvenirs brûlants qui attendaient de faire surface. En se forçant à adopter une attitude détachée, elle fit comme si elle avait oublié les baisers ardents, comme si elle avait oublié cette brève explosion de passion sauvage.

— Le comte a organisé une chasse demain, et je suis censée y tenir le rôle de l'hôtesse. Je n'aurai pas le temps d'aller me promener.

Griffith fronça les sourcils.

— Une chasse ?

Elle fut étonnée de sa surprise, et plus encore du déplaisir que la nouvelle semblait lui causer.

— Personne ne vous l'a dit ?

— Non.

— Vous êtes arrivé hier, donc je suppose que Wenthaven a pensé que vous ne voudriez pas y participer.

Après avoir excusé Wenthaven, elle ajouta :

— Vous êtes le bienvenu, néanmoins. L'hospitalité du comte est sans limites.

Elle le regarda, attendant sa réponse avec impatience. Il la regarda à son tour, en scrutant d'abord son visage, puis son manteau, et enfin ses jambes. Mais ce spectacle ne semblait pas lui plaire.

— Vous n'irez pas dans cette tenue.

— Pardon ?

— Vous n'irez pas chasser en montant à cheval à califourchon, telle une femme légère sans morale ni éducation.

— Pardon ? répéta-t-elle, plus déstabilisée et incrédule que surprise, cette fois.

— Ce n'est pas parce que vous avez donné naissance à un enfant hors mariage que vous devez vous affranchir de toutes les règles.

Son impudence lui coupa le souffle. Les réponses toutes prêtes dans lesquelles elle avait l'habitude de puiser quand on l'attaquait se dérobèrent à elle sous l'effet de la colère.

— Vous osez me dire comment me comporter ?

— Il faut bien que quelqu'un le fasse.

Il paraissait si insupportablement borné et si sûr de lui qu'elle avait envie de le frapper. Mais elle l'avait déjà fait, et elle l'avait regretté. À la place, elle prit une grande inspiration et calma sa rage, avec l'intention de l'anéantir d'un commentaire brillant et coupant.

— Vous n'êtes pas mon père !

Elle en aurait pleuré. Où se cachait le bel esprit qui faisait sa renommée ?

Mais il répondit, et sa réponse fut stupide. Plus encore que la sienne. Il dit :

— Si votre père était ici, il serait horrifié de la façon dont vous vous comportez.

— Si mon père était ici ?

En tendant le cou, elle le regarda. Ne savait-il pas ? N'avait-il pas compris ?

Non, il n'avait pas compris. Son expression était figée dans cet air d'indignation sûre de son bon droit. Et, sans qu'elle s'y attende, il venait de lui donner ce qu'elle cherchait. Se servant de son ignorance, elle allait pouvoir avoir le dernier mot. Triomphante mais amère, elle répliqua :

— Mon père *est* ici. N'avez-vous pas compris ? Je suis l'héritière des Wenthaven. Le comte est mon père.

Chapitre 4

Comme c'est curieux, songea Griffith. Il était couché dans le lit de la comtesse de Wenthaven. Il était couché dans le lit de la mère de Marian et il songeait à sa fille avec concupiscence.

Cela le mettait vaguement mal à l'aise, comme si l'esprit de la comtesse s'insinuait dans ses pensées et le surprenait avec les mains dans la braguette de Marian. En même temps… Eh bien, la comtesse ne devait pas être heureuse de ce que sa fille était devenue. Se battre à l'épée, s'habiller comme un homme, donner naissance à un enfant sans être mariée…

— Qui peut bien être le père ? murmura Griffith.

Au pied du lit, Art se dressa comme un jouet hors de sa boîte, toujours prompt à lire dans les pensées de celui qu'il connaissait depuis toujours.

— Je me demandais quand vous vous mettriez à y réfléchir. La paternité de l'enfant pourrait-elle être mise en rapport avec l'intérêt particulier qu'Henri semble porter à Marian et Lionel ?

— Cette femme cache bien ses secrets.

Griffith s'appuya sur un coude. La pièce, si sinistre et poussiéreuse la veille au soir, semblait accueillante ce matin. Même Art avait belle allure, songea Griffith, bien que cela le surprenne qu'un borgne à la peau parcheminée puisse avoir belle allure.

— Vous semblez en meilleure forme ce matin, dit Art, dont les pensées, inconsciemment, se croisaient avec celles de Griffith. Le gonflement de votre appendice nasal s'est presque entièrement résorbé.

Griffith tâta prudemment l'endroit de la fracture.

Art agita la tête d'un air convaincu.

— La comtesse vous a peut-être soigné durant la nuit. Peut-être avez-vous reçu son approbation.

— Peut-être.

Les murs en pierre taillée laissaient passer le froid, un froid qui mordait son nez, et Griffith prit une grande inspiration, appréciant la sensation de fraîcheur et de liberté.

— Elle serait stupide de ne pas me l'accorder.

Les coudes appuyés sur les genoux, Art observa Griffith d'un œil critique.

— Je croyais que nous avions déjà statué sur votre beauté hier soir.

— Je ne parle pas de mon apparence, dit Griffith. Je parle de mon caractère. Je peux dire, sans vantardise, que je suis fiable, respectable et moral.

— Rien que cela !

— Je suis le type d'homme qu'une mère souhaiterait que sa fille épouse, ajouta Griffith non sans complaisance.

Art lui adressa un clin d'œil.

— Vous êtes pénible, voilà ce que vous êtes. Et qu'est-ce que c'est que cette histoire de mariage avec Lady Marian ?

— Je n'ai pas dit que j'allais l'épouser, j'ai juste dit…

En regardant Art, Griffith comprit qu'il n'aurait pas le dernier mot. Préférant changer de sujet, il demanda :

— Savais-tu que Wenthaven est le père de Marian ?

— Ah.

Art se gratta l'oreille.

— Je m'étais posé la question. Elle semblait si sûre de pouvoir faire ce qu'elle voulait dans cette maison. Et puis il y a la ressemblance. Elle est un peu trop prononcée pour qu'ils ne soient que cousins.

— La ressemblance ? Il n'y a aucune ressemblance entre cette espèce de minable qui ne cesse de se pavaner et…

— Et la catin que vous avez été chargé de surveiller ?

Griffith adressa un regard noir et menaçant à Art, espérant l'inciter à cesser ses insultes.

— Ce n'est pas une catin. Elle est un peu fougueuse, je te l'accorde, mais…

— Quel revirement depuis hier soir ! s'étonna Art. Je me demande bien ce qui a pu vous faire changer d'avis. C'est le sourire, vous savez.

— Comment ?

— C'est le sourire qu'ils ont en commun. Wenthaven et Lady Marian sourient tous les deux facilement, et ils expriment énormément de choses grâce à leurs sourires.

Griffith se rallongea et réfléchit.

— Dans le cas de Marian, c'est surtout du mépris que ses sourires expriment.

— Dans le cas de Lady Marian ? répéta Art. Non, c'est dans le cas de Wenthaven qu'il s'agit surtout de mépris.

— Non, chez lui, c'est de la malveillance, corrigea Griffith, l'esprit ailleurs.

Art avait raison. Griffith avait changé d'avis au sujet de Marian durant la nuit, et il n'avait pas besoin de se demander pourquoi. Elle avait volontiers répondu à ses baisers, avec une ardeur qui semblait avoir été trop longuement contenue. Puis elle s'était sauvée comme une biche effarouchée. Cela prouvait ce qu'il souhaitait : qu'elle avait été chaste pendant une longue période. Depuis la naissance de son fils, sans doute, et même avant.

— Je ne pense pas qu'elle soit une catin. Elle est comme un oiseau sauvage, et il faut la poigne solide d'un homme pour la contrôler.

— Mais quelle coïncidence ! N'avez-vous pas dressé des faucons ? se moqua Art.

Griffith l'ignora.

— Ce matin, par exemple, elle participe à une chasse avec les autres invités.

Art parut curieux.

— Nous n'y allons pas ?

— Non, j'emmène son fils en promenade. Mais je lui ai dit sans détour comment elle devait se comporter.

Art pâlit et demanda :

— Comment, alors ?

— En premier lieu, je lui ai dit de s'habiller comme une lady.

Avec consternation – et excitation – Griffith la revit dans ses braies.

— Imagines-tu le scandale si elle montait à cheval à califourchon comme un homme ?

Art s'étrangla et se rallongea sur son matelas.

— Oui, je pense comme vous. Avec une bonne prise en main…

Art s'étrangla de nouveau, et Griffith pencha la tête.

— Art ?

Art poussa un éclat de rire qui résonna comme le cri d'un farfadet irlandais, ce qui glaça le sang de Griffith.

Griffith s'assit dans le lit et fixa son domestique qui

se tortillait en donnant des coups de pied dans le vide et dans son matelas.

— Art ?

Entre deux quintes de toux, Art reprit son souffle.

— Vous… lui avez dit… de s'habiller comme une lady ?

Alors que Griffith acquiesçait, le fou rire d'Art, qui se tenait les côtes, reprit de plus belle.

— Comme… vous… êtes… intelligent ! C'est évident que cela va calmer… ses folles ardeurs.

Avant que Art eût terminé, Griffith était levé et en train de remettre ses vêtements de la veille.

Quand Art se fut repris, il s'assit dans le lit, avec une couverture autour de ses épaules qui tremblaient encore.

— Vous allez emmener le fiston de Lady Marian en promenade ?

Griffith lui adressa un regard sombre alors qu'il drapait sa cape autour de ses épaules. Il sortit de la pièce précipitamment, puis revint, tout aussi précipitamment. Un élégant miroir était accroché au mur, et sur la table, juste en dessous, se trouvaient des accessoires féminins. En fouillant parmi les objets poussiéreux, il trouva un peigne, qu'il passa dans ses cheveux.

Art rit de nouveau. Alors que Griffith descendait les escaliers en courant, il entendit son domestique crier :

— Bonne chasse !Marian conduisit son cheval sous les arbres et mit pied à terre. Alors qu'elle attachait avec soin l'animal à une branche, elle se demanda avec morosité ce qu'elle était venue faire à cette chasse.

Elle avait oublié la façon dont les hommes la regardaient quand elle montait à califourchon, habillée en homme.

Elle avait oublié la façon dont les femmes pouffaient quand elle se promenait dans ses bottes noires.

Elle l'avait souvent fait juste après son retour de la cour. C'était l'époque où elle avait définitivement perdu le peu de réputation qu'il lui restait. Ses amis s'étaient mis à l'éviter, mais tout ce qui comptait, pour elle, c'était le bébé dont elle s'occupait toutes les nuits. Son propre père l'avait encouragée à monter à cheval comme un homme, à jurer comme un soudard, à se battre à l'épée comme un écuyer. En colère, pleine de défi, elle s'était plu à nourrir les ragots, et à entretenir la flamme responsable de sa propre destruction.

Le souvenir de ces jours la fit tressaillir, et elle posa son chapeau de feutre à terre pour secouer ses cheveux tressés. *Oublie cela*, se dit-elle, tout en sachant que c'était impossible.

Tout en longeant la ligne de crête, elle observait le sol avec attention. Si elle se souvenait bien, par là, quelque part… Avec un petit cri de triomphe, elle s'agenouilla et écarta les ronces. Des petits buissons couraient sur le sol, couverts de fraises des bois qui ne demandaient qu'à être cueillies. Elle en emplit ses mains, alors que les souvenirs se bousculaient dans son esprit.

C'était une petite chose qui l'avait ramenée à la raison. La lettre de Lady Élisabeth lui apprenant son mariage avec le roi Henri. Henri n'avait reculé devant aucune dépense, avait-elle lu, mais la fastueuse cérémonie avait été gâchée par une seule chose : la très chère amie d'Élisabeth, Marian, n'y avait pas pris part en tant que première demoiselle d'honneur de la reine.

Marian avait ri. Puis elle avait pleuré. Puis elle avait bercé Lionel jusqu'à l'aube, avait revêtu une robe sage, et juré d'être une lady respectable. Cela s'était avéré difficile, car, même à la cour, elle était celle qui courait partout, qui dansait toute la nuit, qui s'amusait à marcher sur les murs pour se faire peur. Une vraie sauvageonne… Mais elle se flattait d'avoir réussi.

Bien entendu, Sir Griffith n'était pas de cet avis.

Marian fronça les sourcils. Grâce à lui et à ses baisers, elle était restée éveillée toute la nuit. Ses lèvres étaient irritées, non pas parce qu'il s'était comporté de façon brutale, mais parce qu'elle les avait mordues continuellement en essayant de comprendre pourquoi il s'était montré si passionné.

Elle avait fini par se dire qu'il n'avait pas été passionné. Il l'avait embrassée parce qu'il était en colère et qu'il voulait lui donner une leçon. Il était impossible qu'il la désire.

Malheureusement, la nuit passée avait prouvé qu'elle ne détestait pas Sir Griffith. Si ces baisers devaient prouver quelque chose, c'était qu'elle l'admirait sincèrement.

Ces baisers. Elle ne voulait plus y penser, et elle ne voulait plus penser à lui.

Elle porta une fraise à sa bouche, ferma les yeux, et savoura ce délicieux avant-goût d'été.

Comme elle avait toujours détesté l'hiver ! Comme les jours passés à la cour lui manquaient ! Les jeux, les rires, les feux qui chassaient le froid.

Au château, l'on jouait aux mêmes jeux, mais les rires semblaient forcés. Ce n'était pas pour réchauffer mais pour impressionner que Wenthaven faisait allumer de grands feux. Les gens regroupés autour d'eux n'étaient pas des amis, mais des ennemis attendant prudemment leur heure.

Cependant, chaque hiver, Marian avait été forcée d'accepter la feinte hospitalité offerte par le donjon.

Quand les tempêtes se déchaînaient dehors, le cottage tremblait, le feu crachait des escarbilles, sous les pleurs incessants de Lionel. Cecily s'était plainte, et à son grand désespoir, Marian elle-même avait développé une vilaine toux. Toux qui avait très vite guéri dans l'atmosphère sèche du logis.

Le premier hiver avait été le meilleur. Elle s'était installée dans la chambre de sa mère, et elle adorait cet endroit éloigné des parasites qui entouraient Wenthaven. Les coliques de Lionel avaient cessé. Il avait appris à tenir assis et à ramper… Puis il avait voulu ramper dans le dangereux escalier en pierre.

L'hiver suivant, Marian, Cecily et Lionel avaient trouvé refuge dans l'un des luxueux appartements de Wenthaven, bien spacieux avec tous ses recoins emplis d'espions.

Marian sentit quelque chose d'humide et désagréable dans sa main et ouvrit son poing. Elle avait bêtement écrasé les fraises, dont le jus rouge coulait le long de son poignet.

Pourquoi cela la mettait-il encore en colère ? Après tout, en quoi cela la dérangeait-il que quelqu'un l'observe ? Elle n'avait aucun secret que Wenthaven puisse découvrir, et bientôt elle vivrait de nouveau à la cour. Bientôt elle serait près des grands et parmi les grands. Bientôt tous sauraient ce qu'elle savait déjà : que les graines de la grandeur avaient été semées en Lionel, son fils.

Tout en léchant les fraises écrasées dans sa paume, elle se demanda si Griffith avait de tels secrets. Elle l'ignorait. Elle ne savait même pas pourquoi – elle n'en avait pas la moindre idée – elle lui avait donné la chambre de sa mère. Peut-être parce qu'il paraissait être étranger à l'hypocrisie et aux faux-semblants.

Était-ce seulement une apparence ?

Elle ricana. Non, c'était un fait. Il n'y avait qu'à voir le manque de tact avec lequel il s'était comporté vis-à-vis d'elle. La plupart des hommes lui parlaient comme à une lady et la traitaient comme une fille légère. Griffith n'avait pas joué à ce petit jeu. Il lui avait adressé des reproches francs et directs, il avait parlé en insupportable sentencieux, puis il l'avait traitée comme une lady.

Sauf quand il l'avait embrassée. Il ne l'avait pas embrassée comme si elle était une lady, mais comme si elle était une femme, tout simplement.

Était-ce cela qui l'avait attirée chez lui ? Le plaisir de voir, enfin, une réaction non calculée ? Aujourd'hui, elle s'était habillée en homme pour défier ses ordres, et maintenant elle attendait qu'il la trouve dans le seul but d'être spectatrice de son indignation sincère et épidermique.

Se lancerait-il à sa recherche ? Elle le pensait. Et si ce n'était pas le cas – eh bien, tant pis son pour sa fierté, et tant mieux pour Lionel qui aurait droit à quelques fraises des bois. Elle ouvrit le petit sac accroché à sa ceinture, le garnit d'un linge propre et se pencha pour le remplir de fraises.

Puis elle entendit enfin le bruit qu'elle guettait : un froissement de feuilles dans les buissons derrière elle. Elle se tourna. Éblouie par le soleil, elle sourit au grand homme qui se trouvait à contre-jour.

— Il vous en a fallu un temps pour arriver jusqu'ici, lança-t-elle.

Puis l'homme fit un pas de côté et se retrouva dans l'ombre. Elle hurla en découvrant ses traits.

La main sur la hanche, Adrian Harbottle semblait ravi de cet accueil.

— Je suis très heureux de vous voir moi aussi, trésor.

Elle se leva.

— Je ne pensais pas qu'il s'agissait de vous ! dit-elle, alors qu'elle peinait à respirer.

Le sourire de Harbottle s'effaça, pour laisser place à un froncement de sourcils contrarié.

— Qui d'autre accueilleriez-vous si chaleureusement ?

— Pas vous.

Elle essaya de faire un bond en arrière alors qu'il tendait la main vers elle.

En saisissant fermement son bras, il répéta :

— Qui attendiez-vous ? Hein ? Et pourquoi pas moi ?

En regardant tout autour elle, elle demanda :

— Où sont les autres chasseurs ?

— Je les ai laissés pour partir à votre recherche. Qui ? insista-t-il en la secouant. Et pourquoi pas moi ?

Elle était seule avec cette pathétique imitation de gentleman, que, pas plus tard que la veille, elle avait humiliée devant tous les hôtes de Wenthaven. Sans la protection de son épée, elle n'avait aucune chance face à lui, et la vérité des propos de Griffith venait d'être prouvée. Elle s'était fait un ennemi, un ennemi qui convoitait la vengeance – et sa personne.

Avec prudence, elle tenta de dégainer la première – et la meilleure – de ses armes :

— Le comte de Wenthaven doit me chercher, dit-elle.

Harbottle partit d'un grand éclat de rire.

— Mon père – comme ce mot sonnait curieusement dans sa bouche – sera pour le moins contrarié que vous ayez cherché à être seul avec moi, et il vous en voudra, poursuivit-elle. Pourquoi est-ce que nous ne…

Elle essaya de s'en aller, mais il la ramena brutalement à lui.

— Oui, pourquoi ? Vous étiez si adorable, votre petit derrière en l'air, en train de ramasser des baies.

Il sourit comme s'il était sûr de son charme irrésistible et tendit la main vers sa bouche. Elle détourna vivement la tête, mais il réussit à attraper un petit morceau de fruit qui était resté sur ses lèvres. Tout en léchant son long doigt, il dit :

— Hum, j'adore les fraises. Pourquoi ne pas les partager avec moi ? Montrez-moi où elles se trouvent.

— Elles sont juste là.

Elle désigna l'endroit, et il lui adressa une petite moue charmeuse qu'il avait dû perfectionner durant des heures et des heures devant son miroir.

— Ce n'est pas ce que je voulais dire. Allez, dit-il en essayant de l'entraîner au sol. Montrez-moi.

Montrez-moi. Il essayait de la séduire, mais si le charme n'opérait pas, il userait de la force, elle le savait. Il userait de la force sans même s'en rendre compte, parce que, sans doute, c'était toujours ainsi qu'il avait fait, sans jamais se poser la moindre question. Il avait très bien choisi son endroit et son moment. Personne ne pourrait l'arrêter, et personne ne le remarquerait si elle ne revenait pas. Après tout elle avait quitté la chasse de son plein gré. Et, par ailleurs, qui pouvait bien se soucier que la traînée qui tenait lieu de fille à Wenthaven culbute un nobliau dans les bois ? Ou, même, qui pouvait bien se soucier qu'elle se fasse violer ? Elle n'oserait jamais se plaindre, ou bien elle verrait défiler à son cottage toute une troupe d'hommes cherchant à obtenir ses faveurs.

Oh ! Seigneur, jamais plus elle ne supporterait cela. Elle avait dû manier l'épée et faire preuve d'une chasteté agressive pour les éloigner après la naissance de Lionel.

Mais cette fois rien n'y ferait si Harbottle parvenait à ses fins avec elle.

Alors, réfléchis, Marian, s'ordonna-t-elle. *Réfléchis.*

— J'adorerais vous montrer où poussent les fraises.

Son sourire n'était peut-être pas sincère, mais elle l'espérait aguicheur. Il posa les yeux sur sa poitrine.

— Oui ?

— Mais j'ai tellement de vêtements sur moi.

Son regard se posa plus bas, et il se mit à haleter comme l'un des chiens de Wenthaven.

— Ne voudriez-vous pas, au moins, m'aider à retirer mes bottes ?

— Oh ! si ! lança-t-il en s'agenouillant et se penchant vers elle.

Elle n'arrivait pas à croire qu'il soit aussi crédule. Lorsqu'il tendit la main vers sa botte, elle leva l'autre pied et lui administra un violent coup de pied à la gorge. Il tomba en arrière, et elle s'enfuit à toutes jambes. Alors qu'elle courait, elle l'entendit essayer de crier et entendit le bruit étranglé qu'il émit à la place. Légèrement horrifiée, elle se demanda s'il était mourant, mais s'interdit d'aller lui porter secours.

Car s'il ne mourait pas, il la tuerait. Cela ne faisait pas le moindre doute.

Avec un empressement maladroit, elle détacha les rênes de son cheval, puis sursauta avec terreur lorsqu'elle entendit des sabots dans son dos.

— Griffith !

Elle serra le poing contre sa poitrine, heureuse de le voir. Elle était au bord des larmes. Puis une fureur irrationnelle s'empara d'elle. Où diable était-il quand elle avait besoin de lui ? Et elle s'écria :

— Parbleu, vous êtes en retard pour jouer au galant sauveur, messire chevalier.

Lançant sa jambe au-dessus de la selle, elle monta à califourchon dans le but de le provoquer, mais il lui arracha les rênes des mains.

— Que voulez-vous dire ?

Il se pencha en avant, l'air deux fois plus menaçant que Harbottle.

— Vous sauver de quoi ?

Elle avait parlé trop vite, se rendit-elle compte. Maintenant, le mal était fait.

Harbottle était toujours agenouillé à terre, peinant à respirer, mais le regard qu'il adressa aux deux cavaliers glaça le sang de Marian. Il avait trouvé la réponse à sa question. Il savait qui elle attendait. Insensible au danger qui le guettait, il exprimait la plus féroce hostilité, par son regard et par ses grognements de bête sauvage.

Marian saisit le bras de Griffith avec impatience.

— Ne perdez pas de temps avec lui. Je l'ai déjà gravement blessé.

Griffith descendit de cheval en secouant la tête, et murmura :

— Non, ma chère. Non, c'est une vermine qui mérite d'être écrasée.

Elle le serra plus fort.

— Ce n'est pas votre problème.

Elle le lâcha lorsqu'il leva les yeux. Lui aussi grognait en montrant les dents. Elle eut tout à coup l'impression d'être un os entre deux chiens, et la voix gutturale de Griffith l'effraya.

— C'est mon problème depuis la nuit dernière. Maintenant rentrez chez vous, Marian. Et attendez-moi là-bas.

Il tourna la tête de son cheval, et alors que l'animal faisait quelques pas, il lui administra une claque sur la croupe. Aussitôt l'animal partit au galop, un galop que Marian était incapable de contrôler. Ce n'était pas qu'elle obéissait à Griffith, c'était seulement qu'elle ne pouvait pas ne pas lui obéir.

Elle franchit le pont-levis au galop pour se diriger vers les écuries, qui étaient quasiment désertes. Dieu merci, les chasseurs n'étaient pas encore rentrés. Les garçons d'écurie se précipitèrent dehors lorsqu'elle entra dans la cour, et elle sauta à terre pour leur tendre les rênes dans un mouvement leste et gracieux.

Ce n'était pas pour éviter Griffith qu'elle s'empressait de quitter les écuries, c'était pour échapper aux regards curieux des domestiques.

Mais alors qu'elle arrivait au verger, elle entendit un bruit sourd de sabots sur le pont-levis, et la panique s'empara d'elle, l'empêchant de se voiler la face plus avant. Elle avait peur de Sir Griffith. Elle se mit à courir entre les arbres, se heurtant aux branches en fleurs et laissant de profondes empreintes de pas dans la terre meuble.

Une trace, songea-t-elle. Mais tant pis. Plus Griffith tarderait à la trouver, plus elle aurait de temps pour se calmer. Ce serait bien qu'il ait passé un peu de sa rage sur Harbottle. Ce serait bien, aussi, qu'il ne l'ait pas tué. Mais c'était d'une importance moindre, comparé à…

Griffith attrapa son bras et la fit pivoter sur elle-même.

— Où donc, chère Lady Marian, vous enfuyez-vous avec tant d'empressement ?

Il murmurait, comme s'il n'osait pas parler tout haut, comme s'il allait se mettre à crier s'il la lâchait, et elle bredouilla :

— Chez moi. Vous m'avez dit de rentrer chez moi, et je…

Sombre et féroce, il dit :

— Je veux vous parler.

— J'avais deviné.

— Ne faites pas la maligne avec moi.

Elle ouvrit la bouche, puis la referma. Il l'observait avec un regard qui semblait satisfait, et elle se demanda si elle ne devrait pas user de cette douceur féminine à laquelle elle avait refusé de recourir dernièrement. Cela pourrait peut-être l'apaiser. Mais, avant cela, elle voulait savoir quelque chose.

— Harbottle est-il toujours vivant ?

— Oui, mais ce n'est pas grâce à vous.

Ses velléités de conciliation s'évanouirent, et elle recula, jusqu'à heurter un tronc d'arbre. L'arbre trembla, et quelques fleurs de pommier tombèrent par terre.

— Mais il ne lèvera pas son épée pendant quelques mois, ajouta Griffith.

— Je ne lui ai pas demandé de me suivre.

— Certains hommes n'attendent pas qu'on le leur demande.

En la désignant de bas en haut d'un geste de la main, il déclara :

— Et certains hommes seraient volontiers enclins à prendre votre tenue comme une invitation.

Avec ce sourire dédaigneux qu'elle maîtrisait si bien, elle répliqua :

— Pour être attiré par moi dans cette tenue, il faudrait que l'homme en question soit sacrément fou.

Saisissant l'avant de son manteau, il l'attira à lui et la regarda de haut en bas.

— Êtes-vous en train de dire que je suis fou ?

Elle perdit son sourire. Cet homme, ce chêne solide et inébranlable, avait l'air sincère. Et il avait l'air vexé ! Ce n'était pas possible, il devait plaisanter…

— Mais vous n'êtes pas attiré par moi !

— Ah bon ?

Vous me méprisez, avait-elle envie de dire. Mais elle se contenta de répondre :

— Je ressemble à un garçon.

— Vous ne ressemblez pas à un garçon. Vous ne marchez pas comme un garçon, ni ne vous comportez comme un garçon, et jamais vous ne réussirez à faire croire à un homme doté de toutes ses facultés que vous êtes un garçon.

S'animant de plus en plus, il haussa la voix.

— Ce ne sont pas vos vêtements qui représentent une tentation pour les hommes, insista-t-il. C'est le corps qu'ils recouvrent. En fait, non…

— Non ? demanda-t-elle, alors que toutes ces contradictions lui donnaient le vertige.

— Ce n'est même pas votre corps. C'est le défi que représente votre personnalité.

Il regardait dans le vague en tâtant son menton, comme s'il réfléchissait.

— C'est pourquoi je vous ai dit de ne pas porter – et il tira sur son justaucorps – ceci.

Furieuse, elle dit :

— C'est moi la victime ici. Moi, asséna-t-elle en frappant sur sa poitrine. À chaque fois qu'un homme viole une femme et se sent vaguement coupable, il accuse la femme. « Elle m'a provoqué. » « C'est elle qui l'a demandé. » Eh bien, je n'ai rien demandé, et peu importe ce que vous dites, je ne suis pas provocante dans cette tenue.

— Petite idiote.

— Ce n'est pas moi qui suis idiote. Peu importe la façon dont je m'habille. Peu importe la façon dont je me comporte. Harbottle est un adulte, il devrait être responsable de ses actes. Je ne voulais pas qu'il me touche. Je devrais peut-être être plus prudente, mais c'est décourageant quand – à son grand désarroi, sa voix s'étrangla, mais elle parvint à se reprendre – quand je me comporte avec toute la retenue d'une nonne – sa voix flancha de nouveau – et quand, à cause d'un seul péché, je suis considérée comme une proie facile. Péché que je n'ai pas commis seule, d'ailleurs.

Une larme coula sur sa joue, et elle l'essuya avec son épaule.

— Je suis désolée d'avoir porté ces vêtements, c'était une idée stupide, mais…

— Mais je vous ai presque mise au défi de le faire.

Elle aurait voulu le regarder en face. Mais cela aurait signifié lui montrer ses yeux embués, et cela, elle n'aurait pu le supporter. Alors, elle regarda ses mains larges qui se refermaient lentement autour de ses bras et l'attiraient à lui. Elle ne voulait pas coopérer – après tout, elle avait sa fierté – mais, après un moment de dignité rigide, elle se détendit. Juste un peu. Juste le bas de son corps. Mais elle garda la tête bien droite.

Les bras autour d'elle, il la berçait lentement.

Elle garda les yeux ouverts.

— Vous avez raison, demoiselle. Vous avez raison, bien entendu. C'est juste que j'ai pris peur quand j'ai compris que vous iriez à cette chasse habillée en homme tout en ressemblant à ce point à une femme.

Il la serra un peu plus fort, et il murmura à son oreille :

— Puis j'ai découvert Wenthaven et ses hôtes en

train de tourner en rond dans la forêt pendant que les chiens effrayaient le gibier, et vous n'étiez pas là. Personne ne savait où vous vous trouviez, et personne ne s'en préoccupait. Alors je vous ai imaginée gisant inanimée dans un fossé.

Il parlait de plus en plus vite, et elle se rendit compte que sa tête penchait de plus en plus vers ce torse large et réconfortant. Sa contrariété était compréhensible. Combien de fois avait-elle eu envie de frapper Lionel quand il s'enfuyait du cottage pour lui faire une farce ?

Quand quelqu'un s'était-il suffisamment soucié d'elle pour s'inquiéter à son sujet ?

— Alors je suis parti à votre recherche, et j'ai découvert que ce pantin vous avait trouvée le premier.

En mentionnant Harbottle, il s'était raidi comme elle l'avait fait quand il l'avait serrée dans ses bras pour la première fois. Alors elle appuya sa tête contre son torse. Elle sentit son cœur qui cognait sous son plastron et elle essaya de le réconforter à son tour.

— Il ne m'a fait aucun mal, dit-elle à voix basse.

— Non ? demanda-t-il, tout frémissant de rage. Voudriez-vous que je vous embrasse ?

— Pardon ?

— Un moins-que-rien comme Harbottle est capable de dégoûter les femmes de toute la gent masculine.

Maintenant elle comprenait, et sans hésitation elle leva son visage.

— J'aimerais beaucoup que vous m'embrassiez. Mais ne vous inquiétez pas, jamais je ne pourrais vous comparer tous les deux.

Ses yeux dorés lançaient des flammes.

— Et vous embrassez très bien.

Il semblait aussi ardent et violent que quand il avait

voulu se venger de Harbottle. Mais lorsque ses lèvres entrèrent en contact avec les siennes, il n'exprima que son ardeur.

La chaleur de la nuit précédente refit surface comme si elle n'avait jamais disparu. Comme si Marian avait passé la nuit et le jour à y repenser. Comme si Griffith voyait, comme il le prétendait, au-delà de ses allures de garçon manqué et de ses sourires moqueurs.

Sa bouche touchait la sienne avec une tendresse et une intimité qui la faisaient pénétrer dans un monde dont elle ignorait l'existence.

— Il ne vous a pas embrassée, murmura-t-il, l'air sûr de lui.

— Non, reconnut-elle.

— Néanmoins, j'aurais dû le tuer.

Cette fois son baiser ne fut pas doux, ni sa caresse réconfortante. Il lécha le coin de ses yeux, prenant possession de ses larmes salées comme s'il avait un droit de préemption sur elles. Il glissa la main sous son manteau, caressa sa poitrine, et, sans hésiter, trouva les endroits qu'elle aimait, les endroits où elle se touchait quand elle se touchait.

Il la poussa contre un arbre et, alors que ses mains se faisaient de plus en plus hardies, elle renonça de son plein gré à la fierté et à la solitude.

Levant très légèrement la tête, il murmura :

— Il faut trouver un endroit.

Elle avait perdu la raison, et elle en eut la preuve lorsqu'elle proposa :

— Au cottage.

— Lionel ?

Elle gémit.

— Il dort.

— Seul ?

— Non.

Toute frémissante de passion, elle dit :

— Derrière le cottage. Il y a un petit bosquet contre le mur d'enceinte du château. C'est mon endroit secret. Personne ne le connaît.

Il n'avait pas l'air indécis, pourtant elle le supplia :

— S'il vous plaît.

Il garda son bras autour de son dos. Elle garda son bras autour de sa taille. Ils se mirent en route à pas rapides, incapables de se lâcher, étourdis par le désir.

Dans un sursaut de lucidité, Marian se demanda un instant s'il remarquerait l'endroit où elle avait enterré son trésor, puis elle se dit que non. Elle aurait aimé qu'ils puissent marcher plus vite, et espérait qu'ils pourraient faire le tour du cottage sans que Cecily les voie. Elle s'arrêta net juste avant qu'ils quittent le verger, et elle attira Griffith vers le côté du mur d'enceinte qui se trouvait dans l'ombre. Elle regarda le cottage. Une fois, puis deux.

Il s'était passé quelque chose. Quelque chose de grave.

— Griffith ?

Mais il avait vu lui aussi.

— Pourquoi les fenêtres sont-elles cassées ? Et pourquoi y a-t-il des plumes en train de voleter dans la cour ?

La panique s'empara d'elle, et eut raison de ses capacités de réflexion autant que de la passion dont elle brûlait encore quelques instants auparavant.

— Lionel ? fit-elle d'une voix suraiguë. Lionel ?

Sans un regard à Griffith, elle courut vers la maison et poussa la grille d'entrée. La porte était ouverte. À l'intérieur, elle découvrit une scène de totale désolation. Les matelas avaient été éventrés, les étagères arrachées des murs. La poussière flottait partout, au point de s'insinuer dans sa bouche et ses narines. Dans la petite pièce qui servait de cuisine se mêlaient des odeurs d'épices, de moutarde et de miel. Tous les placards avaient été ouverts et leur contenu renversé.

Et Lionel n'était nulle part.

Chapitre 5

Marian se tenait sur la pointe des pieds, prête à courir, mais sans savoir où.

— Lionel ? appela-t-elle d'une voix calme.

Mais ses mains étaient tendues et ses bras écartés, comme si elle s'attendait à tomber d'un instant à l'autre.

— Lionel ? appela-t-elle de nouveau, en enjambant les débris.

— À votre avis, Lionel a-t-il pu s'enfuir ? demanda Griffith, sous le choc et préoccupé par le sort de l'enfant qu'il était censé protéger.

Par le sort de l'enfant, et par celui de sa mère.

— C'est possible. C'est ce à quoi nous nous sommes préparés.

— Préparés ?

— Oui, nous nous sommes préparés et entraînés à nous enfuir. Mais il a tout juste deux ans, et je ne sais pas…

Elle ne finit pas sa phrase, mais il avait néanmoins entendu les mots qu'elle n'avait pas prononcés. « Si les hommes qui ont fait cela lui en ont laissé le temps. » En s'efforçant de prendre un ton confiant, Griffith dit :

— Je vais regarder au cas où il se cacherait quelque part et aurait peur de se montrer.

S'enfonçant dans les ruines de ce qu'avait été la maison de Marian, il souleva les meubles, les piles de vêtements, les restes des lits, à la recherche de l'enfant. Lorsqu'il se releva, couvert de plumes et n'ayant trouvé que le sac d'or provenant de Lady Élisabeth, Marian n'était plus là. Quand il sortit, il l'entendit appeler :

— Lionel !

Alors qu'il faisait le tour du cottage pour la retrouver, il l'entendit s'exclamer :

— Cecily !

— Dieu merci, vous voici, ma lady, répondit Cecily, avant de pousser un long et lent soupir.

— Ah non, parbleu, tu ne vas pas t'évanouir maintenant !

Dans le petit bosquet situé entre l'arrière du cottage et le mur d'enceinte du château, Griffith trouva Marian en train de gifler Cecily. Cecily se releva, les yeux hagards, tandis que Marian lui demandait :

— Où est mon fils ? Qui a fait cela ? Où est Lionel ?

— Je l'ai tiré du lit et je me suis enfuie avec lui quand j'ai vu cet homme dans la cour.

Des taches d'herbe maculaient la jupe de Cecily et sa coiffe était de travers.

— J'ai couru jusqu'au château avec Lionel, je l'ai conduit à sa cachette, puis je suis revenue ici pour guetter.

— Est-il en sécurité ? demanda Griffith.

Au lieu de répondre, Cecily le dévisagea avec perplexité et inquiétude.

Marian l'attrapa par le bras pour la forcer à la regarder.

— Lionel est-il en sécurité ?

Cecily hocha la tête.

— Oui. Je suis sûre que oui.

Marian se mit à courir vers le donjon.

— Allons le chercher.

Moins hardie que la lady qu'elle servait, Cecily semblait réticente, mais Marian la traîna par la main. Griffith entendit le cri de protestation de Cecily, vit l'agacement de Marian, et n'eut le temps que de regarder brièvement autour de lui.

Marian avait parlé de ce taillis comme de son endroit secret. Un hamac était accroché entre deux arbres, et les rayons du soleil tachetaient les troncs, l'herbe, le sol sombre. L'endroit semblait propice à l'isolement et à la méditation, et ne paraissait pas correspondre au caractère enjoué et vivant de Marian. Cela éveilla sa suspicion et il se promit d'y revenir pour percer les secrets de Marian.

Il rattrapa les deux femmes alors qu'elles traversaient les grands parterres de fleurs. La coiffe de Cecily avait glissé dans son dos, et elle tentait de la retenir par le voile qui ne servait plus à rien, mais Marian ne le remarqua même pas. Comme ils approchaient des murs gris du manoir, la domestique ralentit.

— Lady Marian, je ne veux pas entrer au château comme une furie.

— Alors reste ici.

— Lady Marian, continua Cecily. Voulez-vous que tout le monde sache que vous avez perdu Lionel ?

Marian lui adressa un regard peu convaincu, mais Cecily insista.

— Voulez-vous que tout le monde accoure quand vous l'aurez trouvé, en vous pressant de questions au sujet de ce qui s'est passé au cottage et en se demandant ce que vous possédez qui soit capable de susciter à ce point la convoitise ?

Le torse de Marian s'élevait et s'abaissait de façon rapide et très marquée. Elle ferma les yeux, et quand elle les rouvrit, toute trace d'angoisse en avait disparu. Pour ne pas éveiller les soupçons des domestiques et des invités, elle redevint la Marian à laquelle Griffith avait été présenté. L'insouciante Marian, affranchie des conventions.

Griffith la regarda gravir les escaliers du porche et se demanda si c'était sa raison de vivre de tromper le monde ou bien si elle avait une raison profonde et secrète pour agir de la sorte.

Elle adressa un signe de tête au laquais qui leur ouvrit la porte. Dans la grande salle, elle se pavana dans ses vêtements masculins, et passa devant un prêtre qui la regardait bouche bée en lui lançant :

— Bon après-midi, mon père.

Mais elle ne se retourna pas quand il l'appela. Elle obliqua vers le couloir desservant la chambre qui avait d'abord été attribuée à Griffith.

— Où est Lionel ? demanda Griffith.

La porte de la tour était en vue, et Marian allongea le pas.

Cecily désigna la porte.

— Ici.

Soudain, Griffith comprit.

— Dans la tour de la comtesse ?

— Je prie pour que ce soit vrai, dit Marian avec ferveur.

Cecily balaya son inquiétude.

— Il y a quelques mois, vous avez insisté pour que nous lui aménagions une cachette sous les escaliers, avec une couverture. Je suis sûre qu'il y est.

Mais quand ils ouvrirent la porte, aucun petit garçon ne surgit de l'obscurité.

— Lionel ?

L'appel de Marian résonna dans l'escalier vide, et Griffith entendit distinctement son souffle court.

Le juron inélégant de Cecily rappela à Griffith qu'elle avait failli à son devoir, ce que Marian pensait également, de toute évidence.

— Comment as-tu pu le laisser ? L'escalier...

Marian s'agenouilla, tâtant le sol de ses mains comme si elle s'attendait à trouver son petit corps écrasé sur le sol.

— Lionel ?

Griffith gravit rapidement l'escalier.

— Je voulais voir ce qui se passait au cottage, se défendit Cecily. Je voulais être utile. Je voulais voir qui était le coupable.

— Je t'ai dit et redit que le premier de tes devoirs c'était Lionel.

Marian semblait en plein égarement. Son visage douloureux était éclairé par un rai de lumière provenant de l'une des meurtrières.

— Où devons-nous chercher mon fils à présent ? À l'étage ? Dehors, dans l'un de ses endroits préférés ? Au cottage ?

Cecily pleurnichait.

— Et s'il avait croisé le chemin de la brute qui a fouillé le cottage ?

Après avoir inspecté le sol, Marian plaqua son dos contre le mur de pierre et se releva.

— Et si quelqu'un l'avait enlevé ? Cecily...

Un rire d'enfant tinta, étouffé et lointain, et Griffith se pencha pour leur demander de se taire.

Aussitôt, Marian se tendit et écouta. Le rire recommença, un peu plus distinct, et Marian gravit les marches deux à deux. Griffith arriva à la chambre de la comtesse le premier et ouvrit la porte à Marian.

Penchés au-dessus d'une boule argentée posée sur le sol, Art et Lionel levèrent leurs visages étonnés alors que Marian surgissait dans la pièce. Lorsqu'elle s'arrêta et contempla la scène d'un regard soulagé, Griffith vit de nouveau la transformation. Marian n'était plus la fille insolente de Wenthaven, ni la mère apeurée de Lionel, mais un pilier de force à peine égratigné par la vie.

— Eh bien ! T'ès-tu bien amusé, Lionel ?

C'était la bonne réaction, mais Griffith savait toute la terreur et le soulagement qu'elle cachait.

Lionel sourit, montrant ses petites dents et ses adorables fossettes.

— Oh ça, pour sûr ! répondit Art, dont le regard passa de la mère à l'enfant plusieurs fois de suite. C'est un bon garçon, Lady Marian. Vous pouvez être fière.

— Je le suis.

Marian s'agenouilla sur le tapis épais et tendit les bras. Ils tremblaient et sa voix tremblait elle aussi, malgré ses efforts pour la maîtriser.

— Lionel, veux-tu bien faire un câlin à maman ?

Avec le manque de tact caractéristique des enfants de son âge, Lionel secoua la tête et prit la boule dans sa main sale. Il la serra contre lui, et la clochette qui était cachée à l'intérieur se mit à tinter. Il se balança d'avant en arrière pour que le son recommence.

Comme une poule qui se serait adressée à un poussin trop aventureux, Art dit :

— Ta maman ne va pas te prendre la boule, et nous jouerons encore quand tu l'auras embrassée.

Lionel, l'air buté, fit la moue, et la gorge de Marian se serra. Il ne voulait pas être cruel, elle le savait. S'il avait eu peur pendant un moment, sa terreur était passée depuis longtemps. Elle avait interrompu son jeu, et il n'avait pas de temps à consacrer à sa mère. Mais elle avait besoin de cette étreinte, elle avait besoin d'être rassurée en sentant ses bras potelés autour de son cou et son petit corps contre le sien.

— Lionel, fit Art d'une voix enjôleuse, et si tu jouais avec ta mère ? Tu peux faire rouler la boule vers elle, tu sais.

Lionel la regarda d'un air suspicieux.

— Et elle te la renverra, c'est certain, insista Griffith.

Incapable de parler, Marian hocha la tête.

Fier de sa nouvelle possession, Lionel leva la boule et la lança aussi fort qu'il put. Art cria, Griffith fit un mouvement pour l'attraper, mais Marian tendit le bras en un éclair et l'intercepta.

— Tu as un bon lancer, mon fils. Viens ici, que je t'apprenne à viser.

Lionel courut vers elle, donnant à Marian la possibilité, enfin de l'embrasser. Elle le relâcha vite, puis tint sa promesse. Alors qu'il visait Art, elle demanda :

— A-t-il gravi l'escalier seul ?

— Oui, tout seul.

Marian faillit claquer des dents en imaginant son bébé en train de grimper les marches hautes et irrégulières.

— Deux ans, murmura-t-elle. Par tous les saints, il n'a que deux ans.

Alors qu'elle le serrait de nouveau dans ses bras, il se libéra en se tortillant avec impatience et se dirigea vers Art.

— Allons, demoiselle, ce n'est pas si terrible, dit Art. Il s'en est sorti avec une belle frayeur. Je l'ai trouvé caché sous le lit à mon retour de la lingerie. Un tout petit bonhomme, avec des yeux immenses et les cheveux noirs tout ébouriffés. Au début, il n'a pas eu l'air de beaucoup m'aimer, et puis tout a changé quand je lui ai dit que je logeais dans cette chambre et que j'avais un jouet pour lui.

Pour la première fois depuis qu'elle était entrée dans la pièce, Marian remarquait ce qui l'entourait. Il n'y avait plus un seul grain de poussière nulle part. Les fenêtres étincelaient sous la lumière de la fin de l'après-midi. Un feu brûlait dans la grande cheminée et les tapisseries semblaient propres et vivantes.

— Oh ! Art, dit-elle, quel magnifique travail vous avez fait.

— C'est une belle pièce, et vos domestiques n'avaient besoin que d'un petit coup de pouce pour la nettoyer, dit Art en riant. Petit coup de pouce que je me suis empressé de leur donner.

— Art est doué pour cela, dit Griffith pour qui cela n'avait pas l'air d'être un compliment.

— Pas la peine de me faire passer pour un dragon, répliqua Art en faisant rouler la boule sur le tapis vers Lionel.

— Pourtant…

Le bruit de la clochette éveilla une douce nostalgie chez Marian.

— Je crois que je me souviens avoir joué ici quand j'étais enfant, comme Lionel. J'entendais la clochette tinter. Je sentais l'odeur des roses estivales. Et je voyais un sourire.

— Votre mère, dit Art. Elle était si douce et gentille.

Depuis la porte, Cecily hurla. Tout le monde se tourna vers elle, et Marian lui adressa un regard mécontent.

— Que se passe-t-il, Cecily ?

Cecily tendit le cou et désigna Art.

— Avez-vous vu le fantôme de la comtesse de Wenthaven ?

Art enfouit son nez et sa bouche entre ses mains. Essayait-il d'étouffer un commentaire déplaisant au sujet de Cecily ? Peut-être... En tout cas, en ce qui la concernait, elle était agacée par le comportement de sa cousine, et elle ordonna sèchement :

— Viens t'asseoir. Raconte-nous ce qui s'est passé.

Échevelée et essoufflée par la montée de l'escalier, Cecily s'effondra sur la première banquette.

— Un homme blond est arrivé. Il a frappé à la porte et a crié par la fenêtre qu'il voulait entrer. Je lui ai dit que non, que je ne lui ouvrirais pas, mais il m'a fait peur, alors j'ai réveillé Lionel et je suis sortie par l'arrière.

Griffith posa le pied sur la banquette à côté d'elle et se pencha en avant.

— Pourquoi n'êtes-vous pas allée chercher de l'aide ?

Cecily se raidit.

— Auprès de qui ? Presque tout le monde était parti, et je ne savais pas si je pouvais...

— Tu as fait ce qu'il fallait, Cecily, dit Marian.

— Pourquoi ? demanda Griffith. Sous-entendriez-vous que votre servante ne doit pas demander d'aide aux hommes de votre père ?

— Dans ce château, il y a certaines questions qu'il vaut mieux ne pas poser. Certaines questions dont je ne veux absolument pas connaître les réponses. Mais ce que je veux savoir – et elle tendit le cou vers Cecily – c'est si tu as déjà vu cet homme blond auparavant.

Griffith fit un pas de côté et alla se poster devant la cheminée.

Cecily pinçait et froissait le voile qui était accroché à sa coiffe.

— Je n'ai pas pu bien le voir. Je n'ai pas attendu

qu'il entre. Mais il y avait quelque chose chez lui qui m'a semblé familier.

— Familier ? répéta Marian, alarmée.

— Il était grand et beau, avec de larges épaules.

Cecily écarta les mains pour montrer la carrure en question.

— Comme un chevalier.

Griffith en tira une conclusion qui ne pouvait qu'être fausse, il le savait.

— Harbottle.

— Oui !

Entendant ce nom, Cecily s'était levée d'un bond, comme un épagneul prêt à se jeter sur un coq de Barbarie.

— Il ressemblait à Harbottle.

— Impossible, à moins qu'il ait un frère jumeau, dit Marian. Harbottle était avec moi.

— Tout le temps ? demanda Griffith.

— Non, mais il était avec les autres chasseurs et il m'a vue partir.

— Êtes-vous sûre de l'avoir reconnu parmi les chasseurs ?

Griffith avait l'air d'un inquisiteur, et son ton irrita Marian.

— Est-ce important ?

Il tendit les mains vers le feu avant de répondre.

— Oui, parce que je doute qu'il serait prêt à vous avouer de lui-même qu'il a fouillé votre cottage.

Griffith avait raison, mais elle n'appréciait pas qu'il se mêle ainsi de ses affaires. Les hommes ne rendaient jamais service gratuitement, et elle ne voulait pas se reposer sur eux, car elle était toujours cruellement déçue lorsqu'ils réclamaient leur récompense.

— Quoi qu'il en soit, j'ai eu si peur, si vous saviez, dit Cecily en tordant ses mains.

— Et c'est bien normal, commenta Griffith en s'asseyant sur une chaise devant le feu. Quelque chose a-t-il été volé ?

— Comment le saurais-je ? demanda Cecily, penchée sur sa jupe dont elle tira un fil. Je ne suis pas rentrée dans le cottage après le départ de l'intrus.

La boule de Lionel tinta, alors qu'il marchait vers Griffith. Celui-ci lui tendit les mains.

— Tu veux t'asseoir ici, bonhomme ?

Lionel observa Griffith, puis frappa sa tête contre ses cuisses, à l'endroit de son entrejambe.

— Lionel ! gronda Marian, déjà prête à se lever.

— Laissez.

Griffith tendit la main vers elle pour l'inciter à rester assise, mais il avait l'air de souffrir et il était très pâle.

— Il essaie juste de me témoigner son affection.

— Ce genre de témoignage d'affection peut vous tuer un solide gaillard ! lança Art, alors que Marian portait la main à sa bouche.

Il aurait, en effet, été très malvenu qu'elle se mette à rire, même si son rire était compatissant.

Art continua :

— En même temps, ce n'est pas bien grave s'il écrase vos bijoux de famille, puisque vous ne vous en servez plus depuis longtemps.

Cecily pouffa.

Mais Marian, elle, n'avait plus du tout envie de rire. Griffith avait eu l'intention, moins d'une heure auparavant, de s'en servir. Et avec elle.

Si Griffith s'en souvenait, il n'en laissait rien paraître. À la place, il prit une grande inspiration, et installa

Lionel sur l'une de ses jambes, en faisant attention à ce que l'enfant ne puisse pas, en plus, lui donner un coup de pied. En essuyant son front baigné de sueur, il dit :

— Cecily, vous l'avez vu partir, avez-vous dit. Avait-il quelque chose à la main ?

— Je n'ai pas dit que je l'avais vu partir.

Lionel se trémoussa pour s'installer plus confortablement, et Griffith l'aida tout en contrôlant ses mouvements avec précaution.

— Vous avez dit que vous aviez laissé Lionel et que vous étiez revenue au cottage pour surveiller. Cela signifie que…

— Il n'a rien volé. Rien que j'aie remarqué, en tout cas.

Cecily avait pris des couleurs et Marian et Griffith échangèrent quelques regards discrets. Ils se demandaient tous les deux si la jeune femme mentait. C'était un peu comme si Cecily avait voulu se rendre utile en épiant l'intrus qui avait fait irruption au cottage, mais que le courage lui avait manqué. Tout en l'observant attentivement, Marian demanda :

— Où étais-tu postée pour guetter ?

— Au verger.

— Tu as dû avoir du mal à voir quoi que ce soit depuis le verger, dit Marian. C'est trop loin.

— Ah, et où suggérez-vous que je me poste, la prochaine fois ? rétorqua Cecily avec insolence. À la porte ?

Art s'interposa entre Marian et Cecily et désigna l'échelle en bois qui menait à une trappe dans le plafond.

— Vous feriez mieux de monter préparer un lit pour votre maîtresse et votre petit maître avant de dire quelque chose que vous pourriez regretter.

Cecily pâlit.

— Nous ne restons pas ici, n'est-ce pas, ma lady ?

Griffith répondit presque avant qu'elle ait le temps de finir sa phrase.

— Il est hors de question que vous alliez ailleurs.

Marian écarta les mains.

— Nous pourrions très bien nous installer dans une des chambres, en dessous. Après tout…

— Vous allez rester ici, trancha Griffith.

— Que peut-il nous arriver dans la demeure de mon père ?

L'air plus féroce que jamais, Griffith secoua sa crinière noire et fronça les sourcils jusqu'à ce qu'ils se rejoignent en leur centre.

— La même chose que ce qui aurait pu vous arriver si vous vous étiez trouvée au cottage aujourd'hui.

Marian haussa les épaules.

— C'est-à-dire rien, probablement.

— Lady Marian, vous ne comprenez pas, dit Griffith d'une voix un peu plus conciliante. Celui qui a dévasté votre cottage n'était pas un gentil domestique obéissant à votre père. Quelqu'un cherchait désespérément quelque chose. Si vous vous étiez trouvée sur son chemin, il aurait très bien pu vous en écarter.

— Mon père…

— Je ne comprends pas pourquoi vous pensez qu'il s'agit de votre père. Que voudrait-il voler ? Que chercherait-il ? demanda Griffith.

Elle regarda partout, sauf dans la direction de Griffith.

— Je ne prétends pas lire dans les pensées de mon père.

— Même si c'est lui qui a donné cet ordre, vous sentez-vous en sécurité avec ses laquais ?

Elle était en train d'hésiter et il le vit.

— Vous voyez… Pour l'instant, nous n'avons aucune

réponse à nos questions, et tant que ce sera le cas, nous ne vous lâcherons pas d'une semelle.

Elle lui adressa un bref regard, avant de détourner les yeux.

— Je ne peux pas m'installer ici avec vous.

— À cause de votre réputation ?

Était-ce sarcastique ? Elle l'ignorait et elle s'en moquait. Enfin, elle aurait aimé s'en moquer.

— Je ne voudrais pas qu'il se dise que je réchauffe votre lit.

— Cecily dormira avec vous, décida-t-il.

— Je refuse, répondit Cecily avec effronterie.

Avant que Griffith puisse répondre, Art se dirigea vers la jeune femme et la souffleta.

— Vous resterez ici !

Sous l'impact du coup, la coiffe de Cecily glissa sur un côté, et ne fut plus retenue que par sa guimpe. Elle cria, pour protester contre ce rude traitement, à moins que ce ne soit contre l'ordre de rester, mais Art ne s'en souciait guère. Il désigna l'escalier en colimaçon et dit :

— Ce n'est pas une petite mijaurée de servante anglaise qui contredira mon maître. Maintenant, levez-vous avant que je frappe l'autre joue.

Marian était contrariée par le comportement d'Art, mais Cecily n'attendit pas que sa maîtresse prenne sa défense. Elle se leva d'un bond, les yeux emplis de larmes et resta un instant immobile entre la porte et l'escalier, oscillant très légèrement d'avant en arrière. Elle regarda Marian pendant un long moment.

— Jamais je ne vous laisserai, sanglota-t-elle.

Puis elle disparut dans l'escalier.

Marian se tordit les mains.

— Regardez ce que vous avez fait. Vous l'avez fait pleurer.

— Je suis sûr que cette petite bécasse passe son temps à pleurnicher, persifla Art.

— Oui, et ensuite elle échange son oreiller trempé contre le mien.

Griffith ricana.

— Vous allez rester, donc.

Elle voulut répondre, mais Art annonça :

— Les chasseurs sont de retour.

Marian se leva et épousseta son siège.

— Je vais aller parler à Wenthaven.

Griffith essaya de se lever à son tour, mais Lionel s'accrochait à lui et l'empêchait de bouger.

— Vous ne pouvez pas y aller seule.

— Vous ne pouvez pas venir avec moi.

Il essaya de protester, mais elle l'en empêcha.

— Comprenez. Il faut absolument que je sache si c'est Wenthaven qui a envoyé ce messager de l'enfer à mon cottage. Si c'est lui, il faut que je sache pourquoi. Si ce n'est pas lui…

— Si ce n'est pas lui ? demanda Art.

— Si ce n'est pas lui, il doit pouvoir me renseigner. Il se vante sans cesse de savoir tout ce qui se passe sur ses terres. Et je me ferai un plaisir de le lui rappeler.

La voix grave et profonde de Griffith résonna dans son dos.

— Marian.

— Quoi ?

Elle-même trouva son ton un peu sec, mais elle ne voulait pas de nouvelle leçon de morale. Elle n'aimait pas que cet homme se sente responsable d'elle et de sa sécurité.

Il tendit un sac.

— J'ai votre or.

— Mon or ! J'avais oublié.

— Oublié ? Comment aviez-vous pu oublier votre or ? C'est ce que cherchent les voleurs, d'habitude, non ?

Griffith avait l'air de se douter de quelque chose, comme s'il pressentait la vérité, et elle soupçonnait qu'il serait très facile de la lui révéler. Elle avait toujours refusé de se confier à qui que ce soit jusqu'ici, et elle ne comprenait pas comment cet envoyé du roi s'y prenait pour la faire hésiter.

Elle traversa la pièce sans répondre, mais alors qu'elle s'apprêtait à prendre le sac, il le cacha derrière son dos.

— Je vous laisserai aller voir votre père seule à une condition.

— Laquelle ?

— Que vous reveniez à temps pour passer la nuit ici. Promettez-le-moi.

Il leva la main pour faire taire ses protestations.

— Promettez-le-moi, ou bien je ne vous rends pas votre argent.

Elle regarda la bourse d'un air rebelle.

— Du moment que vous restez bien sagement dans votre lit, là-haut, poursuivit Griffith sur le même ton doucereux que le serpent de l'Éden, votre réputation n'aura rien à craindre. Et cela ne devrait pas être trop difficile pour vous, puisque vous ne m'aimez guère. Je suis une horrible bête qui a juré une fidélité et une loyauté sans faille à Henri Tudor. Je pense que le roi Henri devrait punir sévèrement Élisabeth, votre lady, pour les trahisons qu'elle a commises durant le règne de Richard. Et je pense que vous devriez être mariée à un homme ayant suffisamment de poigne pour dompter l'animal rebelle que vous êtes.

Elle répéta la phrase qu'elle ne cessait de marteler depuis son retour au château de Wenthaven.

— Jamais je ne me marierai.

— Je pense que si.

C'était un défi. Tout ce qu'il avait dit avait été un défi, porté et accentué par la lueur de son regard. Ses yeux brillaient d'une couleur dorée, qui évoquait le soleil, ou le feu. Tout cela lui rappelait son moment d'abandon dans le verger.

Griffith n'avait pas oublié, comme elle l'espérait. Mais là, il avait surtout l'air d'un homme qui attendait son heure.

— Je reviendrai, finit-elle par dire.

Il lui tendit le sac d'or sans un sourire, mais elle sentit sa satisfaction se propager en elle par vagues.

Avant qu'elle se repente de sa stupidité, Art lui prit la bourse des mains.

— Je vais la mettre ici – et il la plaça aussitôt au sommet du grand buffet – et vous pourrez la récupérer plus tard. Et, ma lady, ne vous en faites pas trop. Griffith est réellement une horrible bête, et il n'est pas digne de vous. Je parie que vous ne connaissez même pas la couleur de ses yeux, qui est pourtant fort révélatrice.

Marian regarda Art d'un air méfiant.

— Ils tirent sur le… jaune.

— Ils sont bruns comme la boue, dit Art en s'esclaffant. Enfin, quand il est à peu près calme.

— Je ne les ai jamais vus ainsi, protesta-t-elle. Ses yeux sont dorés comme la couronne d'Angleterre.

Art adressa un petit sourire, d'abord à elle, puis à Griffith. Elle les regarda tour à tour, sans comprendre.

Quand il fut clair qu'elle n'obtiendrait aucune explication, elle tourna les talons et s'en alla.

La solide porte en chêne ne pouvait pas être claquée. Elle était trop lourde et ses gonds n'étaient pas assez bien huilés. Marian fit de son mieux, mais le seul bruit produit fut un son sourd et étouffé.

Lorsque Marian fut partie, Griffith posa le doigt sur l'ecchymose qui colorait son nez, en faisant attention à ne pas trop appuyer.

— Penses-tu que je lui aie suffisamment fait prendre conscience du danger ?

— Vous lui avez fait prendre conscience qu'il y avait un danger, mais surtout dans cette pièce, dit Art.

Lionel jeta la boule, et Griffith le fit descendre de ses genoux afin qu'il aille la récupérer.

— J'ai échoué à la protéger.

— Henri sera mécontent.

— Qu'Henri aille au diable, rétorqua Griffith, trop préoccupé pour se soucier de déférence. J'aimerais savoir d'où vient le danger. Nous ne sommes ici que depuis hier. La destruction de sa maison est-elle la conséquence de notre arrivée ?

— Ou bien sommes-nous arrivés juste à temps ?

La question d'Art, qui était fort judicieuse, ne fit qu'accroître son inquiétude.

— Quelqu'un a-t-il perçu la menace que nous pouvions représenter pour ses noirs desseins, ou bien quelqu'un sait-il pourquoi nous sommes venus ?

— Quelqu'un comme Wenthaven ?

— Oui, Wenthaven.

Avec un sourire espiègle, Art demanda :

— Voulez-vous que je descende à la lingerie et que j'interroge la veuve Jane ?

— Oui.

Griffith se leva et prit Lionel dans ses bras.

— Et j'avais promis une promenade à Lionel ce matin. Nous sommes l'après-midi, mais peut-être pourrions-nous aller rendre une petite visite aux mercenaires. Ils pourraient montrer leurs armures à Lionel pendant que je bavarde avec leur capitaine.

— Et que vous surveillez de loin Marian et Wenthaven ?

— Et que je surveille de loin Marian et Wenthaven.

Chapitre 6

La cacophonie assaillit les oreilles de Marian dès qu'elle sortit du manoir. Des chiens se repaissaient des restes du sanglier et des infortunés écureuils qu'ils avaient attrapés. Des femmes échevelées criaient les unes sur les autres. Des chevaux tapaient des sabots et hennissaient, fatigués mais encore excités. Des hommes se frappaient dans le dos et manifestaient bruyamment leur camaraderie. Des domestiques fendaient la foule en portant des pichets de bière et des plateaux garnis de viande, s'efforçant de répondre aux « Par ici, mon garçon. Moi d'abord ! »

La cour tout entière sentait le sang, la virilité, la faim, la soif et l'échauffement des sens. L'excitation de la chasse n'était pas encore retombée, et ce ne serait pas le cas tant que les hôtes de Wenthaven ne se seraient pas adonnés à la boisson, à la nourriture et à la débauche. Tels des chiens de chasse suivant une piste, les hommes flairaient les femmes qui se trouvaient dans les parages, avant de les isoler une par une du reste de la troupe. Les tables, les recoins, les couloirs… Tous ces lieux seraient dédiés au plaisir ce soir.

Marian observait la foule avec méfiance, guettant

Harbottle pendant qu'elle cherchait son père. Attrapant une servante par la manche, elle demanda :

— Wenthaven est-il au chenil ?

En frottant son bras que Marian avait bien pincé, elle répondit :

— Où pourrait-il être d'autre ?

Marian, avec un air de dégoût, regarda en direction du chenil. Parmi toutes les caractéristiques de son père, c'était ce qui lui déplaisait le plus. Il organisait les réjouissances, il fournissait la boisson en quantité illimitée, puis il s'asseyait et observait des femmes se fâcher pour des hommes qui n'en valaient pas la peine et des hommes se battre pour des femmes qui n'en valaient pas davantage la peine.

Le lendemain matin, au cours d'un petit déjeuner plantureux, Wenthaven s'entretiendrait d'une voix suave avec chaque participant à la chasse. Au cas où certains l'auraient oublié, il leur rappellerait les débordements auxquels ils s'étaient laissés aller et, avec un petit sourire satisfait, leur ferait comprendre à quel point ils étaient à sa merci et dépendants de son bon vouloir à leur égard.

Et voilà comment Wenthaven tenait ses hôtes…

Marian franchit la clôture en bois qui entourait le chenil et s'agenouilla dans l'herbe pour caresser les épagneuls couverts de boue qui couraient vers elle, tout haletants.

— Vous êtes-vous bien amusés ? demanda-t-elle en tapotant leurs têtes.

Sheldon, le gardien du chenil, avança vers elle, en essuyant ses mains sur un linge.

— Oh oui, pour sûr, my lady. Ce sont les meilleures bêtes de toute l'Angleterre.

Amusée, elle demanda :

— De l'Angleterre seulement ?

Il ricana.

— Même ces maudits Espagnols nous les envient.

Elle gratta un des plus petits chiens derrière l'oreille et lui demanda :

— As-tu débusqué beaucoup de coqs de Barbarie ?

— Au moins une douzaine ! répondit Sheldon pour le chien.

Un halètement près de son oreille l'avertit, mais trop tard, et une longue langue lécha sa joue.

— Beuh ! Ne m'embrasse pas, dit-elle en repoussant le gros chien.

Mathe – c'était le nom de l'animal – s'allongea à terre et roula sur le dos en signe de soumission, les yeux tristes, la queue entre les pattes.

Sheldon dit :

— Mathe pense qu'il faut embrasser tout le monde aujourd'hui. Il a débusqué un cerf, et il en est très fier.

— Un cerf ?

— Oui, et ce n'est pas rien, car ils sont moins nombreux que par le passé.

Marian caressa le ventre du chien.

— Bon chien. Tu es un bon chien. Mais es-tu obligé de te traîner à terre de cette façon ? Qu'as-tu fait de ta dignité ?

Secouant la tête devant cette démonstration pathétique, Sheldon déclara :

— Il ne fait cela que devant vous, Lady Marian. C'est la réponse typique d'un mâle confronté à une femelle aussi forte et puissante que vous.

Marian rit de bon cœur et se leva.

— J'aimerais que les autres mâles comprennent. Ceux qui sont plus grands.

Puis, à l'aide de sa main, elle désigna la taille d'un homme.

— Les hommes essayent de dominer leurs instincts, répondit Sheldon, avant de repousser les chiens du pied. Votre père est derrière, il aide à la toilette, si c'est lui que vous cherchez.

En le remerciant d'un signe de tête, elle traversa la cour, non sans remarquer au passage la propreté éclatante des allées et des enclos. Les installations en auraient fait pâlir d'envie plus d'un, car Wenthaven ne regardait pas à la dépense concernant son élevage. Ses épagneuls, à la fois robustes et petits, s'étaient taillé une belle réputation dans la région et étaient considérés comme les meilleurs chiens de chasse qu'il était possible de trouver. Et c'était grâce à ses chiens seuls que Wenthaven s'était attiré le respect de ses voisins plus titrés que lui.

C'était pour cette raison, avait-il expliqué à Marian, qu'il s'occupait de ses épagneuls avec autant de soin. Mais à le voir ainsi, torse nu, les bras immergés dans l'eau sale, en train de rincer une chienne récalcitrante, Marian n'y croyait pas un seul instant.

— Ah, Wenthaven, si vos ennemis pouvaient vous voir en ce moment.

Wenthaven ne pouvait pas avoir entendu ses pas légers sur l'herbe au milieu des aboiements constants, pourtant il ne semblait pas surpris.

— S'ils pouvaient me voir en ce moment, ils voudraient acheter cet épagneul mal élevé, et je le leur céderais volontiers. Satané animal.

Relâchant la chienne, il la regarda sauter hors du baquet. L'un des gardiens du chenil l'attrapa.

— Sèche-la bien. Je ne veux pas l'entendre de nouveau tousser, ordonna Wenthaven.

— Oui, my lord.

Le gardien s'inclina, puis appela :

— Oh ! les gars ! M. le comte a besoin d'eau propre pour le chien suivant. Dépêchez !

Deux garçons de chenil s'affairèrent pour vider les baquets – un pour le lavage, l'autre pour le rinçage –, tandis que deux autres remplissaient des seaux au puits. Dans un ballet bien réglé, ils nettoyèrent les baquets, puis les remplirent d'eau propre.

Wenthaven grommela tout en examinant ses doigts humides et tout plissés.

— Il faut que je les surveille constamment, sinon ils ne s'occuperaient pas bien des chiens.

— Sheldon sait y faire, non ?

— C'est le meilleur gardien de chenil de toute l'Angleterre. Il me fallait bien cela.

— Alors faites-lui confiance.

— Mais je lui fais confiance.

Wenthaven siffla. Sa chienne préférée accourut et sauta dans un des baquets. De l'eau jaillit et éclaboussa le tablier que Wenthaven avait noué autour de sa taille, et sur le ton cajoleur qu'il réservait à ses favoris, il dit :

— Ah, tu es un bon toutou. Oui, un bon toutou.

Le petit épagneul blond s'agita dans l'eau et essaya de lécher son visage. Wenthaven lui tendit la joue avec complaisance.

— Quel bon toutou. Quel petit trésor. C'est ma Honey à moi, ça !

Il plongea les mains dans le savon mou qu'il utilisait pour tuer les puces et en frictionna le chien. D'un signe de tête, il signifia à Marian qu'elle devait se placer de l'autre côté du baquet pour qu'il puisse la voir, puis il demanda :

— Qu'est-ce qui vous amène ici ?

Elle prit une pose pleine d'assurance : les poings sur les hanches, les jambes légèrement écartées.

— Le sac de mon cottage.

La chienne qui était dans le baquet se mit à grogner en entendant le ton furieux de Marian.

— Quelqu'un a mis votre cottage à sac ? demanda Wenthaven.

— Sur vos ordres, je parierais.

Wenthaven démentit mollement.

— Allons, Wenthaven, dit Marian. Vous savez tout ce qui se passe à des lieues à la ronde. Ne me dites pas que vous n'étiez pas au courant.

— J'essaie de savoir tout ce qui se passe, corrigea-t-il. Et on dirait que j'ai échoué, et lamentablement. Que vous a-t-on pris ?

— Je ne sais pas. Tout ce que je sais…

Elle vacilla tout à coup, comme si elle était rattrapée par la violence du saccage de son cottage. Jusque-là, sa seule préoccupation avait été Lionel. Maintenant, elle prenait conscience de la perte de ses effets personnels. Les souvenirs de la cour, les présents offerts par Élisabeth, les trésors de son enfance, tout avait disparu dans ce cataclysme.

— Votre fils n'a pas été blessé ?

Elle essuya ses yeux avec sa manche.

— Non.

— C'est tout ce qui compte, n'est-ce pas ? Vous ressemblez à votre mère en ce point. Vous ne vivez que pour votre enfant.

Elle prit une grande inspiration, puis soupira.

— C'est exact.

Wenthaven se pencha au-dessus de Honey et savonna vigoureusement son cou.

— Donc vous êtes venue me voir afin que je vous donne de l'argent pour que vous puissiez vous acheter de nouveaux vêtements ? Vos vêtements aussi ont été détruits ? Peu importe. Il était temps que vous renouveliez votre garde-robe.

Agacée, elle s'exclama :

— Je ne suis pas venue vous réclamer de nouveaux vêtements ! Je suis venue vous demander pourquoi vous aviez…

— Se pourrait-il que quelqu'un cherche quelque chose en particulier ?

— Quoi donc ? demanda-t-elle en soutenant son regard.

— Telle est la question. Si j'avais demandé à quelqu'un de fouiller votre cottage, vous ne l'auriez jamais su. Et pourquoi aurais-je exigé qu'il soit saccagé ? Soyez logique, Marian. Ce n'est pas mon style.

Elle marqua un léger temps d'hésitation avant d'acquiescer.

— Et que voudrais-je vous voler ? Tout ce que vous possédez est à moi.

— Pas tout.

— Oui, il y a l'or que la reine vous envoie. Mais vous le mettez le plus possible de côté, non ? Je me demande bien pourquoi, d'ailleurs.

Il lui adressa un petit sourire dont l'apparente bienveillance l'apaisa, et elle répondit avec honnêteté.

— Il faudra que Lionel ne manque de rien, et cela coûtera de l'argent. J'ai découvert que vivre de votre charité n'était pas si terrible. Seule ma fierté en souffre.

— Votre situation vous a poussée à développer un

sens de l'humour assez corrosif, à ce que je vois. Très amusant.

Néanmoins, il semblait davantage contrarié que diverti.

— Ma proposition de vous offrir de nouveaux vêtements, je l'avoue, sert surtout à soulager ma conscience. De toute évidence, j'ai échoué à surveiller mon domaine de façon efficace.

Rassérénée par cette marque de compassion, elle suggéra :

— Votre emprise sur vos courtisans a peut-être perdu de sa force.

— Espérons que non, très chère, ou bien ce sera le chaos.

— À propos de chaos, avez-vous lancé Adrian Harbottle à mes trousses ? demanda-t-elle.

Wenthaven cessa de laver le chien pour la regarder.

— Eh bien, eh bien, me voilà percé à jour. Je ne pensais pas que vous le devineriez.

Furieuse, elle s'écria :

— Vous lui avez dit de me violer ?

Honey grogna de nouveau, et de nouveau Wenthaven la calma tout en fixant sa fille.

— Vous violer ? Quand ?

— Aujourd'hui. Pendant la chasse.

À son grand effarement, elle se mit à frémir de tout son être.

— Vous vous êtes défendue avec succès, bien entendu, dit Wenthaven, flegmatique.

— Ce n'était pas si entendu que cela, mais, oui, je me suis défendue.

— La plupart des femmes seraient honorées d'être l'objet des attentions de…

— D'un paon affligeant de bêtise, dont les ambitions dépassent de loin le statut ?

— Parfois, ma chère, vous faites preuve d'une intelligence qui me rappelle la mienne. Cela éveille en moi une esquisse de fierté paternelle, un sentiment qui m'est étranger et que je trouve, en cela, déconcertant.

Il frictionna le chien, avant de reprendre :

— Donc, utilisez cette intelligence à bon escient et dites-moi : pourquoi offrirais-je ma fille en cadeau à un homme ?

— Vous pourriez le faire afin de pouvoir vous servir de cet homme pour me contrôler.

Il rit, d'un rire bref et acéré, et il évita de répondre directement à cette accusation.

— Vous êtes une héritière vous-même, et bien que compromise, vous valez cher sur le marché du mariage. Bien des hommes sont prêts à fermer les yeux pour une grosse dot.

— Je n'ai pas été submergée de demandes en mariage depuis mon retour de la cour.

Wenthaven ricana.

— Il y en a eu quelques-unes, et plus le souvenir de votre faute s'atténue, plus elles sont nombreuses. Je n'ai juste pas vu l'intérêt de vous les transmettre.

— Elles n'étaient pas assez lucratives ?

— Je ne vendrai pas ma fille pour de l'argent.

— Ah. Donc, ces demandes n'émanaient pas de familles assez puissantes.

— Comme vous me connaissez bien.

— Oui, je vous connais. Et suffisamment bien pour me demander si vous me dites la vérité.

— En toute sincérité, je vous l'assure, jamais je

n'offrirais votre main à Adrian Harbottle. Il a pris des initiatives malheureuses.

— Que l'aviez-vous encouragé à me faire, alors ?

— Ah, j'avais espéré que vous oublieriez…

Elle attendait, en tapant du pied.

— Je l'ai encouragé à se battre en duel contre vous.

Sans comprendre, elle demanda :

— Mais pourquoi donc, Seigneur ?

— Pour le frisson. Pour l'excitation.

— Je n'aime pas qu'on me pousse et qu'on m'exhibe comme une bête de foire.

— Comme la plupart des gens… Quand ils en ont conscience. Quand vous êtes arrivée au château, vous incarniez la rébellion même. Mais avec le temps, vous vous êtes de plus en plus conformée aux usages et aux impératifs de la vie en société, jusqu'à en devenir – si je puis me permettre – un peu ennuyeuse.

— Pourquoi m'avez-vous encouragée, à mon retour de la cour, à faire des choses aussi folles ?

— Vous aviez ruiné votre réputation de la façon la pire et la plus durable qui soit. La seule façon de vous en sortir était de montrer à tout le monde que vous vous en moquiez, et je vous y ai aidée.

— Malgré le tort supplémentaire que cela m'a causé ?

— Êtes-vous sûre que cela vous ait causé du tort ?

Il se pencha jusqu'à ce que leurs deux fronts se touchent presque.

— Vous souvenez-vous, quand vous étiez une petite fille de cinq ans et que je vous ai envoyée au service de Lady Élisabeth ? Vous souvenez-vous du conseil que je vous ai donné avant votre départ ?

En le regardant dans les yeux, elle avait presque l'impression que les années ne s'étaient pas écoulées et qu'elle se trouvait là, enfant, face à son père, tenaillée par la peur de partir de chez elle, mais ayant plus peur encore de le lui avouer, et se raccrochant à l'espoir que, si elle lui obéissait, il serait suffisamment fier d'elle pour la faire revenir.

— Oui, je me souviens. Vous m'avez dit de cultiver ma capacité à plaire, d'être capable de reconnaître les défauts de ma lady et de l'aider à les prévenir, d'afficher la loyauté la plus extrême et d'en assumer les conséquences.

— Était-ce un bon conseil ?

— Oui, répondit-elle sans hésitation.

— Alors je vais vous donner un autre bon conseil. Ne vous excusez jamais pour des événements passés. Ne vous justifiez jamais, ne demandez jamais pardon d'être qui vous êtes. Vous êtes la fille de Wenthaven, et vous êtes quelqu'un dont l'importance est réelle et doit être reconnue dans tout le royaume.

Il recula et se remit à la tâche.

— N'oubliez jamais cela.

Elle avait l'impression d'être de nouveau cette enfant apeurée qui essayait de comprendre quelque chose qui, pour l'instant, lui échappait encore.

— Il va falloir surveiller ce jeune homme, dit-il.

— Qui ? Oh… Harbottle. Je ne pense pas que ce soit nécessaire.

Wenthaven sortit Honey de l'eau sale.

— L'avez-vous tué ?

— Non. Je lui ai donné un coup de pied…

— Quel manque d'imagination de votre part !

— … Dans la gorge…

— C'est mieux.

— … Mais Sir Griffith est passé par là par hasard,

et il m'a assuré que je n'avais plus rien à craindre de Harbottle.

— Sir Griffith ap Powel ?

Honey jappa comme si Wenthaven l'avait serrée trop fort, et il la plaça dans le baquet de rinçage.

— Powel est l'incarnation parfaite du chevalier.

Sa façon de s'exprimer lui déplut. Dans sa bouche, cela sonnait comme une insulte.

— Par curiosité, pourquoi l'avez-vous installé dans la tour ?

Sa fille, remarqua Wenthaven, n'était pas aussi douée que lui pour le mensonge et la dissimulation. Ce sujet la mettait visiblement mal à l'aise, ce qui lui permettait de reprendre la main. C'était inespéré, car toute cette conversation avait été une révélation pour lui, la preuve inquiétante de son incompétence. Il avait jugé Harbottle trop stupide pour prendre ce type d'initiative, mais il avait sous-estimé à la fois sa vanité et son ardeur libidineuse. Il faudrait qu'il règle le problème Harbottle.

Il avait sous-estimé sa fille, également.

Lors de ses échanges variés avec les membres de la famille royale, les courtisans, les gens du peuple, il n'avait jamais croisé quelqu'un qui possède la moitié de son intelligence, ni de son sens de l'intrigue. Mais sa fille… Bon sang, sa fille était douée. Ce qu'il avait d'abord pris pour de la stupidité s'était avéré être de la naïveté. Si elle était bien guidée, elle pourrait devenir son égale.

Cela aurait dû l'inquiéter. Au lieu de cela, cela éveilla une espèce de fierté en lui, sentiment auquel il n'était pas habitué. À présent, il allait devoir la sonder pour découvrir l'ampleur de son intérêt pour ce Griffith ap Powel. Cela lui plut qu'elle bredouille :

— Il... Il voulait une chambre où il puisse parler sans que vos espions l'écoutent.

— Et comment a-t-il découvert que mes espions l'écoutaient ?

— Je ne sais pas.

Elle écarta les bras pour prouver son innocence, mais son geste était trop outré pour être sincère.

— Je ne sais pas, Wenthaven, répéta-t-elle. Tout ce que je sais, c'est que son domestique m'a interrogée à propos de vos espions. Le roi Henri doit savoir. Les espions du roi espionnent sans doute vos espions.

C'était une possibilité. Une possibilité inquiétante, et la question valait la peine d'être creusée. Mais il n'en avait pas encore fini avec Marian.

— Pourquoi vous trouviez-vous dans la chambre de Powel au beau milieu de la nuit ?

Elle fit clairement comprendre que cet interrogatoire lui déplaisait, mais elle répondit néanmoins :

— Je venais chercher mon argent.

— Bien sûr.

Il n'en croyait rien, mais ce n'était pas important.

— Je reviens à ma première question : pourquoi l'avez-vous installé dans la tour ?

— Je ne comprends pas le sens de votre question.

Bonne parade, mais il lança un coup bas.

— Powel est-il votre nouvel amant ?

— Non !

Habitué à mener des interrogatoires, il posa sur elle un regard accusateur.

— Vous vouliez l'installer dans la tour afin de pouvoir profiter de sa présence sans que je le sache.

Il ressentit de nouveau cette pointe de fierté l'aiguillonner lorsqu'il la vit se ressaisir.

— Non. Sir Griffith a été triplement floué par la nature : il est désagréable, mal éduqué et plutôt laid. Il me prend pour une catin et me méprise. Si je suis restée chaste depuis la naissance de Lionel, ce n'est pas pour tomber dans ses bras.

Wenthaven se demanda si elle avait appris à jouer la comédie durant ses derniers jours à la cour. Dissimulait-elle un penchant pour ce Griffith ap Powel ? Mieux que la plupart des gens, Wenthaven comprenait l'illogisme de la passion. Il prit de l'eau entre ses mains et rinça les oreilles de Honey.

— Votre mère n'était pas la plus belle femme que j'aie jamais vue, ni la plus intéressante. Mais je n'ai jamais cessé de la courtiser, même une fois qu'elle a été mienne. Même maintenant, quand je vois une femme qui lui ressemble… Mais je suis toujours déçu, car ce n'est jamais elle.

Comme il l'avait prévu, Marian semblait fascinée par cet aveu de faiblesse.

— Vous avez donc pleuré ma mère quand elle est morte ?

Il lui dit la vérité sur un ton neutre qui, espérait-il, masquerait la peine qui était toujours vive après presque vingt ans.

— Si je le pouvais, je raserais la tour responsable de sa mort.

— Ce serait compliqué, mais pas impossible. Pourquoi n'essayez-vous pas ?

— Elle ne me laissera pas faire. J'ai voulu essayer, une fois, et je suis allé dans la tour pour expliquer aux ouvriers ce qu'il fallait faire, et elle…

Il se souvenait d'un bruissement de soie, d'une odeur de rose, il se souvenait s'être brusquement retourné pour… ne rien voir. Il porta la main à son front, avant de la replonger dans l'eau.

— Je n'y suis jamais retourné depuis. La sensation de devoir obéir à quelqu'un qui n'est plus de ce monde n'est pas très agréable. Surtout quand la personne en question était une femme qui parlait si peu de son vivant.

— Désapprouvait-elle votre conduite ?

— Votre mère était quelqu'un d'innocent.

Cela le mettait en colère de se souvenir si bien d'elle, et d'en ressentir encore si cruellement le manque.

— Elle n'a jamais approuvé mes activités, mes petites manigances pour recueillir de précieuses informations. Elle n'aimait pas les gens dont je m'entoure.

Il ne la regardait pas en face, mais, du coin de l'œil, il la voyait rassembler son courage. Il s'attendait à une nouvelle question au sujet de sa mère.

Mais elle se contenta de demander :

— C'est vrai, pourquoi donc vous entourez-vous de ces gens ?

— Quels gens ?

— Ces pathétiques imitations de courtisans. Ces pauvres âmes qui errent, à la recherche d'une main tendue. Vos chiens ont davantage de dignité qu'eux.

— Vous avez vous-même répondu à votre question en les appelants « pauvres âmes ». Si je ne les accueillais pas ici, qui le ferait ?

— Ils seraient obligés de faire quelque chose d'utile de leur vie.

— Comment ? La plupart sont des nobles. Ils ne savent rien faire. Quelques-uns – ceux qui sont les benjamins de leur famille – peuvent participer à des tournois, réciter leurs horribles vers, se promener à cheval. J'ai même au château quelqu'un qui sait dire la messe. Il était prêtre et destiné à une haute carrière ecclésiastique jusqu'à ce que son évêque le surprenne avec la main sous la jupe de sa fille. Je parle de la fille de l'évêque…

Wenthaven leva les yeux au ciel.

— Aucun sens politique, déplora-t-il.

— Et les femmes ?

— Ah, les filles déshéritées !

En soufflant, il écarta de devant ses yeux une mèche qui l'agaçait.

— Qui d'autre payerait pour des travaux d'aiguille et des commérages ? Ces pauvres gens dépendent de moi pour tout.

— Ce qui vous confère un pouvoir absolu.

Il lui adressa un regard en biais.

— Comme vous êtes intelligente, ma chérie.

— Pourquoi convoitez-vous un tel pouvoir ?

— Ah. Ce sont mes motivations que vous voulez connaître ?

— Je… oui… sans doute.

Il fit claquer sa langue et conserva un ton très doux.

— C'est la première fois que vous semblez vous intéresser à moi et à mes affaires. Je suis flatté.

Prudemment, elle ne répondit rien.

Il la récompensa de sa sagesse par une confidence à propos de son passé.

— Dans ma jeunesse, j'ai été l'une de ces pauvres âmes.

En soulevant le chien du baquet d'eau, il dit au gardien qui approchait :

— Je vais m'occuper de Honey.

À Marian, il dit :

— J'étais un parent pauvre de la famille Woodville, qui n'était pas, à cette époque, liée à la famille royale. Mais lorsqu'Élisabeth Woodville a épousé le roi Édouard et a eu tous ces enfants – à commencer par votre lady Élisabeth d'York – les choses ont changé. Ma cousine Élisabeth Woodville – la reine douairière actuelle – a incité le roi Édouard à me donner un titre. Elle m'a trouvé une héritière avec des terres, et je me suis marié.

— C'était ma mère ?

— Oui, c'était votre mère.

Il désigna une pile de linge.

— Passez-moi une serviette, voulez-vous ?

Marian s'exécuta.

— Que pensait-elle du mariage ?

— Votre mère n'était pas une femme dont il était facile de deviner les pensées, dit-il, en souriant moins franchement.

— Vous aimait-elle ?

— Les aristocrates n'aiment pas.

— Alors, l'aimiez-vous ?

Il la regarda, remarquant la grâce de ses longues jambes et son menton légèrement relevé. Pour la première fois de sa vie, il avait failli. Il en avait trop révélé, et elle s'était enhardie. Elle s'imaginait pouvoir l'insulter sans que cela porte à conséquence. Sur le ton froid qu'il employait souvent et qui faisait toujours merveille, il déclara :

— Je ne suis pas si bas que vous le pensez, ma chère Lady Marian. Pas comme cette pathétique personne que je ne nommerai pas et qui s'est empressée d'accourir au château avec son bâtard en me suppliant de bien vouloir l'accueillir.

Elle tourna la tête comme s'il l'avait giflée.

— C'est la première fois que vous me le reprochez.

— Et pourtant, vous êtes bien responsable d'avoir fait échouer mes rêves, et d'avoir gâché la chance unique que je vous avais offerte.

Elle se pencha au-dessus du chien pour saisir son bras.

— J'ai fait ce que vous m'avez dit de faire.

Avec un grognement, Honey sauta vers elle. Wenthaven attrapa le chien, et, en poussant un cri, Marian, déséquilibrée, tomba dans l'herbe. En aboyant frénétiquement, Honey se débattait pour échapper à son maître et pour le protéger. Il lutta avec le chien, qu'il avait toutes les peines du monde à maîtriser. Il était furieux contre Marian qui avait provoqué cette attaque et encore plus furieux contre lui-même.

Il aurait dû laisser Honey mordre Marian. Non seulement, cela lui aurait donné une bonne leçon, mais en plus, cela aurait laissé sur son joli visage des marques qui auraient découragé Harbottle, Griffith et Dieu sait qui encore.

Mais, instinctivement, il avait retenu son chien.

Il ne voulait pas que Marian saigne. Il ne voulait pas qu'elle souffre.

— Maudit chien ! s'exclama Marian, le regard fixé sur les crocs que Honey lui montrait toujours. Pourquoi a-t-elle fait cela ?

Il parvint enfin à calmer Honey, qui n'émettait plus qu'un petit grognement sourd et ininterrompu.

— Elle voulait me protéger.

— Je n'allais pas vous mordre.

Elle s'assit, et épousseta son manteau pour le débarrasser des brins d'herbe et de la boue.

— Honey ne m'a jamais aimée.

— Bien sûr que non. Honey est la femelle dominante du chenil et elle répond aux attaques sur son territoire.

— Je ne l'ai pas menacée !

— Moi je le sais, mais vous n'arriverez jamais à la convaincre.

Il tapota sa joue qui n'avait pas été touchée par le chien.

— Elle reconnaît votre odeur, et après tout, cela ne peut pas bien se passer entre vous puisque – et il sourit de toutes ses dents – vous aussi vous êtes une femelle dominante.

Chapitre 7

Lionel remua sur les épaules de Griffith, et celui-ci le remit bien en place sans même y réfléchir. Son esprit, de toute façon, était accaparé par sa discussion éminemment intéressante avec les mercenaires gallois et, en particulier, avec Cledwyn, leur rude chef couvert de cicatrices.

Mais Lionel remua de nouveau et, cette fois, tira les cheveux de Griffith.

— Hé, petit !

Griffith posa Lionel à terre.

— Qu'est-ce que c'était que cela ? Veux-tu me dire quelque chose ?

Lionel rit, d'un petit rire léger et joyeux, et désigna la clôture qui entourait le chenil. Le regard de Griffith se posa sur le gracieux jeune homme qui en fermait la grille.

Ce n'était pas un jeune homme, mais une femme, dans une tenue fort peu adaptée à une dame.

Marian.

Le mercenaire donna raison à Griffith avec un ricanement qui révéla ses dents cassées. En gallois, Cledwyn déclara :

— C'est la fille du comte, elle est à moitié folle. J'ai le projet d'aller lui rendre une petite visite une de ces nuits.

Griffith empoigna Cledwyn par le col de sa tunique sale et usée et l'attira à lui. Le regardant droit dans les yeux, il répliqua, en gallois lui aussi :

— Si tu tiens à tes bijoux de famille, tu ferais mieux d'y réfléchir à deux fois.

— Est-elle – et le visage de Cledwyn frémit – sous votre protection ?

— Sous ma protection, et sous celle du roi Henri.

— Le roi Henri ? Oh ! comme j'ai peur, dit le mercenaire en approchant dangereusement deux doigts des yeux de Griffith.

Griffith les esquiva en les balayant de la paume de sa main.

Cledwyn observa Griffith.

— Vous savez vous battre, on dirait.

Avec calme, et en montrant clairement qu'il le faisait parce qu'il le voulait bien, Griffith lâcha la tunique crasseuse du mercenaire.

— Comment as-tu perdu tes dents ?

— Un coup de massue. Seul un Gallois dur à cuire comme moi était capable de survivre à un tel coup.

Griffith hocha la tête.

— Ce serait une cruelle ironie du sort si cela se reproduisait. Je doute que tu aies la chance d'y survivre une deuxième fois.

Sans paraître inquiet, Cledwyn observa de nouveau Griffith.

— Vous êtes bien un Gallois, pour menacer un de vos compatriotes.

— Tu es bien un Gallois, répliqua Griffith, pour comploter contre le roi Henri de Galles.

Cledwyn eut l'air plus surpris que contrarié.

— S'il y a de l'argent à se faire…

Lionel tira sur le manteau de Griffith, qui se contenta de tapoter sa tête, avant de répondre à Cledwyn.

— Ceci n'excuse pas la trahison.

— L'argent excuse tout.

Voyant peut-être là l'occasion de provoquer Griffith, Cledwyn poursuivit :

— D'autant plus qu'Henri semble avoir oublié qu'il était gallois depuis qu'il est bien installé sur le trône. Regardez ce qu'il a osé faire à notre beau pays…

Il termina sa phrase par un petit sanglot étouffé qui n'émut pas du tout Griffith.

— Sèche tes larmes de crocodile, je ne crois pas un seul instant à ta sincérité.

Lionel tira de nouveau sur le manteau de Griffith, qui le força à le lâcher.

— Si la majorité des Gallois se mettent à penser comme toi, et se louent à des petits lords aux ambitions démesurées, Henri aura une bonne raison de trahir le pays de Galles, non ? Et tu prétends aimer ta patrie ?

Cledwyn éleva la voix.

— Garde ton souffle pour refroidir ton porridge ! Tu ne réussiras jamais à me convaincre, espèce de moins-que-rien !

Griffith écarta Lionel de la jambe poilue de Cledwyn et le prit dans ses bras au moment où la main du mercenaire s'abattait.

— Il m'a mordu ! hurla Cledwyn, en essayant d'attraper Lionel. Cet avorton m'a mordu !

Les mains de Griffith étaient pleines, alors il arma sa jambe et visa les parties basses de Cledwyn, qui, déséquilibré par la morsure, vint s'empaler de lui-même sur son pied. Cledwyn agita les bras, puis il s'immobilisa comme un homme suspendu à une potence. Enfin, il s'effondra sous les acclamations des autres mercenaires.

Griffith ne se méprit pas sur leur réaction, car il savait qu'ils auraient applaudi tout aussi vigoureusement si c'était lui qui avait été vaincu. À Cledwyn, qui gémissait, il dit :

— Je t'avais prévenu pour tes bijoux de famille.

— Maman ! lança Lionel en pointant le doigt en direction de son ancienne maison. Maman !

Griffith sursauta et regarda l'enfant.

— Mais tu sais parler !

— Et plutôt bien, dit l'un des mercenaires.

— Il a dû s'entraîner tout seul dans son coin, commenta un autre.

Aussi fier que s'il était le père de Lionel, Griffith sourit.

— C'est son premier mot, et c'est à moi qu'il l'a dit.

— Maman ! insista Lionel.

Griffith regarda autour de lui, mais Marian avait disparu.

— Où est-elle allée ?

Comme s'il trouvait qu'il en avait assez dit, Lionel recommença à parler par gestes. Tout en tenant l'enfant dans ses bras, Griffith se mit à courir à travers le verger, à la recherche de Marian. Il la retrouva juste au moment où elle franchissait la grille d'entrée du cottage. Il voulut l'appeler, mais elle se déplaçait si furtivement qu'il y renonça. Lionel semblait lui aussi avoir perçu ce besoin de discrétion et s'abstint de tout cri.

Marian évita le cottage et le contourna pour se diriger vers le mur d'enceinte du château. Elle prenait la direction du bosquet et, au grand déplaisir de Griffith, disparut au milieu des arbres. Il changea de poste d'observation, mais elle était toujours invisible. Où qu'il se place, elle restait invisible, et ce fut alors qu'il comprit pourquoi elle avait choisi cet endroit pour cacher ses secrets.

Lorsqu'elle réapparut, il recula et se cacha.

Il n'aimait pas cela. Ce n'était pas le comportement d'un chevalier franc et honorable, mais en fréquentant des êtres aussi imprévisibles que les rois et les femmes, il avait appris qu'il était parfois essentiel de recourir à la ruse.

Avec Lionel en sécurité dans les bras, Griffith rasa le mur du château qui longeait de très près le bosquet de Marian. Il se servit des pierres irrégulières qui le composaient pour se protéger des espions qui auraient pu le guetter depuis le haut du mur, comptant sur la noirceur de son manteau pour ne pas se faire remarquer des autres.

Le bosquet semblait inchangé depuis qu'il en était parti quelques heures auparavant, mais il n'était plus au soleil et il ressemblait moins à un refuge qu'à un endroit énigmatique et sombre. Les mêmes arbres, le même hamac… Néanmoins quelque chose gênait Griffith. Oui, quelque chose avait changé, mais quoi ?

— Maman, dit Lionel en tendant le doigt.

Griffith observa avec attention la zone la plus sombre, sous les arbres, mais ne vit rien.

Prenant le visage de Griffith entre ses deux petites paumes, Lionel le tourna vers lui, regarda Griffith dans les yeux et énonça lentement :

— À maman.

Griffith sourit à l'enfant.

— On dirait que tu as décidé de m'aider.

En marchant vers les arbres, il vit ce que Lionel avait voulu qu'il voie. Un petit endroit où le sol donnait l'impression d'avoir été hâtivement creusé puis hâtivement rebouché. Griffith plaça Lionel dans le hamac, se mit à creuser à son tour et trouva une boîte noire.

Elle était vide.

— Pourquoi portez-vous des vêtements aussi laids ?

La question de Marian brisa un silence aussi profond que la méditation d'un moine, mais personne dans la pièce ne sembla réagir. Cecily ne bougeait pas, préférant rester assise à côté du feu, les mains croisées sur son ventre. Lionel était allongé sur une couverture à côté d'elle, en train de sucer son pouce avec l'air serein et béat caractéristique des enfants de son âge. Art et Griffith étaient assis à califourchon sur un banc, en train de jouer aux échecs, de boire de la bière et de discuter à voix basse dans une langue que Marian ne comprenait pas.

Elle se demanda si elle n'avait fait que rêver qu'elle parlait, et dit plus fort :

— Griffith ap Powel, pourquoi portez-vous des vêtements aussi laids ?

Griffith leva la tête.

— C'est à moi que vous parlez ?

— Vous appelez-vous Griffith ap Powel, oui ou non ? demanda Marian, exaspérée. Et n'êtes-vous pas la seule personne de cette pièce à porter d'horribles vêtements ?

Griffith regarda tout le monde tour à tour, et finit par poser les yeux sur Marian, qu'il observa longuement. Elle aplatit le corsage trop ajusté d'une des robes que son père lui avait fait monter, déplora que la jupe un peu courte laisse voir ses chevilles, et regretta de ne pas porter une guimpe derrière laquelle elle aurait pu se cacher.

Pour se donner une contenance, elle se recoiffa, puis

elle fixa avec morgue le vilain surcot brun que Griffith portait par-dessus sa tunique en lin.

— Cela fait cinquante ans que plus personne ne porte ce type de surcot, et on dirait que vous l'avez roulé dans la boue.

D'un œil peu intéressé, il se regarda.

— C'est la couleur idéale pour suivre une proie sans se faire remarquer, et qu'est-ce que cela peut faire que mon surcot soit démodé ? Je ne suis pas un paon déployant ses belles plumes pour impressionner ses congénères.

Le sujet semblait clos pour lui. Et sans plus porter la moindre attention à Marian, il se remit à jouer.

La soirée avait été vraiment très curieuse.

Quand Marian était revenue à la tour – comme elle l'avait promis –, elle n'y avait trouvé personne à part Cecily, qui paraissait terrorisée et sursautait à chaque fois que le plafond craquait, en évoquant avec effroi l'esprit malveillant de la comtesse de Wenthaven. Mais elle avait encore plus peur d'Art, semblait-il, car elle était restée.

Marian avait monté les affaires envoyées par son père dans le petit espace où elle était censée dormir. Et c'était là qu'elle s'était changée et avait caché le trésor qu'elle était allée chercher dans le bosquet derrière le cottage. Quand Griffith était rentré avec Lionel, elle était agenouillée devant la cheminée, en train d'essayer d'allumer un feu.

Elle avait prévu de lui dire quelque chose de désagréable, mais quand elle avait vu Lionel porté avec tant de tendresse par l'immense chevalier, elle s'était tue. Ensuite, elle s'était félicitée d'avoir tenu sa langue car, visiblement, Griffith n'était pas d'humeur bavarde. En fait, il avait même semblé si pensif et morose qu'elle avait presque sauté de joie à l'arrivée d'Art.

Mais même l'exubérant Art semblait fatigué et éteint.

Elle s'était imaginé une soirée animée et chargée de cette tension qui s'était déjà manifestée à plusieurs reprises entre Griffith et elle. Au lieu de cela, il l'avait ignorée, ce qui lui avait laissé le temps de rallonger l'ourlet des deux autres robes données par Wenthaven.

Impossible de se disputer avec Griffith ! Et qu'elle le regrette l'atterrait. Était-elle une enfant prête à tout pour accaparer l'attention ?

Mais même Lionel était calme et tranquille, n'importunant personne, et la comparaison n'était pas flatteuse pour elle.

— Viens, Lionel, dit-elle tout à coup en se levant de son banc. Tu as eu une journée longue et bien remplie. Il est temps d'aller au lit.

Comme tous les soirs au moment du coucher, Lionel plissa son petit visage en une moue contrariée et butée. Mais cette fois il la surprit. Il dit :

— Non !

Marian se figea.

Cecily resta bouche bée, puis demanda :

— As-tu parlé ?

Obligeamment, Lionel répéta :

— Non.

— Mon petit trésor !

Marian se précipita vers lui et s'agenouilla sur la couverture.

— Répète, s'il te plaît.

— Non. Non, non, non.

— Avez-vous entendu ?

Dans sa fierté, Marian s'adressa à tous les occupants de la pièce.

— Il a prononcé son premier mot. Non.

Sa langue s'y attarda comme si c'était la plus belle syllabe de la création.

— Non.

Cecily s'humecta les lèvres.

— Il… Est-ce vraiment son premier mot ? Pendant longtemps, c'est sans doute le seul qu'il prononcera. « Non. »

— En fait…, commença Griffith.

Heureux de se trouver au centre de l'attention, Lionel l'interrompit.

— Maman.

Marian sentit son cœur se gonfler de joie. Elle était si émue qu'elle peinait à respirer.

— Maman ? murmura-t-elle.

— Maman.

Il se jeta dans ses bras et la noya sous les sourires et les baisers mouillés.

Marian posa la tête sur sa petite épaule et versa quelques larmes. Des larmes gênantes, de tendres larmes, trop précieuses pour être contenues. Son bébé, son merveilleux bébé, venait de prononcer ses premiers mots.

— Sait-il dire quelque chose d'autre ? demanda Cecily d'une voix qui tremblait.

Philosophe comme tout père expérimenté, Art répondit :

— Nous le découvrirons bien assez tôt.

— Doux Jésus, murmura Cecily.

Sans voir ce qu'elle faisait, Marian tendit la main à Cecily, et Cecily la serra fort entre les siennes. Levant son visage baigné de larmes, Marian sourit à Cecily.

— Chère cousine, tu as été mon seul soutien et ma seule aide ces dernières années. C'est merveilleux de partager ce moment avec toi.

— Oui, acquiesça Cecily. Jamais je ne me serais attendue à être à ce point bouleversée par un si petit mot.

Sans lâcher Lionel, Marian ramassa sa couverture et se leva. Derrière elle, l'éclat des flammes transperçait le tissu fin de sa robe de fortune, et soulignait la longueur de ses jambes. Et si Griffith avait pu bouger, il aurait couvert les yeux d'Art. Au lieu de cela, il resta assis, figé comme un idiot, pendant qu'elle enveloppait son fils dans sa couverture. S'arrêtant devant l'escalier, elle dit :

— Lionel, souhaite une bonne nuit à Griffith et Art.

Encore secouée par le miracle accompli par Lionel, elle n'imaginait cependant pas qu'il pourrait répondre à sa demande. Mais Lionel dit :

— Griffith.

La fierté puis la gêne prirent alternativement possession des traits de Marian, et elle vacilla, comme si Lionel avait tout à coup été trop lourd pour elle.

Pour la première fois depuis des années, Griffith se sentit rougir, et il s'éclaircit la gorge, avant de répondre d'une voix bourrue :

— Dors bien, jeune Lionel.

— J'ai l'impression que cela répond à votre question sur ce qu'il sait dire d'autre, dit Art sur un petit ton suffisant.

Cecily tendit les bras à Lionel.

— Laissez-moi le prendre, ma lady.

À contrecœur, Marian tendit son fils. Puis elle tourna son visage juvénile vers Griffith et Art.

— Son premier mot a été « non ». Cela signifie-t-il qu'il sera un guerrier ?

Elle rit aux éclats et se dirigea vers l'escalier accompagnée de Cecily.

Griffith la suivit des yeux. Depuis la trappe du plafond,

il entendait les préparatifs du coucher. Lionel jasait, mais il semblait se laisser faire sans protester, épuisé par cette journée riche en stimulations. Le murmure des femmes finit par s'éteindre. Dans le silence qui s'installa, Griffith laissa libre cours à son imagination qu'il avait négligée pendant bien longtemps.

Marian était-elle couchée ? Portait-elle toujours cette robe légère et bien trop petite, ou bien s'était-elle dénudée pour profiter de la fraîcheur des draps ? Et si oui…

Art détourna les yeux précipitamment lorsqu'il se tourna vers lui pour dire :

— Le premier mot que Lionel a prononcé, c'est « maman ». C'était cet après-midi. Dois-je le dire à Lady Marian ?

— Pas si c'est à vous qu'il l'a dit, voyons, répondit Art. Il vaut mieux qu'elle croie que son premier mot a été « non » et que ce soit à *elle* qu'il l'ait dit.

— C'est bien ce que je pensais, dit Griffith en massant son crâne douloureux. Je suis heureux d'avoir bien fait quelque chose au moins une fois aujourd'hui.

— Avez-vous parlé aux mercenaires ? demanda Art.

— Oui.

— Alors vous avez bien fait à deux reprises.

— Il y a de la trahison dans l'air, poursuivit Griffith, en regardant de nouveau vers le plafond. Et je ne sais pas d'où cela vient.

— Pas de demoiselle Marian, protesta Art, l'air indigné.

— Non, pas d'elle. Mais cela la concerne, je le subodore.

Griffith posa la main sur l'épaule d'Art.

— Nourrissons le feu et allons-nous asseoir sur le lit. Sous le baldaquin, nous aurons plus chaud, et nous pourrons parler sans gêner ces dames, là-haut.

Art s'accroupit devant la cheminée.

— Approchez le bois, s'il vous plaît. Je suis exténué par ce que vous m'avez demandé de faire aujourd'hui.

Surpris, Griffith se plia à cette requête inhabituelle, et posa les bûches juste à côté d'Art. Puis il s'accroupit à son tour devant la cheminée.

— C'est la première fois que je t'entends formuler une telle plainte.

— Jamais je n'ai pensé que je m'en sortirais, dit Art en tisonnant vigoureusement le feu, qui crépita et lança des étincelles. Saviez-vous que la veuve Jane avait enterré cinq époux ?

— Ah…

Griffith se gratta le menton tout en essayant de comprendre.

— Non, je ne le savais pas. Cinq, tu dis ?

— Cinq.

Art désigna le lit de braises.

— Mettez la bûche ici. Cinq maris, et je pense savoir de quoi ils sont morts.

— Poison ? Magie noire ?

— Épuisement. Elle a eu leur peau, et j'ai failli y passer moi aussi. Cette femme possède un appétit inextinguible. Je n'avais jamais vu ça auparavant -Art fixa méchamment Griffith que le rire étouffait – et, croyez-moi, des femmes, j'en ai pourtant connu plus d'une.

— Tu m'en diras tant ! haleta Griffith quand il fut capable de parler.

— Elle aurait pu me tuer.

— Au moins tu serais mort heureux.

— Mais alors vous n'auriez pas eu l'information pour laquelle j'ai sacrifié ma vigueur, rétorqua Art.

Aussitôt, Griffith retrouva son sérieux.

— Je t'écoute.

— C'est depuis cet hiver que les mercenaires se sont installés ici. La plupart sont des étrangers, et la plupart sont de vrais sauvages.

Gêné par la fumée, Art cligna de son unique œil.

— Les fermiers de Wenthaven les ont d'abord surveillés avec inquiétude, car ils ont eu peur qu'une bataille se prépare dans les environs, bataille dont ils auraient fait les frais. Mais c'est pire que cela. Ces mercenaires sont des brutes, et ils sont impatients d'amasser du butin. Une nuit où ils avaient trop bu, ils ont lancé un raid sur un village voisin. Ils ont violé des femmes, et même fait rôtir un bébé sur une broche, puis ils ont mis le feu à la moitié des habitations.

Repensant au visage couturé de Cledwyn et à sa promesse d'aller rendre visite à Marian, Griffith se pencha vers le feu.

— Doux saint Dewi.

— Quatre familles ont péri dans l'incendie. Wenthaven a payé pour les dégâts occasionnés, et les mercenaires se sont tenus tranquilles depuis, mais…

Griffith retira ses chaussures pour les poser devant la cheminée.

— Ta veuve sait-elle pourquoi ils sont ici ?

— Non, mais moi je pense savoir.

Art fixait les flammes comme s'il pouvait y lire la vérité divine.

— Je pense que c'est pour venir épauler les rebelles irlandais dont vous m'avez parlé.

— Aux côtés du comte de Warwick, cet imposteur ? Peut-être. Mais Lady Marian a des secrets, et je pense quant à moi que ce sont ces secrets que craint Henri.

— Et vous croyez que ce serait à cause de ces secrets que Wenthaven s'est constitué une armée privée ?

— Je ne saurais le dire. Je ne sais que ce que j'ai vu.

Griffith se leva et fit signe à Art de l'imiter. Puis, ensemble, ils allèrent s'asseoir sur le lit.

— Et si Lionel était d'ascendance royale ? murmura Griffith une fois qu'ils furent installés.

Malgré la fatigue d'Art, Griffith sentit qu'il avait piqué la curiosité de son serviteur, qui renchérit aussitôt.

— Son père ne peut pas être l'un des princes qui ont disparu dans la Tour, en tout cas, car ils étaient trop jeunes. Et s'il s'agissait de leur père, le roi Édouard ? Sa réputation de débauché n'est pas à faire, me semble-t-il…

— Même si Édouard était mort en concevant Lionel, ce dernier aurait au moins trois ans.

Tout en s'humectant les lèvres, Art avança le nom auquel ils pensaient tous les deux.

— Richard ?

Griffith n'acquiesça pas. Il se contenta d'observer Art qui paraissait tantôt pensif tantôt inquiet.

Mais il finit par demander :

— Mais si c'était Richard, pourquoi ? Pourquoi aurait-elle fait cela ?

— Pour le pouvoir ? Pour l'argent ? suggéra Griffith. Pour pouvoir, éventuellement, devenir reine à la mort de l'épouse de Richard ?

Art se redressa, les poings crispés.

— Vous mériteriez des claques, parfois. Il faut être stupide pour penser des choses pareilles de Lady Marian. C'est la plus gentille fille que j'aie jamais rencontrée.

— Gentille ? s'exclama Griffith, surpris.

Art lui fit signe de se taire.

Griffith baissa la voix.

— Gentille ? C'est le dernier qualificatif que j'utiliserais pour décrire Marian. Néanmoins, je partage tes doutes. Quand elle m'a cassé le nez, elle a murmuré quelque chose. C'est peut-être à cause de la douleur que cela m'était sorti de l'esprit, ou bien peut-être que je suis trop stupide, comme tu le dis, pour avoir jugé ses propos importants.

— Vous voyez, même vous le reconnaissez !

— Elle a déclaré que Lady Élisabeth avait tout sacrifié pour protéger ses frères de la menace mortelle que Richard faisait peser sur eux, dit Griffith, tout en ôtant son surcot et en le lançant au pied du lit.

— Elle a raison, vous savez, dit Art en fixant d'un air dégoûté le tissu brun du vêtement. Votre surcot est bien vilain.

— Je revêtirai mon habit de paon demain, c'est promis, rétorqua Griffith.

Sa tunique, puis ses braies, suivirent son surcot. Nu et frissonnant, il enveloppa ses épaules dans une couverture et glissa les pieds sous les draps.

— Nous avons peut-être découvert ce qui pourrait expliquer le comportement d'Élisabeth à la cour de Richard.

— Vous étiez pourtant si convaincu de la vilenie d'Élisabeth, commenta Art en ricanant.

— C'est vrai.

Griffith était heureux que les draps soient glacés, car le froid lui permettait de garder l'esprit alerte, ce dont il avait besoin. Il était un guerrier, simple et pas toujours bien dégrossi, il le reconnaissait lui-même. Il se perdait souvent parmi les intrigues de cour, et il craignait que cette intrigue en particulier se finisse mal – pour lui, pour Art, pour Marian et pour Lionel – s'il manquait de prudence et d'attention. La responsabilité pesait lourd sur ses épaules, mais en même temps elle le stimulait.

— Mais Henri s'est pris d'affection pour Élisabeth, qu'il semble tenir en haute estime. Henri n'est pas stupide, donc…

— Donc vous croyez que Lady Marian a elle aussi tout sacrifié pour sauver les jeunes princes ?

— Elle est loyale, et c'est une qualité que personne ne peut lui nier.

— Oui, et courageuse. Seriez-vous en train de suggérer que le roi Richard a tué les princes, puis qu'il s'est servi de leur sœur pour acquérir une certaine respectabilité et qu'il a encouragé sa dame de compagnie à penser que les princes pouvaient être sauvés si elle lui faisait don de sa virginité ?

Art avait un talent pour le récit que Griffith, généralement, appréciait. Mais pas ce soir. Pas alors qu'il était question de Marian. Il était hors de lui à l'idée que Richard ait pu lui faire subir un odieux chantage, et la violer.

— C'est une possibilité qu'il faut envisager.

— Pendant que sa propre épouse était en train de mourir…, dit Art en frottant son ventre. Cela me donne envie de vomir.

— Cela expliquerait qu'Henri nous ait envoyés ici pour surveiller Lady Marian et son fils.

Art se leva pour aller chercher le pichet de bière et deux chopes qu'ils burent de concert.

— Pensez-vous qu'Henri veuille supprimer l'enfant ?

— Richard a eu d'autres bâtards, et Henri ne les a pas tués.

Art fixa Griffith, qui reconnut :

— Il ne les a pas très bien traités non plus, je te l'accorde.

— Bon sang, je n'aime pas cela, Griffith. Tout s'enchaîne trop bien. Lady Marian a un enfant de Richard. Wenthaven le découvre et y voit une chance de devenir régent du royaume – Art vida sa chope – s'il parvient à mettre Lionel sur le trône.

— Alors Wenthaven engage des mercenaires et complote avec les Irlandais pour déposer Henri.

Griffith but une gorgée avant de faire la grimace.

— Ou bien il a juste l'intention de se servir de cette insurrection pour masquer ses propres manigances derrière un écran de fumée.

— Pendant ce temps, Henri découvre la paternité de l'enfant, a vent des projets de Wenthaven, et nous envoie surveiller Lady Marian et Lionel, tout en sachant très bien qu'il peut nous demander de tuer l'enfant si cela devient nécessaire.

— Jamais je ne pourrais tuer un enfant, et Henri le sait. C'est là que le bât blesse...

Griffith tapa du poing dans sa paume.

— Pourquoi Henri ne m'a-t-il pas dit ce dont il avait peur ? Qu'est-ce qui nous a échappé dans cette histoire ?

Tout à coup, ils entendirent un léger bruit de pas. Ils se retournèrent, le couteau déjà à la main.

Marian se tenait entre l'escalier et le lit.

— Baissez vos couteaux. Vous n'avez rien à craindre de moi.

Sa voix semblait ferme, mais sa longue silhouette oscillait comme un saule dans la brise. Elle portait toujours sa robe, mais ses doigts maintenaient un châle en laine autour de ses épaules, et ses tremblements faisaient bouger les rubans de sa coiffe.

Griffith calma ses instincts guerriers, puis échangea un regard avec Art. Ensemble ils baissèrent leurs couteaux et adressèrent à Marian un sourire qui se voulait rassurant.

— Lady Marian, chère demoiselle, vous nous avez surpris, dit Art.

— De vieilles habitudes, dit Griffith en tapotant l'oreiller où il avait caché son couteau.

— J'ai entendu vos voix, et je me suis dit que…

Elle avança ses pieds nus sur le sol froid.

— Bien sûr, et nous sommes ravis que vous vous joigniez à nous.

Art lui adressa un clin d'œil et l'impression fut tellement étrange que Marian sourit, mais très brièvement.

— Euh… Vouliez-vous parler de ce dont nous parlions, ou bien avez-vous un autre sujet de conversation en tête ?

— Je n'ai pas compris ce dont vous parliez. Vous discouriez de nouveau en gallois.

— C'est vrai, reconnut aussitôt Griffith.

— C'était une discussion peu passionnante sur la supériorité de la bière galloise par rapport à la bière anglaise.

Art remplit la chope que Griffith avait vidée et la tendit à Marian.

— Peut-être voulez-vous nous donner votre avis ?

Elle avança, en regardant la chope, et Art lui adressa son plus beau sourire.

— Il faut absolument que vous goûtiez, insista-t-il. Ainsi vous comprendrez tout de suite ce qui rend les Gallois plus forts et les Galloises plus belles.

Elle fit un autre pas en avant.

— Mais il s'agit de bière anglaise. Comment pourrais-je comparer ?

Art se frappa le front, comme s'il n'avait pas pensé à ce problème.

— Vous allez devoir m'accompagner au pays de Galles, alors. Vous adorerez. Les montagnes, dominées par le mont Snowdon, sont escarpées et magnifiques. Les habitants sont bons et généreux, toujours prêts à déclamer des vers ou à chanter des ballades. Le château des Powel est construit sur une colline surplombant les côtes déchiquetées de l'Atlantique, balayées par les vagues et peuplées de multitudes d'oiseaux marins. Oui, my lady, il faut absolument que vous nous accompagniez au pays de Galles.

Griffith la voyait hésiter. Il avait envie de franchir le dernier pas, mais il n'osait pas, de peur des conséquences.

Et il ne voulait pas qu'elle le franchisse.

C'était tout Art : il ne pouvait pas s'empêcher de charmer les femmes et de les faire rire. À quoi pensait-il ? Art ne voyait pas, lui, la tresse qui courait devant son épaule et il n'imaginait pas, lui, les longs cheveux roux dénoués. Il n'imaginait pas Marian en train de passer son peigne dans cette masse ondoyante. Il n'observait pas ses doigts fins tout en les imaginant caresser la douce tête d'un nourrisson gallois. Il ne regardait pas ses petits pieds nus en les imaginant posés sur ses jambes par une froide nuit d'hiver. Art n'était pas en train d'imaginer les plaisirs qu'un homme imagine quand il désire une femme.

Mais Art savait très bien ce qui se passait dans l'esprit de Griffith, et il avait bien l'intention de tout faire pour que son maître ne puisse faire semblant de rien plus longtemps.

Marian fixait toujours la chope. Elle semblait figée sur place, comme gelée, et Art fut incapable d'attendre davantage. Il fit le dernier pas, referma les mains de Marian autour de la chope, et dit :

— Buvez.

— Impossible, répondit-elle. J'ai trop froid.

— Vous tremblez, demoiselle, observa Art, avant de se précipiter vers la cheminée.

En effet, elle tremblait. Griffith le voyait. Elle tremblait par vagues, par secousses, comme quelqu'un qui aurait essayé de réprimer une émotion trop violente pour être contenue. Il saisit son poignet, qui se mit à trembler dans sa main. D'autres signes de malaise étaient visibles. Elle se mordait les lèvres. Elle le regardait fiévreusement, puis, l'instant d'après, fuyait son regard.

Son audacieuse et vaillante Marian avait peur.

Sans s'en rendre compte, il desserra la pression autour de son poignet et parla d'une voix plus douce.

— Qu'est-ce qui vous préoccupe, ma belle ?

Elle sursauta comme si elle avait été brûlée.

— Je voulais juste… Ah…

Depuis le lit, il posa les mains sur les siennes et porta la chope à ses jolies lèvres, l'aidant comme elle aurait aidé Lionel.

— Buvez, murmura-t-il.

Et elle obéit.

Lorsqu'elle eut fini, il plaça la chope sur la table et réitéra sa question :

— Qu'est-ce qui vous préoccupe ?

Son regard glissa sur son corps caché sous les draps et s'attarda sur son torse nu avant d'atteindre son visage.

— J'ai fait un… Le bébé dormait, et je ne voulais pas le réveiller, alors je…

Il commençait à comprendre, mais il l'encouragea à poursuivre.

— Pourquoi vouliez-vous réveiller le bébé ?

— Je ne voulais pas le réveiller. Juste le serrer un peu dans mes bras.

Elle frissonna, malgré le châle épais qui drapait ses épaules.

Art revint près du lit.

— J'ai enveloppé une pierre que j'ai réchauffée dans le feu, et je vais la mettre là, au milieu du lit.

Puis il dit à Marian :

— J'ai un rendez-vous avec une gentille veuve de la lingerie, et je dois y aller, mais Griffith va s'occuper de vous.

Il glissa la pierre chaude sous les draps et, au passage, frappa la jambe de Griffith.

— N'est-ce pas, Griffith ?

— Arthur, reste ici, ordonna Griffith.

Mais Art fila sans se retourner.

— Maudit soit-il ! se lamenta Griffith. J'espère qu'elle va le vider jusqu'à la moelle.

Le poignet de Marian trembla de plus belle, et elle murmura :

— Vous êtes en colère.

— Non. Pas contre vous.

Mais il pouvait difficilement l'inviter à venir réchauffer ses pieds sur la pierre. Il se retenait à peine d'embrasser sa paume, et ses années d'abstinence lui faisaient l'effet d'un coup d'éperons dans les flancs d'un fougueux destrier. Il se força à se maîtriser, se rappelant qu'il était le cavalier et non le cheval.

Marian retira son poignet, et dit :

— Mais vous avez raison. Je n'aurais pas dû descendre. Je suis désolée. Je vais vous laisser tranquille.

Il embrassa la paume de sa main.

— Je me fais du souci pour vous. Vous avez fait un cauchemar, m'avez-vous dit ?

Sans se rendre compte de la ruse pourtant grossière de Griffith, elle cacha ses yeux sous ses mains.

— C'était horrible. Quelqu'un mettait le feu à mon cottage, et je ne trouvais pas Lionel. Et quand je vous trouvais vous, je découvrais que vous aviez été poignardé en plein cœur…

Il retira ses mains de devant ses yeux et vit qu'ils étaient baignés de larmes. Larmes qui coulaient le long de ses joues. Marian renifla. Il la saisit par la taille et la hissa sur le matelas. Après avoir placé la couverture sur ses pieds, il resserra les pans de sa robe de chambre, puis dit :

— Asseyez-vous à côté de moi.

— Pourquoi faites-vous cela ? demanda-t-elle d'une voix contrariée.

— Quoi donc ?

— Pourquoi est-ce que vous m'installez là, que vous faites de moi ce que vous voulez et qu'ensuite vous me demandez de le faire ?

Il rit. C'était agréable de sentir le contact de ses hanches contre les siennes, mais il était heureux que les draps soient là pour faire barrière entre eux. La forçant à poser la tête sur les oreillers à côté de lui, il dit :

— Allongez-vous. J'ai découvert qu'on obtenait plus facilement ce que l'on voulait quand on ne laissait pas le choix aux gens.

— Surtout pas aux femmes ? demanda-t-elle d'une voix maussade.

— Surtout pas aux faibles d'esprit, corrigea-t-il.

Avant qu'elle puisse répliquer, il demanda :

— Vous ne pouviez pas serrer votre bébé dans vos bras, alors, à la place, vous êtes venue me serrer moi ?

Elle se mit à moins trembler. Au lieu de cela, elle se

raidit de tous ses membres. Elle était apeurée, bouleversée, vulnérable. Toute jeune fille avait, au moins une fois dans sa vie, été mise en garde contre les dangers encourus par celles qui s'aventuraient dans la chambre à coucher d'un homme. Et Marian elle-même avait découvert à quel point cela était vrai. Lionel était là pour le prouver. Mais elle avait suffisamment dominé ses réticences pour venir jusqu'à lui.

Elle était terrorisée, mais elle était venue.

Alors il dominerait ses bas instincts pour lui offrir le contact qu'il lui fallait pour être rassurée.

Après avoir passé son bras autour de ses épaules, il fit doucement pression sur sa tête jusqu'à ce qu'elle repose sur son torse nu. Elle résista, bien sûr, mais, entre la force de Griffith et son besoin à elle, elle n'avait aucune chance.

— Laissez-vous aller sur moi.

Avec un soupir, elle se détendit. Son souffle caressait sa peau et, sans doute chatouillée par les poils de son torse, elle intercala sa main entre son visage et la poitrine de Griffith.

— Je voulais juste vous regarder, murmura-t-elle.

Il sourit, heureux qu'elle ne puisse pas voir le plaisir que lui causait cet aveu.

— Toutes les femmes aiment me regarder. Mais avoir le droit de me toucher est un privilège rare.

Peu habituée à l'entendre plaisanter, elle souleva la tête, mais il la remit doucement en place, et demanda :

— Entendez-vous mon cœur battre ?

— Oui.

— Alors il n'a pas été poignardé.

Elle l'embrassa.

Oh ! ce ne fut qu'un léger et innocent effleurement. Au milieu de sa poitrine. Juste au-dessus de son cœur.

Mais cela rompit les rênes qui retenaient le cheval sauvage qu'il était… Ou plutôt qu'il montait.

Elle reposa sa tête sur son torse, et il se dit qu'il ne parviendrait jamais à suffisamment inspirer pour emplir ses poumons. Elle entendait les battements effrénés de son cœur – le traître –, mais il ignorait si cela lui faisait quelque chose. Irrésistiblement attiré par la splendeur de ses cheveux fauve, il leva la main. Il toucha d'abord son front, puis caressa lentement sa tête. De leur propre initiative, ses doigts se promenèrent autour de son oreille, puis dans son cou. Ils descendirent jusqu'à l'extrémité de sa tresse. Puis il leva la main et recommença.

— Vous ai-je dit à quel point vos cheveux étaient beaux ?

— Non.

Sa réponse fut à peine audible, mais son souffle réchauffa sa peau et il ferma les yeux de bonheur.

— Jusqu'où arrivent-ils lorsqu'ils sont détachés ?

— Jusqu'à mes… Euh…

La main de Griffith atteignit ses fesses, qu'il ne put s'empêcher d'effleurer, puis il dénoua le ruban qui terminait sa tresse.

— C'est bien ce que je pensais.

— Je peux m'asseoir dessus quand ils sont lâchés. Ils pourraient être plus longs, mais…

— Mais ?

— Quand j'étais enfant, je détestais leur couleur. Tout le monde se moquait de moi parce que j'étais rousse. Alors j'ai pris des ciseaux, et…

— Vous êtes trop impulsive.

Il se demanda comment il avait encore le culot de la réprimander alors qu'ils étaient enlacés dans son lit comme il l'avait voulu et qu'il était consciencieusement en train de dénouer ses cheveux.

— Quand j'étais très jeune, il est possible que je l'aie été. Quand j'ai eu cinq ans, je connaissais très bien mes devoirs, et j'étais capable de contrôler mes instincts et mes réactions irrationnels. Mon père y a personnellement veillé.

Il eut envie de lui demander ce qui, alors, l'avait poussée à partager la couche d'un homme, mais cela l'aurait mise en colère. Il ne voulait pas sacrifier cette chaleur ni cette discussion tellement instructive. C'était peut-être la pénombre, l'isolement, l'incongruité de la situation, mais ils parlaient.

Ils ne se disputaient pas, ils ne se provoquaient pas, mais ils échangeaient des informations… et il aimait cela.

— Votre père ?

— Oui, avant qu'il me fasse entrer au service d'Élisabeth, il m'a personnellement éclairée sur les devoirs qui allaient me lier à ma maîtresse.

— Personnellement ?

— Bien sûr, dit-elle en ricanant. Mais ses raisons étaient fort peu honorables, je vous l'assure. Il ne pensait qu'au bien de notre famille. La maison d'York était toute-puissante à l'époque, et rien ne permettait de penser que les choses pourraient changer un jour. J'étais censée me rendre indispensable aux yeux d'Élisabeth et lui rester loyale quoi qu'il advienne. Ce que j'ai fait.

— Pour votre famille ?

— Pour Élisabeth, corrigea-t-elle. Elle m'aimait plus tendrement qu'une sœur.

— Et votre père ne vous aime pas du tout.

— Mon père m'aime autant qu'il puisse aimer. C'est-à-dire pas du tout, peut-être.

Alors qu'il passait les doigts dans ses cheveux comme un peigne, il dit :

— Vous semblez bien prendre ce manque d'affection.

Elle haussa les épaules.

— Il est impossible de regretter ce que l'on n'a jamais eu.

Tout en pensant aux liens chaleureux et profonds qui les unissaient lui et ses parents, il se demanda s'il était possible que… Mais elle avait raison, bien sûr. Elle ne souffrait pas. Et c'était le principal.

— Si mon père avait eu la moindre affection pour moi, il ne m'aurait pas envoyée loin de chez moi, et je n'aurais pas été là pour aider Élisabeth.

Elle secoua la tête.

— C'était elle qui était impulsive. Elle aurait fait n'importe quoi par amour.

Il agrippa son épaule.

— Et vous, que seriez-vous prête à faire par amour ?

Autrement dit, s'était-elle offerte pour aider Élisabeth ? C'était ce qu'il souhaitait lui demander, mais sa question pouvait être interprétée, il en avait conscience, comme une requête le concernant plus directement.

Elle avait chaud à présent, il le savait. Ses orteils étaient posés sur la pierre et son corps absorbait ainsi la chaleur qu'elle diffusait. Pourtant un léger tremblement la reprit, et elle s'appuya sur un coude pour le regarder en face.

— Que serais-je prête à faire par amour ?

Elle semblait s'abreuver à son désir tel un disciple s'abreuvant au savoir de son maître et, par son attitude, elle répondait à sa question muette.

Il voulait qu'elle l'aime, il voulait qu'elle lui donne tout ce qu'elle avait jamais donné à un autre, et plus.

— Je ne peux pas, murmura-t-elle.

— Jamais je ne vous forcerais.

Mais il lui adressa un sourire enjôleur et ne douta pas un seul instant de son pouvoir de séduction, car le Griffith qu'il voyait se refléter dans les yeux adorateurs de Marian était paré de tous les attributs de la beauté et du charme.

— Ce serait un désastre.

— Ce serait… magnifique, rétorqua-t-il avec un rire de gorge, à la fois profond et léger.

Un grisant sentiment de triomphe s'empara de lui lorsqu'elle répondit enfin à son appel. Ses cheveux dénoués retombèrent en cascade autour d'eux, telles des feuilles d'automne dansant dans le vent, et elle se pencha en avant.

Il l'avait déjà goûtée auparavant. À présent, il la savourait. Ses lèvres ouvertes, ses joues couleur pêche, l'odeur épicée du cèdre qui imprégnait ses vêtements. Le bruit de son châle tombant à terre, le frou-frou des rubans et des lacets qu'il dénouait, la longueur des jambes athlétiques qui se débarrassaient de ses jupes, le feu de sa douce toison.

— Quelle splendeur, murmura-t-il.

Elle rit, à la fois heureuse et stupéfaite.

— Vous me plaisez aussi. Les poils de votre torse et de… Tous les poils de votre corps sont noirs.

Elle passa les doigts dans ses cheveux.

— Vos cheveux, eux, sont brun foncé. Les teignez-vous ?

Trop indigné pour se souvenir, sur le moment, de leur première rencontre, il protesta.

— Non !

Puis son petit rire mutin lui rafraîchit la mémoire, et il la punit par un baiser qui naquit sur ses lèvres et se prolongea bien au-delà, puisqu'il n'épargna aucune parcelle de sa peau, de son cou à ses orteils.

Cependant, il veilla à ne pas trop en faire et effleura à peine les endroits qu'elle voulait qu'il touche : c'était une punition, après tout. Mais elle ne semblait pas se sentir flouée. Les petits cris qu'elle étouffait dans les oreillers, ses poings serrés autour des draps, son corps cambré et tendu comme un arc : tout cela témoignait d'une innocence que son précédent amant avait laissée inviolée. Tout à coup, Griffith voulut que cette première fois soit la meilleure.

— Vous ne devriez pas…

— Négliger votre dos ? C'est vrai.

Il la fit rouler sur le ventre, et la couvrit de baisers, des chevilles jusqu'à la nuque.

Elle aimait cela, et elle le lui montra en l'étreignant avec force lorsqu'il la rallongea sur le dos. Il la plaqua contre le matelas, se servant de son corps tout entier pour prendre possession d'elle. Il saisit son visage entre ses mains pour l'obliger à rester tranquille et la regarda dans les yeux.

— Vous êtes à moi, dit-il.

— Pour l'instant.

Ce n'était pas la réponse qu'il attendait. Il voulait lui crier que ce qui brûlait en lui y brûlerait à jamais, mais son beau visage semblait si raisonnable et sérieux qu'il n'osa pas, de peur de l'effrayer. Même s'il l'avait voulu, il n'aurait pas pu s'arrêter. C'était trop tard, il était hors de contrôle, rendu fou par le désir et le besoin impérieux qu'il avait d'elle. Il savait avec certitude qu'il pourrait faire naître en elle le même désir, le même besoin, car, même s'il n'était pas le meilleur amant du monde, il était sa moitié.

Bien qu'il la maintienne déjà, il lui demanda :

— Restez tranquille. Laissez-moi vous montrer...

Tout.

Avec un baiser qui lui arracha des gémissements, il lui enseigna où se trouvaient toutes les zones du corps les plus sensibles, jusqu'à ce qu'elle oublie ses inhibitions et sa raison.

C'était de l'adoration pure et simple. Ses petites mains cherchaient et trouvaient, elle rougissait et paraissait surprise, elle semblait timide et impressionnée, et il se sentait tel le seigneur de l'univers. Il la guida comme s'il initiait une vierge, et elle réagit en vierge, même au moment où il la pénétra.

— Vous êtes si étroite, murmura-t-il.

Il y avait là quelque chose qui le dérangeait, mais le plaisir l'empêchait de penser clairement. Des frissons parcoururent son dos, et il dut lutter pour se contrôler. Il l'embrassa longuement, caressa ses seins qui s'étaient révélés si sensibles, et toucha le seul endroit dont il ne s'était pas encore approché.

Il l'avait évité à dessein, préférant conserver cette arme ultime pour le moment de l'apothéose, lorsqu'il aurait besoin de faire céder toutes les barrières de la belle Marian et de la faire basculer, définitivement, de l'autre côté.

Et ce moment était venu.

Elle gémit. Elle haleta. Elle se tortilla. Elle s'agrippa à lui. Et ses muscles internes l'aspirèrent.

Ce fut en tout cas ce qu'il imagina. Mais, de toute évidence, il était devenu fou car il aurait juré, oui juré, avoir déchiré son hymen.

Elle gémit, mais son gémissement trahissait la douleur et non la passion, et il recula pour la regarder.

Cette bouche crispée, ces larmes, ces yeux clos… Tout cela parlait clairement.

Il l’avait déflorée.

Par tous les saints, il l’avait déflorée.

Chapitre 8

Elle essaya de retenir son cri, mais il était trop tard.

Qu'avait-elle fait ? Seigneur, qu'avait-elle fait ?

Avait-il compris ?

Pouvait-elle le cacher ?

Elle ouvrit les yeux et le regarda.

Il la regarda à son tour, et il était furieux. Son regard n'était pas amical, mais il était ardent. Si ardent. Puis il sourit de toutes ses dents, et dit :

— Je vous ai fait mal, ma douce, mais c'était inévitable. À présent… À présent, je vais vous montrer le vrai plaisir.

Lorsqu'ils eurent terminé, le lit était détruit. Les oreillers avaient disparu, les draps étaient arrachés et froissés, les couvertures par terre. S'il faisait froid dans la pièce, Marian n'en savait rien, car pour la punir de sa tromperie il lui avait montré, comme il l'avait promis, le vrai plaisir.

Et cela s'était révélé être plus qu'elle ne pouvait tolérer.

Comme un vitrail dont les différentes zones de couleur auraient été séparées et égarées, elle semblait incapable de rassembler toutes les pièces qui composaient son être. Et elle cherchait désespérément un moyen de sauver la face.

Mais Griffith ne lui laissa pas le temps de réfléchir ni

d'échafauder des plans. Il se pencha au-dessus d'elle et caressa sa gorge jusqu'à ce qu'elle ouvre les yeux, puis dit, d'un air moqueur :

— Toutes ces années à monter à cheval à califourchon… pour rien.

Il avait trouvé son plaisir. Elle n'y connaissait pas grand-chose, mais elle le savait. Le grognement primitif qu'il avait poussé avait fait partie du plus grand tableau qu'il avait composé avec elle. Et il la regardait encore avec une passion ardente, que la colère ne masquait pas totalement. Lorsqu'elle voulut attraper une couverture pour se cacher, il l'en empêcha.

— Que voulez-vous dire ? demanda-t-elle d'une voix un peu vacillante.

Il sourit de nouveau comme la bête qu'il s'était révélé être.

— Monter à cheval à califourchon n'a pas rompu votre hymen.

Elle se contracta nerveusement.

— Ne vous fatiguez pas : je sais, assena-t-il.

Elle essaya de nouveau d'attraper la couverture. De nouveau, il l'en empêcha.

— J'ai froid.

— Je vais vous couvrir.

Mais il n'avait pas l'intention de le faire à l'aide d'une couverture. Il la plaça à demi sous lui, et à l'instar de ses yeux, son corps était brûlant. Elle dompta la panique qui menaçait de s'emparer d'elle, prête à assumer les conséquences de sa stupidité, mais pas prête à assumer les conséquences de la passion qui la dévorait.

Il demanda :

— Dites-moi de nouveau comment vous avez eu Lionel. Vous vous êtes mise à nu devant moi, au sens propre du terme. Maintenant, j'attends que vous le fassiez au sens figuré. Dites-moi la vérité, Marian.

— Ce n'est pas à moi de révéler la vérité. Je me suis donnée à vous. Ne demandez rien de plus.

— Vous ne vous êtes pas donnée à moi. Vous m'avez donné votre corps et, malgré sa splendeur, ce n'est pas assez.

Il appuya ses doigts contre ses tempes et murmura à son oreille :

— Je veux ce qu'il y a là-dedans. Je veux connaître les pensées, l'âme de Lady Marian Wenthaven.

— C'est impossible. Vous allez bientôt partir, et je vais rester ici…

Il secouait la tête, et elle demanda :

— Pourquoi le niez-vous ?

— Je vais rester auprès de vous, comme me l'a ordonné mon souverain, le bon roi Henri.

Elle tenta de le repousser avec ses paumes humides, mais n'y parvint pas, car elles étaient glissantes. Mais il comprit le message et s'assit à ses côtés. Nu, il était particulièrement impressionnant. Ses muscles saillants étaient couverts, çà et là, de cicatrices, récentes et moins récentes. Il la regarda lui aussi lorsqu'elle s'assit et cette fois ne l'arrêta pas quand elle remonta les draps sur elle.

Mais son besoin de se cacher était moins fort que son besoin de le comprendre. Elle murmura, incrédule et déconcertée :

— Le roi Henri vous a ordonné de rester auprès de moi ? Que voulez-vous dire par là ?

— Dans une lettre qu'il m'a confiée, il m'a ordonné de rester ici et de vous surveiller.

Cela n'aurait pas été pire s'il l'avait frappée. Elle l'aurait même mieux supporté que cette trahison, que la preuve de sa propre folie, que ce déni d'amour.

— Vous êtes venu pour m'espionner ?

— Je suis venu pour donner l'or de la femme d'Henri à l'ancienne dame de compagnie de sa femme, puis je suis resté pour les protéger, elle et son fils.

— M'espionner ?

La souffrance causée par cette trahison avait embrasé son visage, qui brûlait douloureusement.

— Comme mon père m'espionne ?

— Vous protéger…

— Deux termes différents pour signifier la même chose.

Sa vue se troubla soudain, car ses yeux s'étaient emplis de larmes.

— Je crache sur la protection offerte par les hommes comme vous. Je crache…

Il couvrit sa bouche alors qu'elle était prête à allier le geste à la parole. Mais la rage de Griffith n'était pas moins palpable que la sienne.

— Si vous me cherchez, vous allez me trouver, petite. Vous m'avez menti dès le moment où je vous ai vue, et cette indignation que vous feignez est franchement risible. Ces draps tachés de sang sont la preuve que vous n'êtes pas celle que vous prétendez être.

Elle repoussa violemment sa main.

— Si, je le suis.

— Vous n'êtes pas la mère de Lionel.

Avec davantage d'emphase, elle déclara :

— Si, je *suis* sa mère.

Il dégagea son visage partiellement masqué par ses longues mèches rousses.

— Une vierge a enfanté, mais c'est il y a presque

quinze siècles, et je vous dis que l'enfant qui dort là-haut n'est pas la chair de votre chair.

Un courant d'air froid parcourut soudain la pièce, et il eut pour effet de refroidir l'ardeur de sa colère et de lui faire prendre conscience du danger qui pesait sur Lionel. Elle s'était laissé séduire par la gentillesse, par la chaleur, par de tendres caresses et par le réconfort d'une voix rassurante. Elle s'était donnée à un homme auquel elle avait cru pouvoir faire confiance et qui venait de révéler sa duplicité.

— Vous ne savez rien de ce dont vous parlez.

— Si je puis me permettre, je suis le seul homme qui sache ce dont il parle quand il parle de vous.

Elle prit ses mains et les broya entre les siennes jusqu'à ce que craquent ses os et ses tendons.

— Si vous dites quoi que ce soit à mon sujet…

Il se libéra rapidement pour prendre à son tour ses mains entre les siennes.

— J'ai dit que je vous protégerais, et parler de ceci vous desservirait grandement, vous et Lionel. Mais vous devez croire en moi pour que ma protection soit efficace.

Son obstination lui arracha un petit cri agacé.

— Croire en vous ? En *vous* ? Je ne veux pas de votre protection. Je n'ai pas besoin de votre protection. Je n'accepterai aucune aide de la part de l'un des laquais d'Henri…

— Même si la sécurité de Lionel en dépendait ?

Elle se figea, la bouche légèrement ouverte, et il se pencha pour déposer un baiser sur ses lèvres. Sa première poussée de colère était passée, supplantée par sa tempérance naturelle.

— Vous avez besoin d'aide, ma douce, que vous l'admettiez ou non. Votre père fomente quelque chose.

Elle parut inquiète.

— Que voulez-vous dire ?

— N'avez-vous pas remarqué le nombre de mercenaires engagés par votre père ?

— Wenthaven n'a jamais montré le moindre intérêt pour… ma personne.

— Non, pas pour votre personne, répondit-il, moqueur. Mais existe-t-il, quelque part, un endroit sûr pour un enfant *royal* ?

Le regard angoissé de Marian lui en apprit plus qu'elle n'avait l'intention de lui dire. Il lui apprit que ses suppositions, au moins dans leurs grandes lignes, étaient vraies. Il la serra et s'allongea, l'entraînant avec lui sans tenir compte de sa résistance.

— Ah, ma belle, restez donc dormir à mes côtés. Demain matin tout semblera plus facile. Nous parlerons, et vous verrez que j'ai raison.

Comme pour achever de la convaincre, il disposa les couvertures sur eux, puis saisit son menton.

— Nous parlerons demain matin, répéta-t-il.

La passion, puis la colère, avaient déferlé en lui, s'étaient emparées de lui, puis l'avaient quitté, le laissant détendu et délassé. Cela faisait des années qu'il ne s'était pas senti aussi bien.

En fait il ne s'était jamais senti aussi bien, et il ne pouvait s'empêcher de s'émerveiller devant les miracles dont était capable cette femme. Sa femme. Son amour.

Elle se blottit comme un bébé, et il la caressa, la massa, essayant, par ce contact, de lui donner confiance en lui et en eux. De sous les draps où elle avait caché son visage, il entendit :

— Mais je ne vous connais pas.

Il rit.

— Vous me connaissez mieux que toutes les femmes que j'ai croisées au cours des deux dernières années.

— Il faut être idiot pour penser que l'on peut faire confiance à la personne avec qui l'on a partagé son lit.

Il la serra contre lui.

— Alors je dois être idiot.– Mais quel idiot !

L'exclamation de Griffith résonna dans l'escalier et partout dans la tour.

— Un idiot sans nom !

Art le repoussa dans la chambre de la comtesse.

— Par saint Dewi, Griffith, ne le clamez pas à la Terre entière !

La porte se balança un long moment sur ses gonds après que Griffith l'eut claquée.

— Où a-t-elle pu aller ? Et avec un bébé ?

— Plus important encore : pourquoi est-elle partie ?

La question et le ton d'Art étaient accusateurs, et Griffith approcha son visage de celui de son vieux serviteur.

— Parce que nous avons fait ce que tu nous as incités à faire.

La colère s'empara d'Art.

— L'avez-vous si mal traitée qu'elle a préféré s'enfuir ?

— Oh ! Arthur, répondit Griffith en faisant craquer ses doigts et ses poignets. Oh ! Arthur, tu ne sais pas comme j'ai envie de te tordre le cou. Je l'ai traitée mieux qu'elle le méritait. Elle ne m'oubliera pas avant longtemps. En fait – et il se mit à faire les cent pas dans la pièce – elle ne m'oubliera jamais.

— Vantard ! s'exclama Art.

— Pas du tout, répondit Griffith d'une voix calme.

Tu m'as dit toi-même qu'une femme n'oubliait jamais son premier amant.

— Oui, je sais que j'ai dit cela, mais je…

Art s'interrompit et écarquilla les yeux.

— Que voulez-vous dire ?

Griffith se dirigea vers lui, agrippa son surcot et le hissa sur la pointe des pieds.

— Ce que je veux dire, c'est qu'il ne faut pas s'interroger sur le père de Lionel, mais plutôt sur sa mère.

Art, dont les lèvres bougeaient sans produire aucun son, sembla répéter en silence ce qu'il venait d'entendre, puis il émit un lent et long sifflement.

— C'est donc cela…

— Oui, c'est cela.

D'un mouvement brusque, Art se dégagea.

— Avec une vierge, il faut redoubler d'attention. Avez-vous redoublé d'attention ?

Griffith rit amèrement.

— Oui, j'ai redoublé d'attention. Pour les mauvaises raisons, mais oui.

Art ouvrit le buffet et en sortit les vêtements de Griffith, qui formaient une pile.

— Quand partons-nous à sa recherche ?

— Je ne sais pas. Regarde !

Il souleva une robe.

— Elle a tout laissé derrière elle. Regarde !

Il désigna la cheminée.

— Même son épée.

Art prit l'arme et, après l'avoir essuyée, il l'appuya contre le manteau en pierre de la cheminée.

— Elle reviendra peut-être la chercher, dit-il.

Griffith se précipita vers l'échelle qui menait à la soupente et la secoua, tout en appelant, en anglais :

— Cecily, descendez. Descendez tout de suite !

La tête blonde de Cecily apparut dans le trou percé au plafond, ce qui prouvait qu'elle était en train de les écouter. Heureusement, songea Griffith avec satisfaction, qu'Art et lui s'entretenaient toujours en gallois. Il montra du doigt le sol juste devant lui, et Cecily s'empressa de descendre.

— My lord ?

— Quand votre lady est-elle partie ?

Elle cligna des yeux.

— Elle est partie ?

En gallois, Art dit :

— Oui, et tu le sais bien, espèce d'idiote.

Elle regarda dans sa direction, mais il était en train de mettre les vêtements dans les sacoches de selle et il ne leva pas les yeux.

— Il se peut que je l'aie entendue au milieu de la nuit, admit-elle.

Griffith se retint de la gifler. Il n'aimait pas les petites écervelées, surtout celles qui mentaient quand la vérité aurait été si utile.

— Pourquoi ne l'avez-vous pas retenue ?

Elle écarquilla ses yeux bleus.

— Je pensais que c'était un rêve. Ma lady ne m'a jamais laissée.

— Vraiment ? rétorqua Griffith. Jamais ?

Elle détourna le regard.

— Une seule fois. Et c'était uniquement parce que Lady Élisabeth devait partir en exil et que Lady Marian ne voulait pas que je parte avec elles.

— Pourquoi ?

— Parce qu'elle voulait que je me trouve un époux à la cour.

— Non, dit Griffith en essayant de contenir sa colère. Ce que je voulais savoir, c'était pourquoi Lady Élisabeth était partie en exil.

— À cause des rumeurs disant qu'elle allait épouser le roi Richard.

Art s'immobilisa.

— Et quand est-elle partie en exil ? demanda Griffith.

— Il y a deux ans de cela. En fait… – elle rougit – c'était quand Lady Marian était enceinte de Lionel.

Art recommença à s'affairer.

En prenant conscience de tout ce que cela impliquait, Griffith dut éponger son front.

— Donc vous avez entendu Lady Marian partir au milieu de la nuit hier.

— Je n'ai rien entendu, se défendit-elle. Je n'ai rien entendu *du tout.*

— Elle en a trop entendu, marmonna Art en gallois.

Cecily se tourna vers Art, furieuse.

— J'ignore ce que vous dites à mon sujet, mais c'est faux. Je ne sais pas où Lady Marian est partie, je ne sais pas quand, et je ne sais pas pourquoi. Mais je parierais -elle se redressa et lança un regard noir dans la direction de Griffith – que quelqu'un ici le sait.

Art gratta les poils hirsutes et gris qui recouvraient son menton et dit, en anglais cette fois :

— C'est bien possible.

Enhardie, elle se tourna vers Griffith.

— Et si Lady Marian se retrouve par votre faute une nouvelle fois déshonorée, Wenthaven vous tuera tous les deux. Un autre bébé anéantirait les projets qu'il a pour elle.

Les phrases qu'Art prononça en gallois purent, à

l'oreille, sembler lyriques, mais en réalité leur sens était loin de l'être.

— Vous en avez un vous aussi dans le tiroir, mam'zelle. Et bientôt votre ventre va s'arrondir.

Griffith regarda la taille de Cecily, puis Art, qui hocha la tête.

— Croyez-moi, je sais voir ces choses-là. D'ici une quinzaine, elle ne pourra le cacher à personne.

Cecily rougit sous leurs regards scrutateurs et elle se trahit en posant la main sur son ventre.

— Donc vous ignorez quand elle est partie, reprit Griffith. Mais savez-vous où elle a pu partir ?

Renfrognée, Cecily dit :

— Oh ! elle se cache sans doute quelque part dans la propriété. Elle ne serait jamais partie, sauf si elle pensait Lionel en danger.

— Et si elle pensait que Lionel était en danger ?

— Alors elle fuirait le plus loin possible du danger. Elle irait rejoindre Lady Élisabeth, je suppose, murmura Cecily.

Griffith tendit le pouce vers la porte.

— Allez prendre votre petit déjeuner. Et surtout, ne parlez à personne de la disparition de Lady Marian.

Cecily disparut, et les deux hommes reprirent leur dialogue en gallois.

— Combien de temps avant que tout le château soit au courant, à votre avis ? demanda Art.

— Pas longtemps.

— Pensez-vous que demoiselle Marian soit dans les parages ?

— Cela m'étonnerait.

— Pensez-vous qu'elle ait rejoint Lady Élisabeth ?

Griffith secoua lentement la tête.

Art baissa la voix, car deux précautions valaient mieux qu'une.

— C'est Élisabeth la mère, n'est-ce pas ?

— Je pense.

Puis Griffith regarda l'escalier.

— Voyons si Marian nous a laissé quelque indice.

Sir Adrian Harbottle s'assit dans le baraquement des mercenaires, se massa l'épaule et sourit pour la première fois depuis sa rencontre avec Marian dans les bois. Il sourit pour la première fois depuis que Griffith avait tordu son bras droit et déboîté son épaule, le laissant accablé de douleur, incapable de se servir de son épée et privé pour une durée indéterminée de toute source de revenus potentiels.

Cledwyn sourit, lui aussi, pour à peu près la même raison et avec à peu près la même affabilité.

Cette traînée et son bâtard avaient disparu.

Elle s'était glissée dehors aux premières lueurs de l'aube, vêtue de ses habits masculins et laissant derrière elle des traces que le premier idiot venu aurait été capable de remarquer. Leur première réaction avait été de la suivre tout de suite, et de se venger d'elle de fort agréable façon, mais la raison s'était fait entendre. Marian était encore trop proche du château. Pire encore, Griffith n'aurait jamais laissé ce viol impuni, et ils savaient tous les deux qu'il y avait beaucoup à craindre de lui.

Alors ils avaient consciencieusement effacé les traces qu'elle avait laissées, et s'étaient employés à semer çà et là plusieurs fausses pistes, toutes très acceptables. Maintenant ils attendaient que l'affolement commence.

— Nous allons bien nous amuser, dit Cledwyn.

Harbottle sourit de nouveau.

— Oui, comme des petits fous. Marian regarda autour d'elle, dans la clairière, puis se retourna vers l'endroit d'où elle venait. Puis elle descendit de cheval, avec Lionel attaché dans une écharpe devant elle. Pendant qu'elle essayait d'en défaire le nœud, Lionel s'agita pour se libérer et tomba par terre, la face la première. Avant qu'elle puisse voir s'il s'était vraiment fait mal, il était debout et galopait dans l'herbe printanière.

— Ne va pas trop loin, Lionel, lança-t-elle.

— Non !

Le soleil lui fit plisser les yeux, puis elle retira la plus lourde des sacoches de selle du cheval et le laissa paître.

Cela faisait deux ans qu'elle attendait le premier mot de Lionel, et au bout d'une seule journée, elle en avait déjà assez de l'entendre. Mais elle était trop fatiguée et trop préoccupée pour exiger qu'il lui obéisse. Il n'aimait pas les sous-bois trop profonds. Elle l'avait découvert lors de leurs précédents arrêts. Donc elle ne le perdrait pas de vue.

Perdre de vue. Une expression qu'elle trouvait douloureuse. Il y avait, quelque part, quelqu'un qui ne l'avait jamais perdue de vue. Elle effleura le couteau qu'elle n'ôtait jamais de sa ceinture et toucha l'épée accrochée à la selle. Elle aurait aimé avoir sa propre épée avec elle, mais elle n'avait pas pu la prendre. Elle était posée sur le petit tas de bois disposé à côté de la cheminée, bien trop près de Griffith. À la place, elle était allée se servir dans l'immense armurerie de Wenthaven.

Si elle avait su se servir d'une fronde ou d'un arc, elle se serait sentie bien plus en sécurité et plus à même de protéger à la fois son fils et le précieux trésor qu'elle avait rangé dans un étui en cuir sanglé à sa cuisse. Mais elle n'avait pas besoin de tout un arsenal, se consola-t-elle. Elle avait fini par semer ceux qui s'étaient mis à la suivre.

Au début, elle avait eu peur qu'il s'agisse de Griffith. Et elle ne voulait pas se retrouver face à lui. Pas après la nuit qu'ils avaient passée. Pas après toute cette souffrance et toute cette extase partagées.

Puis elle avait compris que Griffith ne l'aurait pas suivie comme un voleur. Il l'aurait rattrapée et lui aurait demandé des explications. Il aurait crié, se serait indigné et aurait insisté pour qu'elle lui obéisse, mais il ne lui aurait pas fait de mal. Jamais il ne lui ferait de mal. Ni à elle, ni à Lionel.

Ce n'était pas nécessairement le cas de tout le monde. Donc qui la suivait ? Les hommes de son père ? Ou bien quelqu'un qui lui voulait du mal ?

Elle s'assit au pied d'un arbre et déboucha son outre d'eau.

— Lionel, viens boire un peu.

— Non.

La main posée sur son estomac vide, Marian but en espérant que l'eau ferait passer son mal de ventre. Elle avait terriblement peur, car plusieurs personnes étaient susceptibles de lui vouloir du mal.

Le stupide et brutal Adrian Harbottle.

Le roi Henri Tudor.

Et son père, le comte de Wenthaven.

Les accusations formulées par Griffith la veille au soir l'avaient alarmée. Wenthaven avait-il engagé des mercenaires à cause de Lionel ? Si c'était le cas, il l'avait fait sans la consulter et, même si elle pouvait inclure Wenthaven dans ses plans, elle voulait être la seule à prendre des décisions. Elle voulait redevenir quelqu'un d'important. Elle voulait contrôler la situation.

Tout à coup, il lui apparut qu'elle avait perdu la maîtrise de la situation. Les mensonges qu'elle avait elle-même forgés lui échappaient. Ils se promenaient au hasard dans le royaume, et elle ne savait ni où ils s'échouaient ni qui les recueillait.

Et Griffith avait raison. Lionel était un enfant de sang royal, et un enfant de sang royal était le pion idéal pour ceux qui étaient en quête de pouvoir.

Alors, aujourd'hui, elle avait tourné en rond, encore et encore, en tendant l'oreille, en observant, en étouffant les cris et les pleurs de Lionel avec sa main.

Elle les avait semés. Elle en était certaine. Sauf quand, parfois, elle croyait entendre des bruits de pas et des halètements.

Elle avait un bon cheval : il était bien dressé, en bonne forme, suffisamment robuste pour parcourir les horribles routes anglaises, suffisamment rapide pour distancer leurs poursuivants.

Mais elle ne pouvait tirer pleinement profit de cette dernière qualité, car elle devait s'arrêter trop souvent. Voyager avec un enfant de deux ans turbulent mettait à mal sa patience. Mais celle de Lionel devait être soumise à rude épreuve elle aussi.

— Lionel, appela-t-elle. Regarde l'écureuil, dans l'arbre.

Il leva les yeux, frappa des mains et, lorsque l'écureuil disparut dans la forêt, s'écria :

— Non !

Il était profondément endormi quand elle l'avait arraché du lit et transporté à l'écurie. Il n'avait pas bougé quand elle avait convaincu Billy de baisser le pont-levis et de la laisser partir. Mais sa tranquillité avait été de courte durée.

Il s'était réveillé avec le soleil, prêt à entamer une nouvelle journée d'exploration, et décontenancé de voir ses projets contrariés. Il ne voulait pas rester à cheval, il voulait courir. Il ne voulait pas regarder les arbres, il voulait les toucher. Il ne voulait pas manger de la viande séchée, il voulait manger de la boue séchée.

Il voulait descendre, et elle l'avait fait descendre moins souvent qu'il l'aurait voulu mais plus souvent qu'elle l'aurait souhaité. Déchirée entre son besoin désespéré de fuir et les exigences de son fils, Marian sentait sa détermination faiblir.

Apercevant, au loin, un quadrupède roux avec des bois, elle appela :

— Lionel, regarde, vite. Un cerf !

Lionel se tourna et regarda partout sauf où il le fallait.

— Là-bas, continua-t-elle.

Mais le cerf fit demi-tour et détala.

— Ah, il est parti.

— Non, répondit Lionel avec fermeté.

Pourquoi Henri avait-il envoyé Griffith ? Que savait Henri ?

Quand il avait épousé Élisabeth, Marian, inquiète, s'attendait à ce qu'il la répudie très vite. Mais la nuit de noces s'était passée apparemment sans incident. Henri était-il aveugle ? Était-il stupide au point de ne pas savoir reconnaître une vierge d'une femme ayant déjà enfanté ? Était-il épris au point de ne pas comprendre qu'il avait été trompé ? Ou bien tenait-il tant au trône qu'il s'était tu et avait adressé ses reproches à Élisabeth en privé ?

— Lionel, ne mange pas les insectes.

Il leva la tête et elle vit les antennes remuantes d'un criquet dépasser de sa bouche.

— Non !

Elle se leva et se dirigea vers lui.

— Lionel, crache-le.

— Nooon !

Le criquet profita de cette bouche ouverte pour sauter, ce qui surprit suffisamment Lionel pour qu'il oublie de crier. Elle proposa un morceau de pain à la place des insectes, et il accepta, bien qu'à contrecœur.

Elle regarda la lumière danser dans ses cheveux sombres et songea qu'il ressemblait beaucoup à son père et fort peu à sa mère. Elle songea à tout ce qu'elle voulait pour lui, et aux difficultés qu'elle aurait à affronter pour pouvoir lui offrir tout cela. Elle songea à toute cette vie dont il débordait et à la forte probabilité qu'il ne survive pas à son troisième anniversaire. Et elle savait qu'elle serait prête à donner sa vie pour sauver la sienne car, malgré ce que Griffith avait dit, il était son fils. Le fils de son cœur.

Griffith. Il en savait trop. Il pensait tout savoir, mais c'était faux. Personne ne savait tout, à part Élisabeth… et elle. Les autres personnes qui avaient su étaient mortes. Toutes.

Pourquoi ne lui avait-il pas dit plus tôt qu'Henri l'avait envoyé pour les surveiller, elle et Lionel ?

Peut-être parce qu'il n'en avait eu ni le temps ni l'occasion. Peut-être parce qu'il était énervé par cette mission qu'il jugeait sans intérêt. Peut-être parce qu'elle l'avait trop agacé.

Mais elle ne l'avait pas seulement agacé. Elle l'avait provoqué, elle s'était moquée de lui, elle avait ri de lui. Que s'était-il passé entre eux ? Était-ce juste un petit jeu de séduction, encouragé par le printemps, par les fleurs qui, partout, s'épanouissaient, par les insectes qui butinaient ? Avaient-ils obéi à un désir impérieux les poussant irrépressiblement l'un vers l'autre ? Ou bien étaient-ce leurs deux solitudes qui avaient décidé de s'unir ?

En la séduisant, il avait porté un coup fatal à cette maudite vanité qui la caractérisait et l'avait forcée à reconnaître que, contrairement à ce qu'elle pensait et qu'elle clamait partout, elle pouvait, par ses actes, mettre Lionel en danger. C'était pour cette raison que la trahison de Griffith avait été encore plus douloureuse. Il avait été envoyé pour l'espionner, ou, pire encore, il attendait qu'Henri lui ordonne d'assassiner son enfant.

Qu'avait-il dit ?

Qu'elle devait lui faire confiance, que la sécurité de Lionel en dépendait. Qu'est-ce que cela signifiait ? Cela signifiait-il qu'il protégerait Lionel si elle coopérait avec lui ? Si elle acceptait de coucher avec lui ? Était-ce cela qu'il voulait dire ? Mais combien de temps se satisferait-il d'un tel marché ? Jusqu'à ce qu'il se lasse d'elle ? Jusqu'à ce qu'Henri lui donne l'ordre de tuer Lionel ?

Qu'il aille au diable avec son visage anguleux et son corps musclé. Il s'était fait passer pour un farouche combattant, puis il s'était révélé posséder le cœur d'un poète et l'esprit retors d'un casuiste. Il l'avait encouragée à lui faire confiance, puis il l'avait trompée.

Si elle avait eu conscience de leur compatibilité, elle se serait méfiée. Elle aurait résisté. Elle ne lui serait pas tombée dans les bras comme la première venue.

Quelque chose d'aussi merveilleux pouvait-il être si désastreux ? Un homme qui l'avait punie en l'initiant au plaisir pouvait-il être totalement mauvais ? L'avait-elle si mal jugé ?

Soudain elle leva la tête et regarda autour d'elle. Lionel pouvait-il être allé si loin en si peu de temps ?

— Lionel ?

Il ne répondit pas.

— Lionel ?

Elle tendit l'oreille, mais n'entendit rien. Il se cachait. C'était un jeu auquel ils avaient joué en des temps moins angoissants, mais cela l'incita néanmoins à se lever. D'une voix rieuse et légère, elle lança :

— Où est Lionel ?

Un gloussement lui répondit, et elle se détendit. Il ne s'était pas perdu. Il n'avait pas été enlevé. Maintenant elle devait l'attraper et le remettre en selle pour une nouvelle cavalcade harassante.

— Lionel ?

Elle se mit en quête de son fils.

— Où est Lionel ? Où est Lionel ?

À chaque gloussement, elle se rapprochait. Au dernier moment, il sortit de sa cachette et se mit à courir… jusqu'à un ruisseau où il sauta à pieds joints.

— Oh ! Lionel ! s'exclama-t-elle en courant derrière lui.

L'eau dépassait ses bottes et mouillait ses braies. Il chancela et tomba. En le rattrapant, elle trempa ses manches et le bas de son manteau.

— Tu es complètement trempé, se lamenta-t-elle en aidant l'enfant dégoulinant à rester debout. J'espère que tu ne vas pas tomber malade. Oh ! Lionel.

Trop. C'en était trop. Elle ravala ses larmes pendant qu'elle le changeait, vidait ses bottes et tordait ses propres manches.

Elle prit sur elle pour déclarer de sa voix la plus enjouée :

— Il est temps de repartir, Lionel.

— Non.

Elle allait devoir se battre.

— Maman va te mettre dans l'écharpe…

— Non !

— … Et grimper en selle…

— Lionel pas partir, dit-il clairement.

Elle marqua un temps d'hésitation. La veille il avait prononcé son premier mot. Aujourd'hui, c'était sa première phrase. Elle eut une pensée pour la mère de Griffith qui s'était plainte de l'éloquence soudaine de son fils, et pour Griffith qui lui avait promis que son fils parlerait bientôt. Et elle se mit à regretter que l'homme pour lequel elle l'avait pris ne soit pas là, car les oiseaux avaient cessé de chanter et, une nouvelle fois, elle entendit l'écho lointain d'un pas humain.

Chapitre 9

— Mes fesses en ont assez d'être assises sur ce cheval. En deux jours, nous avons fouillé la moitié du Shropshire, pour rien.

Art désigna d'un geste circulaire la forêt menaçante qui les entourait.

— Tout ce que nous avons trouvé, ce sont des pistes ne menant nulle part. Personne n'a vu Lady Marian, et si vous voulez mon opinion, nous avons été dupés. Elle est sans doute en ce moment même au château, en train de se cacher dans une chambre confortable dotée d'un bon lit.

Griffith grommela.

— Peut-être. Mais j'aurais juré qu'elle s'enfuirait comme une biche effarouchée. Penses-tu que quelqu'un d'autre serait en train de se jouer de nous ?

— Quelqu'un qui l'aurait enlevée, vous voulez dire, et qui serait en train de rire à nos dépens parce que nous nous ridiculisons en la cherchant ? demanda Art en massant son postérieur endolori. C'est possible. Je commence même à croire que c'est probable.

Faisant faire demi-tour à son cheval, Griffith dit :

— Rentrons au château, et essayons de débusquer notre gibier d'une autre façon.

Art le suivit bien volontiers. Il avait l'air fatigué et accusait son âge, et Griffith était bien décidé à tordre le cou de Marian quand il l'aurait attrapée. S'il l'attrapait. Si elle allait bien. Était-il normal d'avoir envie de punir et d'étreindre tout à la fois ? Ou bien était-ce un des moyens imaginés par Marian pour saper son autorité et son assurance ?

Il lui poserait la question quand il la trouverait. S'il la trouvait.

— As-tu toujours la lettre écrite par Élisabeth ? demanda-t-il.

— Cette lettre vous préoccupe, n'est-ce pas ? répondit Art en tapotant la petite sacoche qu'il portait en bandoulière, sous sa veste. Oui, je l'ai toujours. Son contenu est-il compromettant ?

— C'est une lettre pleine de tendresse, écrite par une lady à son amie qui se trouve en exil. Elle paraît bien anodine… À moins qu'il faille lire entre les mots.

Griffith pencha la tête pour éviter une branche et observa les environs. Ils n'étaient pas loin de la route. Avant la fin de l'après-midi, ils retrouveraient l'ambiance délétère du château. Ils chercheraient Marian en cachette, et tous les mots qu'ils prononceraient seraient écoutés. S'ils voulaient être tranquilles, c'était le moment. Et Art, avec sa tournure d'esprit un peu retorse, serait peut-être capable de saisir un sens caché dans les propos d'Élisabeth. Griffith, quant à lui, n'avait pas la distance nécessaire pour y parvenir.

Griffith ralentit l'allure de son cheval, se plaça à côté d'Art et, grâce à son extraordinaire mémoire, put réciter :

— De Lady Élisabeth à sa très chère sœur de cœur, Lady Marian.

« Je vous salue bien et vous adresse la bénédiction divine ainsi que la mienne, tout en m'enquérant avec tendresse de votre cher enfant, Lionel. Je prie pour qu'il soit en bonne santé et vaillant, et je prie aussi pour recevoir de votre part un compte rendu détaillé de ses progrès divers. Le récit que vous m'avez fait de ses exploits – que de charme et que d'intelligence chez cet enfant – m'a procuré une grande joie, accrue par la certitude que mon fils, Arthur, suivrait bientôt les pas de Lionel. J'aimerais qu'ils soient réunis, autant que je déplore votre absence et que je me languis du réconfort que vous sauriez m'apporter. Arthur comble le vide béant qui s'est formé à la place de mon cœur consumé par la disparition de mes frères et la trahison de tous mes proches. Tous mes proches, sauf vous, ma chère sœur.

« Je dois alors vous parler de mon très cher époux, notre seigneur le roi. Il parle souvent de vous avec amabilité, même s'il ne vous a jamais rencontrée. Dans sa grande générosité, il m'encourage à vous envoyer de l'argent, touché qu'il est par le soutien infaillible que vous m'avez accordé durant ces moments qui furent les plus éprouvants de mon existence. En mémoire de ces jours, je vous prie d'accepter cette bourse qui vous servira pour élever comme il se doit votre fils, mon filleul auquel je pense et pour lequel je prie tous les jours. »

— La pauvre femme, commenta Art, qui se laissait toujours facilement émouvoir. Elle est déchirée entre sa loyauté envers le roi et sa fidélité envers sa chère amie, et elle essaie de mettre discrètement Lady Marian en garde afin que, surtout, elle reste discrète et ne se découvre pas.

— Penses-tu vraiment que ce soit ce qu'elle veut dire ?

demanda Griffith qui se sentait, d'un coup, l'esprit beaucoup plus léger. Parce que c'est bien ce qu'il me semblait à moi aussi, mais parfois, je le reconnais, il m'arrive de mal interpréter les propos et les attitudes des femmes.

— Vraiment ? demanda Art, ironique.

— Et avec Marian, j'ai déjà commis des erreurs.

— Si vous ne me l'aviez pas dit, je ne l'aurais jamais su.

— Mais si tu penses que c'est ce que Lady Élisabeth voulait dire…

Il vit alors le sourire d'Art.

— Arthur, es-tu en train de te moquer de moi ?

— Mais non, my lord, pourquoi ferais-je cela ? Jamais je n'oserais – et Art baissa la tête pour éviter le gant avec lequel Griffith faisait mine de le souffleter – me moquer d'un guerrier respecté comme vous. Et quand je pense au monstre de sagesse que vous êtes – il se baissa de nouveau en pouffant – je ne me permettrais jamais d'émettre le moindre… jugement…

Il se tut, leva la main et pencha la tête comme s'il écoutait attentivement quelque chose. Griffith se figea lui aussi et entendit le bruit d'un homme qui courait. Il se dépêcha de rejoindre la route principale, où il vit le garde de Marian surgir d'un virage, en provenance du château. Billy leva les yeux juste au moment où ils allaient se croiser et s'arrêta.

— My lord.

Il posa la main sur ses genoux et haleta, tentant de reprendre son souffle avant de parler.

— Vous serez peut-être heureux d'apprendre que… j'ai des nouvelles de Lady Marian.

Griffith et Art se regardèrent, puis Art tendit à Billy une outre d'eau. Puis, lorsque Griffith jugea que Billy pouvait parler, il ordonna :

— Raconte.

— Elle est partie avant-hier matin.

— Comment le sais-tu ? demanda Art.

— C'est moi-même qui l'ai fait sortir, avec son bébé endormi.

Devant l'exclamation indignée d'Art, Billy se défendit.

— C'est elle la lady, et elle fait ce qu'elle veut. Et j'ai pensé que ce serait mieux que ce soit moi qui m'en charge, plutôt qu'un autre qui en profiterait pour lui faire du mal. Et j'ai bien fait, parce que je ne suis pas le seul à l'avoir vue partir.

Griffith se redressa sur sa selle.

— A-t-elle été capturée ?

— Non, my lord. La dernière fois où je l'ai vue, elle allait bien. J'ai continué à la suivre, voyez-vous, après l'avoir laissée partir. Ce capitaine des mercenaires sait trop de choses sur ce qui se passe au château, et ses hommes sont toujours en train de fourrer leur nez où ils ne devraient pas. Je n'ai aucune confiance en eux. D'ailleurs, j'ai d'abord vu que Cledwyn la guettait. Ensuite Harbottle l'a rejoint et ils se sont mis à suivre ma lady, sans se rendre compte que je les suivais.

— Tu es un bon garde, dit Griffith.

— Je ne fais que mon devoir, répondit Billy. Par ailleurs, je n'aime pas beaucoup voir tous ces étrangers accourir sur nos terres et faire entendre partout leurs langues incompréhensibles. Sauf votre respect, my lord.

Griffith n'avait pas oublié sa rencontre avec Billy la nuit où il avait raccompagné Marian à son cottage. Curieux, il demanda :

— Tu ne fais pas confiance à Cledwyn et à Harbottle, mais à moi, si ?

— C'est un choix compliqué pour un homme simple

comme moi, my lord, mais… – Billy se redressa et adressa un regard accusateur à Griffith – il n'y a personne d'autre que vous au château qui se soucie d'elle. Vous, vous vous souciez d'elle… Même si je ne sais pas pourquoi. Vous êtes toujours en train de tourner autour d'elle comme les épagneuls de Lord Wenthaven quand ils en ont après une femelle.

— Lord Griffith n'est pas un chien, et il ne veut que du bien à Lady Marian, répondit Art, d'un air indigné, à la place de son maître.

Billy poursuivit, mais en se tournant vers Art.

— Oui, je pense que ses intentions sont bonnes, même s'il n'a rien contre le fait de pouvoir…

Agacé par ces hommes bien trop audacieux et impertinents pour des serviteurs, Griffith marmonna entre ses dents :

— Je vais l'épouser.

Aussitôt, Billy parut soulagé.

— C'est une bonne chose. Elle est moins rebelle qu'elle veut le faire croire. Il suffit de l'occuper avec des bébés, un tous les ans, et elle n'aura plus le temps de galoper partout et de s'attirer des ennuis.

— Telle est mon intention.

Griffith s'était exprimé sur un ton solennel, comme si Billy était le père de Marian. Et Billy, comme s'il était le père de Marian, venait tout aussi solennellement de lui accorder sa bénédiction.

— Alors, où se trouve-t-elle ? demanda Art.

Billy remua la poussière avec son pied, d'un air soucieux et mal à l'aise.

— Je ne peux pas vous dire exactement où elle est en ce moment. Il fallait d'abord que je vous trouve, vous savez.

Son visage s'éclaira.

— Mais je peux vous dire où commencer à chercher. Cledwyn et Harbottle l'ont cherchée vers le sud pendant presque toute la matinée – moi je les suivais – et finalement, elle a obliqué vers l'ouest, en direction du pays de Galles.

— Au pays de Galles ? répéta Art, incrédule. Qu'irait-elle faire au pays de Galles ? Elle ne parle pas notre langue, et c'est notre pays. Au pays de Galles, elle serait entre nos mains.

— Si vous l'attrapez, rappela Billy.

Griffith caressa la barbe de deux jours qui recouvrait ses joues et son menton.

— C'est une folie, mais une folie bien pensée. Elle se dit sans doute que jamais nous n'irons la chercher là-bas. Et, en effet, jamais nous n'en aurions eu l'idée sans les informations de Billy. Cela la place hors de portée d'Henri, et si elle avait voulu se protéger de lui tout en restant en Angleterre, elle aurait dû entreprendre un bien plus long voyage, jusqu'à la Cumbrie.

— Vous pensez donc qu'elle est bien allée au pays de Galles ? demanda Art, qui paraissait stupéfait.

— Souviens-toi de ce que tu lui as dit. La nuit qui a précédé son départ, tu as dressé avec lyrisme un tableau idyllique des beautés du pays de Galles dont les habitants accueillants la placeraient sous leur protection.

Art prit un air horrifié.

— Billy, es-tu sûr de ce que tu dis ? Les traces que nous avons suivies laissaient supposer qu'elle se dirigeait vers le sud.

— Cledwyn et Harbottle ont camouflé ses empreintes plusieurs fois, car ils ne voulaient pas que quelqu'un d'autre qu'eux sache où elle allait.

— Et ils ont créé des fausses pistes, je parie, dit Art d'une voix admirative. Ces deux fumiers ont pensé à tout.

— Pas comme moi ! s'exclama Griffith, furieux de ne pas avoir eu la présence d'esprit d'aller rendre une petite visite à Cledwyn avant de quitter le château, et encore plus de ne pas avoir tué Harbottle quand il en avait eu l'occasion. Bientôt, ils serviront de pâture aux bêtes sauvages !

— Bonne idée, my lord, approuva Billy. J'ai suivi Lady Marian pendant deux jours, et elle est au pays de Galles, c'est certain. Mais elle avance lentement à cause de l'enfant. Si vous le voulez bien, je vais vous conduire au dernier endroit où je les ai vus, et nous partirons de là.

— Conduis-nous au dernier endroit où tu as vu Lady Marian, et *Art et moi* partirons de là. Toi, tu vas rentrer au château. Il y a peut-être des obstacles à placer sur le chemin de Cledwyn et Harbottle.

Billy sourit.

— Oui, peut-être. Ah, Billy.

Wenthaven sourit au garde qui se tenait à l'entrée de sa chambre. Il tapota la tête de Honey quand elle se mit à grogner et lui ordonna de se taire.

— Billy, entre et sois le bienvenu.

Wenthaven ignora la démarche hésitante du garde qui avançait comme à contrecœur dans la pièce. Il ignora la boue que Billy déposa sur le tapis précieux et sa respiration bruyante. Wenthaven remplit deux chopes de bière, et, avec l'épagneul sur les talons, se dirigea vers son siège préféré, celui qui était bien garni de coussins.

— Viens t'asseoir, Billy, et buvons ensemble.

— My lord, dit le garde d'une voix plus timide et

gênée que celle d'une jeune vierge. Je ne peux pas boire avec vous.

— Mais pourquoi ?

— Ce ne serait pas convenable.

Wenthaven rit avec indulgence et s'assit, pendant que Honey s'installait à ses pieds.

— Je pense que c'est à moi de décider de ce qui est convenable et de ce qui ne l'est pas, non ? Après tout, si je décide de partager une bière avec l'un de mes soldats les plus fidèles et les plus sûrs, qui peut me dire non ?

Billy murmura une réponse inarticulée.

— Maintenant, viens t'asseoir – et Wenthaven approcha du bout de sa botte le repose-pieds capitonné – que nous parlions un peu.

Il ignora le grognement de Billy et sourit avec une bienveillance exagérée jusqu'à ce que le garde pose enfin son postérieur sur le tabouret bas.

— Es-tu à l'aise, Billy ?

De toute évidence, Billy ne l'était pas, mais il acquiesça.

— Voici ta bière, Billy.

Billy prit sa chope d'une main qui tremblait.

— Dis-moi, Billy, depuis combien de temps es-tu à mon service ?

— Ah… En années, vous voulez dire ?

Wenthaven, au supplice, ferma les yeux. Marian lui manquait. L'intelligence et l'esprit de Marian lui manquaient, lui qui vivait entouré d'idiots. Il ouvrit les yeux et regarda Honey se lever et se mettre à renifler comme si elle avait senti une odeur étrangère. À Billy, il dit :

— S'il te plaît, oui.

— Ah… J'ai rejoint la troupe quand j'avais à peu près onze ans, my lord, et maintenant, j'ai…

Billy compta laborieusement sur ses doigts.

— J'ai trente-deux ans, je crois… Donc cela doit faire seize ans, my lord.

Le comte faillit bondir de sa chaise. Cet idiot ne savait même pas compter.

— Formidable, Billy.

Honey se dirigea vers les tentures accrochées au mur et renifla plus bruyamment.

— Et, durant ces seize années, combien de fois as-tu quitté le château ?

— Jamais ! Enfin…

Billy se raidit, comme s'il avait compris où Wenthaven voulait en venir.

— Juste deux jours…

— Hier et avant-hier ?

Honey glissa sa tête sous le rideau et remua la queue.

— Ah… oui, vous devez avoir raison.

— Bois ta bière, Billy. Je déteste te voir si mal à l'aise, je me sens un hôte indigne.

À la fois curieux et suspicieux, Wenthaven se dirigea à son tour vers les tentures.

— Tu frissonnes. Est-ce le courant d'air qui te gêne ? Veux-tu que je tire les rideaux pour le bloquer ?

Les tentures oscillèrent, le chien fit un bond en arrière, et Wenthaven faillit rire tout haut lorsqu'il comprit ce qui se passait.

— Non, my lord, j'ai plutôt chaud, dit Billy.

Wenthaven passa les doigts sur la tenture, puis hocha la tête.

— Comme tu veux. Je ne vais pas toucher à ces rideaux… pour l'instant. Viens, Honey.

Puis il retourna s'asseoir.

— Le siège est-il suffisamment moelleux pour toi ?

Billy s'empressa de répondre.

— Oui, my lord, mon derrière n'a jamais été aussi bien assis.

— C'est merveilleux, Billy. Merveilleux. C'est un peu comme si nous étions de vieux amis, alors.

— Oui… Enfin… non. En fait, my lord, si je suis parti, c'est pour une bonne raison.

— Ah oui ? demanda Wenthaven en examinant ses ongles. Et voudrais-tu m'en parler ?

— Je suis parti pour protéger votre fille, annonça solennellement Billy.

— J'ai cru comprendre qu'elle était partie très tôt un matin. Est-ce bien cela ?

Le visage de Billy exprimait un mélange de trouble et de méfiance.

— Oui, my lord, mais qui vous a dit cela ?

La façon dont Billy l'interrogea, comme s'il en avait le droit, fit sourire Wenthaven. Marian avait retenu les leçons qu'il lui avait apprises : Billy s'était attaché à elle car elle avait su habilement et intelligemment faire preuve de gentillesse. Elle en avait fait un serviteur fidèle et dévoué. En guise de réponse, Wenthaven dit :

— Il y a eu plusieurs absences inexpliquées ces derniers temps, et j'ai eu du mal à refréner ma curiosité. J'ai fait venir le jeune Harbottle… Tu connais Harbottle ?

— Il ne mérite même pas de décrotter mes chaussures.

Amusé malgré lui, Wenthaven dit :

— Je vois que tu connais Harbottle. Quand je me suis entretenu avec lui, il venait de rencontrer un petit problème. Un problème qui a déboîté son épaule. Un problème appelé Sir Griffith ap. Powel.

Billy s'était suffisamment détendu pour répondre :

— C'est quelqu'un de bien, décidément.

— Parce que tu le connais aussi ? demanda Wenthaven en feignant la surprise. C'est intéressant, car il a disparu presque en même temps que ma fille.

Billy fronça les sourcils.

— Sir Griffith a été envoyé dans mon humble demeure par le roi Henri lui-même.

Le visage de Billy s'éclaira. Visiblement, il était impressionné.

— Mais j'ignore pourquoi le roi a envoyé Sir Griffith, et cela m'inquiète.

Wenthaven posa le revers de sa main sur son front.

— Se pourrait-il que la mission de Sir Griffith soit tout sauf honorable ?

— Non, répondit Billy, sûr de lui. Sir Griffith est autant préoccupé par la sécurité de Lady Marian que vous et que… moi.

— Très intéressant. Et comment le sais-tu ?

— Parce qu'il m'a donné sa promesse.

Un frisson parcourut Wenthaven, qui se pencha en avant.

— Sa promesse ?

— Il a promis d'épouser Lady Marian.

Billy pâlit devant la fureur de Wenthaven, qui n'avait pas été capable de se contenir.

— Épouser Lady Marian ? répéta-t-il en haussant la voix. Il a promis d'épouser ma fille ?

— Oui, et de lui faire un bébé par an pour l'occuper et l'obliger à rester bien en sécurité à la maison.

Puis il recula et plaça ses mains en garde, dans un réflexe de défense. Mais il ne serait pas venu à l'idée de Wenthaven de le frapper. Ce n'était pas contre Billy qu'il était en colère. C'était contre Sir Griffith, qui osait imaginer qu'il pourrait épouser la fille du comte de Wenthaven. Et contre Marian, cette petite traînée, qui n'acceptait pas de jouer le rôle qu'il avait imaginé pour elle.

Elle était sa fille, bon sang. Il pensait qu'elle allait causer sa perte quand elle avait ramené un bâtard au château. Mais elle avait refusé de s'excuser et de s'expliquer, et quand Wenthaven avait réussi à dominer sa colère, il avait compris pourquoi.

Son fils – comment s'appelait-il, déjà ? Lionel ? – ressemblait à tous les membres de la maison d'York. Il ressemblait au roi Richard d'Angleterre.

Les bâtards royaux ne valaient pas grand-chose, bien sûr, surtout ceux des rois déchus, mais Wenthaven avait échafaudé ses propres hypothèses sur les circonstances de cette naissance. Et après tout, que se passerait-il s'il se trompait ? Qu'avait-il à perdre ? Certes il était parent avec la reine douairière, mais, à mesure qu'Henri s'installait de façon de plus en plus ferme et stable sur le trône, il avait de moins en moins besoin de l'appui de cette branche de la famille. Wenthaven voyait son influence décroître de jour en jour, et il était partagé entre le serment de fidélité qu'il avait juré à Henri et sa soif de pouvoir.

Il était donc très reconnaissant envers Marian. Elle lui avait amené un enfant royal à manipuler à sa guise. Elle n'était peut-être pas d'accord, mais il était son père, et c'était lui qui savait ce qu'il y avait de mieux à faire.

Quand il avait un peu mieux cerné son caractère, il avait été conforté dans ses projets. Marian détestait être si loin de la cour. Elle voulait ce qu'il y avait de mieux pour son fils. Il savait que, quand les efforts qu'il déployait porteraient leurs fruits, elle apprécierait. Alors il avait attendu et préparé son plan en attendant le bon moment. Et maintenant que ce moment était presque arrivé, Marian s'était enfuie, pour se précipiter dans les bras d'un petit chevalier gallois qui s'imaginait être suffisamment à la hauteur pour devenir son époux.

Wenthaven porta la main à son ventre en grimaçant. Maudite Marian, elle réveillait ses aigreurs d'estomac. Et son soi-disant ange gardien, le pitoyable Billy, ne valait pas mieux qu'elle. Il s'était réfugié à l'autre bout de la pièce et guettait la porte avec anxiété.

On avait déjà dit à Wenthaven qu'il avait l'air méphistophélique lorsqu'il était en colère, mais l'enjeu était trop crucial. Ce qu'il devait faire, pour commencer, c'était retrouver la confiance de Billy, ce qui ne serait pas simple, étant donné que Billy avait été le témoin de longues années de négligence paternelle. Mais on pouvait faire ce que l'on voulait de n'importe qui, il suffisait juste de trouver le bon angle d'attaque.

Comment convaincre Billy qu'il ne voulait que le bien de Marian ? Il pourrait peut-être intimider le garde pour qu'il lui apprenne où se trouvait Marian et quel rôle Griffith avait joué dans sa disparition. Mais jamais il ne pourrait forcer Billy à faire quoi que ce soit qui puisse nuire à Marian ou à son fils. Tout en se calmant, il appela :

— Honey. Viens ici, ma fille.

Le chien se redressa et remua la queue de plaisir. Quand Wenthaven frappa sur ses genoux pour qu'elle y grimpe, elle se précipita sans hésiter, comme si elle était prête à mettre sa vie entre ses mains.

C'était le cas, d'ailleurs. Ce chien, aimant, loyal, soucieux de plaire, ne l'avait jamais trahi ni déçu, et la réciproque était vraie. Elle le vénérait, et il en tirait une joie réelle. Par ailleurs, il allait pouvoir tirer profit de cette situation.

Car, s'il avait fait venir son chien sur ses genoux, c'était à dessein. Avec satisfaction, il constata que la réaction de Billy était celle qu'il avait anticipée.

Il savait très bien ce que Billy était en train de penser. Un homme à ce point adoré par son chien ne pouvait pas être si mauvais que cela. Un homme si doux avec son chien ne pouvait pas volontairement faire de mal à sa fille. Wenthaven savait, sans avoir besoin de regarder, qu'à chaque caresse qu'il faisait à son chien Billy se détendait un peu plus. Quand il jugea qu'il en avait assez fait, il leva les yeux, d'un air détaché.

— Billy, apporte-nous donc ce morceau de pain et ce bout de fromage. Nous avons besoin de nous restaurer pendant que tu me racontes comment Sir Griffith en est venu à te faire cette promesse.

Comme s'il soupesait tous les mots avant de les prononcer, Billy dit :

— Il cherchait Lady Marian, tout comme moi, et jamais je ne l'aurais laissé partir sans sa promesse. Quand je l'ai quitté, il s'apprêtait à la suivre au pays de Galles.

— Au pays de Galles ? demanda Wenthaven, sincèrement surpris. Qu'est-elle allée faire au pays de Galles ?

— D'après Sir Griffith, elle a pensé qu'il n'aurait pas l'idée de la suivre là-bas. Moi je pense qu'elle était juste prise de panique, et qu'elle était prête à fuir n'importe où.

— Pourquoi aurait-elle été prise de panique ?

— Je ne sais pas.

— Elle a passé la nuit dans la chambre de Sir Griffith.

Billy secoua la tête.

— Elle ne vous l'a pas dit ? Sir Griffith non plus, je parie.

Billy était décontenancé, et n'était plus sûr de ce qu'il devait penser de Griffith, remarqua Wenthaven qui se félicita pour ses manœuvres habiles.

— Et si nous discutions des conditions du retour de Lady Marian ?

— Son retour ?

— Bien sûr, assura Wenthaven en grattant Honey derrière les oreilles. Il faut que Lady Marian rentre au château.

De ses doigts gauches, Billy retourna la miche de pain dans tous les sens. Il était visiblement préoccupé.

— Pas si elle épouse Sir Griffith.

— Billy, nous ne parlons pas d'une vulgaire paysanne. Nous parlons de la fille du comte de Wenthaven. Si Sir Griffith veut l'épouser – ce dont je ne doute pas – il le fera. Loin de moi l'idée de mettre en doute sa bonne foi, mais épouser Lady Marian Wenthaven peut s'avérer être une opération très lucrative. La famille de Sir Griffith voudra connaître le montant de sa dot, et je voudrais savoir quelle pension elle touchera si elle devient veuve. Il y aura des contrats à discuter, et il faudra dresser la liste de tout ce qu'elle va emporter avec elle. Lady Marian devra revenir ici, car il y a des terres et de l'argent en jeu.

Billy, tout en fixant le pain et le fromage, dit :

— Sir Griffith ne l'épouse pas pour son argent.

— Peut-être pas. Veux-tu bien couper le pain ? Je déteste déloger mon chien quand il est aussi bien installé. Mais Powel ne dira pas non à l'argent non plus. Mon argent s'en va au pays de Galles. Je ne peux pas laisser faire cela sans exercer un minimum de contrôle.

— Cela me préoccupe aussi. Pas pour votre argent… Mais le fait que Sir Griffith soit gallois…

À l'aide du couteau qu'il portait à la ceinture, Billy coupa une tranche de pain et la tendit à Wenthaven.

— Pensez-vous que ce soit un sauvage ?

— Je n'aimerais pas le croiser sur le champ de bataille, si c'est ce que tu veux dire, mais je doute qu'il fasse du mal à Lady Marian.

Wenthaven donna un bout de croûte à Honey.

— Ou, s'il lui en fait, ce ne sera pas grand-chose.

Il leva les yeux et croisa le regard horrifié de Billy.

— Mais il y a aussi Harbottle… Il s'avère que je l'ai chassé.

— Vous avez bien fait, my lord, dit Billy avec chaleur.

— Oui, c'était quelqu'un de malfaisant. Mais Griffith a fait preuve d'une réelle sauvagerie – et d'une bonne dose de subtilité aussi – quand il a déboîté l'épaule droite de Harbottle.

Wenthaven mordit dans le pain et mâcha d'un air pensif.

— Lady Marian avait-elle des os cassés le matin où tu l'as aidée à partir ?

— N… Non, bredouilla Billy. Aucune trace de coup non plus. Mais il faisait sombre et je n'y voyais pas bien.

— Hum. Eh bien, elle a sans doute fui Griffith, telle une vierge effarouchée. Elle n'est plus vierge, bien sûr, mais c'est possible.

Le pain et le fromage riche apaisèrent les aigreurs d'estomac de Wenthaven, d'autant plus que les efforts qu'il venait de déployer pour discréditer Griffith semblaient avoir porté leurs fruits. Il s'installa plus confortablement sur ses coussins, et attaqua la seconde partie de son plan :

— J'aimerais pouvoir être sûr qu'elle l'épouse de son plein gré. J'aimerais pouvoir l'aider si elle essaye de s'enfuir de la forteresse des Powel. En bref, j'aimerais pouvoir être rassuré sur le sort de ma fille. Mais en aucun cas je ne peux demander à un Anglais de patrouiller en territoire étranger. Pourtant…

Billy leva la main, mais Wenthaven lui fit signe de la baisser.

— Non, Billy, laisse-moi réfléchir.

Il détacha un petit morceau de fromage pour Honey.

— J'ai bien les mercenaires gallois, et ils se fondraient dans le paysage, mais en vérité, je ne leur fais pas confiance. Ils violeraient Lady Marian avant de la ramener, et, en plus de leurs gages, ils seraient capables de réclamer une rançon.

— Je vous en supplie, my lord…

— S'il y avait un moyen.

Wenthaven prit une grosse bouchée, trop grosse pour qu'il puisse parler, et Billy ne put se contenir.

— Mais, my lord, il y a un moyen. Laissez-moi prendre la tête des mercenaires.

Wenthaven avala son fromage tout rond et s'éclaircit la gorge. En regardant Billy dans les yeux, il dit :

— Tu ne peux pas diriger tous ces mercenaires. Et qui assurerait la défense du château ? Tu ne peux pas priver le domaine de ses soldats.

— Vous avez les soldats anglais, répondit Billy. Ils sont prêts à tout pour défendre le château. Et si vous voulez garder les Gallois, alors donnez-moi trois hommes. Trois hommes et je fais sortir Lady Marian du pays de Galles.

— Dieu soit loué, il se peut que tu viennes d'avoir une très bonne idée.

Il posa le chien par terre et se pencha pour le caresser afin de cacher son air triomphant.

— En fait, je serais même disposé à te confier cinq

hommes. Prends cinq mercenaires. Ils te guideront jusqu'au pays de Galles, et tu me ramèneras Lady Marian.

— Et si elle veut épouser Sir Griffith ? J'aurais juré qu'il était un homme d'honneur.

— Il y a beaucoup d'hommes d'honneur qui maltraitent leurs femmes, dit Wenthaven.

Alors que Billy acquiesçait, il poursuivit :

— Mais même si j'avais de plus grands projets pour elle, si elle souhaite épouser Sir Griffith, je lui donnerai ma bénédiction et sa dot, et je ferai ami ami avec les Gallois.

Billy semblait réticent à l'idée d'un rapprochement avec les Gallois, mais il se leva, l'air satisfait.

— Je vais aller chercher ces cinq hommes…

— Prends Cledwyn, ordonna Wenthaven.

— Je ne lui fais pas confiance.

— C'est le chef des mercenaires, et il parle à la fois anglais et gallois. Il faut que tu l'emmènes.

Billy n'était pas convaincu, mais, après quelques minutes d'intense réflexion, il ne proposa pas d'autre possibilité.

— Comme vous voulez, my lord, mais je le surveillerai de près.

— Sage précaution.

Comme Billy s'approchait de la porte, Wenthaven murmura :

— Et lui aussi te surveillera de près.

Billy s'arrêta.

— Vous dites, my lord ?

— Billy, je te remercie. Tu as apaisé mes angoisses de père.

Wenthaven lui fit signe de sortir en souriant et se pencha de nouveau au-dessus de son chien.

Quand il fut sûr que le garde ne pouvait pas entendre, il alla à la fenêtre pour jeter ce qu'il restait de bière. À table, il remplit deux verres de vin, puis en prit un à la main et se dirigea vers les tentures qu'il écarta brusquement.

— Sors d'ici et viens trinquer avec moi. Et n'essaie plus jamais d'espionner ton maître.

10

— Demoiselle Marian est là-bas ?

Art contempla la pauvre cabane battue par le vent et la pluie, puis il promena un regard circulaire sur le misérable hameau situé dans les collines de Clwyd.

— Cela paraît inconcevable, n'est-ce pas ?

Comment Marian avait-elle pu arriver si loin toute seule ? Et comment avait-elle pu s'arrêter là ? Quelque chose échappait à Griffith. Au départ, les habitants du village avaient nié sa présence, mais il avait suffi d'une pièce bien brillante placée dans la main d'un enfant pour qu'on lui désigne une espèce de taudis à un bout du village. À présent, dépités d'être privés de leur riche visiteuse, les villageois étaient massés devant leurs portes et observaient les nouveaux arrivants, sous le grand vent qui balayait le côté ouest de la vallée.

— Pourquoi n'est-elle pas restée chez les moines ? demanda Art. Au moins elle aurait été en sécurité et au chaud.

— Et facile à trouver, ajouta Griffith.

C'était une consolation douce-amère de découvrir qu'il la comprenait parfaitement bien et qu'il approuvait presque son besoin de fuir. Le problème, c'était que c'était lui qu'elle fuyait.

Sans le savoir, Art entretint les flammes de sa colère.

— Elle vous frappera quand vous allez essayer de la faire sortir de là.

Trempé jusqu'aux os par cette neige fondue qui ne cessait de tomber, Griffith ricana.

— Enfin, Art, penses-tu vraiment qu'elle préfère rester ici plutôt que de m'accompagner dans un endroit chaud et… – il souleva un pan détrempé de son manteau – sec ?

— Elle est fougueuse, dit Art en observant Griffith. C'est sans doute pour cela que vous avez l'air d'un guerrier sur le point de lancer un assaut. Allez-vous fondre sur elle comme l'éclair, ou bien utiliser la technique du roc, imperturbable et indestructible ?

Griffith le regarda d'un œil noir et se mit en marche.

— Le roc, donc, conclut Art d'un air approbateur.

Griffith ouvrit d'un coup violent la misérable petite porte.

— Et l'éclair.

Griffith se baissa pour entrer. Au centre de la pièce, à même le sol, brûlait un feu, dégageant des volutes de fumée qui, nulle part, ne pouvaient s'échapper. Les seuls meubles étaient un banc et un lit. Dans ce taudis, Marian n'avait rien à craindre des espions. Des pans de mur s'étaient effondrés sur le sol en terre battue, laissant des trous derrière lesquels personne n'aurait pu se cacher.

Mais le vent et la pluie s'y engouffraient, et Griffith cligna des paupières, gêné par la fumée. Marian était blottie dans le lit sous une couverture, les yeux fermés. À côté d'elle, Lionel empilait des morceaux de bois. L'enfant leva les yeux et, voyant Griffith, poussa un cri de joie, avant d'éparpiller ses bouts de bois d'un coup de pied excité.

— Griffith, dit-il.

— Non, trésor, murmura Marian, sans ouvrir les yeux. Griffith n'est pas là.

Griffith qui s'était préparé à devoir crier, se battre,

faire usage de la force, se trouva fort décontenancé. Pourquoi Marian était-elle si inerte ? Pourquoi n'avait-elle pas ouvert les yeux quand il avait poussé la porte avec fracas ? Il s'approcha du lit et s'accroupit à côté de la mère et de l'enfant. Lionel tendit les bras, et Griffith le serra contre lui.

— C'est moi, Marian. Je suis là.

Elle cligna des paupières. Elle sembla le reconnaître, et, aussitôt, un éclair de joie passa dans ses yeux, suivi d'un éclair de peur. Elle s'assit à grand-peine. Ses lèvres articulèrent « Griffith », mais aucun son ne sortit de sa bouche.

Il aurait ri de l'ironie de la situation, mais la rougeur de ses joues et son regard fiévreux lui révélèrent la triste vérité. Elle était malade. Si malade qu'elle pouvait à peine parler. Si malade qu'il craignait pour sa vie.

Elle s'effondra de nouveau sur le lit, trop faible pour rester assise. Elle essaya de tendre la main vers Lionel, mais ses bras, trop lourds pour elle, retombèrent le long de ses flancs. Ses yeux s'emplirent de larmes d'impuissance, et Griffith sentit son cœur déborder de peine et de compassion. Après avoir ôté son manteau et remonté ses manches, il posa la main sur son front. Il était si brûlant qu'il tressaillit, et il adressa un signe de tête alarmé à Art.

Art accourut, comme Griffith s'en doutait. Il ne redoutait pas la mort pour lui-même, mais il la craignait pour ceux qu'il aimait, et il aimait déjà Marian. Tout en la regardant, les yeux embués de larmes, il murmura :

— Est-ce la fièvre ?

— Arthur, le réprimanda Griffith. On ne pleure pas les vivants.

La main de Marian sortit de la couverture et saisit

les doigts noueux d'Art. Elle les porta à sa bouche et les embrassa, tout en gémissant :

— Art. Mon fils… Protégez-le…

C'était une supplique, adressée avec tout ce qui lui restait de force. L'air accablé, Art promit :

— Nous allons vous aider.

— Lionel, insista-t-elle, en agrippant la main d'Art.

— Nous allons nous occuper de lui, jeune fille.

— Non, *vous*, Art.

Ses yeux craintifs se posèrent brièvement sur Griffith, avant de revenir vers Art.

— Jurez, Art.

Stupéfait et ébranlé, Griffith perdit l'équilibre et tomba en arrière. Elle ne lui faisait pas confiance. Elle craignait qu'il attente à la vie de son fils. Certes, lui aussi s'était interrogé sur les intentions d'Henri. Certes, il était logique de supposer qu'il était un assassin envoyé par le roi. Mais bon sang, elle aurait dû lui faire confiance. Il lui avait dit de lui faire confiance. Lui, il lui faisait confiance. Ils avaient partagé le même lit.

Art finit par comprendre, et voulut protester :

— Demoiselle, Griffith ne ferait jamais…

— Jure, Arthur.

Horrifié, Art tendit les mains avec désarroi.

— Mais elle pense que…

— Je sais ce qu'elle pense, dit Griffith qui sentait l'amertume et la tristesse de son domestique et ami. Mais jure. Apaise son âme tourmentée.

Avec un bégaiement dont il n'était pas coutumier, Art jura de protéger Lionel, au péril de sa vie s'il le fallait, contre tous les dangers, jusqu'au jour de sa mort.

Marian reposa la main sur le matelas, et regarda Griffith avec un très faible air de défi.

Sans la quitter des yeux, Griffith ordonna :

— Art, prends le petit.

— Griffith, elle est malade, elle ne sait pas ce qu'elle dit. Art se pencha en avant et fit grimper Lionel sur son dos.

— Si, elle sait très bien ce qu'elle dit. Va acheter une carriole.

— Vous n'allez pas hurler de rage dès que je serai sorti ?

— Non, je ne vais pas hurler, répondit Griffith avec un calme impressionnant qui l'étonna lui-même. Et achète toutes les couvertures que tu pourras trouver dans ce hameau de malheur.

Art se balança d'avant en arrière, pour bercer Lionel afin qu'il reste calme.

— Ces villageois vont me prendre jusqu'au dernier sou.

— Dis-leur que s'ils ne sont pas raisonnables ils auront affaire à un féroce chevalier.

— Mieux encore : je leur dirai que Lady Marian a amené la fièvre au village, et que nous allons les en débarrasser.

Griffith faillit sourire, mais sa bouche était trop crispée pour cela. Sa déception était trop grande.

S'agenouillant à côté du lit, il se pencha au-dessus de Marian.

— Regardez-moi, demanda-t-il. Regardez-moi.

Délibérément, il obstrua son champ de vision avec ses épaules, son torse, ses bras et le visage qu'Art dédaignait et qu'elle avait trouvé désirable.

Les lèvres de Marian tremblèrent, et de nouvelles larmes emplirent ses yeux. Mais elle les essuya sur la couverture et obéit. Elle détailla longuement sa carrure athlétique, et il attendit qu'elle ait terminé pour dire :

— Je suis un guerrier. Un homme entraîné au combat.

Si je le voulais, je pourrais briser la nuque d'Art d'un seul geste et lui enlever Lionel.

— Pas Art, souffla-t-elle à grand-peine.

— Non, je ne pourrais jamais faire de mal à Art, et vous avez donc bien choisi l'ange gardien de Lionel. Mais vous, qui va vous protéger ?

Il la vit réfléchir. Cela semblait douloureux, et cela dura. Puis, avec un regard interrogateur, elle le désigna.

— Oui, je vais m'occuper de vous, répondit-il en frappant sur son torse.

De nouveau, elle l'observa. Pourquoi ces doutes ? Que s'imaginait-elle ? Qu'il allait la laisser là ? Qu'il allait la supprimer en chemin ? Ou bien que, afin de ménager sa conscience, il allait négliger de la soigner et attendre que Dieu prenne l'initiative de lui ôter la vie ?

Se rendait-elle compte de la douleur qu'elle lui infligeait en se montrant aussi méfiante vis-à-vis de lui ? C'était comme un couteau qui s'enfonçait dans son cœur. Elle en avait sans doute conscience, mais elle était trop faible pour chercher à cacher ses sentiments. Même s'il le savait, il n'était pas certain de pouvoir le lui pardonner un jour.

Puis elle hocha la tête pour lui signifier qu'elle acceptait, et sa colère commença déjà à décroître. Mais il avait une dernière question :

— Me faites-vous suffisamment confiance pour me laisser m'occuper de vous ?

Sans hésiter, elle hocha la tête et lui adressa un petit sourire.

Il faillit gémir. Quand elle le regardait ainsi, il se sentait capable de lui pardonner n'importe quoi. D'une voix bourrue, parce qu'il ne voulait pas qu'elle profite de sa faiblesse, il dit :

— Eh bien, c'est un progrès.

Puis il la prit avec précaution dans ses bras et serra contre lui son corps frissonnant. Sur un ton qu'il espérait convaincant, il dit :

— Je vais vous faire un bon feu, puis je vous préparerai un bouillon bien chaud. Vous verrez, je vais vous aider à reprendre des forces.

Il passa la main dans ses cheveux, et, enfin, sourit.

— Ensuite, je vous conduirai chez ma mère.

Elle n'eut pas la force de protester et, durant le voyage, la souffrance la rendit muette.

Trempée de sueur, elle frissonnait alternativement de fièvre et de froid et somnolait. Les roues en bois de la carriole heurtaient chaque trou de la route. Elle claquait des dents, elle avait mal aux os, et sa tête était si lourde qu'elle menaçait d'exploser.

Lorsque la carriole s'arrêta, Marian ouvrit les yeux, mais cela ne changea rien. Elle ne voyait rien. L'atmosphère était toujours sombre et étouffante, et dans les tréfonds de son esprit elle se demanda si elle était morte. Était-elle enfermée dans un cercueil ? Qui allait s'occuper de Lionel ?

Prise de panique, elle s'agita, ce qui réveilla la douleur dans ses articulations. Puis elle se souvint : Art s'occuperait de Lionel. Art avait juré de s'occuper de Lionel, bien que cela eût déplu à Griffith, et Art tiendrait sa promesse.

Et elle ne pouvait pas être morte. Elle se sentait trop mal pour cela.

Autour d'elle, d'abord lointaines, puis de plus en plus proches, des voix résonnèrent, criant dans une langue étrange. C'était du gallois. Puis, à côté d'elle, elle entendit :

— Mère, je vous ai apporté quelque chose.

C'était Griffith. Étaient-ils arrivés chez Griffith ? Sans doute.

— Ton linge sale peut attendre, peut-être ? fit remarquer une voix moqueuse.

Cette remarque fut accueillie par des rires, mais Griffith répondit :

— C'est le cadeau que vous ne cessez de me réclamer depuis dix ans. Un petit-fils.

Un petit-fils ? Marian se raidit. Quel était donc ce stratagème ? Comment osait-il présenter Lionel comme étant son enfant ?

Les rires se turent, et le silence qui suivit fut très éloquent. Très bien. Les domestiques de Griffith étaient aussi indignés qu'elle. Elle n'entendit rien, jusqu'à ce que Lionel dise :

— Griffith.

— Oui, bonhomme, répondit Art, et là, c'est la maman de Griffith.

Si seulement elle pouvait parler. Elle s'attendait à ce que la mère de Griffith rejette violemment Lionel. Mais elle faillit s'évanouir lorsqu'elle entendit, sur un ton approbateur :

— C'est un très beau garçon. Et lourd avec ça. Quel âge a-t-il ?

Griffith répondit, non sans fierté :

— Il a tout juste deux ans, mais il est très éveillé et très intelligent.

Une voix masculine, fort semblable à celle de Griffith, s'éleva :

— Y a-t-il quelque chose que tu doives confesser, Griffith Rhys Vaughn Ednyfed Powel ?

— Je te raconterai tout, papa, mais d'abord…

Marian ne s'attendait pas à ce que la lumière l'aveugle autant. Lorsque Griffith souleva la couverture, elle mit un bras devant ses yeux pour se protéger des rayons éblouissants du soleil.

Elle entendit à peine le cri de la mère de Griffith.

— Par saint Winifred, est-elle vivante ? Prends le bébé, Rhys.

La carriole s'inclina, puis une main caressa la joue de Marian. La gentille voix se fâcha :

— Griffith, as-tu perdu la raison ? Cette petite est malade, ne vois-tu pas ? Tu ne peux pas lui faire traverser la moitié du pays de Galles comme un vulgaire tas de linge sale. Pauvre petite…

— Lady Marian, dit Griffith.

— Lady Marian, répéta sa mère. Je m'appelle Angharad, et je suis la mère de Griffith, l'épouse de Rhys, et j'appartiens à la dynastie des médecins de Myddfai, fondée par mon ancêtre Rhiwallon. Nous sommes des guérisseurs réputés, et je vais vous soigner.

Pendant qu'elle parlait, Marian baissa lentement son bras. La charrette se trouvait à l'intérieur d'une grande étable sentant le foin et le bétail, et tout autour d'elle, elle entendait des faucons réclamer, du haut de leurs perchoirs. Contrairement à ce qui lui avait semblé, la lumière était faible, mais elle l'obligeait néanmoins à cligner des yeux. Des domestiques et des garçons d'étable étaient disposés en arc de cercle autour de la carriole, et un petit groupe d'hommes – Griffith, Art et un troisième, aussi grand que Griffith – se trouvait plus près d'elle, derrière son dos. Le grand inconnu tenait Lionel dans ses bras : il s'agissait donc de Rhys. Mais ce fut Angharad qui accapara l'attention de Marian.

Une guimpe blanche à l'ancienne masquait l'ensemble de sa tête et de son cou, ne laissant apparaître que son visage rose et blanc. Quand elle souriait, ses joues rebondies se plissaient, et son visage ridé laissait entendre qu'elle souriait souvent. Ses yeux étaient d'une couleur extraordinaire, lumineuse et dorée, comme ceux de Griffith, mais dénués, eux, de toute gravité et de toute rudesse.

— Pauvre petite, dit Angharad d'une voix câline, en serrant Marian contre elle.

C'était peut-être l'odeur de pain frais dont elle semblait imprégnée, c'était peut-être la chaleur inattendue de cet accueil, mais Marian se mit à pleurer. Son corps fut agité de sanglots silencieux qui nouèrent sa gorge.

— Pauvre petite, répéta Angharad. Griffith, emmène-la tout de suite au château.

Griffith se pencha au-dessus de la carriole et souleva Marian.

— Venez, ordonna-t-il, comme si elle avait le choix.

La douleur fit de nouveau couler ses pleurs, et sa tête retomba en arrière, contre l'épaule de Griffith.

Pour la première fois depuis que Marian le connaissait, il parla d'une voix hésitante.

— Maman ?

— Je vais m'occuper d'elle, répondit Angharad. Art, enveloppe-la dans ce châle afin qu'elle ne soit pas mouillée. Rhys, prends le bébé.

Marian se retrouva avec une fine couverture en laine tissée sur la tête, mais elle l'enleva aussitôt. Elle ne voulait pas que sa vue soit obstruée ni sa respiration gênée. Elle voulait voir, et elle voulait respirer l'air frais. Elle remarqua le visage peiné d'Art lorsqu'il dit :

— C'est la fièvre qui la fait agir ainsi.

— Ne t'inquiète pas, Art. Elle guérira vite.

Angharad drapa la couverture autour des épaules de Marian.

— C'est mieux comme ceci ?

— Je vais l'installer dans ma chambre, dit Griffith.

— Êtes-vous mariés ? demanda Rhys.

— Pas encore.

— Donc vous ne partagerez pas le même lit sous ce toit.

— Comme tu voudras, papa.

— Est-elle veuve ?

Rhys interrogeait Griffith comme si c'était son droit le plus élémentaire, et cela surprit Marian. Lui, le chevalier despotique, se soumettait à une autorité supérieure sans broncher.

— Non, elle n'est pas veuve.

Rhys tendit les bras pour éloigner Lionel de lui, comme s'il était trop brûlant.

— Est-elle toujours mariée ?

— Pas du tout, papa, répondit Griffith d'une voix solennelle. Elle n'a jamais été mariée.

Rhys hocha la tête d'un air approbateur, sans que Marian sache si c'était par tact ou par manque de sensibilité.

— Bien. J'avais peur que nous ayons à repousser les attaques d'un mari offensé.

— Tu pourras interroger Griffith plus tard, dit Angharad, ce qui amena Marian à se demander si l'autorité de Rhys était si absolue qu'elle en avait l'air. Pour l'instant, il faut que nous nous occupions de Lady Marian. Griffith, installe-la dans ta chambre.

— Femme…

La voix de Rhys se voulait menaçante, mais Angharad ne se laissa pas impressionner.

— Griffith pourra dormir dans la grande salle avec les domestiques.

— Tyran en jupons, grogna Rhys.

— Pour vous servir.

Angharad pouffa et exécuta une petite révérence, avant de frapper ses mains sur son tablier.

— Par saint Winifred, il faut que les servantes fassent la chambre et que la cuisinière prépare un bon dîner sans tarder !

Elle s'éclipsa, avec la rapidité et la légèreté d'un ange ailé.

Griffith la regarda partir avec un sourire qui serra la gorge de Marian, puis il se pencha vers elle.

— Vous avez perdu votre mère, alors je vous offre la mienne.

Puis, après l'avoir serrée davantage, il sortit.

Une pluie fine mouilla le visage de Marian et se mêla aux larmes qui baignaient ses joues. Mais, en clignant des yeux, elle chassa pluie et larmes pour observer le château. Les murs extérieurs, hauts et massifs, faisaient apparaître minuscules les gardes qui s'y tenaient, et les murs eux-mêmes semblaient très petits par rapport aux quatre tours. Le donjon, austère et gris, se dressait sur une motte à l'intérieur de l'enceinte. Griffith s'élança sur la motte. Le donjon semblait de plus en plus grand au fur et à mesure qu'ils en approchaient. Il paraissait intimidant, fort, inflexible… À l'image de celui qui la serrait contre lui.

Griffith.

Elle avait envie de se blottir contre lui, et en même temps, elle avait envie de s'enfuir. Il avait grandi dans cet endroit qui l'avait forgé à son image. Comme Griffith, le château demeurait intraitable vis-à-vis de ses ennemis, mais protégeait ceux qui cherchaient refuge en son giron. Si elle choisissait de céder à Griffith, elle serait protégée elle aussi. Dans le cas contraire, elle se heurterait de nouveau au roc de sa détermination – et sans résultat, probablement.

— Au pays de Galles, dit-il en poussant la lourde porte en chêne, il y a une tradition qui consiste à porter la mariée pour franchir le seuil. C'est une réminiscence de l'époque où les épouses étaient volées à leurs familles. Existe-t-il une tradition similaire en Angleterre ?

Elle avait envie de crier. Elle ne parvint qu'à murmurer :

— Chien. Vermine.

Il la fit taire en effleurant ses lèvres d'un baiser et entra dans le donjon. Il s'arrêta au milieu de l'escalier qui menait à la grande salle pour la laisser contempler les lieux.

— Votre roi anglais Édouard a construit des châteaux pour soumettre les rebelles gallois, et nous avons construit ce château pour le combattre. Nous avons perdu, bien sûr. Le château est resté aux mains des Anglais jusqu'à ce que mon ancêtre lécheur de bottes se mette à ramper devant son nouveau maître.

Juste derrière lui, Angharad le poussa dans le dos.

— Allez, monte à ta chambre, Griffith. Lady Marian pourra entendre la glorieuse histoire des Powel quand elle ira bien. C'est un vieux donjon poussiéreux, il n'y a pas de quoi se vanter.

Marian comprenait les récriminations d'Angharad. La vétusté du donjon paraissait dans son manque de confort, mais celui-ci avait été compensé par des coussins, des tapisseries et des cheminées, où brûlaient de beaux feux. Elles ne dégageaient que très peu de fumée, les fenêtres faisaient entrer toute la lumière possible, et les domestiques s'affairaient avec le sourire.

Art monta avec eux et retira la couverture qui l'enveloppait, car elle était mouillée.

— Vous allez être gentille avec Lady Angharad, n'est-ce pas ?

Marian hésita, et ses mains se mirent à trembler.

— Même si elle vous donne des remèdes très mauvais, vous allez les prendre, n'est-ce pas ?

Elle leva le menton, et elle vit son unique œil s'embuer.

— Je ne vous l'ai jamais dit, mais vous me rappelez ma fille aînée. Je ne supporterais de perdre une autre enfant adorée.

— Chantage, murmura-t-elle, mais elle savait qu'elle avait perdu. C'est promis.

Art sourit, et ses larmes séchèrent comme par magie.

— Faites tout ce que dit Lady Angharad, et guérissez vite. Quant à moi… – il regarda Griffith d'un air gêné, mais prit néanmoins Lionel des bras de Rhys – je vais m'occuper de votre garçon, comme promis. Ne vous inquiétez pas pour lui.

— D'accord.

Mais, intérieurement, elle tremblait, car comment ne pas s'inquiéter pour Lionel ?

La pièce dans laquelle l'amena Griffith était pleine de femmes de chambre qui s'affairaient comme des abeilles autour d'une ruche. Elles réchauffaient les draps, entretenaient au soufflet le feu juste allumé, répandaient des herbes sur le sol tout propre. De l'eau avait été mise à bouillir dans l'âtre et Angharad dit :

— Très bien. Vous avez monté mes remèdes.

Les domestiques s'inclinèrent en souriant alors que Griffith déposait Marian sur le lit. Il posa un poing de chaque côté de sa tête et se pencha au-dessus d'elle.

— *Croeso i Cymru,* dit-il. Bienvenue au pays de Galles.

Avait-elle été soulagée de le voir apparaître dans cette cabane au milieu des montagnes ? Si c'était le cas, elle en avait oublié la raison. C'était un homme arrogant et odieux qui se croyait le meilleur amant du monde et pensait que cela lui donnait tous les droits.

Elle s'agita et essaya de le repousser. Angharad le fit pour elle.

— Laisse-la, dit la maîtresse des lieux. C'est à moi de m'occuper d'elle à présent.

Rhys entra au bon moment.

— Griffith, il faut que nous parlions, dit-il. Si vous voulez bien nous excuser, Lady Marian. Lady Marian… ?

— Lady Marian Wenthaven, répondit à sa place Griffith.

— Wenthaven ? demanda aussitôt Rhys, d'une voix alarmée. Du Shropshire ?

Inquiète, Marian leva la tête.

— Oui, du Shropshire, confirma Griffith. Mais pourquoi… ?

Rhys plaça la main sur le bras de Griffith.

— Il faut vraiment que nous parlions tout de suite, alors.

Après un dernier regard en direction du lit, Griffith suivit son père, et referma la porte derrière lui. Il était content de ce qu'il avait accompli ce jour. Pendant le trajet, il avait eu peur de perdre Marian à tout instant, mais on aurait dit qu'elle allait déjà un peu mieux, comme si la magie des lieux avait opéré.

— Comment connais-tu le nom de Wenthaven ? demanda-t-il à son père.

— Un vieux mendiant s'est présenté aux grilles il y a deux soirs de cela, emmitouflé jusqu'au menton dans des haillons et boitant de façon fort convaincante. Nous avons pratiqué la charité chrétienne, bien entendu, et nous l'avons installé devant la grande cheminée pour le nourrir.

Avec un petit regard en biais vers Griffith, Rhys ajouta :

— Ce mendiant anglais m'intéressait beaucoup.

— Un Anglais ? demanda Griffith en se raidissant. Ici ?

— Oui. Un sacré bout de chemin pour un mendiant, me suis-je dit.

— En effet. Et t'a-t-il expliqué ce qu'il était venu faire jusqu'ici ?

— Pas tout de suite. Pas avant d'avoir avalé toute une barrique de vin. Alors il s'est plaint de la chaleur, et il s'est débarrassé de ses oripeaux.

Rhys sourit amèrement.

— Ensuite il s'est plaint d'avoir une petite envie, et il a essayé de séduire les servantes. S'il avait été sobre, je pense qu'il aurait réussi sans problème.

— Un beau visage ? Un bras handicapé ?

Alors que son père acquiesçait, Griffith s'exclama avec contrariété :

— Harbottle !

— Ah, tu le connais donc. Il s'est présenté comme un ancien hôte du château de Wenthaven dans le Shropshire et comme l'ancien amant de la fille du maître des lieux.

Griffith rugit.

— Ce n'est qu'un sale menteur et une répugnante vermine ! Où est-il ?

— Suis-moi.

Alors qu'ils se dirigeaient vers une chambre qui n'était pas très éloignée de celle de Marian, Rhys dit :

— Il est enfermé ici. On lui sert trois repas par jour et autant de bière qu'il peut en avaler. Ta mère a remis son épaule en place et l'a bandée. Elle a étanché sa soif, et d'après ce que j'ai entendu dire, deux servantes sont venues lui rendre visite la nuit afin d'assouvir ses autres appétits. C'est bien ce que je supposais depuis le début : cet homme n'est qu'une brute, malgré son beau visage.

— Je vais lui faire passer toutes ses envies, moi, jura Griffith.

— Ta douce mère n'approuverait pas une telle violence, même à l'égard d'un prisonnier. Elle n'est pas plus capable de résister à un enfant ou à un invalide qu'elle est capable de résister à ton propre sourire.

Rhys introduisit une clé massive dans la serrure au mécanisme élaboré et poussa la porte en chêne. En grinçant, elle s'ouvrit sur une pièce équipée d'une cheminée, et meublée d'une paillasse, un banc et une table, sur laquelle un plateau contenait quelques victuailles à grappiller. D'un geste las, Rhys désigna Sir Adrian Harbottle, qui était attaché au lit par la cheville.

Harbottle perçut le regard menaçant de ses hôtes, et il gronda comme un loup aux aguets.

— Griffith ap Powel.

Avec une révérence qui singeait les courbettes d'un courtisan, Griffith dit :

— Dès que j'ai entendu que nous avions un invité, je suis venu vous saluer. C'est un tel honneur d'accueillir la plus fine lame d'Angleterre.

Il franchit le seuil de la petite chambre.

— Ou presque…

Quand il saisit son bras bandé de son autre main, Harbottle prouva qu'il avait encore du chemin à accomplir pour recouvrer toutes ses facultés.

— Si vous me touchez, votre mère sera furieuse.

— Ma mère s'occupe de Lady Marian Wenthaven, et elle est bien trop loin pour entendre vos hurlements.

Lorsque Griffith prononça le nom de Marian, l'expression de Harbottle se modifia légèrement.

— Lady Marian ? demanda-t-il comme s'il savourait ce nom. Elle est donc arrivée ?

Griffith leva les mains et les serra, comme si elles étaient autour du cou de Harbottle.

Harbottle se redressa.

— Mais peut-être vos mots sont-ils aussi trompeurs que votre hospitalité. Peut-être était-elle ici depuis le début.

Rhys attrapa le bras de Griffith et murmura :

— Du calme, mon garçon.

En refermant la porte derrière lui, il dit à Harbottle :

— Nous sommes venus discuter de façon civilisée avec vous, rien de plus.

— Vous vouliez m'enfermer aux oubliettes ! accusa Harbottle. Vous l'auriez même fait si votre épouse ne vous avait pas empêché de maltraiter ainsi un visiteur blessé.

— Et je suis réputé dans tout le pays de Galles pour mon sens de l'hospitalité, répondit Rhys. Imaginez l'accueil que vous auriez reçu ailleurs...

En pâlissant, Harbottle marmonna :

— Je n'aurais jamais dû venir.

— Est-ce Wenthaven qui vous a envoyé ? demanda Griffith.

— Non.

Harbottle voulait clairement en dire davantage, mais il se retenait. Était-ce par peur de Wenthaven ? s'interrogea Griffith. Sans doute. L'influence de Wenthaven était suffisamment grande pour s'étendre jusqu'au château Powel.

— Alors pourquoi êtes-vous venu au pays de Galles ? demanda Rhys. Il y a plus agréable que de cheminer longuement sous la fraîche pluie printanière.

— Je suis venu chercher ce qui m'a été promis.

La provocation avait été prononcée sur un ton morne, mais ce n'en était pas moins une. Griffith décida néanmoins de l'ignorer.

— Et qu'est donc ce qui vous a été promis, je vous prie ? demanda-t-il.

— Lady Marian.

— Pourquoi le comte de Wenthaven vous aurait-il promis sa fille unique ? Son héritière ?

— Pour me récompenser d'un service rendu.

Griffith et son père échangèrent des regards perplexes et Harbottle, peut-être pour couper court à leurs questions, s'empressa d'ajouter :

— Par ailleurs, ce n'aurait pas été une union si improbable.

— Wenthaven est comte, il est riche et très influent. Il pourrait trouver mieux que vous pour Marian. Si vous dites la vérité – et Griffith supposait l'inverse –, je parierais que vous avez voulu vous emparer de votre récompense avant de rendre le service que vous venez d'évoquer, et que c'est pour cette raison qu'il vous a jeté dehors.

Harbottle se mit à respirer plus fort, mais il ne dit rien.

— Quel service, demanda Griffith avec une affabilité feinte, vous a-t-il demandé de lui rendre ?

— Il voulait que je la batte à l'épée.

— Vous avez déjà essayé, sans succès.

— Il allait m'enseigner des coups qu'elle ne connaît pas. Nous étions censés nous affronter de nouveau.

— Dans le but de la tuer ?

— Non, je..., bredouilla Harbottle. Non, jamais il ne... Enfin, il s'agit de sa fille, pourquoi m'aurait-il incité à la tuer ?

— Il en a après son fils, peut-être ? suggéra Rhys, à qui Griffith fit signe de se taire.

— Son fils ? Qui est-il ? demanda Harbottle en ricanant. Personne ne sait qui est le père.

Puis Harbottle plissa ses yeux bleus, et caressa son menton d'un air pensif.

— Quel père pourrait être important au point que Wenthaven ait projeté de m'utiliser pour…

— C'est absurde, l'interrompit Griffith. Il doit y avoir une autre raison pour qu'il veuille que vous…

— Que je la culbute ? demanda Harbottle en adressant un sourire satisfait à Griffith.

Griffith inspira et tenta de chasser la déplaisante image qui tentait de s'imposer à son esprit.

— Marian a meilleur goût.

— Qui pourrait-elle préférer à moi ?

Harbottle se leva, prit son pied dans la corde qui l'attachait au lit, trébucha et, en se rétablissant de façon gracieuse, parvint à éviter la chute.

— Regardez-moi. Je ne suis pas un barbare gallois, une espèce de brute qui parle une langue grossière et vit dans un vieux château humide et poussiéreux à mille lieues de la cour d'Angleterre. Je suis un aristocrate anglais, grand et noble.

— Le plus petit des grands. Le plus vil des nobles.

Bon sang ! Griffith avait envie d'écraser son poing sur son beau visage et de casser une à une ses dents parfaites pour le faire taire à jamais. Mais ce n'était pas possible. Alors, à la place, il lança :

— Les plus bas des gens du peuple se trouvent encore bien au-dessus de vous.

— C'est faux ! Je suis un vrai aristocrate, et je vaux mieux que tous les Gallois réunis.

— Ah, il est bien effronté pour quelqu'un qui a une corde autour du pied, dit Rhys.

— Bientôt, on pourrait la lui passer au cou, déclara Griffith en enfonçant ses poings sur ses hanches, un sourire carnassier aux lèvres.

Mais son sourire disparut lorsque Harbottle déclara :

— Je suis venu sauver Lady Marian.

— Elle est avec moi ! s'exclama Griffith avec fureur et sauvagerie.

— C'est parce que vous la forcez à rester.

Harbottle avait trouvé la fissure dans l'armure de Griffith, et il s'y engouffrait.

— Comment pourrait-elle faire confiance à un étranger, à un homme qui sert le roi qu'elle déteste ?

— Elle me fait confiance, c'est juste que…

Griffith ne trouvait pas les mots, contrairement à Harbottle, qui continua, les yeux brillants et le sourire narquois :

— Moi je le soumettrai à la force de mes mains, et je renverrai son marmot chez Lord Wenthaven. Quand je lui aurai donné d'autres fils, elle oubliera son bâtard. Quand je serai son époux, elle m'introduira à la cour grâce à ses relations, elle n'ouvrira la bouche que quand je l'y autoriserai et elle fera tout pour me faire plaisir. Y compris écarter les jambes quand…

Harbottle couina comme un rat quand les mains de Griffith se posèrent autour de son cou. Puis, pris d'un sursaut de lucidité, il assena un violent coup de poing dans le ventre de Griffith. Celui-ci se courba en deux sous l'effet de la douleur et entendit à peine Harbottle lancer :

— Maintenant nous sommes quittes.

Mais il entendit le cri de Harbottle lorsque son père

frappa celui-ci et que sa tête alla s'écraser contre le mur avec un cognement sourd. Dès qu'il en fut capable, Griffith se dirigea jusqu'à la porte en chancelant, puis, accompagné de son père, il s'empressa de quitter les lieux.

Chapitre 10

Harbottle gémit pendant que la clé tournait dans la serrure.

Sacrebleu, comme il avait adoré frapper Griffith. Il aurait pu continuer jusqu'à ce que ce chien saigne par tous les orifices. La satisfaction qu'il avait éprouvée lui faisait presque oublier la douleur. En tâtant sa mâchoire blessée, il se leva et se dirigea vers la cuvette remplie d'eau qui lui servait pour sa toilette.

Il tenta d'y observer son reflet, et tressaillit lorsqu'il découvrit que le coup de Rhys avait laissé une marque. Il plongea ses mains jointes dans l'eau glacée et en aspergea son visage. Avec un peu de chance, il pourrait empêcher que son visage enfle et contenir la douleur.

Il détestait la douleur. C'était le secret de son talent extraordinaire à l'épée. Il détestait souffrir. Avec précaution, il tâta la bosse à l'arrière de son crâne. Ces brutes ne connaissaient-elles pas les règles présidant à la captivité des nobles otages ?

Certes, il n'était pas un otage. Pas tout à fait. Personne ne verserait de rançon pour sa libération. Mais il avait déjà connu des situations bien pires… Il fallait juste qu'il trouve un moyen de s'échapper de là.

Il sourit tout en s'observant dans l'eau de la cuvette. Quel bel homme. Des dents parfaites, une mâchoire carrée, des cheveux souples et épais, des cils qui affolaient les femmes. Oui, bien des femmes seraient prêtes à n'importe quoi pour un homme possédant sa beauté. Donc, il allait parvenir sans trop de problèmes à s'échapper de là.

C'était la partie facile.

Ce qui l'était moins, c'était décider qui emmener.

Marian ? Oui, il voulait Marian, pour plusieurs raisons. Parce qu'elle l'avait repoussé une fois et qu'elle avait choisi Griffith. Parce qu'elle était la fille de Wenthaven, et qu'il attendait l'occasion de se venger du comte.

Il la voulait désespérément. Était-il malade ? Sa température grimpait lorsqu'il pensait à elle, et un frisson parcourait son échine lorsqu'il se voyait en train de la punir de son effronterie. Il imaginait leur ultime duel à l'épée. Elle l'affronterait avec toute sa force et toute son adresse. Il la vaincrait, et quand il l'aurait finalement désarmée, il lui montrerait ce qu'un vrai homme pouvait faire avec son épée.

Ce qui l'inquiétait, c'était qu'il avait l'impression d'être prêt à l'épouser même si son père la déshéritait. Cela aurait peut-être son intérêt – il prendrait plaisir, c'était certain, à dompter cette lionne – mais, tant qu'à faire, il préférait tout avoir : Marian, le rang et l'argent.

Mais il fallait qu'il repense à tout cela. Il fallait qu'il réfléchisse. Son marmot geignard avait l'air de compter. Marian était à la cour lorsqu'elle était tombée enceinte, et Griffith – tout comme Wenthaven – semblait le considérer comme important. Et si Wenthaven le considérait comme important, cela valait le coup l'avoir avec soi.

S'il parvenait à se faire libérer, s'il parvenait à s'emparer de l'enfant, et s'il parvenait à s'enfuir du château… Eh bien, alors il pourrait avoir Marian, et selon ses propres conditions.

Il sourit. C'était une bonne motivation, et elle valait bien les souffrances qu'il endurait. Griffith souffrait lui aussi, alors que Rhys le conduisait dans le logis seigneurial. Il souffrait à cause du coup qu'il avait reçu, mais aussi parce qu'il sentait la désapprobation de son père.

En refermant la porte du bout du pied, Rhys ordonna :

— Retire ces vêtements mouillés. Et pendant que tu fais cela, explique à ton père adoré cette union avec Lady Marian.

Son père était furieux, et cela se comprenait. Le mariage n'était pas une affaire personnelle, mais une affaire de famille. Un homme se mariait pour accroître les possessions, la richesse et la puissance de sa famille.

C'était ce que Griffith avait fait avec sa première épouse, et leur union avait été satisfaisante. Il n'y avait eu aucune querelle entre eux, car sa femme savait quelle était sa place. Il n'y avait eu aucune discussion, car sa femme ignorait tout de la politique et de l'art de faire la guerre. Il y avait eu des repas chauds sur sa table et un corps accueillant dans son lit… Tout ce qu'un homme pouvait désirer.

Un mois plus tôt, il aurait éclaté de rire si quelqu'un lui avait suggéré de chercher sa seconde épouse en ne pensant qu'avec ce qu'il avait sous la ceinture. Mais, un mois plus tôt, il ne connaissait pas Marian.

Seigneur, Marian. L'impertinence faite femme.

Sans grande conviction, il commença :

— C'est une femme tout à fait comme il faut. Douce, modeste…

Son père l'interrompit d'un geste brusque, et Griffith se rappela à quel point son père pouvait se montrer intimidant.

— Mets-toi devant la cheminée et déshabille-toi.

Griffith obéit, aussi humblement que le petit garçon rétif qu'il avait été il y avait si longtemps. Pendant qu'il s'exécutait, Rhys alla ouvrir les coffres disposés le long des murs. Avec un total mépris pour le rangement d'Angharad, il mit tout sens dessus dessous jusqu'à trouver une tenue chaude complète. La gardant dans ses mains, hors de portée, il dit :

— Maintenant, recommence, et dis la vérité, cette fois.

La vérité ? Quelle vérité ? Devait-il avouer à son père que Marian se battait à l'épée et qu'elle s'habillait en homme ? Que, quand elle serait rétablie, elle serait aussi remuante et infatigable que son fils ? Non, Griffith ne pouvait pas dire la vérité à son père.

— Papa, tu l'aimeras quand tu la connaîtras un peu mieux.

Il frotta ses membres avec vigueur car il avait la chair de poule.

— Elle est gentille et bien élevée…

Il frissonna de plus belle, mais cette fois, ce n'était pas à cause du froid, mais à cause du sourire de Rhys. Un sourire tout sauf amical…

— Ton séjour en Angleterre a-t-il tant duré que tu en aurais oublié l'honnêteté ?

Torturer son adversaire pour le faire plier. Une bonne tactique, employée à maintes reprises par Griffith. Mais il avait oublié de qui il l'avait apprise. Il ne put s'empêcher de supplier :

— Je t'en prie, papa, mes vêtements.

Son père fit une grimace dédaigneuse.

— J'ai changé tes langes et je t'ai appris à te soulager dans les torrents. Tu n'as pas de secrets pour moi, n'est-ce pas ?

— Tu veux que je te parle de Lady Marian, c'est cela ?

— Non, répondit Rhys en exhibant un bas sous son nez d'un air tentateur. Je veux que tu me dises la vérité au sujet de Lady Marian.

Griffith réfléchit à ce qu'il pourrait dire pour contenter son père. Cela faisait bien longtemps qu'il n'avait pas laissé parler la part brute et sauvage – la part galloise – de lui-même. Savait-il encore comment s'y prendre ?

Mal assuré, il finit par trouver les mots.

— Lady Marian. Quand je lève mes yeux vers le soleil, je la vois. Elle est comme un faucon gerfaut, digne d'un roi, et elle plane haut dans le ciel, libre et fière, bien au-dessus des alouettes matinales, se jouant des tempêtes et des rafales.

Rhys lui jeta une chemise en lin.

Griffith l'enfila et la ferma.

— Son plumage est sans pareil, et, tout entière, elle brille dans la lumière du jour.

Tout en l'observant attentivement, Rhys lui jeta une tunique et murmura :

— Enfin la vérité.

Rhys jeta le reste des vêtements à Griffith, puis approcha une chaise de la cheminée. Se laissant prendre au jeu et heureux de la réaction complaisante de son père, Griffith poursuivit son hommage à sa dame-faucon pendant qu'il s'habillait.

— Quand de simples mortels s'emparent d'elle et l'attachent à leur main, à l'aide de ses serres et de son bec, elle les attaque jusqu'au sang. Mais même quand ils la lâchent, ils ne cessent pas un instant de guetter le bruissement d'ailes et le cri d'allégresse qui trahissent sa présence.

— Mais est-il possible de l'apprivoiser ?

Griffith n'allait pas mentir.

— Aucun homme ne l'apprivoisera jamais, déclara-t-il. J'aurai beau siffler jusqu'à ne plus avoir de salive, elle ne viendra à moi qu'avec réticence. Elle n'utilisera pas son bec ni ses serres contre moi, mais elle ne restera que si je lui offre des… – il marqua un temps d'hésitation – délices qu'elle ne pourra refuser. Alors, pendant un moment, quand elle sera lasse et repue, elle sera à moi et à moi seul.

— « Jamais homme aux mains vides n'attirera faucons », récita sentencieusement son père.

Brusquement tiré de ses rêveries poétiques, Griffith répondit, sur la défensive :

— Je n'ai pas les mains vides. Je m'offre à elle.

— Vraiment ? fit Rhys. Les faucons – et les femmes – savent d'instinct à qui ils peuvent faire confiance.

Avec douleur, Griffith se remémora alors le serment que Marian avait arraché à Art. Il se servit une coupe de vin et le but, essayant de ravaler avec lui ses doutes.

— Il faut qu'elle apprenne, mais elle me fera confiance.

Avec la puissance d'un boulet de canon, Rhys anéantit les espoirs de Griffith.

— Elle ne te fera jamais confiance si tu ne te livres pas tout entier à elle.

Griffith détourna la tête, mais Rhys tapota sa main ballante et dit :

— Ce qui s'est passé s'est passé il y a longtemps. Nous t'avons tous pardonné. Tu es le seul à t'en vouloir encore.

L'amertume et la gêne qui ne s'étaient jamais dissipées

avaient laissé des marques sur le visage de Griffith. Elles étaient encore vives.

— La perte du château était peut-être une chose sans importance ?

— Ce ne fut que temporaire. Je ne l'aurais pas abandonné si je n'avais pas été certain de pouvoir le reprendre. Cela aurait été plus compliqué, mais il y avait d'autres façons de te récupérer.

— Tu aurais dû me laisser là où j'étais. Je n'étais qu'un gamin stupide et gâté.

— Pas gâté. Entêté. Et comme ta mère me l'a dit à l'époque, si je m'y étais mieux pris avec toi, l'incident n'aurait jamais eu lieu.

Griffith chercha à justifier l'impatience qu'avait pu éprouver son père à l'époque.

— Ce n'était pas facile pour toi de devoir résister à un siège, de devoir organiser le rationnement, de craindre sans cesse que la source alimentant le puits soit empoisonnée.

— Ce n'était pas facile pour toi non plus de vivre en étant assiégé. D'où ton escapade… Par tous les saints, fils, dis à cette femme ce qui accable ton âme. Et peut-être sera-t-elle d'accord pour faire de ce château son nid.

Comme Griffith ne répondait rien, Rhys étendit les jambes et se relaxa.

— C'est bien ce que tu as prévu, n'est-ce pas ? De construire ton nid avec cette Lady Marian Wenthaven ?

Heureux de revenir à ce sujet, Griffith demanda :

— Cela te dérange-t-il ?

— Notre lignage est suffisamment respecté pour que nous souffrions la disgrâce d'accueillir une Anglaise dans notre famille. Mais va-t-elle nous apporter une dot ?

— Je l'ignore. Cela m'étonnerait.

— Alors de quelle utilité sera-t-elle à notre famille ?

— Ses liens avec la cour sont profonds et solides.

Griffith choisit ses mots avec soin.

— Elle est l'amie de la reine d'Angleterre.

Cela sembla en imposer à Rhys.

— Je ne sais pas si je peux te croire quand tu parles de sa douceur et de son bon caractère, en revanche. Art semblait très impressionné par elle, presque terrorisé même. Et il n'y a pas grand-chose qui l'impressionne.

Griffith marmonna :

— Je ne sais pas pourquoi je garde ce vieillard à mon service.

— Parce que tu lui dois la vie, peut-être ?

— Peut-être…, répondit Griffith en tendant un gobelet de vin à son père.

En le remerciant d'un signe de tête, Rhys dit :

— Je pensais que tu voulais une nouvelle femme ressemblant à Gwenllian. Une femme d'intérieur, adorant les travaux d'aiguille et heureuse de rester chez elle.

— Marian apprendra, déclara Griffith. Oui, elle apprendra.

Griffith soupçonna son père de cacher un sourire en buvant. Mais lorsqu'il eut vidé son gobelet et se fut essuyé la bouche, rien ne transparaissait d'un éventuel amusement.

— Je me demande quand le père de Lady Marian va venir camper devant notre porte pour réclamer qu'on lui rende sa fille.

Griffith s'assit sur un banc et se pencha en avant pour profiter de la chaleur du feu.

— Il le ferait peut-être s'il savait que sa fille était ici. Mais je ne pense pas que le siège soit la méthode préférée de Wenthaven. Je le vois plutôt comme un chasseur, prêt à sauter sur sa proie et à la saisir à la gorge.

— Très rassurant ! Devrions-nous faire surveiller Marian afin qu'elle ne disparaisse pas ?

— Elle ne craint rien ici – c'était en tout cas ce que Griffith espérait –, mais c'est Lionel qui risque d'être en grand danger.

— Le père de l'enfant le chercherait-il ?

— Je ne connais pas l'identité du père de Lionel, mais pour l'instant il n'a pas l'air de se soucier de sa progéniture. Néanmoins, Lionel est un enfant spécial pour de multiples raisons, même si certaines m'échappent encore.

— Donc j'avais raison. Wenthaven a bien des vues sur le fils de Marian.

— Sans doute, mais je ne veux surtout pas que Harbottle en prenne conscience.

— Pourquoi cet enfant est-il important ?

Griffith avait envie d'expliquer ce qu'il pensait savoir, pour demander conseil à son père. Mais s'il le faisait à l'insu de Marian, cela équivaudrait à trahir sa confiance.

— Papa, sur mon honneur, je ne peux pas te le dire, mais je dois t'avertir. Accueillir Marian et Lionel au château peut mettre en danger tous ceux qui y vivent. Si tu préfères, je peux les emmener ailleurs.

— Ridicule ! s'exclama Rhys avec brusquerie. Si je leur refuse l'hospitalité parce que je crains pour ma vie, ta mère me précipitera du haut de la plus grande tour. Ou pire, elle me refusera son lit.

Griffith rit. Son père avait réagi comme il s'y attendait, mais il avait néanmoins préféré le prévenir. Il pouvait se détendre légèrement, d'autant plus que Rhys ne semblait plus avoir de réserves vis-à-vis de Marian. Il pouvait donc se concentrer sur un autre problème, non moins important.

— Et Harbottle, que faisons-nous de lui ?

— Nous pourrions le jeter dehors, suggéra Rhys. Le temps est encore incertain : humide un jour, froid le lendemain. S'il reste dans les parages, il risque de ne pas apprécier.

— Tandis qu'ici, dans sa prison, il est comme un coq en pâte.

Ils se regardèrent, puis, à l'unisson, déclarèrent :

— Jetons-le dehors !– Vous devez prendre votre remède, dit Angharad d'une voix douce, tout en présentant une tasse de potion devant les lèvres serrées de Marian. Vous avez promis à Art que vous le feriez.

Marian se pinça le nez pour ne pas sentir l'horrible odeur.

— Je ne lui ai pas promis que je le prendrais éternellement. Je vais mieux maintenant.

— C'est vrai. Passer une semaine alitée vous a fait le plus grand bien.

Angharad enroula la main de Marian autour de la tasse.

— Et une semaine supplémentaire achèvera de vous guérir.

— Encore une semaine au lit ? demanda Marian, presque offusquée.

Mais son exclamation déclencha une quinte de toux, ce dont Angharad s'empressa de profiter.

— Vous voyez, vous devez vous ménager.

Elle caressa la joue de Marian comme une mère aurait cajolé son enfant.

— Si vous buvez tout, vous aurez le droit de recevoir de la visite.

Marian, l'air sombre, regretta d'être si faible. Elle avait cru qu'elle allait mourir, maintenant elle comprenait qu'elle avait bel et bien frôlé la mort. Les jours de fièvre avaient semblé interminables, tel un long tunnel de souffrance et de peur, de terribles cauchemars et de toux.

La maladie avait éteint l'étincelle d'énergie qui l'animait. Elle pouvait soulever sa tête de l'oreille, mais elle ne voyait aucune raison de le faire. Elle pouvait vérifier, tous les jours, que son trésor était bien caché dans la poche où elle l'avait placé, mais cela lui paraissait à peine important. Elle pouvait s'asseoir pour se faire brosser les cheveux, et se lever quand elle devait faire ses besoins, mais elle ne voulait pas sortir et affronter la myriade de défis que sa vie était devenue. Son fils était sain et sauf et on s'occupait bien de lui. Quant à elle, elle était exténuée.

— Je vais vous masser le dos, proposa Angharad.

Marian capitula. Angharad savait y faire avec elle.

Griffith lui avait offert sa mère comme si c'était le plus beau cadeau qu'il puisse lui faire, et Angharad s'était révélée être plus encore que cela. Elle avait pris Marian sous son aile et l'avait soignée comme un petit poussin blessé. Elle se démenait pour elle. Trop, songea Marian, mais elle faisait cela avec tellement de bonté et d'affection que Marian aurait été prête à tout pour apaiser son inquiétude. Et Angharad était aimante. Elle aimait Marian, elle aimait Lionel, aussi tendrement que s'ils avaient été ses propres enfants. Comment refuser quoi que ce soit à une femme pareille ?

— Tyran, marmonna Marian, en avalant la répugnante mixture.

On aurait dit de la bave de chauve-souris mélangée à des herbes, et connaissant Angharad, c'était peut-être le cas. Marian accepta la bière qu'Angharad lui proposa pour faire passer le mauvais goût du remède. Puis, tout en soulevant sa robe en lin, elle roula sur le ventre.

— Faites, je vous en prie, dit-elle.

Angharad s'assit à côté de Marian, poussa la lourde tresse rousse, et commença à masser son cou et son dos endoloris par ces longues journées passées au lit.

Marian poussa un soupir de contentement, puis demanda :

— Lionel va-t-il venir me voir ?

— Lionel, Rhys et Griffith.

— Griffith ?

Un peu de la lassitude qui accablait Marian disparut, et elle se redressa sur ses coudes.

— Je ne veux pas voir Griffith.

— Vous avez refusé sa visite toute la semaine et il est comme un lion en cage. Il va et vient en rugissant et en donnant des coups de patte aux barreaux.

Angharad frappa légèrement les fesses de Marian comme si c'était sa faute.

— Il est temps que vous mettiez fin à cette torture – qui en est aussi une pour nous, je ne vous le cacherai pas.

— Je ne me sens pas assez bien pour le voir.

Angharad la força à se rallonger.

— Il y a quelques minutes, vous vous sentiez suffisamment bien pour vous lever.

— À cause de lui, je me sentirai moins bien, protesta-t-elle, la voix étouffée par l'oreiller.

— Vous vous sentirez mieux.

Angharad pressa sa paume au milieu du dos de Marian.

— Essayez juste de sentir la façon dont bat votre

cœur. Cela activera le flux sanguin dans vos veines, et vous aidera à chasser toutes ces mauvaises humeurs qui vous ont rendue malade.

Marian enfouit son visage dans son oreiller pour cacher ses joues empourprées. Si Angharad voyait si facilement son trouble, ses craintes et sa gêne, qui d'autre pourrait les percevoir ? Griffith ?

Jamais dans sa vie Marian n'avait fui les problèmes. Au contraire, par le passé, Lady Élisabeth s'était plainte de ce qu'elle allait à leur rencontre. Mais cette fois, c'était différent. Il ne s'agissait pas d'une bataille à mener, ni d'un défi à relever. Il s'agissait d'affronter l'homme qui lui avait fait perdre la maîtrise d'elle-même. Il avait fait main basse sur son corps, avec son aide. Il avait dérobé quelque chose qui ne pourrait jamais lui être rendu – son innocence – et l'avait remplacé par une frustration qui croissait chaque jour. Non, elle était trop lasse pour voir Griffith.

En soulevant la tête, elle supplia :

— Ne pouvons-nous attendre jusqu'à demain ?

Elle sursauta quand ce fut Griffith qui répondit :

— Pas un jour de plus.

Un seul regard lui suffit. Il ressemblait à l'une de ces pierres dressées dont elle avait découvert l'existence en traversant l'Angleterre et, plus récemment, le pays de Galles. Des menhirs. C'était ainsi qu'on les appelait ici. Battus par la pluie et le vent, ils se dressaient, inamovibles, indestructibles, énigmatiques. Des monuments qui défiaient la marche du temps pour proclamer silencieusement leur puissance.

Impressionnée, elle risqua un autre regard.

Griffith était plus près d'elle à présent. Il n'était plus

seulement une forme et une menace, mais un homme fait de chair et d'os.

Étaient-ils capables de communiquer tacitement ? Cela la dérangeait de l'admettre mais, oui, de toute évidence. Aussi clairement que s'il le lui avait dit, elle connaissait sa rage et son désir. Il avait désespérément envie d'elle, et tout aussi désespérément il le déplorait.

— Vous portez-vous bien ? demanda-t-il d'une voix rauque.

— Non ! rétorqua-t-elle.

Elle eut l'impression qu'il se grandissait pour répondre :

— Il faut que nous nous comportions en adultes responsables.

En face de lui, il lui était difficile de penser à autre chose qu'à leurs étreintes passionnées. Mais il le fallait. Pour le bien de Lionel. Tout bas, afin de ne pas malmener sa gorge fragile, elle dit :

— Je me comporte en adulte responsable. Je ne peux pas épouser le vassal d'Henri. Ni maintenant, ni jamais.

Griffith visiblement atteint par ce rejet dont elle avait presque honte alors même que c'était en agissant ainsi qu'elle pourrait sauver la vie de Lionel, se dirigea vers la fenêtre. Il appuya son épaule contre le mur, et dit d'une voix autoritaire et inflexible :

— Je vais demander au prêtre de publier les bans, afin que nous puissions nous marier d'ici à un mois.

— Mon fils, intervint Rhys, sur un ton courroucé, tu ne peux pas la forcer à t'épouser.

Marian écarquilla les yeux, surprise. Rhys se tenait au milieu de la pièce, avec Lionel dans les bras, comme s'il était là depuis le début.

Mais elle ne l'avait pas remarqué. Elle n'avait pas remarqué son fils, dont elle se languissait. Et elle n'avait même pas remarqué qu'Angharad était toujours en train de masser sa nuque crispée.

— Nous devons nous marier, insista Griffith. Pour sa sécurité et pour la sécurité de son enfant.

— Nous les protégerons tous les deux, promit Rhys. Mais, malgré le danger, notre prêtre ne publiera pas les bans tant que Lady Marian n'aura pas consenti à cette union.

Griffith crispa les épaules et croisa les bras.

Rhys observa son fils et attendit, mais Griffith ne répondit rien, alors il demanda :

— Lady Marian est-elle suffisamment remise pour prendre son fils dans ses bras ?

— Oui, bien sûr, répondit Angharad, et Marian vit qu'ils faisaient tous les deux de leur mieux pour désamorcer toute tension.

Marian prit son fils que lui tendait Rhys avec un petit murmure de plaisir, et serra son petit corps remuant contre elle.

— A-t-il été insupportable ?

— Non, répondit Lionel en personne.

Rhys rit.

— Il est adorable. Vous avez fait un travail magnifique : il est éveillé et curieux de tout.

— Non, répéta Lionel, avant d'embrasser Marian.

Elle vit que Griffith les observait en souriant. Passer une semaine chez lui lui avait fait le plus grand bien. Il avait pris un bain et portait des vêtements propres et neufs, colorés, comme ceux qui étaient en vogue à la cour. Ses cheveux, qui avaient été disciplinés, brillaient de mille feux. Il s'était apprêté comme un homme venant faire sa demande en mariage, constata Marian. À son grand désarroi, et comme Angharad l'avait prédit, elle sentit alors son sang courir plus vite dans ses veines.

— C'est grâce à Lionel que j'ai fait la connaissance de Marian. Cet enfant a donc droit à toute ma gratitude, et jamais je n'oublierai cela.

Pendant que Marian, qui faisait comme si elle n'avait rien entendu, câlinait Lionel, Angharad dit :

— Au moins, vous ne vous êtes pas rencontrés dans les mêmes circonstances que Rhys et moi.

Angharad se tourna vers Marian et confia :

— Nous nous sommes vus pour la première fois le jour de notre mariage.

— Nos parents pensaient que c'était mieux ainsi, expliqua Rhys. J'avais vingt et un ans et je venais d'être adoubé chevalier.

— J'avais douze ans, et j'étais terrorisée. Il est entré dans la chambre, il m'a vue sur le lit, nue et tremblante et il a déclaré : « Je ne couche pas avec une gamine. »

— Et je suis parti.

— J'ai été secrètement soulagée. Et publiquement humiliée.

Rhys sourit à sa femme. Quelque chose de solide les liait. Un mélange de confiance, de complicité, et d'amour.

— Quels tourtereaux, ces deux-là, commenta Griffith en secouant la tête.

Elle ne répondit rien. Il était trop facile de penser que Griffith et elle pourraient former un couple semblable, toujours amoureux après quarante ans de vie commune. Et pourtant, il ne fallait pas qu'elle y pense, jamais. D'une voix étranglée, elle demanda :

— Et que s'est-il passé ensuite ?

— Comment avons-nous fini par former un vrai

couple, c'est cela que vous voulez savoir ? Eh bien, c'est très simple, j'ai grandi.

— Et en grandissant, elle est devenue de plus en plus belle, ajouta Rhys.

Angharad pouffa.

— L'avais-tu vraiment remarqué ? Je m'occupais de ta maison, et la veuve du village s'occupait de te satisfaire. Tu ne prêtais même pas attention à moi !

— Jusqu'à ce que tu te mettes à batifoler avec mon écuyer.

— Il avait mon âge, et il était beau comme un ange.

— Mais stupide, ajouta Rhys. Il ne cherchait même pas à se cacher !

— Parce qu'il pensait que tu t'en moquais. Comme tout le monde d'ailleurs, dit Angharad qui semblait toujours indignée. On aurait dit un chien boudant son os jusqu'à ce qu'un autre chien le lui dispute. Avant que ton écuyer s'intéresse à moi, tu ne savais même pas que j'existais.

— Faux ! s'exclama Rhys, indigné lui aussi. Mais ce n'était pas si facile de mettre un terme aux arrangements que j'avais mis en place avec cette veuve. Et puis, je ne voulais pas passer pour un idiot en me mettant à courtiser ma propre femme...

Angharad lui sourit avec indulgence. Et, lorsque Marian vit cette espèce de gros ours intimidé par sa minuscule épouse, ce fut plus fort qu'elle : elle éclata de rire.

— Tu vois ? fit Rhys en les désignant, elle et Angharad. Tu vois, mon fils, comme les femmes sont cruelles et irrespectueuses vis-à-vis de ceux qui les aiment ? Elles rient de ma faiblesse. Pourtant, il n'y a rien de drôle...

Contrite, Marian s'éclaircit la gorge et tenta de se reprendre.

— Continuez, je vous prie. Qu'avez-vous fait de votre écuyer, alors ?

— Je l'ai renvoyé chez lui. J'avais sorti cet ingrat d'un village misérable et je l'avais patiemment formé, et il m'a remercié en convoitant ma femme. *Ma* femme !

Rhys semblait encore très en colère, et Marian comprit que le renvoi de l'écuyer n'avait pas dû se faire en douceur.

— Il est de retour, tu sais, annonça Angharad.

— Tu crois que cela me fait quelque chose ? demanda Rhys qui criait presque. Cette espèce de jeune idiot…

Angharad l'interrompit.

— Il n'est plus jeune, mais il est toujours beau, toujours en colère, et tu ferais mieux de ne pas trop t'approcher de lui.

Le vieux seigneur déchaînait toujours les passions, visiblement, et Marian s'empressa de demander :

— Que s'est-il passé entre Angharad et vous quand vous vous êtes retrouvés seuls ?

— J'étais furieux, expliqua Rhys. J'ai tout cassé autour de moi, et j'attendais qu'Angharad s'aplatisse devant moi.

— Ce que je n'ai pas fait, dit l'intéressée.

— Elle était en colère elle aussi. Comme si c'était ma faute.

— C'était ta faute, déclara Angharad.

— Bref… Sans paraître le moins du monde impressionnée, mon épouse de douze ans me dit qu'elle en avait seize et qu'elle en avait assez d'être traitée comme une enfant.

— Et il m'a dit que si je voulais être traitée comme une femme, il fallait que je me comporte comme une femme.

— Donc je l'ai portée jusqu'à mon lit.

Alors, de façon tout à fait inattendue, ils se mirent

tous les deux à rougir. Ils échangèrent quelques regards timides et furtifs, puis Rhys se mit à tousser. Lorsqu'il recommença à parler, le timbre de sa voix s'était adouci.

— Mais voilà : c'est une mauvaise idée de faire l'amour à une vierge quand on est en colère. Une très mauvaise idée. Il y a des larmes, et l'homme se sent piteux. Il doit faire amende honorable, ce qui le met dans une position délicate pour négocier.

Il s'épongea le front, comme s'il revivait des moments particulièrement pénibles, avant de reprendre, en s'adressant à Marian et Griffith :

— Bien entendu, ce n'est pas un problème que vous rencontrerez, et c'est tant mieux.

— Rhys, le réprimanda sa femme.

Le silence s'installa, que le petit groupe tenta de tromper en observant Lionel qui jouait à se cacher sous une couverture. Personne ne semblait vouloir parler, et Marian n'osait pas regarder Rhys ou Angharad, et encore moins Griffith.

Mais Griffith finit par s'éclaircir la gorge.

— En fait…

Elle leva les yeux, incrédule et affolée. Elle devait se tromper, il n'allait tout de même pas dire la vérité !

— Marian et moi…

Le souffle coupé, elle s'assit dans le lit.

— Griffith ?

— … avons eu une expérience à peu près similaire…

— Griffith, ne dites pas un mot de plus !

— … Et j'ai besoin de votre aide.

Il s'appuya contre le cadre de la fenêtre et dit à Marian :

— Ne vous inquiétez pas, trésor, mes parents m'ont toujours donné de bons conseils.

— Il ne s'agit pas seulement de vous et de moi, lança-t-elle, dans une tentative désespérée de lui faire entendre raison. Et, Griffith, je vous interdis de…

— Lionel n'est pas l'enfant de Marian, annonça Griffith sans l'écouter.

Marian inspira profondément plusieurs fois pour maîtriser sa panique, mais, pendant ce temps, Griffith continua calmement :

— J'en ai eu la preuve il y a moins d'un mois.

— Que veux-tu dire, Griffith ? demanda Rhys, interdit.

— Je veux dire, répondit Griffith avec un mélange de fierté et de gêne, qu'elle était vierge quand elle s'est retrouvée dans mon lit.

Marian se couvrit le visage et gémit. Voilà. Son secret avait été trahi.

— Comment se fait-il qu'elle se soit retrouvée dans ton lit, Griffith ? demanda Angharad, qui peinait à masquer sa satisfaction.

— Elle… avait fait un… cauchemar. C'est la vérité, je vous assure. Elle était blanche et toute tremblante… Lionel avait disparu plus tôt dans la journée, et elle avait peur… que quelqu'un l'ait enlevé…

— Bien sûr, bien sûr, acquiesça Rhys. Mais tu es en train de nous dire que tu as fait l'amour à cette femme. Que tu as mis un terme à ton célibat. Est-ce bien ce que tu es en train de dire ?

— Oui, papa.

Marian leva la tête. Elle n'y comprenait rien. Les parents de Griffith et elle ne semblaient pas du tout raisonner de la même façon. Elle s'inquiétait pour Lionel et pour la destinée du royaume. Eux ne semblaient s'intéresser qu'à Griffith… et à elle.

Rhys se frotta les mains d'un air satisfait.

— Pourquoi as-tu fait l'amour à cette femme ?

— J'ai perdu la maîtrise de moi-même, papa, admit Griffith, penaud.

— Tu as perdu la maîtrise de toi-même ? répéta Angharad, qui semblait transportée de joie.

— Oui.

— À cause de Lady Marian ?

— Oui.

Angharad leva les bras au ciel.

— Dieu soit loué, enfin nous avons une fille.

— Amen, ajouta Rhys d'un air pieux.

Après avoir embrassé Lionel et serré avec enthousiasme Marian qui, elle, était aussi stupéfaite qu'horrifiée, Angharad se leva en bondissant.

— Je vais préparer le mariage.

— Et moi je vais demander au prêtre de publier les bans, dit Rhys.

Marian avait la tête qui tournait, mais elle objecta :

— Mais vous aviez dit que vous n'autoriseriez pas ce mariage tant que je m'y opposerais.

— C'était avant que nous apprenions cette merveilleuse nouvelle, dit Angharad en regardant tour à tour Griffith et Marian d'un air attendri. Vous nous avez rendu notre fils.

Décidément, Marian avait l'impression que beaucoup de choses lui échappaient. Mais peu importait, puisque l'essentiel c'était qu'il n'arrive rien à son enfant.

— Et Lionel ? demanda-t-elle. Jurez-vous de ne pas divulguer le secret de sa naissance ?

— Si vous avez adopté cet enfant, sans craindre pour votre réputation ni votre avenir, alors c'est qu'il doit y avoir une bonne raison pour cela, dit Rhys. Vous connaissez cette raison, et Griffith aussi, sans doute. Mais à moins que vous ne vouliez nous le dire, nous ne sommes pas obligés de la connaître… Est-ce cela, ce que vous vouliez savoir ?

— Jurez de garder le secret, murmura Marian, aussi inflexible que terrorisée. Jurez-le.

Rhys se raidit, et Angharad marqua un temps d'arrêt.

Griffith gémit et secoua la tête.

— Elle ne voulait pas te manquer de respect, papa. Si tu connaissais son père, tu comprendrais.

Le regard altier de Rhys se durcit et Angharad posa une main sur son torse. Elle leva les yeux vers lui, et il hocha la tête, avant de s'approcher de Marian. Il prit sa main entre les siennes.

— Harbottle m'a parlé de votre père, donc je vous pardonne cette insulte. Mais vous êtes au pays de Galles désormais, et parmi les vôtres. Et si vous ne pouvez faire confiance aux vôtres, à qui pouvez-vous faire confiance ?

Chapitre 11

Alors que la porte se refermait doucement derrière Rhys, Angharad et Lionel, Marian se demanda s'ils avaient perdu la raison. Faire confiance aux siens ? Quelle folie était-ce donc que cela ?

Certes, elle faisait confiance à Angharad. Le contraire aurait été impossible. Et Rhys… Eh bien, si Art était le meilleur ami de Lionel et si Griffith incarnait pour lui la figure paternelle, alors Rhys était son héros. Il ne le lâchait pas d'une semelle. Et elle avait honte d'avoir fait subir à Rhys l'affront de l'obliger à prêter serment.

— Pourquoi Harbottle est-il ici ? demanda-t-elle.

Griffith soupira et s'écarta de la fenêtre.

— Apparemment, il vous a suivie jusqu'au pays de Galles, et quand il a perdu votre trace, il a demandé où se trouvait le château Powel.

— Pourquoi ?

Griffith, sombre et silencieux, se dirigea vers le lit.

— Parce qu'il vous veut.

— C'est ridicule.

Sa voix tremblait un peu mais elle se reprit.

— C'est mon père qui doit l'avoir envoyé.

— Harbottle ? Votre père semble s'en être lavé les

mains. Tout comme nous, du reste. Nous l'avons mis dehors il y a quatre jours avec des vêtements secs et tout juste assez de nourriture pour atteindre l'Angleterre, s'il marche vite. Mais il semble bien déterminé à faire main basse sur vous, car on nous a rapporté qu'un homme avait été vu en train d'épier le château.

Sans rien dire de plus, Griffith grimpa sur le lit.

Marian aurait voulu lui demander davantage d'explications, mais il retira ses bottes. Et son pourpoint. Et lorsqu'il se mit à dénouer ses braies, elle murmura :

— Que faites-vous ?

— Je viens chercher les réponses aux questions en suspens au sujet de Lionel. N'est-ce pas ainsi que cela fonctionne avec vous ? Vous êtes venue me rejoindre dans mon lit l'autre nuit. Nous avons parlé, nous avons fait l'amour, et quand nous avons eu fini, je connaissais vos secrets.

Le sang bouillait dans ses veines, et elle ne se demandait plus pourquoi elle devait guérir. C'était pour pouvoir fuir Griffith… ou se précipiter vers lui.

— Ce n'est pas si… simple.

Il rit.

— C'est la chose la plus simple du monde.

Il s'allongea à ses côtés, totalement nu, et l'attira à lui alors qu'elle ne pensait qu'à lui échapper. Elle colla ses bras contre son corps afin de plaquer les draps contre elle.

— Quelqu'un pourrait venir.

— Tout le monde sait que les bans seront publiés samedi. Et les Gallois sont des gens très bien élevés, contrairement à ce que vous semblez penser.

Puis il ne dit plus rien, ne fit plus un mouvement, alors que les minutes passaient et que Marian était de plus en plus tendue. Lorsqu'elle n'en put plus, elle demanda :

— Que voulez-vous ?

— Plusieurs choses, dit-il en effleurant le contour de sa poitrine. D'abord, comme je vous l'ai dit, je veux connaître l'histoire de Lionel.

Les draps, sur lesquels elle comptait pour se protéger, semblèrent tout à coup très fins et fragiles.

— Je ne peux pas vous dire cela.

Il soupira et son souffle traversa les épaisseurs de tissu pour venir réchauffer sa peau.

— C'était ce que je craignais, déplora-t-il. Et je ne peux pas vous forcer à raconter quelque chose qui devrait venir librement.

Son ton plaintif la fit se sentir coupable, et son contact l'aida à se souvenir. Si elle avait été la femme expérimentée qu'elle avait prétendu être, elle aurait eu d'autres souvenirs dans lesquels puiser. Mais là, seule lui revenait à l'esprit la nuit passée entre les bras de Griffith, et avec une précision qui lui fit presque oublier le fil de la conversation.

— Je ne peux en parler à personne.

— Même pas à votre futur époux ?

— Je ne peux pas vous épouser.

— Ah, c'est la seconde chose. Je veux que vous me promettiez de m'épouser.

— Non.

Sa voix n'était pas aussi ferme qu'elle l'aurait aimé, mais c'était uniquement parce qu'il venait de déposer un baiser – un tout petit baiser – entre sa mâchoire et son oreille.

— Il y a des avantages à notre mariage.

— Et des inconvénients.

— Lesquels ?

— Lionel ne serait pas en bonne position pour…

Elle s'interrompit net. Elle s'était presque trahie, et elle ne put qu'admirer l'intelligence de Griffith.

Il sourit malicieusement, et elle éprouva l'irrésistible envie de caresser ses lèvres.

— Pour commencer, Lionel sera davantage en sécurité avec moi que sans moi.

Elle se raidit et il leva la tête.

— Vous n'êtes pas d'accord ?

Elle ne savait que dire, car son cœur et son esprit étaient entrés en guerre et s'affrontaient pour obtenir la suprématie sur son corps. Elle avait rejeté la passion pour le bien de Lionel, et lorsque Griffith s'était révélé être un objet de passion, elle l'avait fui. Lionel serait peut-être davantage en sécurité avec Griffith, mais Marian avait donné sa parole à Élisabeth, et elle ne pouvait pas se dédire.

— Cela nous amène au deuxième argument en faveur du mariage, dit-il, aussi affable qu'un courtisan, aussi calme qu'un roi. J'ai parlé à notre prêtre, car c'est un homme sage. Le serment que se prêtent les époux passe avant le serment qu'un chevalier prête à son seigneur. J'espérais ne jamais avoir à choisir entre ma femme et mon seigneur. Mais, en cas de nécessité, je protégerais les secrets de ma femme, je prendrais soin de ma femme et de mes enfants, et c'est à elle plutôt qu'à n'importe qui d'autre que je resterais loyal.

— Je vois, dit-elle en triturant nerveusement les draps.

— Mais le croyez-vous ?

Ses muscles se contractèrent, des épaules aux orteils, lorsqu'il s'appuya sur son coude pour se pencher au-dessus d'elle.

— Voulez-vous connaître le troisième argument en faveur du mariage ?

Sans attendre sa réponse, il couvrit son visage de doux baisers. Des baisers furtifs qui permirent à Marian de se réhabituer à la texture de ses lèvres, à l'odeur épicée de son souffle, au contact de ses joues rasées.

Elle ferma les yeux pour lutter contre le plaisir et se rendit compte que cela ne faisait que l'amplifier.

— Vous m'avez fait peur, mon amour, murmura-t-il à son oreille. J'ai cru vous perdre, et cette idée m'était insupportable.

— Vous ne devriez pas faire ceci.

Elle aurait aimé que sa voix soit plus forte, et sa volonté plus ferme.

— Je ne le fais que pour vous convaincre de m'épouser.

Elle ouvrit les yeux.

— Donc, si j'acceptais, vous vous en iriez ?

Ils s'observèrent pendant quelques secondes.

— Vous acceptez ? demanda-t-il, le visage figé.

— Répondez-moi d'abord.

Il laissa passer de longs instants avant de répondre.

— Non, je ne m'en irai pas. Quoi que vous disiez.

Il dénoua le ruban au bout de sa tresse et libéra ses cheveux.

— Vous m'avez dépossédé de ma maîtrise, vous m'avez dérobé mon honneur, et pourtant, vous avez fait de moi un homme deux fois meilleur.

Il enfouit son visage dans les mèches rouges étalées sur l'oreiller, et murmura :

— Alors je veux vous faire subir la même chose.

Elle était faible, mais pas autant qu'une heure plus tôt. Pas au point de ne pouvoir lutter contre lui. Au moment où il saisissait le bas de la robe, elle attrapa sa main.

Il sourit.

— Où souhaitez-vous la placer, my lady ? Vos désirs

sont des ordres. Voulez-vous que je touche vos épaules, my lady ? Je n'en ai jamais vu de plus belles. Elles sont fortes, musclées, mais avec un bel arrondi plein de féminité. Je les ai vues de derrière et j'ai admiré la façon exquise dont elles complètent votre dos long et étroit, de même que j'ai admiré votre taille fine, et la courbe de vos hanches auxquelles aucun homme ne saurait résister.

Les doigts de Marian tremblaient. Elle s'allongea sur les coussins tout en s'étonnant du plaisir que lui procuraient ses mots.

— Ma main serait-elle trop lourde pour vous, my lady ? demanda-t-il d'une voix devenue traînante, rauque et sensuelle. Placez-la où vous le souhaitez.

Elle fit appel à toutes les forces qu'il lui restait et la plaça sur les couvertures, loin d'elle.

Sans cesser de sourire, il s'appuya sur son coude, posa sa tête dans sa paume et regarda fixement la main qu'elle avait écartée.

— Sage décision, my lady. Passons de nouveau en revue les différents endroits de votre délicieux corps. Pour mon bon plaisir, j'aimerais commencer par caresser vos seins. Ils ne sont ni trop petits, ni trop gros, mais très sensibles. Je n'oublierai jamais le petit cri que vous avez poussé quand j'ai lapé votre gorge comme un chat. Vous souvenez-vous ?

Elle eut du mal à reprendre son souffle et la pièce se mit à tourner autour d'elle. Était-ce une rechute, ou bien au contraire était-elle tout à fait guérie ?

— Et vous en vouliez davantage, mais vous ne le saviez pas. Maintenant vous le savez, n'est-ce pas ?

Les pointes de ses seins se durcirent, répondant d'eux-mêmes à la question. Gênée, elle plaqua ses mains sur sa poitrine, même si elle était déjà protégée des regards de Griffith par l'épaisseur des couvertures.

Il rit.

— Vous vous rappelez, visiblement... Quand je les ai léchés, j'ai dû vous retenir, tellement le désir vous rendait folle. Vous me tiriez les cheveux, sans que je sache si vous vouliez que j'arrête ou que je continue. Mais quand j'ai essayé d'arrêter...

— Par tous les saints, taisez-vous.

— ... Vous m'avez attiré à vous en vous accrochant à mon cou, et j'ai caressé vos seins jusqu'à ce que je croie en mourir de joie.

Il esquissa un sourire satisfait, comme s'il était certain de l'effet que ses mots produisaient sur elle, et cela la rendit furieuse.

— Allez-vous-en.

Avec tendresse, il dégagea son front sur lequel quelques boucles rousses étaient retombées.

— Vous m'en demandez trop, mon amour. Et pas assez. Il y a beaucoup de choses que vous ignorez encore. Et c'est bien normal. Je n'ai pas eu le temps de tout vous apprendre. Par exemple, saviez-vous que lorsqu'un homme embrasse une femme ici – et sa main se posa fermement sur son sexe – il lui procure tant de plaisir qu'elle en pleure de joie ?

Elle serra les genoux pour l'empêcher de poursuivre ses explorations. Cela eut pour effet de soulager la pression de l'excitation qu'elle sentait monter en elle. Mais cela ne dura qu'un instant. Car le désir revint, plus intense, presque douloureux.

— Non, je ne le savais pas.

— Je vous jure que c'est la vérité. Et une femme peut faire la même chose à un homme.

— Pleureriez-vous ?

Elle avait voulu se montrer sarcastique, elle n'avait réussi qu'à paraître provocante.

— Essayez.

Il roula sur le dos, étendit les bras derrière lui et noua ses mains au-dessus de sa tête. Les muscles de ses épaules, de ses bras, de son torse étaient saillants, mais sous ses côtes, son ventre plat formait un léger creux. Sous son regard, elle le sentit frémir. Mais elle eut peur de descendre plus bas que son ventre, et préféra le regarder dans les yeux.

Ils miroitaient comme de l'or en fusion. Ils la troublaient plus que ses caresses, plus que ses mots, car elle avait l'impression d'y voir l'expression même de son âme.

— Imaginez, murmura-t-il, comme je serais à votre merci si vous exploriez mon corps. Imaginez comme je frissonnerais si vous touchiez mes mamelons, caressiez mon ventre. Imaginez le goût que j'aurais, imaginez les gémissements que je pousserais si vous m'embrassiez à pleine bouche. Ima…

Elle l'interrompit en posant la main sur sa bouche. Elle aurait aimé ne pas le toucher, mais elle ne pouvait plus l'écouter. Depuis quand le solide guerrier était-il devenu un poète gallois ? Quand avait-il appris à séduire par les mots ?

Il embrassa sa paume et, quand elle voulut la retirer, d'une main, il saisit son poignet. Il passa son pouce rugueux à l'intérieur de sa main, avec l'air d'être fasciné par les textures, par les lignes. Il caressa ses doigts de la base jusqu'aux ongles, faisant naître de douces sensations, puis, un à un, il les suça.

Il voulait qu'elle lui fasse la même chose. Elle voulait lui faire la même chose. Elle retira brusquement sa main et s'assit. Les couvertures tombèrent et révélèrent sa poitrine, à peine masquée par sa fine chemise de lin, et il gémit en la dévorant des yeux.

— Jolie, dit-il d'une voix rauque. Et tout à moi, ajouta-t-il.

— Ma poitrine n'appartient qu'à moi.

Elle se pencha au-dessus de lui, grisée par l'afflux de sang dans ses veines, se sentant bien pour la première fois depuis son arrivée au château, et convaincue d'être immortelle.

— Si vous remettez vos deux mains au-dessus de votre tête, je vous laisserai y goûter.

C'était un risque calculé. Il aurait pu utiliser sa force contre elle et la prendre sans se poser de question. Et sans même avoir besoin de lutter, car elle avait désespérément envie de lui. Mais il voulait qu'elle lui prouve son désir.

— Au-dessus de votre tête, ordonna-t-elle.

Sa main libre hésita un moment, tout près de son visage, puis, avec un air de résignation douloureuse, il obéit.

Par quoi commencer ? Il était allongé devant elle, offert, et elle pouvait faire de lui ce qu'elle souhaitait. Elle commença par placer les mains sur ses épaules, puis suivit le tracé de chacun des muscles de son torse, de ses hanches, de ses cuisses. Elle explorait avec une lenteur calculée, et du bout des doigts, car elle n'était pas encore familière avec la façon dont fonctionnait un corps d'homme. Elle était curieuse. Curieuse de ses réactions. Curieuse de la maîtrise exaltée dont il semblait faire preuve.

Tout à coup les muscles de son visage se figèrent et il lui adressa un regard suppliant. Ses orteils se rétractèrent, ses mollets se contractèrent, et tout chez lui devint dur et rouge.

— C'est ce que vous vouliez, rappela-t-elle.

— Donnez-moi ce que je veux vraiment, demanda-t-il avec brusquerie.

— Patience.

Alors qu'elle se penchait au-dessus de lui, son odeur d'homme propre et de savon rustique emplit ses narines.

— Vous avez pris un bain ? demanda-t-elle.

— C'est une tradition familiale de… – il inspira péniblement pendant qu'elle mordillait son oreille – de prendre un bain avant un mariage. Et j'étais bien décidé à… Je ne peux pas parler quand vous me mordillez comme ça, comme un chat.

— Restez maître de vous-même, ordonna-t-elle, avant de lécher son mamelon, puis de souffler doucement dessus.

En fixant le plafond, il dit :

— J'étais bien décidé à vivre ce moment comme une nuit de noces. Après tout, nous faisons tout dans le désordre. Nous avons commencé par consommer notre union. Maintenant nous allons publier les bans. Ensuite nous prononcerons nos vœux devant le prêtre.

— Pourquoi consommer notre union une deuxième fois ? Ce n'est pas nécessaire, dit-elle en passant sa langue sur sa cuisse, entre ses genoux et son bassin.

Il leva la tête et la regarda.

— Parce que je pensais que vous alliez mourir.

Elle commença à rire, mais ses yeux emplis de détresse la firent taire.

— Je pensais pouvoir vous garder, après vous avoir trouvée – joyeuse, robuste, une force de la nature – dans la maison de votre père. Et puis, juste après, je vous ai perdue.

Il tendit les bras vers elle.

— Faites-moi l'amour. Montrez-moi votre vitalité. Chassez ces ombres.

Sa supplication l'émut au plus profond d'elle-même. Cet homme, ce roc, avait besoin d'elle. Il la voulait au point de ne pas craindre d'apparaître faible devant elle. Pouvait-elle prendre cela à la légère ? Il réclamait plus que son corps. Il réclamait son âme, sa vie.

La première fois, elle n'avait pas hésité une seule seconde à se donner à lui, à s'abandonner à lui. Et elle avait remis sa vie entre ses mains. Mais une question cruciale se posait : lui confierait-elle la vie de Lionel ? Fallait-il le croire lorsqu'il affirmait qu'il ferait passer sa loyauté à son égard avant sa fidélité à son roi ?

Son corps lui disait que oui, mais dans son esprit subsistaient encore quelques doutes.

Elle embrassa ses doigts et il referma son poing comme s'il voulait emprisonner son baiser. D'une main tremblante, elle replaça ses bras derrière sa tête. Ses seins effleurèrent son visage et, au passage, il prit un de ses mamelons dans sa bouche. Elle se figea pendant qu'il l'aspirait. Il ne la toucha pas. Ce n'était pas nécessaire : la passion la dévorait déjà. Et lorsqu'il cessa, elle resta immobile pendant un long moment, à savourer.

Puis elle s'allongea et sourit avec malice. Il lui avait lancé un défi, et elle le relèverait en le mettant à ses pieds.

Elle défit les liens de sa chemise avec lenteur et sensualité, tout en observant son expression. Sans cesser de le fixer, elle souleva son vêtement, centimètre par centimètre.

Elle saisit son sexe qu'elle avait jusque-là ignoré et rit tout haut en voyant son visage.

— Dur comme de la pierre, commenta-t-elle.

Et quand elle le prit en bouche, il gémit comme un perdu.

— Maintenant, implora-t-il. Vous devez venir maintenant.

Ses yeux étaient mi-clos, comme s'il était ébloui par le soleil matinal.

Alors qu'elle hésitait, il précisa :

— À califourchon, comme quand vous montez à cheval.

Elle comprit aussitôt. De même qu'elle comprit que l'exciter l'avait excitée. Elle s'installa sur lui et, lentement, le prit en elle. Un sentiment de toute-puissance s'empara alors d'elle. Elle était une femme avec un guerrier entre les jambes et son plaisir entre ses mains. Il était temps qu'elle teste ses limites et celles de Griffith.

Feignant l'ignorance, elle demanda :

— Que dois-je faire ?

Il la regarda avec méfiance, comme s'il ne la croyait pas.

— Monter et descendre.

— Comme ceci ?

— Oui.

— Et comme ceci ?

— Oui, aussi.

— Dois-je aller plus vite ?

— Oui. Non. Oh ! Seigneur. Comme vous voulez.

Sans cesser de bouger, elle se pencha en arrière et posa les mains sur ses cuisses.

— Aimez-vous cela ?

Il gémit.

— Voulez-vous me faire mourir ?

— Oui. De plaisir.

— Vous êtes une criminelle, murmura Griffith quand il la sentit bouger.

— Comment ?

La voix de Marian était tout ensommeillée et elle

semblait si désorientée qu'il eut honte de l'avoir empêchée de se reposer. Elle était encore trop faible pour des ébats si passionnés, mais aurait-il pu faire autrement ? S'il avait attendu qu'elle soit tout à fait remise, elle aurait réussi à ruser pour lui échapper.

— Oui, vous êtes une criminelle sans pitié, répéta-t-il. Vous m'avez fait mourir de plaisir, et je ne peux imaginer une mort plus agréable.

En guise de réponse, elle posa sa tête sur son torse. Il rit. Elle devait préférer le serrer contre lui que de le regarder dans les yeux.

— Je me disais… – il s'amusa à étaler ses cheveux flamboyants sur son torse – que nous pourrions peut-être organiser un *eisteddfod* pour notre mariage.

— Un… Quoi ? demanda-t-elle en s'appuyant sur un coude.

— Un *eisteddfod*, répéta-t-il en articulant bien. C'est un rassemblement de musiciens et de bardes, qui viennent chanter leurs chansons et réciter leurs poèmes.

Elle le regarda fixement un long moment.

— Je n'ai pas dit que je vous épouserais.

Il la fixa à son tour, le plus candidement du monde.

— Auriez-vous fait ce que nous faisons avec un homme auquel vous n'oseriez pas confier votre fils ? Ne faites-vous pas confiance à votre instinct ?

Dans un geste qui trahissait ses incertitudes, elle se passa la main dans les cheveux.

— Des femmes plus sages que moi se sont fiées à leur instinct et ont été trahies. Et oui, vous auriez pu nous faire du mal, mais peut-être attendez-vous que quelqu'un d'autre vous le demande.

Cela le blessa qu'elle puisse penser une chose pareille, et il se redressa lentement.

— Même si on me le demandait, jamais je ne tuerais un enfant.

— Même si on vous traitait de traître et qu'on vous dépossédait de votre titre et de vos terres ?

— Pour rien au monde je ne m'en prendrais à un enfant, assena-t-il.

— Vous pensez peut-être que quand j'aurai d'autres enfants – les miens – le sort de Lionel me deviendra indifférent.

Cela l'irrita qu'elle reprenne presque mot pour mot les arguments de Harbottle. Pour qui le prenait-elle ?

— Si nous nous mariions, poursuivit-elle, j'attendrais de vous que vous honoriez votre parole. Mais il est facile pour un homme, me semble-t-il, de tromper les attentes d'une femme.

— Tout est une question de confiance, rétorqua-t-il froidement, car elle l'avait vexé.

— Grâce à mon père, j'ai appris à ne faire confiance à aucun homme. Par la suite, ce ne sont pas les ignominies dont j'ai été témoin à la cour qui auraient pu me faire changer d'attitude. Fréquentiez-vous le roi Richard, l'oncle de Lady Élisabeth ?

— Non.

— Moi oui.

Elle le repoussa, s'assit et plaqua une couverture devant elle, ne lui laissant voir que son dos et ses cheveux rouge feu.

— Il était le meilleur des oncles pour Élisabeth et ses frères, et un bon frère pour le roi Édouard. Même dans mes rêves les plus fous, jamais je n'aurais pu imaginer les crimes dont il était capable.

Griffith écarta ses cheveux et posa la main sur son épaule.

— Aucune de ces comparaisons ne me flatte.

— Je ne vous compare ni au roi Richard, ni à mon père.

Sa voix était assez virulente, mais elle ne se tourna pas pour le regarder. Peut-être avait-elle honte de douter de lui ?

— Je dis juste que les âmes des hommes sont pleines de recoins sombres et terribles, et j'ignore comment faire pour y laisser entrer la lumière.

— Je vois.

Et c'était la vérité : il la comprenait vraiment. Mais il ne voyait pas l'intérêt de rester plus longtemps allongé auprès de cette femme qui le croyait semblable aux misérables qui avaient gâché sa vie.

Alors qu'il se glissait hors du lit, elle attrapa son bras.

— Pensez-vous que je devrais faire confiance à mon instinct ?

— Oui, répondit-il, reprenant espoir.

— Eh bien mon instinct me dit que vous cachez quelque chose.

Alors ses espoirs s'effondrèrent, et une rage inattendue s'empara de lui, aussi soudaine et violente qu'un ouragan. Sidéré, il chancela sous l'impact, et lutta pour que sa raison reprenne le dessus.

Il s'était trahi. Il ignorait comment, mais elle savait des choses à son propos. Pourtant, il ne voulait pas qu'une femme soit capable de lire en lui, il ne voulait pas qu'une femme puisse utiliser ses failles et ses faiblesses pour asseoir son emprise sur lui. Il voulait une femme qui couse et qui s'occupe de son jardin, une femme qui lui donne des enfants et lui obéisse aveuglément. Il voulait une femme qui comprenne que c'était son droit le plus strict d'exiger d'elle des réponses et de lui imposer sa vision du monde et de l'existence. Il voulait une femme qui comprenne qu'elle n'avait pas besoin de percer le mystère des hommes. Pourtant, il voulait Marian.

Marian l'audacieuse. Marian la curieuse.

— Ma chère Marian, dit-il d'une voix à la fois sombre et narquoise, seriez-vous trop stupide pour voir que vous venez de défier mon autorité une fois de trop ?

Elle bondit hors des couvertures d'un air indigné, prête à se battre.

— Vous n'auriez pas dû parler mariage avec moi. Je ne suis pas une de ces écervelées prêtes à se soumettre sans réfléchir à la volonté de leur mari.

Il plaça les mains sur ses épaules et la regarda droit dans les yeux.

— Si vous vouliez un homme qui se laisse promener en laisse comme un bon petit chien, alors il ne fallait pas coucher avec moi. Maintenant c'est trop tard pour nous deux. J'ai arrangé notre mariage, et par la grâce de Dieu nous allons être mari et femme, et je vous apprendrai quelle est votre place.

Si elle avait été sage, Marian se serait tue et aurait quitté le château à la première occasion. Mais elle n'avait jamais été sage.

— C'est peut-être moi qui vous apprendrai quelle est votre place, dit-elle. C'est peut-être…

Il l'interrompit en l'embrassant, et la força à se rallonger en se ruant sur elle, dans un élan où se mêlaient passion, rage, frustration et inquiétude. Elle percevait très bien tout cela, et, au fond d'elle-même, elle le comprenait.

Il voulait une vie tranquille, une vie traditionnelle, mais il était pris au piège de son propre code de l'honneur. Il lui avait enlevé sa virginité, il l'avait initiée au plaisir, lui avait enseigné le désir, et maintenant il pensait qu'il devait l'épouser.

— Vous n'êtes pas obligée, dit-elle.

— De quoi ? demanda-t-il, l'air égaré.

— De m'épouser. Si ce n'est pas ce que vous voulez…

Il grogna et la fit taire avec un autre de ses baisers autoritaires et enfiévrés. En prenant son visage entre ses mains, il la regarda et dit :

— Vous êtes mienne. Peu importe comment ou pourquoi, vous êtes mienne.

— Je pense…

— Ne pensez pas.

Il l'embrassa de nouveau, et elle se débattit.

— Mais vous…

— Pas de mais.

Il l'embrassa de nouveau.

— Vous…

— Il n'y a pas de vous. Il n'y a pas de moi. Il n'y a que nous.

Alors qu'elle se calmait, il devint lui aussi plus tendre. Il avait toujours envie d'elle, et impérieusement, mais il voulait aussi qu'elle ait envie de lui. Ce qui avait été une lutte devint une danse, et elle était dangereusement près de céder lorsqu'un éclat de voix, dans le couloir, les fit sursauter tous les deux.

— Vous ne pouvez pas entrer ici ! criait Art.

Une autre voix, inconnue, répondit :

— C'est donc là qu'il se trouve. Très bien.

Alors que Griffith jurait, la porte vint heurter le mur. Marian poussa une exclamation horrifiée, et une voix sépulcrale annonça :

— Je vous transmets les salutations de votre lord, le roi Henri.

Chapitre 12

Art piaillait comme une poule affolée par l'intrusion d'un renard dans le poulailler.

— J'ai essayé de l'empêcher d'entrer, Griffith, mais il a refusé de m'écouter.

Griffith couvrit Marian et se leva. Nu et furieux, il se dirigea vers le messager.

— Oliver King, je suppose ?

Imperturbable, le messager acquiesça.

— C'est bien moi, Oliver King, le secrétaire privé d'Henri Tudor. Je viens vous transmettre les salutations de votre suzerain.

— Art, mes habits, ordonna Griffith.

Alors qu'Art ramassait, un à un, les vêtements éparpillés, Griffith plaça ses poings sur ses hanches et bomba le torse pour essayer d'impressionner le petit homme qui se tenait devant lui.

Mais cela ne fonctionna pas.

— Je m'excuse, Sir Griffith, d'avoir interrompu votre plaisir, mais notre roi Henri est, comme vous le savez, d'un naturel très impatient. Cela fait plus d'une quinzaine de jours qu'il m'a envoyé, et je me suis d'abord rendu à Wenthaven, avant de devoir traverser toutes les montagnes du pays de Galles pour vous trouver.

— Vous n'êtes pas très rapide.

— Au contraire. Mais je ne savais pas où vous chercher. Le roi Henri pensait que vous vous acquitteriez de la mission qu'il vous avait confiée plutôt que de venir vous reposer chez vous. À moins que – et il regarda dans la direction d'Art – votre serviteur ne vous ait pas remis la lettre du roi.

— Je la lui ai remise, comme vous l'aviez demandé, my lord, se défendit Art.

Le respect qu'Art semblait accorder au secrétaire du roi attira l'attention de Griffith, et il regarda plus soigneusement l'homme qui se tenait devant lui. Sous ses vêtements luxueux se cachait un corps que l'on devinait musclé et affûté, tandis que son regard était vif et intelligent.

Ce n'était pas surprenant. Henri choisissait bien ses serviteurs.

— J'ai suivi ses instructions, dit Griffith, qui avait réussi à dominer la colère d'avoir été interrompu dans ses ébats.

— Alors où se trouve Lady Marian ? demanda King.

Griffith désigna le lit.

L'expression d'Oliver passa de la surprise à l'horreur, puis à la perplexité. Puis elle redevint celle d'un courtisan, c'est-à-dire détachée.

— Je ne me souviens pas que notre seigneur m'ait dicté de telles instructions, mais la pensée du roi est toujours subtile. Peut-être était-ce ce qu'il souhaitait ou espérait, qui sait ?

Art se frappa le front. Griffith fit signe à King de se

taire et regarda les couvertures bouger. Mais Marian ne se montra pas, et Griffith trouva cette pudeur touchante.

King semblait lui aussi juger les réticences de Marian intéressantes, et il garda ses yeux posés sur le lit.

— Le roi vous veut auprès de lui tout de suite.

— Pourquoi ?

— Le comte de Lincoln s'est embarqué pour l'Irlande, où il a rejoint les troupes des comtes de Kildare et de Desmond, ainsi que celles du prétendant au trône. Cet imposteur s'est même fait couronner roi d'Angleterre, sous le nom d'Édouard, dans la cathédrale de Dublin.

— Seigneur, murmura Art.

Oliver hocha sombrement la tête.

— Et quand j'ai quitté la cour, la rumeur disait qu'ils voguaient pour l'Angleterre.

— Sont-ils nombreux ? demanda Griffith.

— Il y a toutes les troupes dont je vous ai parlé, plus une armée levée et commandée par Thomas Fitzgerald, le grand chancelier d'Irlande. Mais le plus préoccupant, c'est la présence d'une armée de mercenaires.

Malgré le caractère alarmant de ces nouvelles, Griffith était heureux d'avoir l'occasion de passer du statut d'amant transi à celui de combattant aguerri. Il avait l'impression de retrouver un peu de sa puissance.

— Dispositif militaire aussi impressionnant que coûteux, dit-il avec un plaisir presque macabre. Qui paie ?

— Margaret, la sœur d'Édouard IV.

— Ah, Margaret, dit Griffith avec mépris. Cette sorcière ferait n'importe quoi pour chasser Henri Tudor du trône d'Angleterre.

— En chemin, poursuivit Oliver, j'en ai profité pour écouter les voyageurs que j'ai croisés, et j'ai entendu parler d'une armée qui aurait débarqué sur les côtes du Lancashire.

— Bon travail ! fit Griffith en tapant dans le dos d'Oliver. Vos informations me paraissent mille fois plus fiables que les rumeurs circulant à la cour. Qu'avez-vous entendu d'autre ?

— Rien de bien intéressant, et reste à savoir quelle direction ont prise les troupes fraîchement débarquées. La situation pourrait vite devenir inquiétante pour notre seigneur et roi.

— Ne craignez rien, tant que je vivrai, le roi Henri ne sera pas renversé.

Griffith prit une grande inspiration, et il lui sembla presque sentir les chevaux, le sang, les champs brûlés. Il connaissait le combat. Il comprenait la tactique guerrière. Il savait que la victoire revenait à l'homme qui restait debout et qu'était vaincu celui qui était à terre. C'était clair et net. À l'inverse de tout ce qu'il vivait avec Marian.

— Je pars avec vous.

Cela ne l'empêchait pas de se sentir coupable d'abandonner Marian, et, lorsqu'il jeta un regard torturé au lit, Art se porta à son secours.

— My lord, proposa-t-il au secrétaire, ne voulez-vous pas descendre dans la grande salle pour vous y restaurer ? Vous avez fait un long voyage, et je suis sûr que Lord Rhys et son épouse seraient heureux de vous réserver l'accueil que vous méritez.

— Ah, répondit Oliver en essayant aussitôt de redonner du gonflant à la fourrure qui bordait son manteau. Je serais honoré de rencontrer Lord Rhys. J'espère que vous nous rejoindrez bientôt, Sir Griffith.

— Oui, très bientôt.

Dès que la porte se fut refermée, Griffith se dirigea vers le lit.

— Mon amour, murmura-t-il en soulevant les couvertures. Ils sont partis. Vous pouvez vous montrer à présent.

Le regard noir qu'elle lui adressa lui fit aussitôt comprendre qu'elle n'avait pas apprécié ce qu'elle avait entendu.

— Vous parliez de m'épouser, lança-t-elle, amère, et vous voilà bien prompt à vous enfuir.

Il calcula rapidement le temps qu'il lui faudrait pour rassembler ses hommes et dit :

— Je pars demain. Et vous serez ici à mon retour. Vous serez traitée avec tous les honneurs dus à ma future épouse.

Elle leva le menton d'un air buté, mais il la toisa d'un air volontairement dominateur.

— Écoutez-moi. Vous êtes en sécurité ici. Lionel est en sécurité. Mon père et ma mère feront tout pour vous protéger. Si vous décidiez de vous en aller, j'aurais peur pour vous. Alors, jurez-moi…

Elle posa la main sur sa bouche pour le faire taire.

— Je n'épouserai pas un homme qui obéit comme un petit chien à Henri dès qu'il le siffle.

Il grogna, agacé, et repoussa sa main.

— Je croyais pourtant que le sujet était clos.

Puis, aussi patiemment que s'il s'adressait à un enfant, il expliqua :

— Henri est mon suzerain, et je suis son vassal. Je lui ai prêté serment et je dois honorer la parole que je lui ai donnée. En temps de guerre, je suis donc tenu de me battre à ses côtés et de lui fournir des soldats.

— Bien sûr. Alors partez, qu'attendez-vous ? fit-elle d'une voix pincée.

À court d'arguments, il demanda :

— Feriez-vous confiance à un homme ne respectant pas le serment qu'il a prêté à son suzerain ?

— Je ne fais confiance à aucun homme.

— Vous faites confiance à Art.

Aussitôt, son visage se radoucit.

— C'est vrai.

— Il est mon serviteur dévoué.

Elle hocha la tête.

— Art montrerait-il autant d'empressement à me servir si je n'étais pas digne de confiance ?

— Partez, Griffith. Allez mener votre bataille, et laissez-moi mener la mienne.

— Serez-vous ici quand je reviendrai ?

— Si vous revenez…

La virulence de son ton faillit le faire chanceler. Que voulait-elle dire ? Craignait-elle qu'il l'abandonne ? Avait-elle peur qu'il trouve quelqu'un d'autre ?

Ou bien avait-elle peur qu'il soit blessé pendant la bataille ?

Contre toute attente, cette possibilité l'emplit de joie. Une chaleur bienfaisante se diffusa en lui, et il se mit à sourire comme le fou du roi.

— Je vous reviendrai, je vous le jure, dit-il, mais j'aimerais un présent de votre part, pour le garder près de mon cœur.

À son grand désespoir, elle se détourna de lui.

— Je n'ai rien à vous donner.

— Je pourrais me servir moi-même.

Il attrapa une fine mèche de ses cheveux rouge feu sur laquelle il tira. Puis il l'exhiba devant elle.

— Un tel présent me donnerait la puissance de Samson dans la bataille. Ce fut le sentiment de culpabilité qui tira Marian hors de son confortable lit avant le lever du soleil le lendemain. Ce fut le même sentiment de culpabilité qui lui permit de tenir debout et de descendre l'escalier en colimaçon. Elle avait épuisé ses faibles forces la veille, mais il fallait qu'elle voie Griffith avant son départ.

Elle ne pouvait le laisser partir sans l'avoir vu.

Il se pouvait qu'elle ne le revoie jamais.

Elle essuya ses yeux mouillés d'un revers de sa manche, et reprit sa longue descente du donjon. Par la porte ouverte s'engouffrait un vent glacial, et elle resserra sur ses épaules la couverture dans laquelle elle s'était enveloppée. Elle entendit les hommes échanger des grossièretés pendant qu'ils se préparaient à aller au combat.

Que les hommes étaient stupides et ignorants ! Ne comprenaient-ils pas qu'ils allaient peut-être mourir ? Elle venait de passer la nuit à imaginer toutes les façons dont un chevalier pouvait mourir sur le champ de bataille, et pourtant Griffith et ses hommes riaient.

Lorsqu'elle arriva au rez-de-chaussée, elle s'appuya contre le mur, reprit son souffle, et déglutit. Elle avait envie de tousser, mais elle n'osait pas, de peur de faire trop de bruit. Si quelqu'un se rendait compte de sa présence, elle en serait mortifiée, a fortiori s'il s'agissait de Griffith.

Par la porte ouverte, elle voyait les hommes, les garçons, les chevaux, qui s'agitaient. Mais elle ne vit pas Griffith. Elle avança donc de quelques pas, en frissonnant. Une fois sur le seuil, elle l'aperçut.

Il riait. La tête rejetée en arrière, les mains sur les hanches, il était le plaisir et l'insouciance mêmes.

Elle s'empressa de reculer, mais ce n'était pas d'elle qu'il riait. Il riait de joie, comme tous ces idiots qui se jetaient tête baissée dans la bataille. En tremblant, elle s'appuya contre le mur et essuya la sueur glacée qui baignait son front.

Elle n'aurait pas dû se montrer aussi dure vis-à-vis de lui la veille. Elle aurait dû le laisser partir en lui donnant sa bénédiction. À la place, elle avait été désagréable, elle lui avait menti et l'avait rejeté. Alors qu'elle était folle de jalousie.

Elle était jalouse d'Henri.

Oh ! si elle prenait Griffith pour époux, elle savait qu'elle n'aurait rien à craindre des autres femmes. Son code de l'honneur l'empêcherait de la tromper. Mais si elle prenait Griffith pour époux, elle deviendrait une créature de moindre importance, car elle passerait toujours après son seigneur et roi.

Comment osait-il l'abandonner et tourner le dos à la passion qui les dévorait tous les deux ?

Sa jalousie l'horrifiait. Quelles étaient ces émotions que Griffith faisait naître en elle ? Était-ce plus que du désir ? Était-ce un sentiment susceptible de l'éloigner du droit chemin qu'elle s'efforçait de suivre ? Probable…

Il fallait qu'elle combatte ces élans. Elle les combattrait. Mais plus tard. Car, en ce moment, elle était confrontée à la possibilité que Griffith ne revienne jamais.

Elle serra en grimaçant la petite bourse en cuir rouge qu'elle tenait dans son poing, tout en se demandant comment la faire passer à Griffith sans qu'il le sache. Quand elle avait préparé l'objet, elle n'y avait même pas réfléchi. Mais à présent elle devait trouver un moyen. Un moyen qui ne porte pas atteinte à sa fierté.

— My lady !

La voix d'Art la fit sursauter. Elle se tourna vers lui.

— Que faites-vous ici ? Il fait froid et vous êtes toujours malade.

Il posa la main sur son bras et la força à regagner les escaliers.

— Vous pourrez faire signe à Griffith depuis votre chambre si vous le souhaitez, mais pour l'instant...

Elle se laissa faire en souriant. Elle venait de trouver la solution à son problème. Griffith pénétra dans le camp installé près du village de Radcliffe, dans le Lancashire, entre Oliver King et Art, suivi par un petit contingent de chevaliers gallois. Le voyage avait duré six longs jours.

— Où se trouve la tente du roi Henri ? cria Oliver au garde royal le plus proche.

— Qui le demande ? interrogea le soldat à la mine patibulaire.

Oliver se pencha vers le garde en lui adressant un regard noir.

— Le secrétaire particulier du roi.

— Oliver King ?

Comme Oliver acquiesçait, le garde s'inclina avec une déférence exagérée.

— Le roi Henri vous attend. Sa tente est par là. Voyez-vous sa bannière ?

Dès qu'Oliver fut parti, les chevaliers qui les accompagnaient allèrent rejoindre les autres Gallois déjà installés. Art soupira.

— Ils sont pressés de reprendre leur liberté, dit-il, l'air de rien.

— Eh bien, tu n'as pas cette chance, rétorqua Griffith. Tu vas rester avec moi et t'occuper de mes bagages.

Ils se dirigèrent en silence vers la tente du roi. Depuis

le début de leur expédition, ils n'avaient échangé que quelques rares mots. En réalité, la séparation avec Marian avait laissé Griffith de fort mauvaise humeur et il avait broyé du noir pendant tout le trajet.

Marian l'avait laissé partir au combat sans verser la moindre larme.

Elle ne lui avait pas fait parvenir de tendres messages en chemin, ni n'avait paru se préoccuper de son sort. Elle ne lui avait même pas fait signe depuis la fenêtre de sa chambre au moment du départ. Pourtant il s'était retourné plusieurs fois pour vérifier. N'avait-elle pas compris que certains de ses hommes seraient tués pendant la bataille ? N'avait-elle pas compris que lui-même pourrait être blessé ?

Il ne craignait pas pour sa vie, mais il voulait que la femme qu'il avait choisie ait peur pour lui et se languisse de lui chaque instant que durerait son absence.

Avant qu'ils aient le temps de descendre de cheval, Henri sortit lui-même de sa tente.

— Griffith, où étiez-vous passé ? J'ai dû me préparer à faire la guerre sans mon conseiller le plus précieux. Oliver, où étiez-vous passé ? C'est mon écuyer qui a dû rédiger mes lettres, alors qu'il sait à peine écrire.

L'écuyer et les conseillers du roi, qui l'entouraient, protestèrent bruyamment, mais en riant. La campagne, en conclut Griffith, devait bien se passer. En tendant ses rênes à un page, il demanda :

— Où se trouvent le comte de Lincoln et ses hommes ?

Henri lui frappa l'épaule.

— Quelle plaisante entrée en matière !

Se rendant compte qu'il avait été un peu brusque, Griffith dit :

— Vous avez réclamé votre humble serviteur et j'ai

accouru à la vitesse de l'éclair, mon roi, dit-il en replaçant sa cape sur ses épaules. Où est Lincoln ?

Henri rit en secouant la tête. À l'assemblée, il déclara :

— Au moins, on ne peut accuser les Gallois d'être mielleux.

— Peut-être, mon roi, dit Oliver, les Gallois ont-ils besoin de sentir la terre galloise sous leurs pieds et d'avoir une belle femme entre leurs bras avant que le miel puisse couler de leur bouche.

Griffith regarda Oliver d'un air mauvais.

— Peut-être le secrétaire du roi devrait-il se taire s'il veut garder ses dents intactes.

Oliver renifla d'un air dédaigneux et demanda à voir la correspondance d'Henri, mais Griffith savait que le sujet n'était pas clos. Le secrétaire particulier d'Henri faisait plus que rédiger sa correspondance. Il passait au crible toutes les nouvelles, écartant les rumeurs infondées et gardant les informations importantes. Et la scène dont il avait été témoin au château était une pure pépite.

Henri rentra dans sa tente, suivi par Griffith et Oliver, puis par Art qui portait les sacoches de Griffith et les siennes.

Désignant un banc, Henri commanda :

— Asseyez-vous ici et prenez une collation. Votre écuyer, Art – c'est bien cela, n'est-ce pas ?

Art hocha la tête en souriant, flatté que le souverain se souvienne de lui.

— Art va vous servir pendant que je vous révèle l'endroit où se trouve Lincoln.

Griffith le remercia et s'assit, sans parvenir pour autant à chasser Marian de son esprit, à son grand désespoir.

Heureusement, Henri ne remarqua pas son air morose.

— J'ai appris que Lincoln voulait assiéger York, dit-il.

Pendant qu'Art lui servait de la bière et du pain, Griffith répliqua :

— Il faut l'en empêcher. Quand partons-nous ?

— Très bientôt. Cet après-midi. Mes soldats sont mieux équipés et mieux armés que ces rebelles. Et mes généraux sont plus expérimentés.

Henri prit son verre et trinqua avec Griffith.

— Mes troupes sont plus nombreuses. Deux fois plus nombreuses selon mes espions. Seule une monumentale bévue pourrait nous empêcher de triompher.

Griffith n'en était pas si certain. Il était suffisamment aguerri pour savoir qu'une bataille n'était jamais gagnée d'avance et suffisamment superstitieux pour se méfier de la confiance démesurée d'Henri.

— Il a suffi d'une monumentale bévue pour que Richard perde la vie à Bosworth, mon seigneur.

Les occupants de la tente retinrent leur souffle, surpris par l'audace de cette remarque, et Henri posa sa coupe.

— Parbleu, Griffith, quelle mouche vous a piqué ?

Griffith, se rendant compte qu'il était allé trop loin, voulut s'amender :

— Je n'ai que le désir, mon roi, de vous protéger des effets indésirables de la vantardise.

L'assemblée retint de nouveau son souffle, et Griffith poursuivit :

— Ce que je veux dire, mon roi, c'est qu'il faut prier Dieu qu'il nous accorde la victoire et non le défier avec des prédictions fanfaronnes.

— J'ai bien compris votre message, Griffith, et j'en tiendrai compte, soyez-en certain.

Puis le roi adressa un regard interrogateur à Oliver qui quitta sa table de travail pour venir le rejoindre.

Le secrétaire lui murmura rapidement quelque chose à l'oreille, avant de s'en aller.

— Qu'a-t-il dit ? demanda Griffith, inquiet.

— À votre avis ?

— Je vais l'épouser, s'empressa de répondre Griffith.

Il s'agissait encore d'une provocation, car son souverain avait le droit de s'opposer à cette union s'il le voulait. Mais il fallait qu'Henri prenne conscience de sa détermination. Néanmoins, l'air contrarié du souverain le peina.

— Cela fait presque un mois que vous avez quitté la cour. Pourquoi ne l'avez-vous pas encore épousée ?

— Parce qu'elle n'est pas encore d'accord pour m'épouser. Elle semble craindre – et Griffith regarda Henri droit dans les yeux – que vous vous en preniez à son fils.

Lentement, Henri caressa son menton et ses joues.

— J'ai besoin d'être rasé. Je déteste me lancer dans une bataille sans être absolument présentable. Sinon, cela affecte le moral des troupes. Art, sais-tu raser un homme sans le couper ?

Art s'inclina.

— Alors rase-moi, Art. Prends mon couteau, et va l'aiguiser comme il le faut.

— Si cela ne vous fait rien, mon roi, je préférerais utiliser le couteau de Sir Griffith. C'est moi qui lui ai offert il y a bien longtemps et il coupe mieux que n'importe quel autre.

Sans attendre la permission du roi, Art renversa le contenu de la sacoche sur le tapis royal et fouilla parmi les affaires.

— Art, que fais-tu ? demanda Griffith, exaspéré.

— Je cherche votre couteau.

— Es-tu devenu stupide, tout à coup ?

Griffith brandit le couteau devant Art.

— Tu sais très bien que je le garde toujours sur moi.

— J'avais oublié.

Après avoir rangé les affaires de Griffith, Art passa son pouce sur la lame.

— Juste quelques coups de pierre à aiguiser et ce sera parfait. Je reviens tout de suite.

— En attendant, apporte de l'eau chaude, demanda Henri à son écuyer. Et sortez tous, vous, je n'aime pas être rasé en public.

Henri pouvait se montrer autoritaire quand il le souhaitait, remarqua Griffith. À part lui, seul restait Oliver, qui semblait très concentré sur ses travaux d'écriture.

— En ce qui concerne Lady Marian Wenthaven… Elle n'intéresse la Couronne qu'en sa qualité d'amie très chère de la reine. Et son fils ne nous intéresse que parce que la reine est sa marraine.

— Elle est sa marraine ?

— Vous ne le saviez pas ?

— Non, mais cela fait sens.

Henri accueillit ce commentaire avec un royal mépris.

— Donc la reine s'inquiète pour Lady Marian et pour son fils, mais comme je le lui ai fait remarquer, Lady Marian a, pour la protéger, un père qui n'est pas, à notre connaissance, un traître.

— Pas encore, mon seigneur, marmonna Griffith.

— Pas encore, dites-vous ? Les bruits que j'ai entendus et selon lesquels Lord Wenthaven aurait recruté une armée de mercenaires gallois seraient-ils donc fondés ?

— J'ai pu le constater de mes propres yeux.

— Wenthaven a toujours été une épine dans mon pied. Il est intelligent, et il a des rêves qui dépassent de loin ceux que son humble naissance pourrait lui autoriser. Une fois cette bataille terminée, il faudra que je m'occupe du comte de Wenthaven. Si le père de Lady Marian se rebellait contre moi et qu'il était déclaré hors la loi, Lady Marian et son fils seraient sous ma royale responsabilité. Pour continuer à être un roi respecté, je suis tenu de punir tous les traîtres en leur coupant la tête et en confisquant les biens de leur famille. De ce fait, je serais obligé de m'occuper du sort du fils de Lady Marian. Comment s'appelle-t-il ?

— Lionel, mon seigneur.

Griffith était fasciné par cette péroraison royale. Et fasciné, également, par la clairvoyance de Marian.

— Lionel, répéta Henri avec une petite moue, comme s'il n'aimait guère ce nom. Mais comme je l'ai dit, Lady Marian est une amie de la reine, et la reine serait contrariée si je traitais ainsi son ancienne dame de compagnie et, bien sûr, son propre filleul. Donc si Lady Marian devenait l'épouse d'un royal sujet tel que vous…

Henri laissa sa phrase en suspens, et Griffith la termina sans hésiter.

— Elle ne craindrait rien et son héritage serait préservé ?

— Pour son *fils,* acquiesça Henri.

— Ah, mais Lady Marian a peur que si je l'épouse ce soit moi qui sois déclaré hors la loi.

— En cas de trahison de la part de son père ?

— Pour une raison ou pour une autre, avança prudemment Griffith.

— Vous pouvez rassurer Lady Marian en lui disant que vous êtes, pour l'instant, l'un des conseillers en qui j'ai le plus confiance. Si elle vous épousait, je vous traiterais avec tout le respect que requiert votre rang, même – et Henri regarda Griffith droit dans les yeux –

si vous quittiez la cour pour vous consacrer à vos terres et à rien d'autre.

Ce qui signifiait, conclut Griffith, qu'il serait relégué aux oubliettes lorsqu'il épouserait Marian. C'était le prix qu'il était prêt à payer pour son bonheur.

— Bien entendu, vous obtiendriez la compensation que vous méritez…

Henri semblait sincère, mais il restait vague, comme s'il savait que la compensation en question intéressait peu Griffith.

— Lady Marian a-t-elle le sens de l'honneur ? demanda-t-il, l'air préoccupé.

— Chez elle, le sens de l'honneur est excessivement développé, assura Griffith.

— Bien sûr, soupira Henri. La reine m'a parlé du soutien de Lady Marian durant ces mois de terreur à la cour de Richard. J'ignore comment mon épouse aurait survécu sans les conseils avisés et l'amitié indéfectible de son amie. Je l'ignore…

Il empoigna l'épaule de Griffith et la serra de toutes ses forces.

— Je vous la donne. Prenez-la. Prenez son fils. Protégez-les. Protégez-les de ceux qui voudraient les utiliser pour servir leurs propres intérêts. En ma qualité de roi, je vous confie cette mission. Je prie pour que vous la meniez à bien, car votre échec pourrait avoir de terribles conséquences sur la Couronne.

Ce n'était plus une péroraison royale. C'était l'appel d'un homme qui voulait protéger sa vie, son héritier, son trône.

— C'est ce que je ferai, mon seigneur. Mais je dois savoir : qui est réellement cet enfant ?

Le regard d'Henri ne trahit aucune émotion.

— Eh bien, il est le fils de Lady Marian.

Le visage froid et fermé d'Henri empêcha Griffith d'insister.

— Oliver ! appela le roi.

Le secrétaire se leva aussitôt.

— Écrivez à Lady Marian tout de suite pour l'inviter à venir nous rejoindre. Et nous célébrerons les noces de Sir Griffith à la cour.

Henri adressa un sourire bienveillant à Griffith.

— Même si son père est riche, je contribuerai moi-même à la dot de la mariée.

Griffith était circonspect.

— Je ne sais pas…

— Elle viendra. Il faut seulement que nous choisissions notre messager avec soin. À qui fait-elle confiance ?

— À Art, répondit Griffith.

Art passa sa tête à l'intérieur de la tente.

— Vous m'avez appelé ?

— Art, fit Henri en passant son bras autour des maigres épaules du serviteur. Art, d'après Griffith, Lady Marian te fait confiance.

Art acquiesça d'un air méfiant.

— Donc tu es tout désigné pour l'amener auprès de l'élu de son cœur afin que nous puissions célébrer le mariage de Lady Marian et de Sir Griffith. Oh ! mais où avais-je la tête ?

Henri fronça les sourcils.

— Elle est la fille d'un comte, donc elle porte le titre de « Lady », alors que Griffith n'est que « Sir ». Nous allons devoir y remédier. Oliver, prenez note. Il faut un titre à Sir Griffith.

— Oui, mon seigneur, acquiesça Oliver, avec cet air impassible dont il ne se départait jamais.

— Henri, ce n'est pas nécessaire, protesta Griffith.

— Bien sûr que si, rétorqua Henri. Vous m'avez servi fidèlement, et la mission que je vous ai confiée n'est pas sans danger. Mais dis-moi, Art, combien de temps cela te prendra-t-il d'aller au pays de Galles et de revenir avec Lady Marian ?

— Tout dépend de notre destination, répondit Art, peu sûr de lui.

— J'ai l'intention de rentrer à Kenilworth après cette bataille. Si, bien sûr, grâce à Dieu, nous l'emportons, ajouta-t-il après avoir regardé Griffith. Conduis-la là-bas.

— Avec l'enfant, dit Art, il faudra donc sans doute compter douze jours de voyage.

Henri serra le bras d'Art un peu trop fort.

— N'emmenez pas l'enfant. Mon royaume n'est pas aussi sûr que je le souhaiterais, et c'est au château Powel qu'il sera le plus en sécurité.

— Je ne sais pas si elle viendra sans Lionel, dit Art.

— C'est un ordre royal, répondit Henri.

Art adressa un regard suppliant à Griffith, qui se contenta de hausser les épaules.

— Il n'y a que toi qui puisses réussir à la convaincre, Art.

— Il y parviendra, conclut le roi, qui ne semblait pas douter un seul instant des talents d'Art.

Puis il se pencha pour ramasser quelque chose.

— Qu'est-ce donc ?

À ses doigts pendait une bourse en cuir rouge ouvragé, fermée par un ruban doré.

— Cette bourse était dans les sacoches de selle de Griffith, expliqua Art. Elle a dû tomber quand je les ai ouvertes.

Griffith lui adressa un regard suspicieux, mais il prit

la bourse et l'ouvrit. Dans sa paume roula un caillou gris, semblable aux pierres dont était bâti le château Powel. Plus lentement, il extirpa une masse brillante, dont il reconnut tout de suite la couleur. En la tenant par une extrémité, il déroula une longue tresse rousse, qui captura les rayons du soleil, en même temps que le cœur de Griffith.

Henri toucha la tresse étincelante.

— Le cadeau de votre lady ?

— Je… J'imagine…, bredouilla Griffith, ému. Oui, c'est le cadeau de ma lady. Elle veut que je sois aussi fort que Samson.

— Et la pierre ?

Griffith regarda Art, qui fixait le toit de la tente d'un air innocent.

— Je ne sais rien, dit Art. Mais je suppose que la pierre doit servir à vous rendre aussi immortel que les collines galloises.

— Je suppose que tu as raison.

Griffith essayait de paraître sarcastique, mais en réalité il ne parvenait pas à cacher son attendrissement.

— Pourquoi n'ai-je pas trouvé cette bourse plus tôt ?

— Je ne sais, mais Lady Marian ne voulait sans doute pas que vous la trouviez trop longtemps avant la bataille, de peur que la magie n'opère pas.

Quand Griffith fut en état de ranger la bourse sous sa chemise, Art dit à Henri :

— J'ai aiguisé le couteau, mon seigneur. Votre écuyer attend dehors avec de l'eau chaude. Êtes-vous prêt à vous faire raser ?

— Me faire raser ? rétorqua Henry, en fronçant les sourcils. Je m'en vais guerroyer, et non courtiser une donzelle. Pourquoi voudrais-je me faire raser ? Ce que je veux, c'est que tu partes pour ta mission.

— Maintenant ? demanda Art, chancelant.

— Bien sûr que non ! Ton cheval a besoin de repos. Néanmoins cela me désole que tu doives attendre…

Henry pianota du bout des doigts sur la table, puis son visage s'éclaira.

— Tu vas aller trouver mon maître palefrenier avec mon sceau royal, afin qu'il te donne le meilleur cheval disponible, et tout l'équipement nécessaire pour un voyage de quatre jours.

— Cinq, corrigea Griffith.

Henri ignora la remarque.

— Ah, Art, quelle aventure tu vas vivre, dit-il plutôt. J'envie cette chance qui t'est offerte de revoir notre cher pays de Galles.

— J'ai l'impression de l'avoir à peine quitté, marmonna Art.

Chapitre 13

— « La bataille se déroule comme nous l'avions espéré. La lutte fut ardue, mais la supériorité de notre armée et de notre équipement a vite été flagrante. »

Enjoué et souriant, Henri leva les yeux du compte rendu qu'il était en train de lire.

— Il semblerait, Griffith, que Dieu favorise bien ceux qui ont su se préparer.

Frustré, Griffith frappa la table avec ses gants en cuir. Il faisait les cent pas, levant bien les pieds à chaque enjambée. L'armure qui couvrait ses jambes rendait chaque pas compliqué et bruyant.

Mais Griffith ne le remarquait pas. Pas plus qu'il ne remarquait la façon dont le soleil matinal le faisait cuire dans son armure, ni la sueur qui coulait à grosses gouttes de son front. Il ne remarquait même pas les soupirs exaspérés d'Oliver King, ni les regards éloquents avec lesquels communiquaient entre eux les membres de l'état-major d'Henri. Ne supportant plus cette inaction, il cherchait les mots pour convaincre son roi de le laisser participer à la bataille.

— Dieu m'a fait une faveur, mon suzerain, en me plaçant sous votre royal patronage, mais j'aimerais avoir la possibilité d'éradiquer vos ennemis de la surface de la terre.

Sans paraître touché par les efforts déployés par Griffith pour se montrer éloquent, Henri roula le parchemin.

— Bedford et Oxford ont la situation bien en main.

La cuirasse de Griffith brillait sous les rayons du soleil. Il tenait fermement son heaume sous son bras et serrait les dents. Il voulait se battre. Il avait besoin de se battre. Cela faisait des jours que la frustration s'accumulait en lui. D'abord parce qu'il avait cru que Marian ne se souciait pas de son sort. Ensuite parce que, maintenant qu'il savait que c'était faux, c'était Art qui était parti la rejoindre. Et à présent, Henri insistait pour l'écarter de la bataille.

Mais Henri n'était pas aussi obtus qu'il le laissait paraître.

— Vous savez que j'ai raison. C'est idiot d'engager plus d'hommes que nécessaire. Dieu nous favorise. Remercions-le et ne faisons pas montre de fierté masculine mal placée.

Était-ce de la fierté masculine mal placée que de vouloir évacuer la frustration en se battant ?

— J'ai davantage besoin de votre assistance auprès de Lady Marian que sur le champ de bataille, poursuivit Henri.

— Je sais.

— Mais si cela peut vous empêcher de bouder, dit Henri en soupirant, allez-y.

Sans le poids de son armure, Griffith aurait sauté de joie.

— Mais, ajouta Henri en levant un doigt sévère, ne vous jetez pas dans le cœur de la bataille. N'y allez qu'en messager. Observez la situation et transmettez-moi les dernières informations.

— À vos ordres, my lord.

— Je n'aimerais pas qu'il arrive quoi que ce soit de fâcheux à mon plus loyal conseiller.

— Ne craignez rien, mon seigneur, dit Griffith avant d'enfiler son heaume.

Puis il se précipita en selle, et galopa à bride abattue vers Rampire Hill, la colline où avaient lieu les combats. Une fois sur le champ de bataille, il souleva sa visière et regarda autour de lui. À son grand dam, il allait être très compliqué pour lui de se battre. Le combat ne consistait plus qu'en quelques affrontements singuliers, et les hommes d'Henri avaient déjà fait de nombreux prisonniers.

Les drapeaux des commandants ennemis n'étaient nulle part visibles.

— Soit ils se sont enfuis, soit ils sont morts, murmura Griffith.

En observant mieux, il constata qu'on se battait encore âprement sur le flanc de la colline, et il décida d'y aller voir. Non pas pour désobéir à Henri, bien sûr, mais simplement pour pouvoir dresser le rapport le plus complet possible. Alors qu'il approchait, il entendit une clameur confuse où se mêlaient des cris en gaélique, en allemand et en gallois.

Tout en éperonnant son cheval, Griffith détacha ses armes : sa lance, sa masse, et son épée à deux mains. Deux cavaliers gallois se battaient, debout, contre une douzaine d'étrangers qui les encerclaient et les attaquaient avec prudence. Ils voulaient leurs armures, Griffith le savait, et ils faisaient attention à ne pas les abîmer. C'était la seule chose qui pour l'instant avait permis à ses compatriotes d'avoir la vie sauve. Mais leurs cris avaient attiré l'attention, et trois chevaliers anglais galopaient vers eux.

Il y serait le premier.

— Meurs, vermine ! entendit-il hurler. Va brûler en…

Griffith abaissa sa lance et transperça un mercenaire, alors qu'un chevalier gallois chancelait. Abandonnant sa lance, il reprit la direction du combat. L'un des deux Gallois était mort, et, alors qu'un mercenaire s'apprêtait à porter le coup fatal à celui qui était encore debout, les autres se regroupèrent pour se protéger de Griffith.

Griffith leva sa masse et l'abattit sur un casque, fracassant le crâne de son propriétaire. Mais un mercenaire parvint à le faire tomber de son cheval. Alors que, lentement, il se relevait, les chevaliers anglais arrivèrent à la rescousse pour distraire les mercenaires. Griffith brandit son épée à temps pour parer l'attaque d'un Irlandais enragé.

Le sang de Griffith se mit à chanter dans ses veines, il se fendit d'un large sourire et utilisa sa grande taille et son poids pour faire tomber l'Irlandais. Il s'apprêtait à lui administrer le coup de grâce quand un cri de guerre allemand l'alerta de la proximité d'un danger.

Un mercenaire allemand le chargeait. Il était grand – comme Griffith – et maniait l'épée avec dextérité. Il était bien mobile, et s'il était encore en vie, c'était clairement grâce à un mélange de force et d'agilité.

Il était parfait pour Griffith.

Griffith souriait toujours, mais bientôt son sourire se mua en grimace. Il pressentait que, après cette victoire décisive, Henri ne devrait plus avoir à se battre longtemps pour asseoir la dynastie des Tudor. Et même si ce n'était pas le cas, Henri se passerait de ses services, comme il le lui avait fait comprendre. C'était donc la dernière grande bataille qu'il mènerait, et il était bien décidé à la savourer pleinement.

Le mercenaire allemand semblait le savoir. Il rit sous son casque et se battit avec un regain de vigueur. Les épées s'entrechoquèrent dans un grand fracas, couvrant presque le tumulte des autres combats.

Pour chaque coup, l'Allemand avait une parade. Pour chaque moulinet, Griffith avait une esquive. Le combat s'éternisait, et ses bras commençaient à trembler sous le poids de l'épée. Il remarqua avec satisfaction que la lame de son adversaire frémissait aussi. Ses oreilles bourdonnaient. Son dos le brûlait. Ses réactions étaient plus lentes. Mais Griffith souriait toujours, car l'Allemand ne parvenait pas à prendre le dessus. Griffith faiblissait, mais son ennemi faiblissait avec lui.

Au bout d'un moment, on aurait dit qu'ils se battaient au ralenti. Toutes les attaques étaient portées avec une précaution extrême, et, avec la double protection de l'armure et de la cotte de mailles, elles se faisaient à peine sentir. Griffith commençait à se demander quand le combat prendrait fin. Faudrait-il attendre que les deux guerriers tombent d'épuisement ?

Rassemblant ses forces, il visa le cou de l'Allemand et s'apprêta à frapper. S'il se heurtait à la fine barrière du gorgerin, son adversaire serait au moins assommé.

Mais il ne se heurta à rien. L'Allemand vacilla et tomba en arrière. Griffith, emporté par son élan, perdit lui aussi l'équilibre et chut. En soulevant la tête, il regarda l'Allemand.

Le mercenaire releva sa visière et le dévisagea à son tour, avant d'éclater de rire.

— Je me rends, dit-il en allemand.

Griffith ne comprit pas un mot, mais il reconnut

les gestes. Il savait de toute façon que c'était le seul dénouement possible. Le mercenaire combattait sur le sol anglais. Il n'avait d'autre choix que de se rendre, et il avait trouvé en Griffith un adversaire digne de recevoir son épée.

Griffith signifia son accord, et tenta de se relever. À cause de la chute, son armure était de guingois et il avait l'impression d'être une tortue sur le dos, incapable de se retourner.

Il venait pourtant d'y parvenir quand une voix s'écria, en anglais :

— Attention !

Griffith vérifia instinctivement la position de son prisonnier. L'Allemand ne représentait aucune menace, mais son regard horrifié fit lever la tête à Griffith.

Le guerrier irlandais, ensanglanté, moribond, se tenait debout au-dessus de lui et s'apprêtait à abattre on épée sur sa tête. Alors que Griffith le fixait, comme pétrifié, l'homme fit tomber la lame vers son visage. Griffith leva le bras, mais l'armure ne fit que dévier le coup. La lame entailla sa joue. Le sang jaillit comme une fontaine devant ses yeux. Il entendit un hurlement de douleur et s'étonna d'avoir crié.

Quand sa vision s'éclaircit, il vit l'Allemand, debout, et l'Irlandais embroché sur son épée.

Finalement c'était arrivé, songea Griffith. Il s'était fait tuer. Quelque chose couvrait ses yeux, mais il voyait toujours le soleil. Il dansait devant ses yeux et le réchauffait. Des points noirs et rouges brouillaient sa vision, mais il avait de plus en plus chaud. Il posa la main sur son cœur, là où se trouvait le présent de Marian et il vit, telle une apparition céleste, les vertes collines galloises, les pierres grises de son château, et il imagina son amour en train d'attendre patiemment son retour. Marian observait les côtes galloises en se demandant si elle reverrait Griffith un jour.

Griffith. Un homme intègre, fort et sûr, mais si loin d'elle. Griffith en train de se battre pour l'homme qu'il servait. Il allait triompher. Personne ne pouvait tuer un guerrier aussi robuste et vigoureux que lui. Personne ne pouvait tuer… Elle couvrit son visage de sa main.

— Vous feriez mieux de le tenir avant qu'il ne fasse une bêtise, lança le vieux marin.

Elle rattrapa Lionel alors qu'il allait basculer par-dessus bord. Il se débattit, mais elle le ramena sur le siège situé à la poupe et l'enserra de ses bras.

— Non, maman ! Lionel nager, insista-t-il.

— Non, Lionel pas nager. Lionel rentrer à la maison.

Il réfléchit un moment, puis son visage s'éclaira.

— Chez grand-père Rhys ?

Le marin rit et les observa d'un air satisfait. Il la mettait mal à l'aise avec sa malveillance évidente. Et Lionel lui donnait envie de pleurer en affichant ainsi ses préférences.

Rhys n'était pas son grand-père, contrairement à Wenthaven, mais c'était lui qui avait chéri Lionel comme un petit-fils adoré, et non Wenthaven. Il avait donné tant d'amour à Lionel que, pour la première fois depuis sa naissance, quelqu'un l'avait supplantée dans le cœur de son enfant. Cela avait été étrange d'observer Rhys et Lionel ensemble, de se rendre compte à quel point Lionel avait besoin d'une présence masculine, de savoir qu'avec Rhys comme grand-père et Griffith comme père Lionel deviendrait courageux et valeureux.

Oui, il deviendrait courageux et valeureux. Mais il pourrait aussi devenir plus que cela, s'il en avait la chance.

Pourquoi Dieu avait-il mis Griffith sur son chemin ? Avant de le rencontrer, elle n'avait jamais douté. Elle avait osé rêver de grandeur, de justice, pour elle et pour son fils.

Mais la fréquentation de Griffith avait fait naître en elle un autre rêve. Griffith était-il un don de Dieu, ou une tentation diabolique ?

Durant cette première nuit passionnée, Griffith s'était révélé être une tentation, et elle avait été sage d'avoir pris la fuite. Dieu la récompenserait. C'était ce qu'elle avait cru.

Pourtant, lorsqu'il l'avait conduite au château Powel, sa situation était devenue pire encore. Elle ne croyait pas à l'amour. L'amour était impossible, et il avait été presque facile d'éconduire Griffith. Mais vivre avec les parents de celui-ci lui avait fait paraître le bonheur tangible. Malgré des débuts difficiles, Rhys et Angharad étaient heureux ensemble. Ils s'aimaient. Et les voir tous les deux avait presque donné à Marian l'envie de faire passer son propre bonheur avant les droits de son fils.

C'était pour cette raison qu'elle était partie. Même si elle s'en était voulu de s'enfuir sans un mot pour Angharad ni Rhys, ils avaient fait publier les bans, et elle ne pouvait pas…

— C'est mieux aussi de le tenir éloigné des rames, my lady, ou bien je risque de le heurter et de le faire tomber à l'eau.

Marian rapprocha Lionel d'elle en le tirant par le col et regarda le Gallois avec une légère gêne.

Dolan avait sillonné les côtes anglaises, lui avait-il dit. Il avait gagné pas mal d'argent, puis il était rentré chez lui, au pays de Galles, où la vie ne coûtait rien et où cela était égal à tout le monde qu'il n'ait plus que cinq doigts sur dix. Alors elle l'avait engagé pour qu'il la ramène dans sa barque jusqu'en Angleterre. Mais elle se demandait à présent si elle n'avait pas été un peu impétueuse.

C'était peut-être vrai qu'il avait sillonné toutes les côtes anglaises, mais ses activités n'avaient pas forcément été très honnêtes. Il était plus probable qu'il ait *écumé* les côtes anglaises, en tant que pirate, et qu'il se soit enrichi en dépouillant des innocents, n'hésitant pas à se battre pour s'emparer des biens d'autrui, d'où ses doigts en moins... Et maintenant qu'elle était entre ses mains et qu'elle ne pouvait lui échapper, qui disait que ses instincts sauvages n'allaient pas prendre le dessus ?

Mais Marian ne pouvait laisser personne l'empêcher d'accomplir ses rêves, fût-il un vieux Gallois patibulaire. Et puis elle savait se défendre et se battre. Elle regarda Dolan ramer puis, en battant des cils et en souriant, elle dit :

— Vous êtes très fort. Vos bras doivent être très musclés.

Il la fixa d'un air suspicieux.

— La plupart des hommes que je connais sont des lords, et ils sont bien chétifs à côté de vous. Ils sont uniquement capables de soulever un crayon. Pas comme vous, qui tirez sur des cordes, hissez cette lourde ancre, et ramez du matin au soir.

— Cessez vos flatteries idiotes, vous valez bien mieux que cela.

— Ah oui ? Et qu'en savez-vous ?

— Je sais qu'il faut en avoir dans le crâne pour planifier une évasion depuis le château Powel. Si vous étiez partie à pied, ils vous auraient rattrapée.

— Oui, reconnut-elle, en se remémorant son périple pour arriver jusqu'au château.

— Mais un bateau ne laisse pas de trace. Et vous avez pensé à tout cela. Tout comme vous avez pensé à engager quelqu'un qui n'irait pas tout raconter à Lord Rhys. Donc arrêtez d'essayer de me faire croire que vous êtes idiote.

Il lui adressa un regard méprisant, sans qu'elle comprenne bien pourquoi. Il souriait, mais sans aucune bienveillance. Du diable, il n'avait sans doute pas que la beauté.

— Monsieur, dit Lionel en montrant Dolan du doigt et avec un grand sourire. Gentil monsieur.

Comme s'il avait été insulté, Dolan adressa un regard noir à Lionel.

— Est-ce qu'il a dit que j'étais gentil ? Je ne suis pas gentil.

— Grand-père, insista Lionel, qui semblait décidément conquis par Dolan. Grand-père à moi.

— Non, trésor, ce n'est pas ton grand-père.

Elle sortit un morceau de pain de son sac et le tendit à Lionel pour essayer de le faire taire. Cela fonctionna un moment, puis, dès que Lionel eut fini sa première bouchée, il recommença à regarder Dolan avec idolâtrie.

— Qu'est-ce que tu regardes comme ça ? demanda méchamment Dolan.

— Grand-père… Rhys ?

Dolan se leva brusquement, ce qui fit tanguer l'embarcation.

— Je ne suis pas Rhys ! Tu m'entends ? Je ne suis pas Rhys. Je suis Dolan.

Devant cet accès de rage, Marian prit peur, et elle vérifia subrepticement la présence de son couteau dans sa manche. Lionel, quant à lui, continuait d'observer Dolan avec grand intérêt.

— Grand-père Dolan, déclara-t-il au bout d'un moment.

En se rasseyant, Dolan demanda à Marian :

— Ne pouvez-vous pas faire taire ce gamin ?

— Apparemment non, avoua-t-elle. Pourquoi avez-vous accepté de m'emmener ?

— Pour l'argent, dit-il en reprenant les armes, et en surveillant Lionel d'un air méfiant. On n'a jamais assez d'argent.

— Et ?

— Vous avez peur que je vous viole ? demanda-t-il avant d'émettre un petit ricanement. Non, je vous rassure, c'est après Rhys que j'en ai, pas après son fils. Et si je violais la promise de Griffith, je ne donnerais pas cher de ma peau. Non, je ne vous violerai pas, à condition que vous me payiez le double de ce que vous m'avez promis. Je n'aime pas les femmes trop maigres.

Il jura quand Lionel se leva et tendit les bras vers lui.

— Et je n'aime pas les mioches, alors ne le laissez pas approcher.

Marian voulut attraper Lionel, mais il était trop rapide. En tendant son quignon de pain tout mâchouillé devant le visage de Dolan, il dit :

— Grand-père Dolan manger.

Marian voulut ramener son fils à elle, mais quelque chose l'en empêcha. L'expression étrange qui se lisait sur le visage de Dolan, sans doute, ou la façon dont il regardait Lionel, comme un matou sur le point d'adopter un chaton. Il entrouvrit les lèvres, puis, lentement, il prit un morceau de pain.

Un seul, et pas beaucoup plus gros qu'une miette,

mais Lionel fut satisfait, et Marian ressentit un immense triomphe. Pour seulement deux fois le prix qu'elle avait promis, elle venait de s'assurer une traversée sans danger pour elle et son fils. Elle n'aurait pas à craindre pour sa vertu, et Dolan… Eh bien, Dolan était bien parti pour s'ajouter à la liste des conquêtes de Lionel.

Son entreprise allait peut-être être couronnée de succès, après tout.

Quelques heures plus tard, alors qu'elle regardait le vieux marin s'éloigner, elle n'était plus si enthousiaste.

— Je suis heureuse de te voir partir, dit-elle au bateau en train de disparaître. Tu es un méchant homme.

Dolan ne fit même pas un signe de la main quand Lionel cria :

— Grand-père ! Grand-père !

— Méchant, méchant homme, insista Marian, en espérant presque que Lionel répète ses mots.

Mais il ne le fit pas. Il se contenta de s'asseoir en pleurant.

Elle le releva et sécha ses larmes. Ses pieds s'enfonçaient dans le sol marécageux, et ses sacs étaient empilés par terre à côté d'elle. Sa bourse était sensiblement plus légère, grâce à Dolan, qui semblait avoir vite regretté son moment de faiblesse.

À présent, il lui fallait un cheval, et pas trop cher.

Pire encore, il lui fallait une destination.

Qui en Angleterre était susceptible de l'aider ? Son père ?

Oui, son père l'aiderait, mais seulement dans son propre intérêt. Qui protégerait Lionel, alors ?

Elle, Lady Marian Wenthaven, il n'y avait qu'elle. Mais elle en était capable. Elle possédait la force nécessaire.

Elle prit ses sacs et, accompagnée de son fils, se mit en route vers le château de son père.– Elle est partie ?

Art n'arrivait pas à y croire, mais la mine sombre de Rhys ne laissait planer aucun doute.

— Et vous n'avez pas réussi à la retrouver ?

— Nous l'avons cherchée pendant trois jours, et nous n'avons trouvé aucune trace d'elle. Comment a-t-elle pu aller si loin avec un enfant ? s'interrogea Rhys, avant de frapper du poing sur le mur de l'écurie.

— Je ne comprends pas, marmonna Art, perplexe. Quand je suis parti, elle m'avait remis un cadeau pour Griffith, et je pensais que tout était arrangé. À présent...

— Les femmes sont des êtres incompréhensibles, dit Rhys.

— Oui, je l'ai toujours dit, acquiesça Art.

— Taisez-vous donc, vous deux, lança Angharad qui venait de les rejoindre dans l'écurie. Nous savions très bien que Lady Marian était réticente au sujet de ce mariage, mais nous n'avons pourtant pas hésité à publier les bans, car nous étions euphoriques de voir Griffith fou d'elle. C'est très facile à comprendre, au contraire. Mais ce sera difficile à arranger.

Passant son bras sous celui d'Art, elle dit :

— Tu la connais mieux que nous, Art. Dis-nous ce que tu en penses.

— Qu'est-ce qu'Art pourra faire que je n'aie déjà fait ? demanda Rhys, d'une voix vexée.

— Nous dire où elle est partie, peut-être, rétorqua Angharad.

Art regarda tour à tour Angharad et Rhys. Il savait qu'il était sale et que son visage devait ressembler à de vieux morceaux de cuir tanné mis bout à bout, mais il était certain d'être dans un moins mauvais état que

Rhys. Les yeux du vieux lord étaient injectés de sang, ses bras pendaient, ballants et tremblants, et il ne parvenait qu'avec peine à parler.

— J'ai cherché partout où elle avait pu aller.

— Alors cherche où elle n'a pas pu aller ! Tu ne comprends donc pas…

Angharad s'interrompit et posa la main sur sa joue.

— Je n'arrive pas à croire que nous sommes en train de nous disputer. Cela fait trois jours entiers que tu cherches, Rhys. Tu es fatigué, et tu n'es plus en état de réfléchir. Va te reposer et laisse-nous, Art et moi, retrouver Lady Marian.

— Très bien. Trouvez donc Lady Marian, Art et toi. Réussissez là où j'ai échoué, Art et toi.

Rhys, qui s'était dirigé vers la porte, se retourna.

— Mais je peux vous dire où elle n'est pas. Elle n'est pas sur la route qui va en Angleterre. Elle n'est pas au monastère de Saint-Asaph. Et elle n'est pas avec cette troupe de mercenaires qui hante la région, car j'ai personnellement parlé à leur chef, Cledwyn, et je les ai fait décamper.

— Cledwyn ? demanda Art. Vous avez dit Cledwyn ?

— Oui, répondit Rhys, tout de suite moins amer. Tu connais cet homme ?

— Il travaillait pour Wenthaven, et il y a fort à parier qu'il soit dans les parages à cause de Lady Marian. Vous êtes sûr qu'elle n'était pas à leur campement ?

— Sûr et certain.

— J'aimerais tout de même rendre une petite visitc à cc cher Cledwyn.

Rhys secoua la tête.

— Impossible, ils ont levé le camp dès que je leur ai parlé.

— Peut-être, dit Angharad, s'apprêtait-il à poursuivre Lady Marian.

— Ils s'apprêtaient à poursuivre une illusion, alors.

Rhys reprit son ton impatient.

— Elle n'a laissé aucune trace derrière elle, vous dis-je. Elle n'a pas pris de cheval, elle ne se cache pas au château, et – et il pointa un doigt accusateur vers Angharad – elle ne s'est pas enfuie par la mer.

Il sortit de l'écurie, la tête haute, et Angharad se tourna vers Art.

— J'ai émis cette hypothèse, et il est en colère de ne pas y avoir pensé lui-même. Je pense quant à moi que cela vaut le coup d'aller interroger les pêcheurs de la région.

Ils sortirent de l'écurie à leur tour, et Art vit à quel point Angharad paraissait éprouvée elle aussi. Touché, il la serra dans ses bras pour la réconforter.

— Vous n'avez pas à vous sentir coupable. Cette demoiselle est une forte tête.

— Au contraire, j'ai toutes les raisons de me sentir coupable, répondit Angharad. Je savais ce qu'elle ressentait, mais, parce que j'étais heureuse que Griffith ait enfin retrouvé l'amour, je ne me suis pas rangée de son côté.

— Moi aussi, j'ai fait tout ce que j'ai pu pour qu'ils tombent dans les bras l'un de l'autre, et je ne vais certainement pas abandonner maintenant.

D'une voix plus que jamais déterminée, il demanda :

— Dites-moi pourquoi vous pensez qu'elle a pu fuir par la mer.

— Tout simplement parce qu'il est impossible que Lady Marian soit partie par voie terrestre sans laisser de trace derrière elle. Rhys est un fin limier, il l'aurait forcément retrouvée. Donc, il reste la mer.

Art regarda en direction du village de pêcheurs. Il comprenait que Rhys ait du mal à accepter cette éventualité.

— Les pêcheurs sont vos gens. Ils n'auraient jamais emmené la promise de Griffith, ni si c'était elle qui le leur avait demandé, ni si c'était quelqu'un d'autre.

— Non, pas les pêcheurs, en effet, admit Angharad avec un sourire presque malicieux. Mais est-ce que tu te souviens de Dolan ?

— Est-ce que je me souviens de Dolan ? s'exclama-t-il. Bien sûr que je me souviens de Dolan. De la mauvaise graine. C'est lui l'écuyer qui a osé vous faire la cour.

— En effet.

— Rhys l'a chassé il y a des années.

— Oui, et cela l'a dissuadé de vouloir être un chevalier : il est devenu marin.

— Êtes-vous en train de dire qu'il est de retour ?

— Depuis plus d'un an. Et il est plus mauvais que jamais.

— Je suis surpris que Rhys ne l'ait pas tué.

— Vraiment ?

— En fait, pas tant que cela. Tuer son frère…

— Son demi-frère, corrigea Angharad.

— Tuer son demi-frère n'est pas quelque chose que Rhys serait capable de faire.

— Et Dolan le sait très bien.

Angharad passa de nouveau son bras sous celui de Rhys et l'emmena vers le village.

— C'est pourquoi je pense que nous devrions l'interroger au sujet de Lady Marian.

Chapitre 14

Le craquement d'une branche dans les bois qui bordaient la route fit se retourner Marian. Elle posa la main sur la bouche de Lionel, mais il ne se laissa pas faire.

— Pourquoi, maman, pourquoi ?

Elle tira sur les rênes pour empêcher son cheval de continuer son chemin et inspecta le sous-bois. Elle ne vit rien, mais elle s'était rendu compte qu'elle représentait une cible facile pour les brigands et scélérats de tout poil.

Même s'il n'y avait rien de suspect, elle conduisit le vieux cheval dans les buissons de l'autre côté de la route et l'attacha solidement à une branche. Lionel, lui, répétait toujours la même question.

— Pourquoi, maman, pourquoi ?

— Tais-toi, Lionel.

Elle le fit descendre de selle et s'enfonça dans les bois.

— Maman va te porter.

Il était d'accord, le pauvre petit bonhomme. Plus que d'accord. Il avait été arraché à la seule maison qu'il ait jamais connue, traîné jusqu'au pays de Galles, confié à Angharad et Rhys pendant qu'elle était malade, et il venait de s'habituer à eux quand elle l'avait de nouveau obligé à partir. Ces deux jours de voyage l'avaient épuisé, l'attaque de la veille l'avait perturbé, et il semblait douter des capacités de Marian à le protéger.

Il enfouit sa tête dans son cou et son cœur se mit à saigner quand elle le sentit trembler. Elle tendit de nouveau l'oreille, mais n'entendit rien à part les gémissements du cheval qui essayait de se libérer pour rentrer chez lui.

— Maman, murmura Lionel.

Elle frotta son dos.

— Chut, Lionel.

— Maman… Art.

— Non, mon bébé, Art n'est pas là. Art est loin.

Lionel leva la tête et la tendit en direction des arbres.

— Art, insista-t-il. Art ! Art !

À chaque répétition, sa voix devenait plus forte, et il se balançait dans ses bras.

— Art ! Art !

À la fois incrédule et désireuse de le croire, elle observa le sous-bois sombre. Il n'y avait rien. Rien qu'un vieux tronc d'arbre vermoulu avec des trous qui ressemblaient à des yeux. Elle tapota de nouveau le dos de Lionel en s'en approchant.

— Non, Lionel, tu vois ? C'est juste…

Soudain, comme un esprit prenant vie, le tronc bougea. Elle recula en chancelant, prit son pied dans une racine, et tomba en arrière avec Lionel dans ses bras. Il atterrit sur le ventre de Marian, qui eut le souffle coupé, et s'échappa avant qu'elle puisse le rattraper.

— Art ! hurla l'enfant.

— Lionel ! cria-t-elle, alors que l'homme-arbre prenait son fils dans ses bras.

L'homme-arbre avança et elle se releva, prête à se battre contre cet esprit malin pour sauver son fils. Mais le tronc parla d'une voix qu'elle reconnut tout de suite :

— Mes salutations, my lady.

Art se plaça dans la lumière, et sourit, comme s'ils venaient simplement de se croiser dans la grande salle du château Powel.

— Quelle surprise de vous rencontrer ici.

Marian posa la main sur sa poitrine. Son cœur battait si fort qu'il faisait trembler ses doigts. Ou bien étaient-ce ses doigts qui tremblaient d'eux-mêmes ?

— Art, où est… ? demanda-t-elle, hésitante, en regardant l'homme qui se tenait derrière Art.

Ce n'était pas Griffith. Elle en était sûre et certaine. Pourtant cette silhouette lui était familière aussi.

Dolan sortit alors de l'ombre à son tour et esquissa une révérence moqueuse.

— Serviteur, my lady, lança-t-il.

— Que faites-vous ici ? demanda Marian, mais Dolan avait déjà tourné le dos et reculé. Que faites-vous ici ? répéta-t-elle, en s'adressant à Art cette fois.

— J'arrive du château de Wenthaven.

Elle s'attendait à tout sauf à cette réponse.

— Que faisiez-vous là-bas ?

— Je vous cherchais.

— Seigneur Dieu.

Puis, aussitôt, elle attrapa le poignet d'Art.

— Griffith est-il blessé ?

Art sourit d'un air satisfait.

— Il allait bien quand je l'ai laissé à Stoke. Mais, bien sûr, c'était avant la bataille.

— Vous l'avez quitté avant la bataille ? Art, comment avez-vous pu faire une chose pareille ?

Art reposa Lionel et avança pour regarder Marian droit dans les yeux.

— Êtes-vous en train de m'accuser de l'avoir abandonné alors qu'il était en détresse, my lady ?

— Je…, bredouilla-t-elle en détournant le regard. Non, Art, bien sûr que non.

— Tant mieux. Car, venant de votre part, ce serait une accusation fort déplacée, ne pensez-vous pas ?

Elle n'avait jamais entendu Art parler sur ce ton mordant, et cela ne fit qu'accroître le sentiment de culpabilité qui la dévorait.

— Avez-vous eu des nouvelles de la bataille ?

— Il se dit un peu partout que l'armée d'Henri a facilement triomphé de son adversaire, et que le roi est rentré à Kenilworth pour se reposer.

— Mais rien en particulier sur Griffith ?

— Non, malheureusement…

— Évidemment…

Déçue et inquiète, elle se dirigea vers un vieux chêne à l'écorce rugueuse et enserra son tronc comme s'il s'agissait de son amant.

— Vous… Comment avez-vous su que j'avais quitté le château Powel ?

— Ce sont Lord Rhys et Lady Angharad qui me l'ont dit. Ils étaient très peinés et inquiets, pour vous, et pour Lionel.

— Vous ne pouvez pas avoir voyagé de Powel à Stoke, être retourné à Powel, et maintenant être ici en neuf jours seulement. C'est…

Elle avait envie de dire « impossible », mais elle regarda Art et s'interrompit. Il avait l'air épuisé, amaigri, et paraissait plus vieux de plusieurs années.

— Où pensiez-vous aller ? demanda-t-il, comme s'il en avait le droit. Vous enfuir ainsi durant la nuit comme une voleuse !

Son accusation la mit hors d'elle.

— Vous êtes comme tous les hommes ! Vous m'interrogez sur ma destination et mes intentions, comme si je n'étais pas la fille d'un comte et l'amie de la reine.

— Oh ! on dirait que ça n'a pas été facile facile tous les jours ! lança Dolan, toujours moqueur, depuis la route.

Elle se redressa et adressa un regard noir au vieux pirate.

— Je me suis très bien débrouillée toute seule !

— Je vous crois. Ceci explique, d'ailleurs, votre jupe couverte de sang, et cette entaille sur votre menton, qui ressemble à une deuxième bouche. Mais plus basse.

Art attrapa son menton d'une main ferme.

— Comment vous êtes-vous fait cela, demoiselle ?

— Je suis tombée.

Dolan ricana, et Art insista :

— La vérité, Lady Marian, je vous prie.

Elle n'aimait pas qu'on la traite comme une enfant, mais Art, derrière sa brusquerie, semblait réellement inquiet.

— Il y avait deux voleurs…

Même Dolan poussa un cri.

— Oh ! ce n'est pas si terrible que cela en a l'air. Ils ont essayé de voler le cheval.

C'était curieux, elle tremblait comme une feuille. La veille, quand c'était arrivé, elle n'avait pas semblé plus perturbée que cela.

— J'ai dû… euh… les tuer.

— Vous avez tué deux hommes ? demanda Dolan.

— En fait, pas exactement.

La sueur se mit à couler sur son visage et elle l'essuya avec sa manche.

— Le cheval en a tué un. Un coup de sabot dans la tête… C'est un animal très irascible.

— Et l'autre ? interrogea Dolan.

— Eh bien, j'ai un couteau, vous savez.

Elle l'avait plongé dans la poitrine de ce scélérat sans aucun remords, car les voleurs lui avaient raconté le sort qu'ils réservaient aux femmes et aux enfants qui avaient le malheur de croiser leur route. Juste avant qu'elle ne les attaque, ils avaient regardé Lionel et s'étaient mis à discuter du prix qu'ils pourraient en tirer.

Elle n'avait vraiment aucun remords, mais elle entendit vaguement Dolan dire : « elle est en train de s'évanouir », avant de tomber.

Fort heureusement, sa perte de connaissance ne dura qu'un instant. Quand elle revint à elle, Art et Dolan étaient auprès d'elle. Dès qu'ils l'eurent aidée à se redresser, elle dit :

— Je ne suis pas si impressionnable que cela, mais en repensant à la façon dont ses muscles se sont relâchés, à ce voile gris qui est tombé sur ses yeux, cela m'a…

— C'est ce que tout le monde ressent après avoir tué pour la première fois, dit Dolan, sur un ton presque compatissant. Et ça ne passe jamais vraiment, d'ailleurs…

— Si vous ne l'aviez pas tué, vous seriez morte, ou en train de vous dire que vous préféreriez être morte. Et ce petit bonhomme…

Art serra Lionel dans ses bras jusqu'à ce qu'il se débatte et se libère.

— Je sais.

Marian enfouit sa tête dans ses mains. À contrecœur, elle avoua :

— L'aventure n'est pas aussi drôle que je l'espérais.

Sa remarque ne suscita aucun commentaire et elle n'osa pas lever les yeux. Elle ne voulait ni de leur pitié, ni de leurs sermons. Tout ce qu'elle voulait, c'était plus d'argent, plus de nourriture, des vêtements d'homme et une épée pour protéger Lionel correctement.

Et il y avait eu un moment, la veille, où elle aurait été heureuse d'avoir Griffith à ses côtés. Mais Griffith était loin, en train de se battre pour un roi qu'elle détestait, et Lady Marian Wenthaven n'avait jamais dépendu d'un homme pour quoi que ce soit.

C'était un signe de faiblesse. C'était le signe de la mauvaise influence de Griffith. Et c'était une raison supplémentaire pour qu'elle garde sans dévier le cap qu'elle s'était fixé.

De sa voix la plus agressive possible, elle demanda :

— Que faites-vous ? Vous me courez après ?

— J'aimerais bien le savoir moi aussi, dit Dolan. Ce n'est qu'une Anglaise. Et stupide, avec ça.

— Je ne suis pas stupide, rétorqua Marian, furieuse.

— Où allez-vous ?

— À Wenthaven. Chez mon père. Est-ce que cela vous dérange ?

— Pas du tout, répondit Dolan sur un ton nonchalant. Mais vous n'êtes pas sur la bonne route.

— Bien sûr que si, répondit-elle spontanément, avant de regarder tout de même autour d'elle.

— Vous êtes beaucoup trop à l'est. Vous ne vous en êtes pas rendu compte quand vous avez dépassé Stafford ?

— J'évite les villes, marmonna-t-elle.

— Nous vous aurions trouvée hier si vous aviez fait un peu plus attention, continua Dolan sur un ton méprisant. Je vois que vous avez le sens de l'orientation, comme toutes les femmes…

Marian adressa un regard interrogateur à Art, qui déclara :

— C'est triste, mais c'est vrai. Vous avez manqué Wenthaven.

Il souleva Lionel et le remit en selle.

— Mais si vous voulez aller à Wenthaven, my lady, nous allons vous y accompagner.

Art indiqua la route.

— Après vous.

Elle fit quelques pas et se retourna.

— Mais que faites-vous ici ?

— Je ne peux pas accomplir ma mission si je ne suis pas avec vous.

— Quelle mission ?

— Vous m'avez fait jurer de protéger Lionel. L'avez-vous oublié ?

Elle ne le croyait pas. Il ne voulait même pas qu'il la croie. Même s'il souriait, il fronçait les sourcils et son regard était impatient.

— Vous avez aussi juré de protéger Griffith.

— Griffith est un homme, et il est tout à fait capable de se défendre seul.

— Et s'il avait été blessé pendant la bataille ? Il aurait besoin de vous.

— S'il est blessé, ce n'est pas mon affreux visage qu'il doit avoir envie de voir.

À court de mots, elle resta sans rien répondre, jusqu'à ce que Dolan demande :

— Va-t-on bayer aux corneilles toute la journée, ou quoi ?

— C'est bon, brave homme, nous sommes partis, dit-elle sur un ton sarcastique.

— Enfin vous voilà docile, comme une femme doit l'être. C'est bien.

— Qui êtes-vous pour oser me dire ce qui est bien ou mal ? Vous qui m'avez trahie.

— Moi ? Pensiez-vous que votre argent avait acheté ma loyauté ?

— Non, mais vous m'aviez juré de vous taire.

— Oui, et j'aurais tenu parole. Mais vos amis étaient désespérés par votre disparition… Suffisamment désespérés pour me menacer d'exil si je ne coopérais pas.

Le cheval voulut s'enfuir, et Dolan lui administra un coup de rênes sur le museau.

— J'ai assez erré comme cela. Je ne voulais pas être chassé de Powel une nouvelle fois. Pas à cause d'une pimbêche comme vous.

D'une voix tremblante de rage, elle dit :

— Vous êtes un méchant homme.

Son sourire méphistophélique amplifia sa beauté sombre.

— Oui. Vous ne vous en étiez pas encore rendu compte ?

Marian détourna la tête et s'éloigna de Dolan. Elle menait le petit convoi, suivie par Art et Lionel. Enfin, Dolan fermait la marche avec le cheval, qu'il menait sans peine, malgré le mauvais caractère de l'animal.

— Ce cheval est plus têtu que la pire des mules, déclara-t-il. Mais voyons à quelle vitesse il peut aller.

Il frappa la croupe du cheval, qui s'emballa. Dolan se mit à courir lui aussi, et Lionel, qui semblait ravi, battit des mains et courut derrière lui.

— Non, Lionel ! s'écria Marian.

Art posa la main sur son bras.

— Ne vous en faites pas. Dolan va le surveiller.

— Dolan n'aime pas les enfants, répondit-elle, exaspérée.

— Qui sait ?

~

En observant son fils qui filait en tête avec son nouveau compagnon, Marian se dit qu'elle aimerait être comme eux. Heureuse. Insouciante. Légère.

— Qu'a pensé Griffith de son cadeau ? demanda-t-elle à Art. A-t-il compris… ?

Elle prit une grande inspiration.

— L'a-t-il aimé ?

— Évidemment, je ne peux pas parler à sa place. Mais il a été insupportable jusqu'à ce que je le glisse dans son sac. Un vrai ours mal léché.

— Je n'arrive pas à croire que j'aie pu faire cela. Comme c'était stupide de ma part.

Elle serra les poings.

— Mais il semblait presque souffrir quand il m'a quittée, et j'ai pensé qu'il se battrait mieux avec ce petit quelque chose de moi.

— Quand il a vu cette pierre – le représentant – et vos cheveux, il a souri avec tendresse, et s'est émerveillé que vous ayez pu lui adresser un message aussi clair. Il était heureux de penser que vous attendriez son retour.

— Il n'a pas réellement pensé cela, tout de même ? Si ?

— Cela aurait été plus charitable de votre part de ne rien lui donner, dit Art d'une voix sévère.

— Art, vous n'avez pas à me parler de cette façon, protesta-t-elle.

— Je suis un vieillard fatigué, et je dis ce qui me plaît comme cela me plaît.

Il semblait hors de lui, et peu disposé à la ménager.

— Vous m'avez déçue en vous enfuyant et en tournant le dos à l'amour que Griffith vous offrait.

— J'ai mes raisons, dit-elle, même si elle peinait à se les remémorer. Et elles sont plus importantes que

Griffith et moi, et que tout ce que nous pourrons jamais ressentir l'un pour l'autre.

— Alors, dites-le en face à Griffith.

— J'ai essayé, mais il n'a pas voulu m'écouter.

— Vous n'avez pas dû beaucoup essayer. Ce n'est pas si facile de tourner le dos à l'amour, n'est-ce pas, my lady ? Surtout quand on sait qu'on aime en retour.

Elle resta bouche bée un instant.

— C'est faux !

— Vous avez pourtant tous les symptômes de l'amoureuse. Qui n'arrive pas à dormir la nuit parce qu'elle se fait du souci pour lui ? Qui ne cesse de se demander si elle a fait ce qu'il fallait ? Qui se demande si elle est enceinte en l'espérant presque ? Hein, je vous le demande, qui ?

Art lisait en elle, et elle n'aimait pas cela. Si elle aimait vraiment Griffith – et bien sûr qu'elle l'aimait –, toutes les souffrances qu'elle avait endurées jusque-là ne seraient rien comparées à la souffrance de devoir se battre contre lui

Que ferait-il ? Obéirait-il au roi Henri et essayerait-il de les tuer, elle et son enfant ? Resterait-il en retrait, indifférent, au moment où ils seraient exécutés ? Essayerait-il de les capturer s'ils étaient bannis ?

Et si le roi Henri était vaincu, serait-elle obligée de le regarder mourir ?

La peur s'empara d'elle, et elle croisa les bras autour de son ventre.

— Je ne suis pas enceinte.

— Tant mieux. Car je détesterais voir Griffith lié à une femme trop faible pour lui donner l'amour qu'il mérite. À une femme qui l'épouse parce qu'elle attend un enfant et qui passe le reste de ses jours à pleurnicher sur la grande vie qu'elle n'a pas eue. À une femme qui lui donne un enfant dont on ne connaîtrait pas les origines.

Elle s'arrêta au milieu de la route.

— Comment osez-vous ? Comment osez-vous me dire toutes ces choses ? Vous n'êtes qu'un…

— Un domestique ? Un Gallois ?

Il secoua son doigt crochu devant elle.

— Oui, je suis ces deux choses. Mais je vaux deux fois mieux que vous, ma belle et poltronne lady. Je vaux deux fois mieux qu'une femme qui tourne le dos à un homme tel que Griffith.

Elle repoussa son doigt.

— Un homme tel que Griffith ? Oui, un homme honorable, comme il faut, bon, noble, et aussi honteux de son penchant pour moi qu'un homme vaincu en combat singulier. Vous m'accusez d'être faible ? Je suis d'accord, je dois être faible, car je n'aurais pas pu tenir mes promesses si Griffith s'était donné à moi tout entier. Cela aurait représenté une tentation irrésistible. Mais me parjurer pour un homme qui veut me cacher, m'enfermer et n'hésitera pas à utiliser la force pour faire de moi une créature docile ? Non, merci.

D'un air aussi stupéfait que soulagé, Art murmura :

— Ah, c'est donc cela ?

Il leva les yeux au ciel en grattant son menton et réfléchit très longuement.

— Je pense que vous avez besoin de quelques explications, my lady, au sujet du grand benêt qui vous aime. Et qui vous aime si mal, dirait-on. Savez-vous comment j'ai perdu mon œil ?

Non seulement elle l'ignorait, mais elle s'en moquait.

— Dans une bataille ?

— Pas tout à fait. Mais pressez le pas, my lady, car on

dirait que Dolan et le petit sont en train de nous semer. Non, j'ai perdu mon œil quand Griffith a fait comme vous. Quand il s'est enfui.

C'était malin, maintenant, elle voulait savoir.

— Pourquoi un chevalier aussi fort que lui se serait enfui ?

— Il n'était pas chevalier à l'époque. Il n'était même pas écuyer. Il n'était qu'un enfant. Un enfant bavard et incapable de tenir en place qui idolâtrait son père.

— Et que s'est-il passé ?

— Nous étions assiégés. Un certain Trevor, la plus grande canaille que la terre galloise ait jamais portée, avait décrété qu'il adorait la vue depuis le château Powel, qu'il en adorait le mobilier, et qu'il adorait la maîtresse des lieux, si vous voyez ce que je veux dire.

Elle voyait, et elle hocha la tête.

— Griffith en avait assez de ce siège qui durait depuis des mois, continua Art. Lord Rhys était irritable, et criait sur son fils. Il n'en fallut pas plus pour que le jeune Griffith s'enfuie en passant par le tunnel qui mène à l'extérieur du château.

— Un tunnel ?

— Oui, il a été percé sous le règne du roi Édouard. C'était assez courant à l'époque. Bref… Griffith étant sous ma responsabilité, je l'ai suivi pour essayer de le ramener au château.

Art secoua la tête.

— Malheureusement, nous avons été capturés tous les deux, et ce monstre de Trevor m'a arraché un œil.

Elle le regardait, haletante, et Art semblait ravi d'avoir réussi à captiver son attention.

— Oui. Il voulait que Griffith retourne au château et demande à son père de se rendre. Il a refusé – il voulait jouer au héros –, et Trevor m'a alors arraché un œil. Il m'aurait même tué sans ma fameuse fausse chute dans le ravin.

Marian se détendit et sourit.

— Vous vous moquez de moi, Art…

Vexé, il dit :

— Pas du tout. Trevor voulait mes deux yeux et il voulait que Griffith me voie souffrir. Donc il a ordonné qu'on me détache pour que je puisse courir partout en hurlant. J'en ai profité pour filer vers le ravin et j'ai sauté juste au moment où un archer tirait une flèche pour m'arrêter.

— Dans le but de vous tuer ?

— Trevor n'était pas spécialement amical, et il ne s'était sans doute pas encore assez amusé avec moi. Mais j'ai fait le mort au pied du ravin et ils n'ont pas tiré de seconde flèche pour s'assurer que je le sois bien, Dieu merci. Alors Griffith a obéi et a forcé son père à se rendre. Mais en fait, c'était une bonne façon de mettre fin à ce siège.

— Pourquoi ?

— Lord Rhys, accompagné d'une bonne partie des soldats, est sorti du château sans Lady Angharad, comme Trevor le voulait. Mais, une fois qu'il est entré, il ne l'a pas trouvée, car elle s'était réfugiée avec le reste de la garnison dans le tunnel. Quand Trevor et ses hommes ont eu fini de célébrer leur victoire – après qu'ils eurent saccagé le donjon et but toute la bière – Lady Angharad a fait donner l'assaut à ses hommes, qui les ont massacrés.

Art ricana.

— Elle était censée ouvrir les portes à Lord Rhys, mais elle n'a jamais été très douée pour obéir aux ordres.

— Rhys était en colère contre elle ?

— Il était furieux.

— Et contre Griffith ?

— Non, pas tellement. Pas quand il a vu à quel point Griffith s'en voulait.

Entendant cela, elle ressentit pour Griffith une compassion sur laquelle elle préféra ne pas s'interroger.

— Il allait si mal que cela ?

— L'histoire s'étant bien terminée, nous pensions que cela servirait de leçon à Griffith et que la vie reprendrait vite son cours normal. Mais au fur et à mesure que le temps passait, il est apparu de plus en plus clairement que Griffith avait décidé de ne plus jamais rien ressentir. Il a tenu ses sentiments et ses émotions pour responsables, et il a tout fait pour devenir un homme de pierre.

Art hocha la tête.

— Le cadeau que vous lui avez fait parvenir était bien trouvé, et pour plus d'une raison. Depuis cette histoire, Griffith se contrôle à tout moment. Il ne rit jamais, ne pleure jamais. Il ne montre jamais d'inquiétude ni de souffrance. Quant à l'amour…

— Il aime son père et sa mère.

— C'est un amour sans danger, puisqu'il ne s'apparente pas à un désir incontrôlable.

— Et sa femme ?

Art haussa les épaules.

— Une gentille fille. Tranquille, serviable… On s'est à peine rendu compte de sa disparition.

— Rien ne suscite jamais la moindre passion chez lui ?

— Seriez-vous à la recherche de compliments, my lady ?

— À part moi ? demanda-t-elle d'une voix impatiente.

— Le pays de Galles. Et Henri Tudor.

— Oui, cela, je le sais bien. J'ai pour grand rival le roi d'Angleterre.

— Que voudriez-vous qu'il fasse ? Certes, Griffith ne brille pas par sa maturité dans ses rapports avec vous. Mais il est juste et honorable. C'est un grand chevalier et un homme de bien, et en tant que tel il veut la justice pour sa terre natale et la paix pour l'Angleterre. De quel droit pouvez-vous le lui reprocher ?

De quel droit ? Celui d'une mère souhaitant le meilleur avenir pour son fils, même si cela signifiait un retour aux guerres sans fin du passé.

— J'amène Lionel au comte de Wenthaven, et je n'arrive pas en suppliante cette fois. J'ai un cadeau pour lui, dit-elle en songeant au précieux parchemin qu'elle gardait tout contre elle. Un beau cadeau qui fera de lui mon obligé.

Art regarda l'enfant d'un air pensif.

— Vous lui donnez Lionel ?

— Oui, Lionel, mais pas celui que vous connaissez.

— Je ne prétends pas tout connaître ni tout comprendre, my lady, mais j'en sais suffisamment pour me permettre de vous mettre en garde.

Il désigna Lionel, avant de reprendre.

— Regardez-le, regardez comment il se comporte avec Dolan. Ce que Lionel veut, c'est être rassuré. Ce dont il a besoin, c'est d'un père. Et, pris entre vous et Lionel, il est clair que Griffith ne restera pas longtemps l'homme de pierre qu'il s'est employé à devenir.

Elle était tentée. Très tentée. D'autant qu'Art ne présentait pas les choses comme une décision impulsive mais comme le fruit d'une réflexion raisonnable et logique.

— Hé ! s'écria tout à coup Art. Hé, hé, arrêtez ! Mais que faites-vous ?

Elle le regarda, surprise, puis suivit son regard.

Au début, elle crut que c'était Dolan qui se penchait

au-dessus de Lionel et elle ne comprit pas l'inquiétude d'Art. Puis elle se rendit compte qu'il s'agissait d'un étranger.

— Comment osez-vous ? demanda Art en se mettant à courir. Lâchez-le.

Où était Dolan ? Marian se mit à courir à son tour. Où…

— Lâchez-le ! hurla-t-elle à l'inconnu qui prenait Lionel dans ses bras. Allez-vous-en tout de suite !

Art les avait rejoints et elle vit la lame d'une épée décrire un arc de cercle dans les airs.

— Non !

Elle se jeta sur l'homme qui tenait son enfant et les plaqua à terre tous les deux. Lionel hurla de peur et de douleur, mais l'épée tomba des mains de l'inconnu. Elle le frappa de toutes ses forces, mais son dernier coup se perdit dans le vide lorsqu'il tourna son visage vers elle et qu'elle le reconnut.

Harbottle.

La surprise lui fit perdre le contrôle de la situation. Elle leva de nouveau la main, mais Harbottle fut plus rapide qu'elle et il la frappa à la tempe. Elle tomba, passablement sonnée. Harbottle reprit son épée au moment où Art se jetait sur lui, et les deux hommes commencèrent à se battre.

Dès qu'elle eut repris ses esprits, Marian rampa vers Lionel en murmurant :

— Est-ce qu'il t'a fait mal ?

Lorsqu'elle caressa sa tête, il cessa de sangloter. Rassurée, elle se releva tant bien que mal et le prit par la main.

— Viens. Dépêche-toi.

Trop tard. Harbottle lui arracha Lionel des mains.

Elle perdit l'équilibre et tomba de nouveau. Puis elle se

remit debout et courut derrière eux, en appelant Lionel, dont les hurlements se firent de plus en plus lointains. Lorsqu'elle arriva dans la clairière, elle vit Harbottle s'enfuir sur un cheval vigoureux et rapide.

Elle hurla et, en guise de réponse, entendit le rire triomphant de Harbottle. Tout en sachant que cela ne servirait à rien, elle entreprit de courir derrière eux.

Mais elle n'y parvint pas. Son corps se rebella, et elle tomba, terrassée par la douleur et l'épuisement.

Lentement, elle se releva etfit demi-tour vers la route. Le corps ensanglanté d'Art gisait à terre, à moitié immergé dans un ruisseau.

Chapitre 15

Le cheval rejoignit Marian alors qu'elle était penchée, bouleversée, au-dessus d'Art. Il lui donna un coup de tête si fort dans le dos que le haut de son corps heurta la surface de l'eau. Elle se retourna en jurant, mais le gémissement d'Art l'interrompit, et elle s'agenouilla à côté de lui.

— Art.

Elle toucha sa main, et ses doigts tièdes et noueux s'enroulèrent autour des siens.

— Sainte Vierge ! Art, vous êtes en vie.

Il ouvrit les yeux et la regarda comme s'il ne reconnaissait pas son visage, puis il s'appuya sur ses coudes. Elle posa les mains sur ses épaules pour le forcer à se rallonger, mais il résista et rampa à terre.

— Faites-moi sortir de ce ruisseau.

Elle l'aida du mieux qu'elle put, et lorsqu'il fut hors de l'eau, elle ordonna :

— Restez tranquille pendant que j'inspecte vos blessures.

— Ce n'est qu'une blessure à la tête, my lady. Cela saigne toujours abondamment, mais…

Elle examina l'entaille profonde qui courait d'une

oreille jusqu'au début de la colonne vertébrale et tenta de stopper l'hémorragie en la comprimant avec ses jupes.

— Vous êtes gravement blessé. Oh ! Art, je vous en supplie, ne mourez pas.

— Non, my lady, je…

Elle appuya la tête sur son épaule, submergée de chagrin et d'inquiétude. Art restait totalement immobile. Lorsqu'elle recula, elle eut l'impression qu'il se préparait à la mort, car il ferma les paupières sous son regard embué de larmes et gémit faiblement, comme s'il rendait son dernier souffle.

Prenant conscience qu'elle ne pouvait rester sans agir, elle fit un pas en arrière.

— Il me faut des bandages, et…

Le cheval lui donna un nouveau coup de museau, et elle le saisit par les rênes.

— Tu ne vas pas de nouveau t'enfuir. J'ai besoin de toi.

Elle alla attacher l'animal à un arbre. Puis elle retourna vers Art avec ses sacs et l'enveloppa dans une couverture. En guise de bande, elle voulut utiliser une des chemises de Lionel. Lorsqu'elle l'eut entre les mains, elle la regarda un instant avec désespoir, jusqu'à ce qu'Art gémisse de nouveau. Alors, elle déchira la chemise avec ses dents et en enveloppa la tête d'Art.

— A-t-il emmené Lionel ? murmura-t-il.

— Oui.

Elle fut fière d'avoir réussi à répondre d'une voix à peu près ferme.

— Où se trouve Dolan ?

— Je pense qu'il a dû en profiter pour s'enfuir.

Art murmura un mot en gallois qui n'avait pas besoin d'être traduit.

Avec conviction, Marian dit :

— Il faut que j'aille rejoindre Griffith. Il retrouvera Lionel. Il le sauvera.

— Griffith ? Vous voulez que Griffith secoure votre fils ?

Le regard sardonique d'Art lui rappela, tout à coup, les doutes et les craintes qu'elle avait nourris à l'égard de Griffith qui avaient miné ses sentiments pour lui. Mais ils avaient disparu, balayés comme de la poussière avant une grande tempête.

Elle faisait confiance à Griffith, comme jamais elle n'avait fait confiance à personne.

— Pour cela, vous allez devoir aller à Kenilworth. Vous allez devoir voir le roi, car Griffith sera avec lui.

Elle essaya de réfléchir, mais dans son esprit il n'y avait pas de place pour la logique, ni pour le raisonnement. Il y en avait seulement pour l'émotion brute. Elle voulait se lancer à la poursuite de Harbottle. Elle voulait secourir Lionel. Elle voulait tuer Harbottle de ses propres mains. Elle savait que ce n'était pas possible, qu'il fallait qu'elle demande de l'aide. Mais Kenilworth ? Cette place forte royale ?

— J'ai connu deux rois, et tous les deux étaient perfides. Henri a toutes les raisons du monde de vouloir s'en prendre à Lionel.

En regardant ses pieds, elle ajouta :

— Je vais aller le secourir moi-même.

Art la saisit fermement à la cheville.

— Vous ne pouvez faire cela seule. Vous avez besoin de Griffith. Si vous lui faites confiance comme vous le dites, vous devez lui faire confiance aussi pour qu'il protège votre fils, même face au roi.

Art plaça son bras devant ses yeux, comme si la lumière le gênait.

— La grande Faucheuse ne va pas tarder à venir me prendre. Je ne serai bientôt plus là, et je ne veux pas mourir avec un péché sur la conscience.

Les yeux de Marian s'emplirent aussitôt de larmes.

— Quel péché ?

— Je vous ai juré que je protégerais Lionel et j'ai échoué lamentablement. Laissez-moi partir l'âme en paix. Jurez que vous allez aller trouver Griffith à Kenilworth.

Elle pouvait le faire. Il fallait qu'elle le fasse.

Pour Lionel.

— J'ai vraiment foi en Griffith. J'irai à Kenilworth.

— Jurez.

— Je le jure.

— Brave petite. Suivez cette route jusqu'à Lichfield, et là vous pourrez demander le chemin pour Kenilworth. Vous y serez en moins d'une journée.

— Ne faudrait-il pas que j'attende jusqu'à ce que…

Ses pleurs l'empêchèrent de poursuivre.

Art se mit à tousser comme si ses poumons allaient exploser, puis il roula sur lui-même et cacha son visage dans l'herbe humide. Elle frotta son dos de ses mains tremblantes. Lorsqu'il fut capable de parler, il la congédia.

— Non, ma pauvre âme de pécheur ne trouvera le repos que lorsque je saurai que Lionel est hors de danger. Partez, my lady. Partez tout de suite, et faites vite.

Elle se leva et alla détacher son cheval.

— Pas question de marcher à côté de lui, cette fois, lança Art. Montez-le tout de suite, avant qu'il puisse protester.

Elle hocha la tête, plaça son pied dans l'étrier et grimpa en selle.

— Parfait, approuva Art. Ne relâchez jamais les rênes et tout ira bien.

cour. Elle connaissait les lieux. Une fois la grande porte franchie, elle aurait surmonté le dernier gros obstacle qui la séparait de Griffith.

Elle n'avait pas de temps à accorder à tous les petits chefs qui allaient s'interposer entre elle et lui : cela lui prendrait des heures, et Lionel aurait alors disparu à jamais.

Mais, surtout, elle ressentait le besoin d'être avec Griffith, d'entendre sa voix, de sentir ses bras autour d'elle. Elle voulait du réconfort. Elle voulait Griffith. Elle voulait de l'amour.

Art avait raison, semblait-il. Elle aimait Griffith.

Elle esquissa un sourire lorsqueles autres gardes, en entendant Ward énoncer le nom du chevalier gallois, les laissèrent passer sans discuter. Après qu'ils eurent traversé le chemin de ronde, Ward appela son commandant et lui dit :

— J'ai avec moi une femme qui prétend être une amie du roi et la fiancée de Sir Griffith. Qu'en pensez-vous ?

Il leva la torche pour éclairer ses vêtements en haillons et ses cheveux emmêlés.

Le commandant s'esclaffa, mais Marian le fixa d'un air hautain jusqu'à ce qu'il cesse de rire et ait l'air mal à l'aise.

— Mon cheval est dehors, sur le pont-levis, et il est trop beau pour rester sous la pluie. Allez tout de suite le chercher pour l'emmener aux écuries, où je veux qu'il soit nourri et pansé.

Alors que Ward semblait indécis, le commandant demanda à Marian d'entrer. En regardant froidement le garde qui faisait grise mine, elle dit :

— Si j'étais vous, je me demanderais ce que Sir

Griffith ap Powel va penser de la façon dont vous avez traité sa fiancée.

La menace porta ses fruits. Ward s'inclina avec raideur et se dirigea vers l'escalier. Marian le laissa partir devant, puis le rejoignit en hâtant le pas.

Le commandant poussa un rugissement. Ward, toujours sur le qui-vive, se mit lui aussi à vociférer. Dans l'obscurité de l'escalier, les voix se rejoignirent, et elle profita de la clameur pour dépasser Ward et courir devant lui. Elle se heurta à un autre garde, tout de cuir vêtu, mais elle l'écarta d'un coup de pied dans la rotule et d'un coup de poing en plein torse. Lorsqu'il chancela, elle fila de plus belle, en faisant néanmoins attention à ne pas tomber.

Son but était d'atteindre l'angle situé au-dessus de la forge du château. Si elle réussissait à arriver jusque-là, elle pourrait sauter sur le toit et descendre le long des poteaux. Ensuite, avec un peu de chance, elle pourrait traverser la cour jusqu'au donjon, connu sous le nom de « tour de César ».

Elle savait qu'elle en était capable, parce qu'elle l'avait fait avec la princesse Élisabeth.

Bien sûr, à l'époque, elle était un peu plus jeune.

Une fois arrivée à l'endroit en question, elle hésita. La lueur des torches qui éclairaient le mur d'enceinte ne parvenait pas jusqu'à elle. Quand elle sauterait – si elle sautait -elle ne pourrait pas savoir où elle allait atterrir. C'était courageux de sa part de faire confiance à des souvenirs d'enfance et de penser que rien n'avait changé en dix ans. Courageux ou stupide. Mais elle n'avait pas le temps de tergiverser, car les cris se rapprochaient. Les gardes l'avaient rattrapée.

Elle sauta.– Cela vous fait-il mal ?

Griffith passa la main sur sa joue et sentit les points de suture.

— Un peu, concéda-t-il.

— Si vous aviez gardé votre heaume comme je l'avais ordonné, vous n'auriez pas cette nouvelle cicatrice qui fait passer votre visage pour une tapisserie, dit le roi Henri en regardant Griffith avec intensité. Mais c'est votre bras qui nous a le plus inquiété. Vous avez eu de la chance qu'aucune gangrène ne se soit déclarée.

— Cessez de bavarder et jouez. J'en ai presque terminé avec vous, et ensuite je pourrai aller me coucher.

Intérieurement, Griffith pestait contre le désir qu'avait eu le roi de jouer aux échecs si tard dans sa chambre.

— Vous rêvez de victoire, répliqua Henri, avant de bouger un cavalier.

— Vous feriez mieux de vous satisfaire de la victoire que vous avez remportée à Stoke, car ce soir, vous allez perdre, répondit Griffith en avançant son fou pour prendre le cavalier.

— Vous ne pouvez pas faire cela ! protesta Henri.

— Pardon de vous contredire, mon suzerain, mais si.

Alors qu'Henri se plongeait dans le volume contenant les règles de ce nouveau jeu à la mode, Griffith en profita pour demander :

— Qu'avez-vous fait du prétendant au trône ? Ce jeune homme qui se présentait comme le comte de Warwick ?

Henri reposa le livre pour répondre.

— Le prétendant au trône ? En réalité son nom est Lambert Simnel, et c'est un fils de vilain. J'ai fait en sorte qu'il retourne à la boue d'où il venait.

Même si Griffith savait que le roi devait se montrer ferme contre ses opposants, il n'aimait pas l'idée qu'un jeune homme disparaisse de la surface de la Terre. Il fixa les carrés noirs et blancs de l'échiquier jusqu'à ce que les couleurs se brouillent.

— Cessez de retenir votre souffle, répondit Henri sur un ton irritable. Je ne l'ai pas fait tuer. Je l'ai fait garçon d'écurie.

Griffith poussa un soupir soulagé.

— Il ne méritait pas autant de miséricorde, mais son exemple servira de leçon à tous ceux qui auront l'outrecuidance de vouloir me renverser. C'est mon fils qui sera le prochain roi. C'est la dynastie que j'ai fondée qui portera la couronne.

Griffith se pencha au-dessus de l'échiquier et saisit le poing serré d'Henri.

— Jusqu'à mon dernier souffle, je me battrai pour qu'il en soit ainsi, promit-il.

La tension d'Henri sembla diminuer.

— Cela me rassure de vous savoir fidèle. Vous feriez un ennemi redoutable.

Puis, se concentrant sur leur jeu, ils redevinrent silencieux, ignorant les cris du dehors.

De nouveau Griffith porta la main à son visage.

— Vos points vous démangent-ils ? demanda Henri.

— Non, pas spécialement.

— Alors, à quoi pensiez-vous ? Vous semblez soucieux.

Se sentant stupide, Griffith baissa les yeux et marmonna :

— Je me demandais si Lady Marian allait me trouver hideux.

Henri eut le bon goût de ne pas rire. Il n'eut même pas l'air de trouver cela amusant. Il se contenta de soupirer et rejeta en arrière ses cheveux qui commençaient à être clairsemés.

— Les femmes nous rendent futiles, n'est-ce pas ? Je

ne m'étais jamais préoccupé de mon apparence. Mais pour Élisabeth, je veux être – il ricana – aussi beau qu'un jeune homme. Et pour quoi ? Pour une femme qui m'aime tel que je suis. Pour une femme qui m'aime, selon elle, pour ma bonté.

Griffith ne savait pas quoi répondre. Il ne savait jamais quoi répondre quand Henri parlait de son épouse, car Henri, Élisabeth, Griffith et Marian partageaient un secret. Un secret que chacun d'entre eux ne comprenait que partiellement, mais qui pesait sur eux quatre. D'une voix fort peu naturelle, il dit :

— Lady Élisabeth est quelqu'un de bon elle aussi.

— Mon Élisabeth est une femme exceptionnelle, répondit Henri sans lever les yeux de l'échiquier. Tout comme votre Lady Marian. Et je doute que l'état de votre visage la dérange spécialement, d'ailleurs...

— Je sais. De toute façon, mon visage n'a jamais été beau. Art me l'a assez souvent répété.

La main d'Henri se promena entre un fou et une tour, avant de saisir et déplacer le fou.

— Il sera vite de retour avec Lady Marian.

— Je prie pour qu'il ne leur arrive rien en route.

En fait, il priait pour que Lady Marian ait obéi à l'ordre royal, mais il ne le dit pas à Henri. À la place, il prit sa tour et lui adressa un petit sourire triomphal.

Henri se cala dans son siège et regarda l'échiquier d'un air consterné.

— Vous m'avez mis échec et mat.

— Oui, Votre Grâce.

— Ne savez-vous pas qu'il aurait été prudent de laisser votre suzerain gagner ?

— Je n'aurais pas su comment faire, Votre Grâce.

— Non, bien sûr, fit Henri en souriant.

Les cris redoublèrent, et des bruits de pas résonnèrent sur le sol en bois à l'intérieur du donjon.

— Ils doivent avoir trouvé un voleur. Parbleu, il a l'air de se passer des choses étranges dehors.

Les pas s'approchèrent, puis quelqu'un frappa fermement à la porte. Les deux hommes se regardèrent, et Henri lança :

— Entrez !

Ward, le garde des courtines, s'avança et s'inclina avec gaucherie.

— Votre Grâce, pardonnez-moi, mais nous avons eu un petit problème. Elle n'est pas encore arrivée jusqu'ici, n'est-ce pas ?

— Pas que je sache, répondit Henri, l'air amusé. Mais qui est-*elle* ?

— Une folle. Une sorcière. Une femme un peu légère avec un accent distingué. Qui tenait absolument à rencontrer Votre Grâce. Si Votre Grâce est d'accord, je vais poster un garde devant votre porte pour qu'il ne vous arrive rien de fâcheux.

— C'est se donner beaucoup de mal pour une simple femme, dit Henri.

— C'est une folle, et elle possède la force d'une folle. Elle a repoussé le jeune Bowey d'une seule main, et il n'est pas spécialement petit ni frêle.

Griffith fut pris d'un léger doute.

— Lui a-t-elle donné un coup de pied dans la gorge ?

— Non, Sir Griffith. Dans le genou.

Henri comprit tout de suite ce à quoi pensait Griffith.

— Cela ressemble-t-il à quelqu'un que vous connaissez ?

— Peut-être.

Ward n'écouta pas ou ne comprit pas.

— Ne vous inquiétez pas, nous avons bouclé toute la tour, et avec un garde en plus ici, il ne vous arrivera rien.

Soudain, sentant une présence dans son dos, il voulut se tourner. Mais avant qu'il ait terminé son mouvement, on le poussa violemment dans la pièce. En perdant l'équilibre, il révéla la silhouette féminine couverte de boue qui se tenait derrière lui. Il se releva vite, mais Griffith s'interposa entre le garde et la femme. En plaçant la main sur l'épaule de Ward, il dit :

— Elle est à moi.

Ward regarda la femme avec animosité, puis tourna la tête vers Griffith etle roi.

— C'est impossible.

— Pourtant, c'est la vérité. Cette femme est ma fiancée, Lady Marian Wenthaven. Et si je comprends parfaitement votre volonté de protéger le roi, je vous assure que je suis capable de le faire moi-même. Vous pouvez disposer, Ward.

Avec méfiance, le garde recula. Une fois devant la porte, il demanda encore :

— Êtes-vous sûr ?

Griffith hocha la tête.

— Refermez la porte derrière vous.

Marian attendit que le garde soit bien parti pour se précipiter vers Griffith. Elle saisit ses deux bras et il sentit ses ongles s'enfoncer dans sa chair.

— Ma belle, qu'y a-t-il ? Que s'est-il passé ?

— Harbottle nous a attaqués.

Sa voix de contralto chevrotait, et Griffith la serra dans ses bras pour la rassurer.

— Vous a-t-il fait du mal ?

— À moi ? Non. C'est pire que cela. Il a enlevé Lionel. Il…

— Lionel ? demanda Griffith en la lâchant. Lionel ? Que faisait Lionel avec vous ?

— C'est mon fils.

Elle le saisit par les épaules et le secoua.

— Écoutez-moi, Harbottle a enlevé Lionel. Griffith, nous devons le rattraper.

Pour réclamer l'attention, Henri se leva. À contrecœur, Marian s'écarta de Griffith pour effectuer une révérence. Elle savait devant qui elle se trouvait sans qu'il y ait besoin de présentations. Griffith les fit pourtant, et le roi et la lady couverte de boue s'observèrent aussi intensément que s'ils étaient nus.

Puis Henri désigna le banc situé près de la cheminée.

— Asseyez-vous. Vous êtes fatiguée et trempée, et je veux entendre l'histoire que vous avez à raconter. Qui est Harbottle, et pourquoi a-t-il enlevé l'enfant ?

Marian obéit.

— L'enfant s'appelle Lionel. C'est mon fils, et je ne saurais dire pourquoi il a été enlevé. Quant à Harbottle, c'est un chevalier errant qui, un temps, a été au service de mon père, et je crains le pire.

Elle se leva et se posta à côté de Griffith qui s'était rapproché.

— Nous devons nous mettre en route tout de suite. Je n'ose imaginer ce que Harbottle pourrait lui faire… Le frapper, le blesser, le…

Elle chancela, et quatre mains l'accompagnèrent jusqu'au banc.

Assise, elle ne sentit pas mieux, car à son angoisse s'ajoutait le désespoir de constater à quel point Griffith paraissait dur, froid et indifférent.

— Où est Art ? demanda-t-il.

Elle se sentit défaillir.

— Art ?

— Oui, Art, mon écuyer, mon ami. Le seul homme que nous avons jugé capable de vous escorter depuis le pays de Galles jusqu'ici. Où est-il ?

Elle essaya de le dire. Elle ouvrit la bouche, mais les mots ne voulurent pas sortir. Devant la douleur de Griffith, elle ne parvint pas à parler.

— Est-il mort ? murmura Griffith.

— Harbottle l'a tué.

— Y avait-il un ravin à proximité ?

Elle comprit.

— Non. Je… Non. J'ai bandé sa tête moi-même, et je serais restée jusqu'à la fin, mais il m'a suppliée de partir vous retrouver. Pour Lionel. Il était inquiet pour Lionel. Nous devons partir cette nuit, car chaque minute compte.

Griffith se détourna, et elle ne comprit pas pourquoi. Pourquoi ne se préoccupait-il pas du sort de Lionel ?

Henri regardait Griffith lui aussi, jusqu'à ce que ses yeux se posent sur le visage défait de Marian. Avec un tact dont les rois faisaient rarement preuve, il s'insinua dans la brèche.

— Lionel a beaucoup de valeur pour vous, bien entendu. Serait-ce pour cette raison que Harbottle l'a enlevé ? Pour exercer une pression sur vous ?

— Ou pour se venger d'elle.

Griffith trouva une couverture et la posa sur ses épaules tremblantes, mais lorsqu'elle essaya de le remercier, il l'ignora et se tourna vers Henri.

— Elle l'a blessé, physiquement et moralement.

Henri demanda :

— Se pourrait-il qu'il soit toujours au service de Wenthaven ?

Marian secoua la tête.

— Mon père a dit qu'il avait lui-même chassé Harbottle.

— Alors se pourrait-il qu'il cherche à se venger de votre père ? À le faire chanter ?

— Wenthaven s'est toujours éperdument moqué de Lionel. Harbottle n'est pas assez bête pour croire que Wenthaven serait prêt à payer une rançon pour récupérer Lionel.

À son grand désarroi, elle se rendit compte qu'elle s'était mise à pleurer.

Sans se préoccuper de ses vêtements sales, Henri s'assit à côté d'elle et lui tendit un mouchoir. D'une voix basse mais véhémente, il demanda :

— Wenthaven a-t-il une raison de croire que Lionel est un enfant spécial ? Un enfant susceptible d'intéresser d'autres personnes que celles qui l'aiment ?

Elle le comprit très bien. Quelles intrigues cachait-il ? Par quelle fureur était-il passé ? Quelle colère et quelle humiliation l'époux d'Élisabeth ressentait-il lorsqu'il pensait à l'enfant qu'elle avait mis au monde ?

Alors qu'elle se taisait, il dit :

— Lionel est le filleul de la reine, et en cela, il est plus précieux à ses yeux que les joyaux de la couronne. Je ne laisserai jamais personne lui faire le moindre mal.

Bien entendu, songea-t-elle. Le roi ne veut pas que Lionel tombe entre de mauvaises mains, car il risquerait d'être utilisé comme une arme contre lui. Mais le cynisme de Marian ne tint pas longtemps devant l'expression sincère d'Henri. Jusqu'ici, elle avait toujours été persuadée qu'il était comme les deux autres rois qu'elle avait connus : orgueilleux, ivre de pouvoir, vindicatif et cruel. Était-il en train de dire qu'il connaissait les circonstances fâcheuses de la naissance de Lionel, mais qu'il était pour Élisabeth prêt à tout oublier et à protéger un enfant innocent ? C'était ce qu'il semblait à Marian. Mais son esprit était confus, et si elle se trompait, les conséquences seraient terribles.

Perdue, elle leva les yeux vers Griffith, mais son visage était plus inexpressif que jamais. Il paraissait avoir décidé de ne pas interférer dans ses décisions. En soupesant ses mots avec soin, elle dit :

— Je n'ai jamais donné à Wenthaven la moindre raison de soupçonner que Lionel puisse être quoi que ce soit d'autre que mon fils chéri.

— Néanmoins Wenthaven en sait souvent beaucoup trop.

— Lionel ressemble à son père, dit-elle abruptement, avant de se mordre les lèvres.

Elle aurait préféré dire cela avec davantage de tact, car Henri avait toutes les raisons du monde de détester le père de Lionel et toutes les raisons du monde de savoir de qui il s'agissait. Mais c'était une vérité qu'elle ne pouvait plus cacher, et une vérité que Wenthaven avait peut-être comprise.

Henri soupira.

— C'est malheureux, bien entendu, mais il faut bien que les enfants ressemblent à l'un ou l'autre de leurs parents.

Henri passa une main nerveuse dans ses cheveux.

— Se pourrait-il que cet Harbottle connaisse le secret de la naissance de Lionel ?

— Non. Même si mon père le savait, il ne l'aurait jamais dit à quelqu'un de si peu fiable que Harbottle.

Griffith intervint.

— Je crains que Harbottle ait quelques doutes. Pendant qu'il était sous notre surveillance, au pays de

Galles, il a pu avoir accès à des informations qui auraient dû lui rester cachées.

Marian regarda Griffith avec désarroi. :

— Je vous prie de bien vouloir m'excuser, Marian, mais c'est la vérité, lui dit-il.

— Traître ! lança-t-elle.

— Moi, un traître ? Si moi je suis un traître, alors laissez-moi vous poser une question : comment se fait-il que vous soyez arrivée ici aussi vite ? Nous avons envoyé Art il y a neuf jours avec l'ordre de vous amener ici. Le roi Henri a demandé aussi que Lionel reste chez mes parents, pour le protéger. Comment êtes-vous arrivée si promptement, et pourquoi avez-vous pris Lionel avec vous, alors que le roi avait ordonné l'inverse ?

Prise de court, elle regarda Henri, qui semblait lui aussi ébranlé.

— Dans la précipitation et l'urgence, votre désobéissance m'avait échappé. Pourquoi avez-vous amené l'enfant ? Dites-nous la vérité.

— Je ne sais plus ce qu'est la vérité, s'exclama-t-elle, désespérée. Il y a trop de vérités, et trop de mensonges. Je ne parviens plus à faire la différence.

— La vérité, mon suzerain, dit Griffith, c'est qu'elle a quitté le château Powel avant l'arrivée d'Art, sans escorte et sans avoir réfléchi. Elle fuyait la perspective abominable de devenir mon épouse. Art l'a retrouvée et il est mort pour elle. Lionel a disparu, mais une fois que je l'aurai sauvé, elle me fuira de nouveau. Est-ce exact, Marian ?

Il approcha son visage du sien. Ses yeux brillaient de cette même flamme jaune qu'elle avait vue le jour de leur rencontre. Il la détestait.

Elle ne s'était pas rendu compte à quel point son comportement dissimulateur avait pu le blesser. Elle le considérait comme son seul sauveur possible, et, dans son chagrin, elle n'avait pas songé à la souffrance qu'il avait pu ressentir à la nouvelle de la mort de son vieil ami. Elle ne s'était pas non plus rendu compte qu'elle était responsable de tout. De l'assassinat d'Art. De l'enlèvement de Lionel.

Elle avait essayé de faire pour le mieux, et elle n'aurait pas pu faire pire.

— Je vous prie de m'excuser. J'aurais dû aller demander de l'aide ailleurs, mais quand Harbottle a pris mon enfant, je n'ai pensé qu'à vous. Je savais que vous le sauveriez, et je vous supplie de le faire, malgré toutes les erreurs que j'ai commises.

— Vous saviez que je le sauverais, ou bien Art vous a-t-il dit que je le sauverais ?

— C'est moi qui le pensais. Je suis désolée. C'était impardonnable de penser que vous voudriez m'aider après tout ce que j'ai fait.

— Vous… ? commença-t-il.

Sa voix grave tremblait, intense et emplie d'espoir.

— Ne me mentez pas. Est-ce vrai que vous me faites confiance pour me confier la charge de retrouver votre fils ?

— Je vous fais confiance.

— Vous êtes venue ici, à Kenilworth, chez le roi, sans aucune réserve ?

— Sans aucune…

Elle essaya de le dire mais n'y parvint pas.

— Presque sans aucune réserve.

En jurant, Griffith se détourna. Il s'approcha de la fenêtre étroite, s'y pencha et hurla comme une bête blessée.

Ce gémissement lui sembla être une réponse à son propre désespoir. Les larmes qu'elle n'avait jamais versées durant toutes ses années de solitude – pour Lionel, pour

Élisabeth, pour elle-même – coulaient à présent et se mêlaient à la tristesse qu'elle ressentait pour avoir déçu Griffith.

Ce maudit amour était déjà source de souffrance. Et Griffith qui semblait souffrir aussi, l'aimait-il ? Elle l'ignorait, mais cela ne l'empêcha pas de se diriger vers lui, de poser la tête contre son dos et d'enserrer sa taille. Il n'y avait rien à dire, elle décida donc de se taire, mais elle sentit qu'à son contact il se détendait légèrement.

Y avait-il de l'espoir pour eux deux, ou bien leur amour était-il condamné d'avance ? Seul l'avenir le dirait.

Griffith aspira une bouffée d'air frais et se tourna vers elle.

— Vous devez vous reposer.

— Non, je dois partir.

— Cela prendra un certain temps de préparer cette expédition, et vous ne me serez d'aucune utilité dans cet état.

— Allez-vous partir ?

— En aviez-vous douté ?

— Non. J'ai toujours su que…

— Il vous faut un bain chaud pour détendre vos muscles, un bon repas, et du sommeil. Allons, Marian, vous savez que c'est vrai.

Depuis son siège face à la cheminée, Henri dit :

— Même le plus aguerri des combattants doit se préparer avant la bataille.

Elle regarda le visage énigmatique du roi, puis le visage fermé de Griffith.

— Vous ne partirez pas sans moi pendant mon sommeil ?

— Non, répondit-il. Faites-moi confiance.

— Je vous fais confiance. J'ai traversé l'enfer pour venir vous rejoindre. J'aimerais que vous puissiez me croire…

Et, pour la première fois, elle vit la cicatrice.

Elle était longue et rouge, et comme biffée par le filen boyau marron. Elle prit alors conscience que la mort pouvait venir cueillir l'homme qu'elle pensait aussi fort et éternel que la terre. C'était un miracle qu'il puisse parler et voir. C'était un miracle qu'il ne soit pas mort. D'une main tremblante, elle effleura la blessure.

— Vous avez été cruellement blessé.

— Oui. Au cœur.

Chapitre 16

Elles réveillèrent Marian bien trop tôt pour son corps épuisé mais pas assez tôt pour son cœur angoissé. Elles caquetèrent comme des oies pendant qu'elles l'habillaient, et lui promirent un plantureux petit déjeuner après la cérémonie. Quand elle demanda l'heure de son départ, elles gloussèrent comme si elle avait dit quelque chose de très spirituel. Elles piquèrent des fleurs dans ses cheveux et, alors qu'elle bâillait, elles aspergèrent son visage d'eau fraîche. Puis la troupe des suivantes et des servantes la conduisit jusqu'à la chapelle de Kenilworth, où l'attendait Griffith, entouré d'un prêtre et du roi.

Henri souriait trop gaiement.

Griffith fronçait trop anxieusement les sourcils.

Henri dit :

— C'est une belle matinée pour un mariage.

Griffith resta silencieux.

Perplexe, Marian se demanda quel rapport il pouvait y avoir entre un mariage et la recherche de Lionel. Que le roi veuille assister à une messe rapide avant leur départ, elle le comprenait parfaitement, mais ceci…

— Un mariage ? demanda-t-elle, méfiante.

En croisant les bras derrière son dos, Henri expliqua :

— J'ai décidé que vous deviez épouser Sir Griffith avant de partir à la recherche de votre fils.

Abasourdie, elle répéta :

— Épouser Sir Griffith ?

— C'est la seule chose juste et honorable à faire, et c'est aussi le souhait le plus cher de Sir Griffith.

C'était son souhait le plus cher. Avant qu'elle lui ait menti, qu'elle l'ait abusé et qu'elle soit responsable de la mort de son fidèle compagnon.

— Votre Grâce…

Les joues d'Henri se colorèrent de rouge. Ses mains se mirent à bouger frénétiquement. Il ne semblait pas du tout ouvert à la discussion.

— Sir Griffith m'a assuré que les bans avaient été publiés au pays de Galles, ainsi tout peut être fait dans les règles. Je remplacerai quant à moi le comte de Wenthaven, auprès duquel je m'expliquerai dès que je le verrai. Pour les alliances, j'ai fait prélever deux bagues dans le trésor royal…

Marian, désespérée, ne put s'empêcher d'interrompre Henri.

— N'en déplaise à Votre Grâce, je dois protester. Il n'est pas possible que vous vouliez que nous nous mariions maintenant…

Un murmure parcourut l'assemblée, qu'elle prit le temps d'observer un peu plus attentivement. Elle ne reconnut personne, à part Oliver King, qui se tenait sur le côté, un document à la main. Elle avait l'impression d'évoluer dans une autre réalité. Le roi, son ennemi, lui avait proposé de tenir le rôle de son père. Le prêtre, les ladies, les gentlemen étaient tous des étrangers pour elle, et pourtant ils ne semblaient pas aussi distants que l'homme qui était censé devenir son époux. Il la regardait en fronçant les sourcils, comme s'il était la désapprobation incarnée. Elle trouva curieux que cette désapprobation l'attire à ce point, d'ailleurs.

Mais c'était un fait. Et, bêtement, elle aurait aimé qu'il s'agisse d'un vrai mariage, avec des réjouissances, des rires et une joyeuse nuit de noces en perspective. Au lieu de cela...

— Et mon enfant ? demanda-t-elle, en faisant bien attention à n'être entendue que par Henri et Griffith.

— Nous partirons à sa recherche dès que nous en aurons terminé avec ceci, répondit Griffith d'une voix aussi lugubre que les sommets gallois.

Refroidie par l'attitude de Griffith et abasourdie par l'absurdité de la situation, elle chercha un moyen de repousser la cérémonie.

— Nous n'avons pas de contrat de dot à signer.

— J'y ai pensé, répondit Henri. Quand la cérémonie sera terminée et que les témoins auront signé le registre, alors j'attribuerai, en guise de compensation, un comté à Sir Griffith – ou plutôt à Lord Griffith – et à vous. Comté dont vos descendants hériteront tant que durera votre lignée. Il s'agit du comté de Lillestry, situé à la frontière avec le pays de Galles et non loin de Wenthaven. Son revenu excède de loin celui des possessions de vos deux familles.

Marian regarda le parchemin qu'Oliver déroulait devant elle, et elle vit aussitôt que le roi ne s'était pas moqué d'eux. Ces terres prospères compensaient largement le caractère peu orthodoxe de ce mariage.

Elle étudia le document jusqu'à ce que Griffith se penche au-dessus d'elle. D'une voix dédaigneuse, il dit :

— Vous allez découvrir que tout est en ordre. Et vous

allez également découvrir qu'Henri ne nous laissera pas partir tant que la cérémonie n'aura pas eu lieu.

À présent, elle comprenait les desseins du roi. Il s'était servi de son instinct maternel pour la piéger, et ensuite il avait fait son possible afin de contrecarrer ses projets pour mettre Lionel sur le trône.

Elle frotta l'endroit où se trouvait cachée la pochette de cuir. Henri ignorait tout de l'arme qu'elle possédait encore et du pouvoir qu'elle lui conférerait, quand elle déciderait de l'utiliser.

À présent, elle comprenait aussi pourquoi Griffith se résignait à une union qui lui faisait visiblement horreur. Il avait juré de s'occuper de Lionel, et il était prêt à tout pour honorer sa parole. Sans oublier qu'il avait aussi juré de servir le roi.

L'homme qu'Henri avait choisi pour la neutraliser murmura à son oreille :

— Résignez-vous, my lady. Vous allez épouser la bête galloise.

Lorsqu'ils eurent échangé leurs vœux et le baiser de la paix, Marian, Griffith, le prêtre et Oliver signèrent le registre. Puis Henri ajouta la sienne.

Ils étaient mariés.

Avec un grand sourire, Henri prit le bras de Marian, puis celui de Griffith.

— Et maintenant, allons manger.

— Votre Grâce, nous devons partir, protesta Marian.

— Vous devez manger d'abord, vous en avez besoin. Ensuite, j'ai demandé à ce que d'autres repas soient préparés pour que vous puissiez les emporter. J'ai aussi fait préparer des armes de toute sorte. Et un cheval, plus jeune et plus alerte que celui avec lequel vous êtes arrivée.

Elle comprit que, là encore, elle devait se résigner.

— Tous mes remerciements, Votre Grâce.

Une fois dans la grande salle, elle constata avec soulagement que tout était déjà prêt sur la table, et que tout avait été fait pour que ce petit déjeuner soit rapide. Henri prit place sur un grand siège, puis fit signe à Marian de s'asseoir à sa gauche. Griffith s'assit quant à lui à sa droite. Lorsqu'elle fut attablée, Marian se sentit incapable d'ignorer les grondements incessants de son estomac qui criait famine. Mais elle mangea le plus vite possible, tout comme Griffith, du reste. Henri les regardait tous les deux et, quand ils eurent quasiment terminé leur repas, il dit :

— Mon cher Lord Griffith, j'insiste pour que vous emmeniez des soldats.

— Je vous remercie, Votre Grâce, mais je crains que ces Anglais incapables ne soient qu'une nuisance.

— Mais si vous devez vous battre…

— Si je dois me battre, Harbottle ne fera pas le poids.

— Mais si Harbottle a des complices ?

— Si l'issue de la bataille semble désespérée, alors je vous demanderai des renforts, promit Griffith.

— Vous refusez mes hommes, et pourtant vous voulez emmener Lady Marian avec vous. Ce n'est qu'une femme, et elle vous ralentira sans doute.

— Moi ? Certainement pas ! s'exclama Marian, vexée. Je monte à cheval aussi bien qu'un homme, je me suis déjà battue à l'épée et au couteau, et il est hors de question que je reste à attendre sans rien faire alors que mon fils est en danger.

Henri la regarda comme si elle était un monstre terrifiant.

— Vous voyez, dit Griffith, je ne peux pas la laisser. Et si je le faisais, elle me suivrait de toute façon. Lady

Marian est une femme forte et tout entière dévouée à son fils.

— Oui, je vois cela, répondit Henri sans l'ombre d'un sourire. Dans ce cas, partez sur l'instant, il ne faudrait pas que l'enfant vous échappe.

Marian se leva aussitôt.

— Allons-y.

Griffith s'inclina avec beaucoup de déférence.

— Soyez assuré, mon suzerain, de ma fidélité. Vous êtes mon roi, le seul et unique.

Henri les congédia d'un geste.

Il attendit que la lourde porte se referme pour appeler Oliver King.

— Rassemblez une petite troupe d'hommes, parmi les plus fiables que nous ayons à disposition, ordonna-t-il. Demandez-leur de se préparer pour un petit voyage en compagnie de leur roi.

Surpris par cet ordre, Oliver bredouilla :

— Allez… Allez-vous les suivre, Votre Grâce ?

— Je ne vais pas les suivre, car je sais que Lord Griffith respectera ses vœux d'allégeance quoi qu'il arrive. En revanche, j'aimerais bien rendre une petite visite à Lord Wenthaven. Cela risque d'être instructif. Très instructif.

En temps normal, Griffith préférait chevaucher en silence. Il préférait se concentrer sur sa traque. Il ne tolérait aucune distraction. Mais ce silence-ci était différent. Il était empli de tension et de questions tues. Et il durait depuis trop longtemps.

Alors que la matinée cédait la place à l'après-midi, Griffith observait Marian avec une espèce d'étonnement teinté d'émerveillement. Cette femme était son épouse.

Jusqu'à récemment, il l'avait crue indisciplinée, incontrôlable, frivole et légère. Mais elle avait chevauché toute la veille durant pour arriver jusqu'à lui, et elle avait repris la route sans émettre la moindre plainte.

Elle n'était pas indisciplinée, elle était trop disciplinée. De façon ironique, c'était un défaut que les gens avaient l'habitude de souligner chez lui. Ce qui était encore plus ironique, c'était que malgré toutes ses erreurs de jugement, malgré sa méfiance vis-à-vis de lui, malgré son indépendance, il avait toujours envie d'elle. Tellement envie d'elle qu'il n'espérait qu'une chose : retrouver l'enfant au plus vite pour pouvoir vivre une nuit de noces digne de ce nom.

— Griffith ?

Marian interrompit ses pensées, et il rougit d'un air coupable.

— Pourquoi n'avons-nous pas retrouvé Art ? Il n'a pas pu aller loin dans son état.

Il faillit soupirer de soulagement et réfléchit à ce qu'il allait répondre. Il n'osait pas lui révéler ce qu'il soupçonnait, mais il pensait qu'Art l'avait manipulée avec beaucoup d'adresse et qu'il était toujours en vie. Art devait en ce moment même être à la recherche de Lionel, et il allait le trouver. Il avait envie de le dire à Marian pour la rassurer et la consoler, mais il ne voulait surtout pas lui donner de faux espoirs.

— Nous le retrouverons peut-être un peu plus loin…

Cette réponse, bien qu'évasive, eut le mérite de briser le lourd silence qui s'était installé entre eux. En désignant les fleurs piétinées autour d'eux, il dit :

— Harbottle s'est fait de nouveaux amis. Ils sont plusieurs.

— Combien ?

— Je dirais quatre. Et ils sont malins. Ils évitent soigneusement les routes et les sentiers. Mais pour moi leur direction est claire : ils vont vers Wenthaven.

— Harbottle ne travaille pas pour le comte de Wenthaven.

— Je sais que vous ne voulez pas l'admettre, mais tout laisse à penser que c'est pourtant le cas.

Son joli visage se ferma.

— D'après vous, Lionel est-il toujours avec eux ?

— Oui, j'ai remarqué des traces d'enfant. Et cela m'étonne que ce ne soit pas votre cas.

— Il me semblait en avoir vu, si, mais je n'osais y croire. Dieu merci, il est encore vivant.

— Oui, mais s'ils sont bien en route pour Wenthaven, nous ne les rattraperons pas avant qu'ils franchissent les grilles du château.

— Dépêchons-nous, alors.

Ils suivirent le chemin dessiné dans l'herbe piétinée, et les marques supplémentaires laissées par un cavalier solitaire faillirent échapper à Griffith. En revanche, il remarqua le brusque changement de direction des traces principales lorsqu'elles obliquèrent brutalement vers la rivière Severn. La piste les conduisit le long de la plaine alluviale, puis vers les grandes étendues désolées qui bordaient la frontière galloise. Elle décrivait un grand cercle. Puis Griffith ne vit plus rien.

Il descendit de cheval pour examiner un peu mieux le sol.

— Ce sont des Gallois que nous suivons. Il n'y a qu'eux pour réussir à perdre ainsi leurs poursuivants.

— Je reconnais cet endroit, dit Marian. Nous nous trouvons à la limite occidentale des terres de Wenthaven.

Griffith regarda autour de lui, et adressa une prière muette à saint Dewi afin qu'il les guide.

— Griffith, regardez.

Il suivit la direction indiquée par le doigt de Marian et vit, un peu plus loin, quelque chose briller entre deux éminences rocheuses.

— Béni sois-tu, saint Dewi, murmura-t-il.

— Sont-ce eux ? demanda Marian en descendant de cheval à son tour.

— Oui, sans aucun doute. Ils étaient presque trop près pour que je puisse les voir.

Il lui tendit ses rênes.

— Je vais partir en éclaireur. Restez ici. Faites boire les chevaux, mais ne les nourrissez pas. Il se peut que nous ayons à déguerpir brusquement. Êtes-vous d'accord pour m'attendre ?

À sa grande surprise, elle acquiesça.

— Si vous êtes capturé, je pourrai toujours intervenir d'une façon ou d'une autre.

— Je ne serai pas capturé, dit-il, presque vexé qu'elle ait pu l'envisager.

— Je sais.

Alors qu'il se mettait en route, elle demanda :

— Pourquoi n'attendez-vous pas la nuit ? Ce serait plus sûr.

Il sourit et se fondit dans le crépuscule.

Lorsqu'il revint, il l'appela doucement.

— Alors ? demanda-t-elle, en surgissant d'entre les deux chevaux.

— Lionel est sain et sauf. Il dort sous un surplomb rocheux. Cledwyn est là, avec trois des mercenaires gallois engagés par Wenthaven. Harbottle se tient près du feu, l'épée dégainée. Leurs chevaux sont attachés ensemble au bord de la rivière. Et, chose importante mais qui m'échappe, Dolan est avec Lionel.

Lady Marian s'avança et s'exclama avec véhémence :

— L'infâme vermine !

En l'attrapant par le bras, Griffith demanda :

— Pourquoi est-il là ?

— Parce que c'est un pirate, un voleur et un lâche. Il a pris mon bébé. Mon bébé qui l'aimait.

Elle se débattit, mais il la maintint si fortement qu'elle finit par se calmer.

— Il était sans doute le complice de Harbottle depuis le début, et moi, comme une idiote, j'ai sollicité son aide.

— Vous aurez l'occasion de vous venger. Pour l'instant, ils sont encore éveillés, mais ils mangent et boivent beaucoup. À la nuit noire, quand ils dormiront comme des masses, nous irons récupérer Lionel. En attendant, nous devons nous reposer.

— Je ne peux pas, protesta-t-elle.

— Il le faut, répondit-il, en commençant à nourrir les chevaux.

Pendant qu'elle l'aidait, elle demanda :

— Si nous nous reposons, nous risquons de nous endormir. Comment être sûrs que nous allons nous réveiller à temps ?

— C'est très facile, répondit-il en lui tendant une outre remplie d'eau. Buvez tout, et vous vous réveillerez rapidement, n'ayez crainte.

Elle acquiesça et vida l'outre. Il en vida une lui aussi. Puis, ensemble, ils installèrent les chevaux dans l'herbe et préparèrent les armes fournies par Henri afin de pouvoir s'en servir rapidement en cas d'attaque. Après avoir confectionné une couche de branchages, ils s'allongèrent, épaule contre épaule, en fixant le ciel sans rien dire.

La lune n'était pas encore levée, et la nuit était d'une noirceur absolue. Les unes après les autres, puis par bouquets, les étoiles apparurent. Une lueur blanche, à l'est, sembla d'abord une illusion, puis une promesse, et enfin la lune se leva, immense, pleine et pure.

Devant tant de grandeur, l'impasse dans laquelle ils se trouvaient semblait insignifiante, et Griffith prit la main de Marian. Il la sentit trembler dans la sienne, et elle s'accrocha à ses doigts avec une intensité qui le fit presque espérer. Mais ce qu'elle dit le surprit tant qu'il faillit la lâcher.

— Lionel est un enfant légitime.

— C'est impossible.

— Je vous assure que si. Comme vous l'avez sans doute deviné, c'est Élisabeth qui a donné naissance à Lionel.

— Oui, et, vous, en femme courageuse, vous avez accepté l'enfant et l'opprobre.

— Aucun opprobre, mais un grand péril, car vous ne l'avez peut-être pas compris, mais le père de Lionel est l'oncle d'Élisabeth.

Il ne devait pas avoir bu suffisamment d'eau, car sa bouche devint terriblement sèche.

— Richard, murmura-t-il.

— Oui.

Griffith avait envisagé cette paternité, bien entendu, mais il avait préféré éviter d'y réfléchir, par peur du danger qu'elle recouvrait. Mais à présent, il ne pouvait fuir la réalité, et elle était encore plus horrible que ce qu'il craignait. S'il y avait eu un mariage entre les deux personnages les plus élevés et les plus titrés du royaume et que de cette union bénie par Dieu et la sainte Église était née un fils, alors Henri Tudor pouvait craindre pour sa couronne.

La terreur s'empara de lui. La terreur et le dégoût.

— Comment a-t-il pu coucher avec elle ? demanda-t-il. Comment a-t-il pu l'épouser ? Il était son oncle. Le frère de son père. L'Église interdit les unions consanguines.

— Comme vous le savez, le pape peut autoriser de tels mariages chez les rois et les reines en cas d'extrême nécessité. Et Richard espérait obtenir l'absolution. Il avait même envoyé un émissaire au pape, mais il est mort avant d'obtenir le pardon de l'Église.

Griffith s'accrocha alors à la lueur d'espoir qu'il venait d'entrapercevoir.

— Dans ce cas, le mariage n'est pas officiel.

Elle eut un petit rire amer.

— Qui se soucie de ces querelles théologiques ?

Elle avait raison, et le silence s'installa de nouveau. À la lueur de la lune, Griffith observa Marian. Elle ne pleurait pas, mais son chagrin semblait immense.

Il avait envie de la toucher, de la réconforter, mais il n'osait pas. Entre eux, le fossé se creusait de plus en plus profondément, et il serait dur de le franchir sans sombrer dans l'abîme qui les séparait.

— Élisabeth n'y a consenti que pour ses frères, expliqua-t-elle, comme accablée par des souvenirs devenus tout à coup trop lourds à porter. Richard les avait enfermés dans la Tour de Londres, et tout le monde ignorait ses intentions. Il a invité Élisabeth à la cour, et nous ne nous y sommes rendues que parce que nous espérions découvrir quel sort il entendait réserver aux jeunes princes.

Elle poussa un lourd soupir, avant de continuer.

— J'aurais préféré que nous ne le découvrions jamais.

— A-t-il tué sa femme pour épouser Élisabeth ?

Elle se redressa, mais elle ne sembla pas prêter la moindre attention ni à lui, ni aux alentours.

— Richard a-t-il tué Anne ? Je l'ignore. Tout ce que je sais, c'est que Richard était l'homme le plus froid et calculateur que j'aie jamais connu. Il n'a jamais voulu Élisabeth pour sa jeunesse ni sa beauté, mais pour la stabilité que ce mariage conférerait à son règne. En fait – et elle haussa les épaules – il la voulait pour les mêmes raisons qu'Henri. Une union avec la fille du roi Édouard rend le trône imprenable, n'est-ce pas ?

— J'imagine…, répondit-il prudemment.

— Il lui a promis qu'il libérerait ses frères si elle couchait avec lui.

Elle esquissa un sourire amer.

— Je ne l'ai pas cru, bien entendu. Et je ne crois pas qu'Élisabeth l'ait cru non plus, mais que pouvait-elle faire d'autre ?

— Ils étaient déjà morts.

— Nous n'avions pas de corps à enterrer. Il est difficile de faire ses adieux à quelqu'un tant qu'on n'a pas vu…

Elle se tut tout à coup, et le silence dura jusqu'à ce qu'elle demande :

— Griffith ? Quand tout sera terminé, pensez-vous que nous…

Il attendit, en retenant son souffle.

— Mais vous ne savez pas tout. Il…

— Qui, « il » ?

— Richard. Il lui a fait un enfant tout de suite, et il en a été à la fois heureux et contrarié. Dès la mort d'Anne, il s'est empressé d'épouser Élisabeth, mais en secret.

— Qui l'a su ?

— Élisabeth. Richard. Le prêtre. Le duc de Norfolk. Et moi.

La peur le fit presque défaillir.

— Je n'en ai pas eu le moindre vent.

— Le prêtre n'est plus de ce monde. J'ai cru comprendre qu'il était mort pendant qu'il se rendait à Rome pour obtenir la dispense papale. Le duc de Norfolk a été tué à Bosworth Field. Richard aussi.

— Vous êtes en vie.

— Oui.

Elle était trop calme à son goût. Elle ne devait pas se rendre compte du danger, c'était la seule explication.

— Et si voulez le rester, il ne faut jamais dire à personne d'autre ce que vous venez de m'apprendre aujourd'hui.

— Allez-vous me tuer ?

Il rit, mais en réalité il était presque en colère.

— Non, ma chère, pas moi. Ce matin même, j'ai fait le serment de vous protéger. Mais j'étais aussi aux côtés d'Henri à Bosworth et je l'ai entendu jurer qu'il ferait tout pour conserver son trône. Donc je vous mets en garde : si Henri apprend ce que vous venez de me révéler, il n'hésitera pas un seul instant à vous faire passer de vie à trépas, vous et votre fils.

— Et ma promesse alors ? demanda-t-elle avec candeur.

— Quelle promesse ?

— Quand Richard a été tué, Élisabeth a compris que l'enfant était condamné. Alors, après l'avoir mis au monde, lorsqu'elle a placé son petit corps nu et vagissant entre mes bras, elle m'a fait jurer de l'élever comme le roi qu'il était censé devenir, et de faire tout pour qu'il le devienne réellement. Elle a placé tous ses espoirs en moi. Voudriez-vous que je trahisse cette confiance ?

Il observa la voûte céleste à la recherche d'une réponse, mais il n'en trouva aucune, et dut se fier à son propre jugement.

— Oui, c'est ce que je voudrais. Vous êtes…

Mon épouse, et vous devez m'obéir.

Les explications lui venaient facilement, mais il savait qu'elles seraient fort mal accueillies par Marian. Pour la convaincre, il préféra alors en appeler à son bon sens :

— Avez-vous pensé à ce que cela impliquerait ? Pour parvenir à vos fins, vous seriez obligée de vous associer à des personnages peu recommandables.

— J'ai mon père, répondit-elle avec un demi-sourire.

— Ne pensez-vous pas que son but serait de confisquer le pouvoir pour lui-même ?

— Il préfère les manœuvres plus subtiles, rester dans l'ombre, tirer les ficelles…

— Et vivriez-vous à la cour ?

— Avec Lionel. Oui, bien sûr.

— Et moi alors ? Et notre mariage ?

— Vous ne vouliez pas m'épouser de toute façon. Et nous n'avons pas consommé ce mariage…

— Vraiment ?

— Pas depuis la cérémonie, et je suis sûre que nous pourrions obtenir son annulation.

— Et si je ne suis pas d'accord ?

— J'espérais que vous diriez ceci. Je savais que vous verriez clairement le dilemme auquel vous êtes confronté.

— Quel dilemme ?

— Vous avez juré de soutenir Henri dans ses prétentions au trône, mais à présent vous voyez bien qu'elles étaient basées sur un faux présupposé. Examinez votre conscience, Griffith. Où vont vos loyautés ? À Henri, ou au vrai roi d'Angleterre ?

Des hommes plus avisés que lui s'étaient laissé piéger par le code complexe de l'honneur, et Griffith sentit le poids du doute peser sur sa détermination. Sur la défensive, il répondit :

— J'ai juré fidélité à Henri avant qu'il soit roi, et une seconde fois après son couronnement. C'est donc à l'homme que j'ai prêté allégeance, et non à la fonction. Cessez donc, je vous prie, d'essayer de me détourner du droit chemin.

— Mais vous êtes inquiet au sujet de Lionel. Vous avez peur de l'influence néfaste que Wenthaven pourrait exercer sur lui. Si vous vous chargiez de son éducation, je suis certaine que…

— Est-ce pour cela que vous avez choisi cet endroit désolé pour me raconter votre histoire ? demanda-t-il, hors de lui. Me prenez-vous pour un idiot capable de se sentir flatté par votre confiance et de se laisser tenter par vos promesses de grandeur ?

— L'ampleur des événements nous dépasse, vous et moi, et pourtant nous pouvons y prendre part.

— Nous pouvons conduire l'Angleterre au chaos. Henri est puissant et soutenu par la plupart des grands noms de ce pays. Ils n'abandonneraient pas un homme fort pour suivre un enfant de deux ans, et surtout pas un enfant né d'une union dont seuls ont été témoins des hommes morts et deux jeunes femmes. Comment pensez-vous vous y prendre, vous, simple femme, pour renverser Henri Tudor ?

Elle souleva alors ses jupes jusqu'en haut des cuisses. Sa jarretière était nouée de façon complexe, et elle la détacha avec soin, ce qui libéra une pochette en cuir. Elle en sortit un parchemin, qu'elle lui tendit.

— Avec ceci. Il s'agit de la page du registre témoignant du mariage d'Élisabeth, fille d'Édouard, et de Richard, roi d'Angleterre.

Chapitre 17

Marian observa avec plaisir les yeux écarquillés et la bouche entrouverte de Griffith, signes de sa stupéfaction. Cela fonctionnait, comme elle l'avait prévu. Cela le persuaderait du bien-fondé de sa quête et cela l'amènerait à mener cette bataille à ses côtés.

Puis le parchemin se mit à trembler. Et le tremblement se propagea dans le bras, puis dans tout le corps de Griffith, si bien qu'elle le saisit par le coude, inquiète.

— Griffith ? Vous sentez-vous bien ?

Il lui adressa un regard plein d'angoisse et d'horreur.

— Pourquoi m'avez-vous montré ceci ? Voulez-vous que j'en dispose à votre place ?

— Non, pas du tout ! répondit-elle.

Elle essaya de lui reprendre le document, mais il le plaça hors de portée.

— Je vous l'ai montré uniquement pour que vous preniez conscience que Lionel est bien légitime en tant qu'héritier du trône.

Aussi lugubre que le glas, il déclara :

— Je suis au service d'Henri, et ce que je tiens dans ma main, c'est un acte de trahison.

— Ce n'est pas de la trahison ! s'exclama-t-elle. C'est ce à quoi a droit Lionel par sa naissance.

— C'est l'arrêt de mort de Lionel, déclara-t-il, le front baigné de sueur malgré la fraîcheur de la nuit. Je pourrais vous le prendre.

Elle regarda le précieux document, qu'il tenait bien au-dessus de sa tête, et observa les épaules larges et les bras musclés qui formaient un obstacle devant elle. Elle ne pourrait rien faire pour l'arrêter s'il choisissait de le garder ou de le détruire. Son stratagème avait échoué, et maintenant, elle ne pouvait qu'essayer de réparer les dégâts.

— Vous pourriez le garder, dit-elle avec calme. Mais vous ne le ferez pas. Vous avez trop d'honneur pour cela.

Il lâcha le parchemin et elle le rattrapa avant qu'il tombe dans la terre.

Il saisit fermement son poignet.

— Enterrez-le. Brûlez-le. Déchirez-le. Tant que la preuve de ce mariage existera, des hommes animés de mauvaises intentions chercheront Lionel pour l'utiliser contre le roi, comme cela vient d'être fait.

— Et le serment que j'ai prêté à Élisabeth ?

— Votre serment ! répéta-t-il avec dédain. J'ai lu la lettre qu'Élisabeth vous a envoyée. Pas vous ?

— Si, bien sûr. Elle y parle de Lionel et des tendres pensées qu'elle a pour lui.

— Et ?

Elle haussa les épaules, car elle ne voyait pas l'intérêt de cette conversation.

— Elle parle de son autre fils, Arthur, et de son mari, Henri.

— Et ?

— Et… Quoi ?

— Ne vous parle-t-elle pas de son amour pour Arthur, et de la façon dont il comble le vide laissé par la mort de ses frères ?

— Si…, je crois.

— Ne vous parle-t-elle pas de son mari, le roi, qui l'a encouragée à vous envoyer de l'argent pour contribuer au bien-être de Lionel ?

Il la regarda, et l'expression vide qu'elle affichait eut l'air de le mettre hors de lui. Il la saisit aux épaules et la secoua.

— Ne comprenez-vous pas ce qu'elle a essayé de vous dire ?

Marian secoua la tête. Elle ne comprenait pas ce que voulait Griffith. Elle ne voyait pas ce qui lui paraissait si évident. Elle ne comprenait rien.

Griffith la repoussa comme si elle le dégoûtait.

— Vous fermez délibérément les yeux. Que vaut un vœu extorqué à une amie par une femme épuisée par l'enfantement, désespérée par la mort de ses frères et craignant pour sa propre vie ? Ne comprenez-vous pas ? Mais désormais Élisabeth est heureuse avec son fils et son époux, et elle veut que vous oubliiez le passé.

Abasourdie, Marian bredouilla :

— Ce… n'est… pas… possible.

— Élisabeth voudrait-elle que son fils cadet soit tué pour laisser la place à son aîné ?

— Élisabeth est la personne la plus aimante du monde. Elle ne peut vouloir la mort de quiconque. Et je ne vois pas pourquoi son cadet devrait mourir.

— Ne jouez pas aux idiotes, Marian. Vous avez vécu à la cour. Vous avez participé à la plus grande intrigue que l'Angleterre ait jamais connue. Vous connaissez la vérité.

Elle couvrit ses oreilles, mais il ôta ses mains.

— Arthur devrait mourir. Henri devrait mourir. Mais il défendrait son fils avec autant d'ardeur que vous protégez le vôtre. Et ce serait alors un vrai bain de sang.

Griffith lui assenait des faits auxquels elle avait toujours refusé de réfléchir. Mais, à présent, elle les recevait en plein visage comme autant de coups de fouet.

— Pour que Lionel devienne roi, continua-t-il, impitoyable, il faudra qu'Henri soit sacrifié, ainsi qu'Arthur, et même votre très chère amie Élisabeth. Voilà ce qu'Élisabeth essayait de vous dire. Voilà ce que vous devez accepter.

Respirer était un effort. Le sang qui coulait de son cœur avait dû se répandre dans ses poumons. Il devint impossible de réfléchir. La vérité était trop douloureuse.

Elle se trouva réduite à réciter la vieille litanie sur laquelle elle avait bâti tous ses espoirs.

— Lionel est mon fils. Il mérite une meilleure vie que celle d'un bâtard.

Griffith afficha un air triomphant.

— C'est vrai, et c'est exactement ce que j'ai proposé. Je ferai de lui mon fils, je lui donnerai une partie de mes terres, et je l'aimerai comme mon propre enfant.

C'était une belle offre, une offre généreuse, mais elle la rejeta en bloc, et il le comprit avant même qu'elle trouve un moyen d'atténuer la violence de son rejet. Déçu et amer, Griffith dit :

— La vie que vous voudriez pour Lionel est une vie de menaces contre sa personne et son pouvoir. À tout moment, il risquerait d'être victime d'une flèche ou d'un coup de couteau en plein cœur. Voilà ce qu'est la vie d'un enfant roi. Voilà ce que vous souhaitez pour lui.

— Non, répondit-elle, tremblante. Je peux le protéger. Je ne suis pas si égoïste.

— Vraiment ?

Il prit sa main qui tenait toujours le parchemin et l'agita devant ses yeux.

— Vous devriez peut-être vous demander, alors, pourquoi vous conservez ceci. Est-ce pour Lionel, ou est-ce pour vous ?

— Pas pour moi !

Elle n'était pas ce monstre. Comment pouvait-il croire une chose pareille ?

— Cherchez-vous à vous venger de ceux qui vous ont traitée de putain ? Cherchez-vous le pouvoir qui revient aux mères des rois ? Ou bien cherchez-vous simplement à retrouver la vie de la cour à laquelle vous avez dû renoncer et qui vous manque ?

L'acier luisit au clair de lune et elle saisit le manche de son couteau de sa main libre. Elle en appuya la pointe contre la poitrine de Griffith. Elle était si blessée et furieuse qu'elle aurait volontiers transpercé son cœur.

— Allez-y, dit-il en la lâchant et en écartant les bras. Enfoncez votre lame. Mais ne le faites que si j'ai menti.

Elle appuya plus fort.

— Faites-le et vous pourrez être sûre que la vérité sera morte cette nuit. Griffith ressentait chaque battement puissant de son cœur, chaque afflux de sang dans ses veines, alors qu'il rampait à terre, et il remercia Dieu que ce précieux organe fonctionne encore normalement.

Griffith avait toujours su qu'il pourrait finir comme une pièce de viande sur un crochet, mais il avait cru que ce serait sur le champ de bataille. Il n'avait jamais imaginé que sa propre femme pourrait faire office de boucher.

Mais il était passé près, tout près. Marian avait enfoncé son couteau jusqu'à ce qu'il sente son pourpoint se percer.

Puis elle avait reculé. Sans un mot. Elle avait rangé son couteau dans son fourreau, à sa ceinture, et s'était allongée sur le sol. Il n'avait pas été obligé de la réveiller pour leur assaut contre les mercenaires. Elle n'avait jamais dormi, et il se demandait si c'était la culpabilité ou la rage qui l'avait gardée éveillée.

Marian. Pourquoi Dieu lui avait-il donné Marian ? Était-ce une plaisanterie divine à l'encontre de Griffith qui avait juré qu'il épouserait une femme ravie de rester cloîtrée chez elle ?

Il était heureux, néanmoins, qu'il n'ait pas été exaucé, car, en ce moment précis, alors que Marian était tapie à l'autre extrémité du campement des mercenaires, il était soulagé de savoir qu'il n'était pas seul et qu'il avait un soutien sur lequel il pouvait compter.

En faisant attention à rester dissimulé derrière une grosse pierre, il se leva et observa les alentours. Les mercenaires avaient bien choisi leur endroit. Les rochers disposés en fer à cheval offraient une protection naturelle. Dolan et Lionel se trouvaient dans le renfoncement le plus éloigné, et les autres dormaient autour du feu qui brûlait dans la partie la plus étroite et qui bouchait l'accès. En les comptant, il remarqua que l'un des hommes manquait. Était-il parti faire une ronde, ou bien un besoin pressant l'avait-il conduit dans les buissons ?

En attendant son retour, Griffith mesura la distance entre le surplomb rocheux qui abritait Lionel et le sol. Ils avaient convenu que Marian en sauterait pour récupérer Lionel, avant de s'enfuir sans s'occuper de lui.

Il examina de nouveau les lieux, puis détourna la tête. Il était plus facile de se battre que de regarder son complice livrer bataille, et il observa avec attention le chemin que Marian devrait emprunter pour fuir. Il ferait tout pour lui laisser le plus de temps possible. Il savait qu'elle possédait le courage nécessaire. Il fallait juste qu'elle ait suffisamment de force et que la chance soit avec elle pour qu'elle puisse s'enfuir sans être inquiétée.

Tous les sens en alerte, Griffith plaça sa flèche dans son arc en if. L'homme manquant n'était pas revenu, et les minutes s'égrenaient, tandis que la lune commençait à plonger derrière les montagnes. L'assaut ne pouvait plus attendre. Il leva son arc et le banda, puis il visa l'un des hommes endormis.

La flèche s'envola et retomba en trouvant sa cible. Le mercenaire mourut en poussant un hurlement. Aussitôt, en soldats aguerris, les autres roulèrent loin du feu pour se lever. Griffith en atteignit un autre alors qu'il courait vers le bois, mais dans la précipitation son tir avait été moins précis, et il entendit l'homme jurer en retirant la flèche de sa jambe.

Il attendit un instant, jusqu'à ce Marian saute du surplomb rocheux pour atterrir à côté de Lionel, puis il courut vers une autre position.

Le sol fait de cailloux glissants servait de protection naturelle contre les intrus, comprit Marian lorsqu'elle atterrit à terre et qu'elle glissa. Le couteau à la main, elle roula sur elle-même sur quelques mètres, paniquée par sa maladresse et espérant que Dolan ne l'ait pas entendue.

Mais il aurait fallu qu'il soit sourd pour ne pas l'entendre. En coinçant son couteau entre ses dents, elle revint vers Lionel, et se rendit compte que Dolan n'était pas sourd, mais qu'il était parti. Son fils était recroquevillé contre la paroi rocheuse, en train de dormir, sans personne pour le garder.

Il était sain et sauf, et jamais elle n'aurait cru pouvoir l'approcher aussi facilement.

— Lionel, murmura-t-elle. Viens voir maman.

Il ne fit que se blottir davantage sur lui-même.

— Lionel, s'il te plaît.

Elle regarda autour d'elle, mais il n'y avait personne.

— Trésor, c'est maman. Viens avec moi, que nous partions d'ici.

Elle entendit sa respiration rapide et comprit qu'il devait croire à un cauchemar. Après s'être retournée, elle rampa jusqu'à lui et tendit la main vers son fils.

Avant qu'elle puisse le toucher, une autre main surgit et attrapa son poignet.

La main sortait d'un endroit sombre et désert. En apparence seulement, car c'était là que se cachait Dolan.

— My lady, dit-il, vous voilà enfin. Quel est votre plan ?

— Je vais reprendre Lionel, annonça-t-elle en dégainant son couteau qu'elle pointa vers lui.

— Pas la peine de me menacer, ou bien c'est moi qui vais vous montrer comment vous servir d'un couteau, grogna-t-il. Avez-vous un cheval ? Parce que sinon, vous n'irez pas loin.

Troublée par ce qui ressemblait, de la part de Dolan, à de la bienveillance, elle bredouilla :

— Non… En fait, oui, j'ai un cheval. Deux, plutôt.

— Griffith est avec vous ?

— Oui.

— Alors vous avez une chance de réussir.

Il souleva Lionel pour mieux l'envelopper dans la couverture, puis il s'avança et regarda autour de lui.

— Courez en vous baissant jusqu'à ce que vous atteigniez vos montures, puis partez au galop. Vous pouvez aller à Wenthaven, car ces brutes ne sont plus au compte de votre père. Au contraire, s'ils ont enlevé ce pauvre petit bonhomme, c'est parce qu'ils avaient l'intention de demander une rançon à son grand-père.

Ils entendirent une explosion de cris.

— Griffith en a eu un autre. C'est le moment, partez !

Il lui tendit Lionel, mais elle dit :

— Pourquoi vous ferais-je confiance ? Vous êtes leur complice.

— Ne soyez pas idiote. Vous n'avez donc pas remarqué que je l'aimais bien, cet enfant ? Faire semblant d'être avec eux, c'était le seul moyen de le protéger.

Elle le regarda dans les yeux, et sa défiance s'évanouit. Il le comprit. En la poussant, il ordonna :

— Courez !

Elle obéit, et il lui servit de bouclier alors qu'elle se faufilait entre les arbres. Elle entendit Griffith crier, puis Dolan lança :

— Continuez de courir, ne vous retournez pas !

Elle s'arrêta néanmoins.

— Courez ! insista-t-il.

Mais c'était impossible. Il fallait qu'elle sache. Elle se retourna, et elle les vit, face à face dans le clair de lune.

Griffith et Harbottle.

Harbottle brandissait l'une de ces épées de duel que Griffith détestait tant. Griffith tenait un marteau d'armes.

— Oh ! mon Dieu, murmura Marian. Harbottle va le tuer.

— N'ayez crainte, my lady, répondit Dolan, mais sa voix manquait de conviction.

Harbottle irradiait de santé, de beauté, d'assurance. À côté de lui, Griffith paraissait lourd, emprunté et lent, comme un ours ou une bête sauvage incapable de se résigner à son destin.

Un hurlement venu des bois fit sursauter Marian.

— Tue-le !

Mais à qui étaient destinés ces encouragements ?

Dolan tira sur sa manche.

— My lady, nous devons partir. Les autres mercenaires sont quelque part dans la nature. Ils peuvent nous trouver, s'ils le souhaitent.

La lame argentée fendit l'air en direction du visage de Griffith, qui recula, mais pas suffisamment. Marian étouffa un cri, se préparant à voir le sang couler.

Mais il ne se produisit rien. Harbottle fronçait les sourcils en regardant Griffith qui ressemblait à une bête traquée. Soudain, durant un bref instant, Griffith reprit l'apparence du guerrier accompli qu'il était. Mais ce ne fut que fugitif. Quand il lança maladroitement son marteau vers l'épaule de Harbottle, le coup manqua sa cible.

Des rires braillards fusèrent.

Griffith s'approcha du ravin creusé par le lit de la rivière.

— Donnez-moi l'enfant, demanda Dolan, vous êtes en train de l'écraser.

Elle tendit Lionel au Gallois, incapable de détourner les yeux de l'horrible scène qui se jouait tout près d'elle. Car elle savait, tout autant que Griffith, que même s'il remportait ce duel il restait une cible facile pour des archers ou des arbalétriers tapis dans la nuit.

— Approche-toi un peu, espèce de lâche, lança Harbottle. Viens tâter de ma lame et sache que la femme qui t'accompagne sera mienne avant la fin de la nuit.

Avant de terminer sa phrase, Harbottle planta son épée dans le ventre de Griffith. Mais la lame s'enfonça à peine et resta bloquée.

— Oh ! une armure en cuir, observa un mercenaire.

Soudain, la situation échappa au contrôle de Harbottle.

Alors qu'il tirait des deux mains sur son épée pour la récupérer, le marteau d'armes s'abattit sur son bras. Le bruit d'os brisés et le hurlement de douleur firent fermer les yeux à Marian, comme si cela pouvait l'empêcher d'entendre.

Mais cela ne fonctionna pas, et elle entendit même très distinctement le marteau s'abattre une deuxième fois, puis le crâne de Harbottle se fracasser.

Elle serait partie sans regarder si Dolan ne s'était pas écrié :

— Courez, Griffith !

Suivant le regard de Dolan, elle vit Cledwyn perché sur un rocher en train de viser Griffith avec son arbalète.

Elle cria lorsque Cledwyn décocha son coup. Au bord du ravin, Griffith sursauta, comme foudroyé, puis tomba dans le vide.

Comme un loup ayant atteint sa proie, Cledwyn leva la tête et hurla en direction de la lune.

Marian, qui avait l'impression d'être ballottée de cauchemar en cauchemar, chancela. Mais Dolan la poussa.

— Nous devons sauver l'enfant, grogna-t-il.

Alors que Marian courait vers les chevaux, la douleur devint insupportable. Griffith était blessé – ou mort. Il gisait, à terre, dans le fond du ravin, sans personne pour s'occuper de lui.

Elle grimpa en selle, et prit Lionel que Dolan lui tendait.

Dans le fond du ravin…

— Je vais prendre son cheval et vous escorter, dit Dolan.

— Dans le fond du ravin…

Elle avait été abusée. Griffith avait joué la comédie. Il n'avait pas vraiment été touché. Il avait fait comme

Art au moment du siège du château, en feignant la mort pour tromper ses ennemis.

Mais pourquoi, alors, ne parvenait-elle pas à être rassurée ?

Tout simplement parce que Griffith avait été convaincant. Très convaincant.

Debout au bord du précipice, Cledwyn poussa un cri victorieux en voyant le corps gisant en contrebas.

— Je l'ai eu. J'ai eu ce sale traître !

Il se tourna en souriant vers ses hommes qui sortaient du bois.

— Quelle belle nuit ! Griffith ap Powel a été tué, et Harbottle écrasé comme la vermine qu'il était. En plus, Lady Marian est en train de ramener le gosse à Wenthaven. Poursuivons-les un peu, les gars. Ce sera drôle. Et le comte nous attend avec une belle récompense.

— Je peux à peine marcher, je ne vois pas comment je pourrais la prendre en chasse, dit un mercenaire qui boitait.

— Allez, Bryce, un petit effort. Tu es en vie, non ? Et j'ai tué le Judas qui t'a blessé, et il a tué Harbottle à notre place.

— Oui, mais Billy, alors ? N'oublions pas qu'il vient de nous quitter sans prévenir. Qui sait ce qu'il mijote ?

Cledwyn donna un coup de pied dans la cheville blessée de Bryce, qui s'effondra à terre. Cela n'empêcha pas Cledwyn de continuer à le frapper.

— N'en parle jamais à personne, et surtout pas au comte de Wenthaven. Si quelqu'un pose la question, Billy a été tué en chemin. Compris ?

— Oui, répondit Bryce en gémissant et en se tordant de douleur.

Mais la rage de Cledwyn n'était pas passée. Il se dirigea vers Harbottle, et avec un ricanement sauvage, retourna le corps.

— Il n'est plus si beau, maintenant, hein ?

Du bout du pied, Cledwyn fit rouler la dépouille jusqu'au bord du précipice.

— Et si nous récitions une prière ? demanda le mercenaire en levant les bras au ciel. Que cet Anglais de malheur aille rejoindre les profondeurs de l'enfer. Et qu'il y brûle jusqu'à la fin des temps.

Puis le ravin engloutit Harbottle avec voracité, et le bruit de son corps heurtant les rochers résonna longuement, comme une sourde menace.

En regardant ses hommes, Cledwyn demanda :

— Qu'en dites-vous ? Allez-vous me suivre et trouver gloire et richesse, ou bien rester ici à pourrir avec Harbottle ?– Des chevaux, lança Dolan. Arrivant à toute allure dans notre dos.

Griffith n'avait pas réussi à venir à bout de tous les mercenaires, comprit Marian.

Elle avait emprunté tous les raccourcis qu'elle connaissait, mais leurs poursuivants n'étaient pas ralentis par un enfant. Elle talonna sa monture afin qu'elle aille plus vite. La lune était couchée et le soleil commençait à darder ses premiers rayons dorés. Le vent sifflait aux oreilles de Marian.

— Ils gagnent toujours du terrain, my lady.

Devant elle, elle entendit un autre bruit, des aboiements étouffés. Les épagneuls de son père.

— Les chiens nous ont entendus, murmura-t-elle.

Son cheval galopait à vive allure, et elle sut qu'ils arriveraient à Wenthaven avant les mercenaires. Si les grilles étaient ouvertes, ils étaient sauvés.

Si…

Elle aurait dû être rassurée, mais ce n'était pas le cas. Lionel regardait tout autour de lui avec des yeux immenses qui mangeaient son pauvre visage creusé. Qu'est-ce que les mercenaires lui avaient fait ? Elle l'ignorait, mais il n'avait pas prononcé le moindre son depuis leur fuite. Elle le serra fort, en espérant amortir les secousses de la selle.

Pressée d'apercevoir le mur d'enceinte de Wenthaven, elle respira lorsqu'elle devina le miroitement d'une pièce d'eau.

Le lac qui protégeait le château était juste devant eux. Elle traversa la prairie qui l'entourait et galopa jusqu'au pont-levis, en criant son nom aux gardes. Dolan la suivait toujours, en zigzaguant pour la protéger d'éventuels tirs d'arbalète. Le pont-levis s'abaissa avec lenteur et majesté. Il n'avait pas encore atteint le sol qu'elle s'y précipitait. Ce fut une libération d'entendre le son des sabots sur le bois. Et une délivrance de voir son père avec ses épagneuls jappant autour de lui.

— Relevez le pont, les Gallois nous pourchassent ! s'écria-t-elle en s'arrêtant juste devant Wenthaven. Cledwyn est à nos trousses avec ses hommes.

— Cledwyn ? Merveilleux.

Wenthaven avait l'air frais et dispos, voire guilleret. Il ordonna à ses hommes :

— Laissez le pont-levis baissé !

— Écoutez-moi, Wenthaven ! Il a enlevé Lionel !

— Il travaille pour moi.

Exaspérée et légèrement inquiète, Marian dit :

— Il voulait vous extorquer une rançon.

— Il n'a fait qu'obéir à mes ordres.

Elle l'observa avec attention. Il était parfaitement calme et sûr de lui. Il était vêtu d'un pourpoint étincelant de propreté, avec des volants à l'encolure et des plis sophistiqués aux manches. Ses cheveux étaient coupés et peignés aussi soigneusement que le pelage de ses épagneuls. En fait, il était aussi élégant qu'un gentleman londonien en train d'assister à un spectacle.

Elle comprit alors. S'il était réveillé à cette heure très matinale, c'était parce qu'il l'attendait.

Elle avait été trahie. Trahie par le seul homme à qui elle aurait cru pouvoir faire confiance.

Trahie par son propre père.

Chapitre 18

En haletant et en grognant, Griffith repoussa le corps de Harbottle et se leva. Dieu merci, Cledwyn et ses mercenaires ne s'étaient pas donné la peine de décocher une dernière flèche pour s'assurer de sa mort. Il avait réussi à leur faire croire qu'il avait été tué par leur tir d'arbalète.

Il peina pour sortir du ravin, mais parvint néanmoins à s'en extraire. Comme il s'y attendait, son cheval avait disparu. Jamais il ne pourrait atteindre Wenthaven dans la journée. Le dépit le fit chanceler et poser un genou à terre. Désespéré, il saisit une poignée de terre et la leva vers le ciel.

— Gardez-la en vie jusqu'à ce que j'arrive là-bas. Je Vous en supplie.

Mais il craignait le pire. Il avait entendu les exclamations triomphales de Cledwyn. Il avait alors saisi l'étendue du génie de Wenthaven. Et il avait compris aussi que quel que soit le choix de Wenthaven – persévérer dans ses projets, ou bien mener une rébellion au nom de Lionel – l'enfant était condamné.

À la lumière de ces nouveaux développements, Henri interpréterait sa propre clémence envers Lambert Simnel, le précédent prétendant au trône, comme une faiblesse, et serait déterminé à ne plus se montrer faible. Il ferait tuer Lionel. Il ferait tuer Wenthaven. Il ferait tuer Marian, et sans doute Griffith, ainsi que tous les membres de la famille Powel.

Une fin abrupte et tragique pour un mariage qui venait d'être célébré, pour une famille vaillante, et pour un enfant innocent. Griffith seul pouvait empêcher ce désastre, s'il arrivait à Wenthaven à temps.

Il plongea de nouveau les mains dans la terre, qui s'écoula entre ses doigts, comme les saisons et les années.

Il crut entendre un hennissement lointain. Il leva la tête, tout à coup très concentré.

Une ferme, peut-être ? Non, dans cette nature sauvage, c'était impossible, mais… Il se leva et suivit la légère odeur de cheval qui flottait dans l'air. Elle le conduisit dans une prairie verdoyante, et il faillit rire tout haut en voyant un cheval en train de brouter, totalement étranger à ce qui se passait autour de lui.

Il devait appartenir à l'un des mercenaires qu'il avait tués. Il n'avait ni selle ni rênes, mais Griffith qui montait à cheval depuis sa plus tendre enfance était capable de s'adapter à toutes les montures, même les plus rétives.

Dans un premier temps, l'animal résista et protesta, mais Griffith, après quelques chutes, parvint à le mater. Bientôt, il galopait vers Wenthaven, tenaillé par une seule préoccupation,Marian.

Perdu dans ses pensées, il crut rêver lorsqu'il entendit la voix d'Henri.

— Griffith. Griffith !

Griffith se retourna, stupéfait. L'homme ressemblait en effet à Henri. Il arrivait dans son dos, accompagné de ses soldats.

— Je pensais bien que c'était vous. Bon sang, Griffith, qu'avez-vous fait ? Vous êtes dans un état…

Griffith baissa les yeux, puis observa le roi. Il portait une armure légère et, surtout, il affichait un air innocent et détaché qui contrastait avec son regard acéré. Henri l'avait-il suivi ? Ne lui faisait-il pas confiance ? Sans rien laisser paraître de ses pensées, Griffith demanda :

— Êtes-vous venu… vous porter à mon secours, mon roi ?

Alors qu'Henri arrivait à la hauteur de Griffith, son regard se fit encore plus scrutateur.

— On dirait que vous avez besoin de secours.

— Non pas de secours, mais d'assistance, peut-être. Je fais route vers le château de Wenthaven.

— Ah. Notre destination est aussi Wenthaven. Un informateur m'a prévenu qu'il fallait se méfier des mercenaires du comte, et je crains pour l'enfant.

— Pour l'enfant ? demanda Griffith.

— Pour le fils de Lady Marian.

Henri ne pouvait toujours pas se résoudre à appeler Lionel par son prénom. Même si Griffith était heureux de pouvoir bénéficier du soutien des troupes royales, il aurait aimé qu'Henri disparaisse. Les confessions de Marian pesaient lourdement sur sa conscience et il avait peur des vraies motivations du souverain. Méfiant, il s'enquit :

— De qui tenez-vous cette information ?

Henri se retourna sur sa selle pour tendre le doigt.

— De cet homme.

Griffith se retourna à son tour. Avec surprise, il reconnut Billy, le garde loyal de Marian. Que faisait-il donc là ?

Mais il n'eut pas le temps de lui parler, car Henri demanda :

— Qu'est-il arrivé à l'enfant ? Pourquoi êtes-vous sans lui ? Et Lady Marian a-t-elle été… été…

— Tuée, Votre Grâce ? Non. Elle a arraché Lionel aux mercenaires et elle est allée se réfugier chez son père.

— Maudite soit-elle ! s'exclama Henri. Nous devons l'arrêter.

— Pourquoi ? interrogea Griffith, qui connaissait la réponse, mais qui voulait prendre la mesure de ce que savait Henri.

— Parce que Wenthaven a l'intention d'utiliser son fils pour me déposséder de mon trône.

— Votre rapidité d'esprit me ravit, mais vraiment, à quoi vous attendiez-vous ? Vous m'avez menti au sujet de votre fils.

Dans le confort de sa chambre, Wenthaven servait du vin, coupait du pain et se comportait en feignant une telle innocence que Marian serrait les dents.

Elle prit place sur le siège qu'il lui désigna, et changea de position pour tenir Lionel car ses bras lui faisaient mal.

— Je ne vous ai pas menti.

— Mais vous ne m'avez pas dit la vérité non plus.

Wenthaven regardait Lionel avec la concupiscence d'un pauvre malheureux face à un sac rempli d'or.

— Vous m'avez laissé découvrir la vérité.

— Vous avez un don pour l'espionnage, cela n'a pas dû être difficile, rétorqua-t-elle, toujours peinée par cette trahison et en colère contre elle pour s'être jetée dans la gueule du loup.

Il plaça une assiette et un verre sur la table à côté d'elle, et se pencha tout près de son visage pour murmurer :

— Vous n'étiez pas la seule présente à la naissance de l'enfant, ma fille, et même si la noblesse a gardé le silence, une servante a bien voulu parler.

— Vous êtes tombé bien bas, Wenthaven, dit-elle, écœurée.

— Et je vais m'élever très haut.

Tout en se redressant, il esquissa un geste gracieux de la main.

— Ma très chère fille, je ne fais qu'accomplir vos propres rêves. Pour cela, j'ai engagé les mercenaires et j'ai pris contact avec tous les nobles mécontents du royaume.

— Et que leur avez-vous dit ? demanda-t-elle, en retenant son souffle.

— Simplement que j'avais de quoi précipiter la chute d'Henri.

— Ne pensez-vous pas qu'Henri ait pu avoir vent des préparatifs de ce complot ?

— Est-ce important ? Avec Lionel à la tête d'une armée, nous sommes invincibles. D'ici à la fin de l'année, nous serons à Londres pour placer la couronne sur sa petite tête.

— Et faire couper la tête d'Henri ?

— Cela me semble indispensable, malheureusement.

— Et celle d'Élisabeth ?

Grand seigneur, Wenthaven répondit :

— Elle est votre amie. Nous l'enfermerons plutôt dans un couvent.

— Et le prince Arthur ?

— Tuer un enfant n'est pas un acte acceptable. Richard d'York l'a prouvé.

— Donc nous nous contenterons de le laisser seul dans un coin jusqu'à ce qu'il dépérisse et meure ?

Wenthaven essaya de parler, mais elle le fit taire d'un geste impatient.

— Ou bien il fera une chute malencontreuse ? Ou

bien nous l'enfermerons dans un monastère jusqu'à ce qu'il ait l'âge d'être assassiné ?

— Que d'inventivité !

— Maudit soyez-vous, Wenthaven. Vous êtes répugnant de bassesse.

— Je préfère l'expression « prêt à tout », dit Wenthaven qui commençait à paraître exaspéré. Vous avez toujours voulu retourner à la cour. Ne dites pas le contraire, je sais que c'est la vérité. Vous avez rêvé d'être la régente d'un roi. Là non plus, ne dites pas le contraire. Vous avez voulu faire payer tous ceux qui vous ont traitée de putain. Ne me dites pas que c'est faux.

Wenthaven avait raison, bien entendu. Tout cela, elle l'avait souhaité. Mais, à présent, elle avait honte de ses rêves passés. Elle avait voulu la royauté pour Lionel, oui, mais elle l'avait aussi voulue pour elle, et cela avait influencé son jugement. Il avait fallu que Griffith lui en fasse prendre conscience pour qu'elle le voie.

— C'est vrai, j'ai voulu toutes ces choses, admit-elle.

Elle berça Lionel sur ses genoux, en espérant qu'il ferme enfin les yeux et s'endorme. Mais malgré sa fatigue évidente, malgré la présence rassurante de Marian, il refusait toujours de se laisser aller.

— Regardez-le, murmura-t-elle. Il craint le sommeil à présent. Il a peur d'être réveillé brutalement, il a été terrorisé par les ravisseurs, par la cruauté des hommes. Il a peur… de tout.

Elle caressa son dos.

— S'il devait servir de pièce maîtresse pour renverser Henri, il ne connaîtrait jamais rien d'autre que la peur. Ne pensez pas à ce que je veux, ni à ce que vous voulez. Pensez seulement à ce qui est bon pour Lionel.

— Vous raisonnez comme une femme.

— Mille mercis, mon père, répondit-elle en retenant un rire cynique.

Elle n'avait pas convaincu Wenthaven. Le contraire eût été surprenant... En regardant ses propres mains, elle se demanda si elles seraient assez fortes pour accomplir ce qu'elle allait devoir accomplir seule. Car il n'y avait personne pour l'aider. Personne. Dolan avait disparu dès qu'ils avaient pénétré dans le château. Art était mort, et Rhys et Angharad étaient loin.

Personne.

— Vous avez fait tuer Griffith.

Il leva un sourcil.

— Il est mort ? Je l'ignorais.

— C'est faux. Vous avez ordonné à vos mercenaires de le supprimer. Vous avez ordonné à cet horrible Cledwyn de...

— Quelle emphase ! l'interrompit Wenthaven, avant de se servir du vin. Au fond, en quoi cela vous gêne-t-il ? Griffith n'était qu'un chevalier gallois sans importance. Aviez-vous un faible pour lui ?

— J'étais son épouse.

Elle avait enfin réussi à le surprendre. Il avança vers elle, menaçant.

— Vous avez osé vous marier sans ma permission ?

— Je n'ai pas osé refuser. Le roi Henri Tudor a insisté pour que ce mariage ait lieu, c'est lui qui m'a conduit à l'autel, et il nous a offert un vaste domaine non loin d'ici.

Les yeux de Wenthaven lançaient des éclairs de rage.

— Parbleu, vous êtes ma fille. Vous avez un cerveau. N'auriez-vous pas pu vous dérober ?

— J'étais pressée de retrouver Lionel, que *vous* aviez fait enlever. Henri refusait de nous laisser partir si le mariage n'était pas célébré. C'est votre faute si je suis mariée.

— Si vous *étiez* mariée, rétorqua-t-il.

Elle repensa au ravin, et à la chute terrible de Griffith. Néanmoins, elle gardait espoir. C'était peut-être idiot de sa part, mais elle voulait croire que Griffith était toujours en vie.

Wenthaven pensait que, étant sa fille, elle était maîtresse dans l'art de la duplicité et de la manipulation. Mais, en réalité, à cet instant, elle peinait à trouver un plan.

— Lionel et moi avons besoin de repos, dit-elle, pour gagner du temps.

Mais Wenthaven ne fut pas dupe.

— Je ne sais pas si je dois vous autoriser à rester avec votre fils. Vous pourriez faire une bêtise, comme vous enfuir avec lui. Je devrais vous le prendre.

Elle abandonna toute idée de plan. Elle ne pensa plus qu'à serrer Lionel contre elle.

— Vous l'avez déjà fait, et regardez ce que vos gentilles nourrices lui ont fait en seulement une journée. Il est terrorisé. Il n'a plus confiance en moi. Il est bouleversé, et vous voulez qu'il soit roi d'Angleterre. Êtes-vous fou ? Ce n'est qu'un tout petit enfant !

— C'est un prince. Et je lui apprendrai à se comporter en tant que tel.

— Comment pourrez-vous lui apprendre cela, Wenthaven ? Vous n'êtes pas un prince. Vous êtes à peine un homme.

La main de Wenthaven se leva, resta suspendue dans les airs, puis retomba. Wenthaven, cet homme froid et calculateur, toujours maître de lui-même, semblait ébranlé pour une fois, comme si le rejet de Marian l'atteignait réellement.

— My lord ?

Cledwyn se tenait à la porte, plus dépenaillé que jamais.

— Nous avons un problème.

Wenthaven explosa, dirigeant sa fureur contre la cible la plus commode.

— Je t'avais dit de ne jamais mettre les pieds dans ce donjon ! Que fais-tu ici ?

Du doigt, Cledwyn désigna la cour située sous la fenêtre de Wenthaven.

— Nous avons un problème, répéta-t-il plus lentement, comme si Wenthaven était simple d'esprit.

Cette fois, c'en fut trop pour celui-ci. Il se précipita vers le mercenaire, le poing levé.

— Vous préféreriez que je parle devant votre fille ? demanda Cledwyn, espérant par cette question échapper aux coups de son maître. Comme c'est une demoiselle particulièrement délicate, ajouta-t-il avec sarcasme, j'ai pensé qu'il fallait la ménager.

Wenthaven sembla reprendre ses esprits. Au lieu de frapper le mercenaire, il l'entraîna dans le couloir.

— Que se passe-t-il ?

— Je suis juste venu vous prévenir qu'il y avait une troupe de soldats stationnée dehors. Ils ont envoyé un messager à la grille qui a demandé que nous les laissions entrer. D'après lui, ce sont des soldats royaux.

Wenthaven se figea.

— Des soldats royaux ?

— Le messager portait l'étendard royal.

— Alors il ne s'agit pas que de soldats royaux. Il s'agit du roi en personne.

Wenthaven réfléchit.

— Combien de soldats ?

— Difficile à dire car ils sont loin, mais je dirais une vingtaine de chevaliers avec leurs écuyers.

— C'est peu… Je pensais Henri plus avisé. Si seulement je pouvais le faire prisonnier…

Wenthaven serra le poing, puis il sourit d'une façon si inquiétante que Cledwyn tenta de s'éclipser.

— Toi ! le rappela Wenthaven.

Cledwyn se figea.

— Oui, my lord ?

— Va leur parler. Fais-les patienter pendant que je me prépare. En attendant, fais le nécessaire pour que tes hommes se tiennent prêts.

— My lord ? demanda Cledwyn, les yeux brillants. Puis-je porter une armure pour ce combat ?

Magnanime, Wenthaven répondit :

— Oui, Cledwyn. Dis à mes soldats anglais qu'ils doivent te donner la plus belle armure que nous possédons.

— Cela ne va pas leur plaire.

— Ils n'auront pas le choix. Et n'oublie pas, ajouta Wenthaven en agrippant l'épaule du mercenaire, si tout se passe bien, toute l'Angleterre sera bientôt à notre merci. C'est pour cela qu'il ne faut pas échouer.

Puis il tourna les talons, et abandonna le Gallois pour aller rejoindre Marian. Il lui sourit gentiment et ne sembla pas remarquer qu'elle enserrait Lionel comme pour le protéger. De sa voix la plus rassurante, il dit :

— Pourquoi n'allez-vous pas dans vos appartements ? Pour coucher cet enfant. Et réfléchir tranquillement à tout cela. Vous êtes fatiguée, et éprouvée mentalement et émotionnellement. Une fois que vous serez reposée, vous me remercierez pour ma clairvoyance.

— Oh ! Wenthaven, commença-t-elle.

Mais il l'ignora.

— Cecily ! Sors de derrière cette tenture et rends-toi utile.

Sans comprendre, Marian regarda le pan de mur qu'il pointait du doigt.

— Allez, Cecily, insista-t-il. Une femme de la taille d'une vache peut difficilement passer inaperçue.

Les tentures bruissèrent, puis s'écartèrent lentement, et Cecily sortit.

Elle était enceinte. Son visage était bouffi et son front luisant. Ses poignets et ses doigts gonflés ressemblaient à des saucisses. Elle se déplaçait avec lourdeur et maladresse.

Pire encore, elle paraissait malheureuse. Sa bouche faite pour donner et recevoir des baisers était tombante. Ses yeux langoureux étaient rougis par les larmes. Et elle tenait un mouchoir trempé entre ses doigts.

Comme elle le dégoûtait.

— Cecily.

Marian voulut se lever pour la saluer, puis elle marqua un temps d'arrêt et se rassit.

— Je...

— « Je t'avais prévenue. » N'est-ce pas ce que vous vouliez dire ? demanda Cecily avec mordant. Je vous entends presque d'ici. « Je t'avais prévenue. Je t'avais prévenue. »

— Non, Cecily...

— Pour l'amour de Dieu, Cecily, cesse de bavarder et fais ton travail.

Wenthaven traversa la pièce pour aller se poster aussi loin que possible de la servante.

— Conduis Lady Marian et mon petit-fils à leurs appartements. Pas au cottage, évidemment, mais ici, au donjon. Tu vas reprendre tes fonctions auprès d'eux comme auparavant. Et fais des efforts pour sourire, j'en ai assez de te voir pleurnicher à tout bout de champ.

Il vit que Marian avait compris quand elle passa de la stupéfaction à l'horreur. Il était le père de l'enfant, même s'il essayait de le cacher. Il la regarda, gêné.

— Elle ressemble à votre mère, dit-il, persuadé que cela excusait tout. Mais en réalité elle est comme toutes les autres. Décevante.

Le héraut du roi revint vers les cavaliers et fut accueilli par Henri et Griffith qui l'attendaient avec impatience.

— Wenthaven a confié le château aux mercenaires gallois. Le premier a prétendu ne parler que gallois et il a envoyé chercher un second, qui parlait anglais, mais très mal. Après avoir beaucoup crié, les mercenaires m'ont informé qu'ils ne pouvaient baisser le pont-levis sans l'accord de Wenthaven, qui était paraît-il en galante compagnie et avait demandé qu'on ne le dérange sous aucun prétexte.

Le jeune chevalier retira son heaume et essuya son front baigné de sueur.

— Je pense qu'ils essaient de gagner du temps, Votre Grâce.

Griffith, contrarié, s'écarta et scruta les hauts murs crénelés. Il voulait entrer. Et tout de suite. Il n'avait pas le temps d'attendre. Si les vies de Marian et de Lionel ne semblaient compter pour personne, il était quant à lui prêt à tout pour les sauver.

— Billy, appela-t-il. Viens par ici.

Le soldat vint se ranger à ses côtés comme s'il n'attendait que son appel.

— My lord ?

— Comment entre-t-on ?

Henri surgit à temps pour entendre la question et rétorqua :

— Impossible de pénétrer dans le château. Nous allons devoir attendre des renforts et entamer un siège.

— Ils ne sont pas près de se rendre, répondit Griffith en scrutant les murs avec attention. Nous avons avec nous l'un des gardes personnels de Wenthaven. Il doit bien connaître un passage secret.

Billy secoua la tête.

— Ou bien une entrée dérobée.

Billy secoua de nouveau la tête.

— Alors quelqu'un qui serait susceptible de nous laisser entrer, insista Griffith, exaspéré.

Billy sembla se mettre à réfléchir intensément.

— Les bons soldats anglais du château ont été remplacés par ces maudits mercenaires gallois – je vous demande pardon, my lord – et c'est très regrettable, expliqua-t-il. Il est possible que les Anglais soient prêts à en assommer un ou deux, s'ils me voient, et à me laisser entrer.

En hochant la tête, Griffith dit :

— Je viens avec toi, nous nous approcherons le plus possible du château, tout en essayant de rester visibles depuis ici.

Henri regarda le cheval de Griffith avec méfiance.

— Vous n'avez même pas de selle.

— Alors donnez-m'en une, répondit Griffith en descendant de sa monture.

Henri hésita un instant, puis donna l'ordre à son propre écuyer de prêter sa selle à Griffith. Alors que celui-ci renâclait, le roi s'emporta :

— Bon sang, nous n'allons pas bouger d'ici ! Faites ce que je vous dis, et vite ! Et donnez-lui vos armes, aussi. Lord Griffith est prêt à tout, et j'imagine qu'il en aura besoin, même si j'aurais préféré un siège. Cela aurait permis de neutraliser ce mécréant pendant un bout de temps.

— Je n'ai pas ce temps, mon suzerain.

Griffith accepta l'équipement que lui offrait l'écuyer d'Henri : une lance,un bouclier, une longue épée et un marteau d'armes.

— Mon épouse et mon enfant sont à l'intérieur, et j'ai peur pour eux. J'imagine que la reine aurait peur pour eux elle aussi.

— Bien sûr, répondit Henri en passant le doigt le long de l'encolure de son pourpoint. Bien sûr. Mais attendez au moins que mon écuyer vous aide à enfiler une armure. Il n'est pas prudent de vous lancer à l'assaut sans protection.

Agacé par Henri, Griffith ajusta et réajusta les lanières de ses épaulettes. Il était trop évident qu'Henri se débattait entre sa conscience et les opportunités qui se présentaient à lui. Si l'enfant était tué, ce serait commode pour lui. Mais si Henri passait pour le commanditaire de ce meurtre, il essuierait la rage d'Élisabeth. Donc il tergiversait pendant que Griffith agissait.

— Je vais me débrouiller avec mon armure en cuir et mon bouclier. Ce sera suffisant, car mon cœur est pur, ajouta-t-il en empoignant la lance.

Henri comprit très bien ce que Griffith voulait dire.

— Faites bien attention à vous, insista-t-il, avant de faire taire Griffith qui voulait parler. Je sais que vous le ferez, mais vos précédents combats ont été périlleux, et, Griffith, j'ai besoin d'hommes loyaux à mes côtés en ce moment. De vous, en particulier. Vous qui êtes l'époux de Lady Marian et le père adoptif de l'enfant.

— Mon heure n'est pas encore venue, mon suzerain. Je ferai attention.

Avec un sourire, il ajouta :

— Ce sera un jeu d'enfant. Préparez-vous juste à entrer quand nous ouvrirons les portes. Encore sous le choc de sa découverte, Marian, qui portait Lionel dans ses bras, suivait Cecily dans le couloir. Le silence dura jusqu'à ce que Cecily demande :

— Allez-vous rester sans rien dire ? Quand allez-vous me dire à quel point j'ai été stupide ?

Dans une situation comme celle-ci, il était difficile de trouver les mots adaptés. Marian essaya néanmoins de manifester sa compassion.

— Comment te sens-tu ?

— Oh ! bien. Parfaitement bien. Je suis grosse, laide et toujours malade. Il ne veut plus de moi et ne m'épousera pas, mais à part cela, je vais bien.

— Je suis désolée.

S'arrêtant devant les pièces où Marian avait passé l'hiver, Cecily ouvrit la porte, puis s'inclina.

— Après vous. C'est vrai, je ne suis que la servante, ici.

— Merci.

Marian franchit le seuil. Les pièces étaient sombres et poussiéreuses et elles ressemblaient à une prison. Lionel cacha sa tête contre son épaule et se mit à gémir. En une seconde, Marian sut ce qu'elle voulait.

— Non, dit-elle avec détermination. Je m'installe dans les appartements de ma mère.

— Comment ? s'exclama Cecily. C'est impossible. Lord Wenthaven a dit que...

— Il a dit que je devais rester dans mes appartements. C'est ce que je vais faire.

Marian hocha la tête et prit le bras de Cecily.

— Viens. Nous serons bien là-bas.

Cecily se dégagea.

— Vous serez bien. Moi je vais devoir monter et descendre les escaliers à tout bout de champ. Il n'y a pas de rampe, et la chambre de la comtesse se trouve tout en haut, Lady Marian. Marcher est un supplice pour moi.

Ignorant ses plaintes, Marian se dirigea d'un bon pas vers la tour, suivie par Cecily qui haletait et soupirait. Comme elle donnait l'impression de souffrir le martyre, Marian finit par se retourner.

— Cecily, je regrette que tu ne m'en aies jamais parlé. As-tu vraiment cru que Wenthaven, avec ses rêves de puissance et de grandeur, épouserait une cousine illégitime de sa femme ?

Cecily se mit à sangloter doucement.

— Pourtant, je porte son héritier. Je suis sûre qu'il s'agit d'un fils.

— Je ne veux pas te faire de peine, mais c'est moi qui suis l'héritière de Wenthaven. Le domaine appartenait à la famille de ma mère, et il est déjà à moi, bien que ce soit mon père qui le dirige. Même si ton enfant était un fils, il n'aurait droit à rien.

Les pleurs de Cecily redoublèrent.

Marian passa les bras autour de ses épaules.

— Montons à la chambre de la comtesse. Je m'occuperai de Lionel. Toi, tu vas t'allonger, surélever tes jambes, et je vais réfléchir à ce qu'on peut faire pour toi.

Cecily sécha ses larmes et se ressaisit.

— Je ne veux pas être mariée de force à n'importe qui et envoyée loin d'ici. Je veux que Wenthaven voie son enfant. Une fois qu'il aura vu son fils, il ne pourra pas rester insensible.

— Wenthaven sait très bien rester insensible aux enfants, répondit Marian en aidant Cecily à gravir l'escalier en colimaçon. Il n'a jamais montré le moindre intérêt ni pour moi, ni pour Lionel.

— C'est parce que vous lui rappelez la comtesse. Et Lionel n'est pas vraiment son petit-fils.

Marian s'arrêta.

— Qu'as-tu dit ?

Cecily lui adressa un horrible sourire.

— Pensiez-vous que je l'ignorais ? Vous n'avez jamais eu d'enfant. Lionel n'est pas votre fils mais celui d'Élisabeth.

Marian gravit les dernières marches et empoigna Cecily.

— Est-ce Wenthaven qui t'a dit cela ?

Cecily se tortilla comme un enfant coupable.

— Je lui ai fait part de mes doutes, et nous avons comparé les faits. Ensemble nous…

— Oublie tout ce que tu sais ou que tu crois savoir. Tu dois penser à ton enfant à présent, et si tu te mêles des sombres affaires de Wenthaven, tu ne seras pas la seule à souffrir.

— Vous ne pensez pas que Wenthaven réussira, n'est-ce pas ? demanda Cecily.

Marian, qui avait pu constater la détermination d'Henri à conserver son trône et le soutien indéfectible de ses plus fidèles vassaux – dont Griffith –, secoua la tête.

— Moi si. Je crois en Wenthaven. Je comprends ses ambitions.

Cecily redressa les épaules et elle retrouva un peu de sa superbe d'antan.

— Et je serai là pour l'épauler.

— C'est possible.

Marian poussa la porte et pénétra dans la chambre de la comtesse.

Aussitôt elle se sentit bien, et chez elle. Elle se détendit, malgré la situation. Elle ne se souvenait pas de la dernière fois où elle avait ressenti cela. Cela devait être… au pays de Galles. Elle fut prise d'un sursaut de culpabilité. Au pays de Galles, avec le bourru Rhys et la douce Angharad. Avec Art et Griffith, quand ils étaient tous les deux vivants et en pleine santé.

Les larmes affluèrent, des larmes qu'elle n'avait pas conscience d'avoir jusque-là retenues. Lionel tendit la main et tapota ses joues. Cecily la regarda avec curiosité. Et le réconfort de la chambre l'enveloppa comme une couverture.

Lionel semblait ressentir la même chose, car il demanda à être posé à terre. Marian frotta ses bras douloureux tout en le regardant explorer la pièce, et par moments sourire. Il finit par revenir vers elle et tirer sur ses jupes.

— Griffith ? demanda-t-il.

C'était le premier mot qu'il prononçait depuis son sauvetage.

— Griffith ? répéta-t-il.

— Griffith n'est pas là, répondit Marian. Pas pour l'instant.

— Il ne sera plus jamais là ! lança Cecily, venimeuse.

Marian lui adressa un regard noir, et Cecily frissonna.

— Je déteste cette pièce. Elle sent mauvais et elle est glaciale.

— Je vais aérer, dit Marian. Je ne pense pas que qui que ce soit soit monté ici depuis mon départ. L'âtre est plein de cendres.

Elle le nettoya et alluma le feu. Alors qu'elle était

accroupie devant le foyer, une lueur attira son œil. Contre la cheminée, son épée, étincelante, semblait n'attendre que sa main. Elle la saisit et sentit son poids bien équilibré.

Cela lui rappela des jours passés plus heureux, et en particulier celui où elle avait rencontré Griffith.

— Reste près du feu, Cecily, cela va te réchauffer.

Cecily obéit et regarda Marian se déplacer dans la pièce, pour la remettre en ordre.

— Le lit est comme vous l'avez laissé, dit-elle.

Marian s'arrêta et repensa à cette nuit, à la fois belle et tragique.

— Je suis sûre que les draps n'ont pas été changés. Ne voulez-vous pas vous allonger, pour faire comme si vous étiez encore dans ses bras ?

— Cecily, tu vas trop loin, répondit Marian, qui savait elle aussi se montrer hautaine, comme son père.

Cecily fondit de nouveau en larmes.

— Je sais. Je sais. Je vous prie de m'excuser.

Elle courut vers Marian pour la prendre dans ses bras.

— Je suis juste fatiguée et terrorisée. Tous mes rêves sont en train de mourir, et je cherche désespérément un moyen de les faire vivre. J'ai tendance à croire que si je suis méchante avec les autres, cela va arranger les choses, mais c'est faux.

— Je m'excuse moi aussi, dit Marian, touchée par cet élan de sincérité. Maintenant sèche tes larmes, je vais faire le lit pour que Lionel et toi puissiez vous reposer.

— Et vous, qu'allez-vous faire ?

— Je vais m'occuper du feu. Et me reposer aussi. J'ai besoin de réfléchir, mais je suis trop fatiguée.

Et trop inquiète et découragée, songea-t-elle, sans le dire.

À sa grande surprise, elle dut insister pour que Lionel

accepte de se coucher aux côtés de Cecily. Visiblement, il ne lui faisait plus confiance. Mais la fatigue était trop forte, et il finit par sombrer. Marian put vite aller s'asseoir près du feu.

Elle avait menti à Cecily. Elle n'avait plus besoin de réfléchir. Elle savait ce qu'elle avait à faire et elle était prête.

Mais c'était douloureux.

Lorsque Cecily s'était plainte que ses rêves étaient en train de mourir, elle avait touché une corde sensible en elle. Les rêves de Marian gisaient, brisés, à ses pieds. Mais ils pourraient renaître de leurs cendres si elle décidait de céder à la tentation et d'écouter Wenthaven.

Elle pourrait retourner à Londres. Elle pourrait exercer son contrôle sur Lionel et, par son intermédiaire, sur tout le royaume. Elle pourrait jouir d'une richesse et d'un pouvoir immenses.

Si elle ne saisissait pas cette chance, elle qui était si ambitieuse devrait tirer un trait définitif sur ses rêves de pouvoir.

Mais si Wenthaven échouait dans sa tentative de rébellion contre le roi, cela signifierait pour elle et Lionel l'exil ou la mort.

Mais que Griffith soit vivant ou mort, elle savait ce qu'il attendait d'elle. Elle savait ce qui était juste, et elle savait comment faire pour damer le pion à Wenthaven et prendre la situation en main.

Alors, après un dernier regard vers le lit, elle souleva sa jupe et détacha l'étui en cuir qui contenait la page du registre matrimonial. Après avoir retiré le parchemin et l'avoir défroissé, elle lut les mots qui pourraient mettre le monde à feu et à sang. Elle se souvenait parfaitement du jour du mariage. Richard, sombre et dominateur. Élisabeth, belle et terrifiée. Le prêtre, pressé d'expédier la cérémonie, comme s'il faisait quelque chose de sale. Lord Norfolk. Et elle, plus jeune de trois ans, et tellement plus naïve.

La chapelle n'était éclairée que par quelques cierges. Elle avait signé le registre d'une main tremblante, et quand Élisabeth lui avait chuchoté qu'elle était enceinte, elle avait volé la page du registre en tremblant de plus belle.

Mais, finalement, il aurait mieux valu qu'elle s'abstienne.

Elle se pencha en avant et approcha le parchemin des flammes.

— Non !

Le cri de Cecily la fit sursauter et lâcher la page du registre.

— Non ! répéta Cecily en se jetant vers le feu.

De ses mains nues, elle sauva le parchemin dont les bords avaient bruni et commencé à s'enrouler sur eux-mêmes.

— Doux Jésus ! s'exclama-t-elle en piétinant le papier, puis en soufflant sur ses doigts. Vous l'avez ! Vous l'avez ! J'ai toujours pensé que vous l'aviez. J'ai dit à Wenthaven que vous l'aviez. J'ai fouillé le cottage, mais je ne l'ai pas trouvé.

Abasourdie, Marian se remémora la destruction de sa maison.

— C'était toi ?

— Oui, c'était moi. Et j'étais tellement dépitée de ne pas l'avoir trouvé que j'ai tout cassé et tout renversé. Wenthaven était furieux contre moi.

Marian se pencha pour récupérer le feuillet, mais Cecily fut plus rapide.

— Donne-le-moi, ordonna Marian. Tu ne sais pas ce que tu fais.

— Bien sûr que si : je vais donner à Wenthaven ce qu'il cherche par-dessus tout. Et, après cela, il m'épousera.

— Pas tant que je suis en vie.

Marian se jeta sur Cecily qui ne faisait pas le poids face à elle. Elle saisit son poignet et le serra jusqu'à ce que Cecily crie de douleur et lâche le parchemin.

Avant qu'il atteigne le sol, une main d'homme l'attrapa.

La main de Wenthaven.

Chapitre 19

Les mercenaires ne bronchaient pas alors que Griffith et Billy tournaient autour du château de Wenthaven, et cette passivité mettait Griffith mal à l'aise. À quelle logique obéissaient-ils ? Et que pouvait tramer Wenthaven ?

Il apostropha Billy.

— Est-ce que tu reconnais quelqu'un ?

Billy fixa les forces en présence en clignant des yeux.

— À vrai dire, ma vue n'est plus ce qu'elle était. D'ici, je n'arrive même pas à distinguer les Anglais des Gallois.

— Billy, si je décris les hommes, sauras-tu les reconnaître ? demanda Griffith, en prenant sur lui pour ne pas montrer son agacement.

— Oui… Enfin, peut-être… Si vous les décrivez bien, sans doute.

— Un homme aux cheveux noirs avec une tunique marron.

— Un Gallois, répondit Billy avec certitude.

— Un homme aux cheveux noirs avec… – bon sang, les ombres des hauts murs les dissimulaient, et Griffith, malgré ses yeux d'aigle, avait du mal à distinguer les détails – deux ou trois doigts en moins.

— Un Gallois, je pense.

En enchaînant rapidement, Griffith dit :

— Un homme aux cheveux noirs avec la moitié du nez en moins.

— Gallois.

— Un borgne chauve.

— Gallois, je pense, même si je ne l'ai jamais vu dans…

En poussant un cri de joie, Griffith galopa vers le mur d'enceinte.

— Art ! Arthur, pour l'amour de Dieu…

Art lui adressa un signe en souriant, et un autre homme très brun apparut à ses côtés.

— Et Dolan ! exulta Griffith. Oh ! Dieu soit loué, c'est bien Dolan !

Il ne se souvenait pas avoir jamais éprouvé une telle joie. Art ! Ce cher vieil Art, vivant et plus rusé que jamais. Et Dolan, ce vieux pirate qui ne cessait de défier son père. Il n'aurait pas pu rêver meilleurs alliés. Et jamais il ne s'était senti aussi optimiste.

Adieu prudence et retenue qui avaient longtemps été sa signature. Il se savait en état de grâce. Rien ne pouvait l'atteindre, et il triompherait.

Ses deux conspirateurs se penchèrent et, sans un mot, désignèrent les grilles.

Griffith hocha la tête pour signifier qu'il avait compris, et ses hommes reculèrent. En riant, il brandit le poing vers les hauts murs gris, avant de le tendre vers le ciel.

— Je vaincrai ! cria-t-il. Je…

Un tir d'arbalète vint finir sa course dans l'eau du lac juste à côté de lui en l'éclaboussant.

Cledwyn, depuis le crénelage du chemin de ronde, hurla :

— Griffith ap Powel, espèce de vermine, je vais te tuer !

Alors qu'il réarmait son arbalète, Griffith décida de battre en retraite. Il vaincrait, mais seulement s'il ne tentait pas le diable. En protégeant son dos avec son bouclier, il rejoignit Billy en criant :

— Saint Dewi veille sur nous : ces hommes sont gallois et ils vont nous ouvrir les portes !

— Mais ils ne sont que deux ! rétorqua Billy.

Griffith sourit de toutes ses dents.

— Ils sont gallois. Ils n'ont pas besoin d'être plus de deux.

Marian se tenait devant la porte fermée, l'épée pointée sur la gorge de son père.

— Vous ne pouvez pas partir avec ce document. Il est à moi. Donnez-le-moi.

Insensible à son ton menaçant, aux grattements furieux de Honey qui demandait à entrer, et à la panique exagérée de Cecily, Wenthaven roula le parchemin avec soin. De petits morceaux des bords calcinés tombèrent à terre alors qu'il disait :

— Ne soyez pas stupide, ma chère fille. Vous ne pouvez pas tuer votre propre père. Contrairement à moi, vous possédez un tant soit peu de morale.

— Ma morale est en ce moment en guerre avec elle-même, mon cher père. Dois-je trahir la princesse qui a toujours été une amie loyale et véritable ? Dois-je détruire sa vie, et en même temps la vie de son enfant et la mienne ? Ou dois-je tuer mon père, l'homme qui m'a conçue, mais qui s'est toujours désintéressé de moi ?

Deux paires d'yeux verts se défièrent.

— Comportez-vous bien, Wenthaven, pour une fois.

Et épargnez-moi l'obligation de devoir faire un choix. Lâchez ce parchemin.

Son amusement était presque palpable, mais il était aussi très impressionnant. Il rayonnait, avec une intensité incroyable. Il portait une armure complète, bien que légère, et des armes de guerre. C'était comme s'il anticipait une bataille, une bataille qu'il ne pouvait pas perdre.

— Que feriez-vous de ce parchemin si je le lâchais ? demanda-t-il.

— Je le brûlerais.

Comme il ricanait, elle insista :

— Il va brûler, c'est certain. Soit ce sera moi qui le jetterai au feu, soit ce sera Henri qui le fera brûler en incendiant votre château.

— Vous avez une telle foi en Henri Tudor ! s'étonna son père.

— J'ai foi en les hommes qui le suivent.

Un cri, dehors, attira brièvement l'attention de Wenthaven, puis il se tourna de nouveau vers Marian.

— Griffith ap Powel est mort.

— Il y en a d'autres comme lui.

— Vous ?

La colère faillit lui faire enfoncer sa lame dans la gorge de Wenthaven. Mais son père sourit de nouveau.

— Vous vous êtes rangée du côté des défenseurs et des partisans d'Henri, dirait-on.

Elle se rendit compte que c'était vrai. Si Lionel n'était pas appelé à monter sur le trône, alors elle soutiendrait Henri. Il était fort et solide. Il avait épousé Élisabeth, qui essaierait d'être équitable et de faire respecter la justice. Il voulait fonder une dynastie pour qu'elle règne sur une Angleterre bien mal en point après des années de guerre civile.

Elle recula et se mit en garde.

— Pour défendre Henri, je suis prête à me battre jusqu'à la mort.

— Seriez-vous en train de me provoquer en duel ?

Wenthaven dégaina son épée avec emphase.

— Merveilleuse idée.

Curieusement, elle fut surprise de sa réaction. Horrifiée, même. Bien qu'il ne se soit jamais soucié d'elle, Wenthaven était son père, et elle n'aurait jamais pensé qu'il la menacerait un jour de son épée. Mais il s'apprêtait à commettre une trahison de plus.

— Avez-vous changé d'avis ? lança-t-il, narquois.

Mais son attention semblait accaparée par les cris qui, dehors, se multipliaient, et par son chien qui pleurait à la porte.

— Non, pas du tout, répondit-elle. Je vous lance un défi, Wenthaven. Je vous propose un duel à mort, dont l'enjeu est le parchemin. Si vous mourez, je le brûlerai. Si je meurs, vous l'utiliserez. Alors placez-le devant la cheminée, mon cher père, pour que le gagnant puisse facilement le récupérer.

— Je vous ai appris tout ce que vous savez, et aucune de vos bottes n'a jamais réussi à me désarmer. Avez-vous à ce point confiance en vos talents ?

— Oui, répondit-elle en remontant ses jupes et en les serrant sous son bras. Pas vous ?

Alors qu'il faisait semblant de réfléchir, Cecily lança :

— Ne faites pas cela, Wenthaven, c'est un piège !

— Cecily, ce que tu peux être bête, rétorqua Wenthaven. Ma fille veut peut-être me piéger, mais contre moi, elle ne peut rien.

Il se dirigea vers la cheminée et déposa le parchemin sur les pierres, devant l'âtre, tout en tenant Marian en respect en pointant son épée vers elle.

— Laisse-le, ordonna-t-il quand Cecily voulut prendre le parchemin. Il est à moi, ou bien à Marian.

Au moins, elle avait obtenu cela. Mais Marian ne jubilait pas pour autant, car, pour elle, le moment du sacrifice était peut-être venu.

Le cœur battant, elle se jeta vers Wenthaven, et son épée, rapide comme l'éclair, jaillit vers lui. Il para son attaque, avec difficulté, et il laissa échapper un juron. Une fois son équilibre retrouvé, en une simple extension de son bras, il lacéra la jupe de Marian et… son bras ?

Elle le leva, s'attendant à voir le sang couler, mais il ne l'avait pas touchée.

Wenthaven ordonna :

— Déchirez-la complètement.

Elle le regarda sans comprendre.

— Votre jupe. Raccourcissez-la pour ne pas être obligée de la tenir. Je ne voudrais pas qu'il soit dit que j'ai gagné en profitant d'un avantage injuste.

Il n'y avait que Wenthaven pour penser à cela. Et il n'y avait que Wenthaven pour réussir à maîtriser son épée de la sorte. Elle aurait pu perdre avant d'avoir commencé, songea-t-elle, apeurée.

— Faites ce que je vous dis, insista-t-il.

En hochant la tête, elle déchira le tissu juste au-dessus de ses genoux.

Il ne l'avait pas touchée, mais cette attaque avait porté un coup à sa vanité. En tout cas, il l'espérait. Il espérait que cela suffirait à la faire renoncer à ce combat stupide. Et qu'il parviendrait à la convaincre, par la parole, de se rallier à sa cause.

Ce n'était pas qu'il tenait spécialement à Marian, cette fille désobéissante et irrespectueuse. Non, c'était seulement qu'il redoutait d'avoir lui-même à s'occuper de son enfant. Surtout d'un enfant pleurant sa mère disparue.

Il avait déjà misérablement failli à cette tâche, jadis.

Les cris dans la cour se muèrent en rugissements. Maudit Cledwyn, n'était-il pas capable de tenir ses hommes jusqu'à ce qu'il en ait fini ici ? Que la vérole s'abatte sur eux…

— Reprenons-nous ? demanda-t-il.

— Je suis prête.

Son regard calme et fixe le perturbait. Il lui rappelait celui qu'il avait observé chez une de ses chiennes qu'un loup avait attrapée. Le regard d'une bête affrontant la mort avec la satisfaction du devoir accompli. Afin que Marian change d'attitude et se batte, il lança une attaque que lui-même jugea brillante.

Il la força à reculer jusqu'à la porte et la tint captive contre le bois grâce à une série de coups si rapides qu'ils créèrent comme une cage autour d'elle. Il aurait volontiers continué, mais les aboiements frénétiques de Honey lui firent craindre le pire. Il laissa donc Marian placer une parade très quelconque.

Une parade quelconque qui fit couler le sang, remarqua-t-il avec dégoût.

— Vous m'avez touché, dit-il, alors qu'un filet rouge coulait le long de son bras.

— Pour moi, tout va bien, répondit-elle.

— Vous mentez.

— C'est la vérité.

Sa fierté allait la perdre. Il attaqua, encore et encore,

l'obligeant à faire davantage que simplement parer. Il fallait qu'elle se batte, et qu'elle se batte pour gagner.

Elle commençait à haleter. La sueur coulait dans ses yeux, et ses lèvres esquissaient un sourire déterminé. Elle était extrêmement concentrée. Il l'observa alors qu'elle se déplaçait autour du lit, où Lionel dormait du sommeil du juste. La proximité de l'enfant la perturbait, remarqua-t-il avec satisfaction. Elle surveillait ses pas et se battait en silence comme pour ne pas déranger l'enfant.

Wenthaven comprenait ce sentiment. Il éprouvait la même chose pour Honey, qui grattait le sol devant la porte. À sa grande surprise, il avait aussi de la peine pour Marian, qui menait une bataille perdue d'avance.

S'il l'emportait maintenant, il ne serait sans doute pas obligé de la tuer. L'humiliation suffirait sans doute à la faire changer de camp, car, à présent, le duel avait réveillé son excitation et chassé sa résignation stoïque.

Il avait gagné une partie du combat : Marian luttait de nouveau pour sa propre vie.

À présent, il ne lui restait plus qu'à la convaincre de lui obéir. Avec la voix qu'il utilisait pour mater les chiots récalcitrants, il dit :

— Vous ne comprenez pas bien la situation. Avec cette preuve de mariage, j'ai de quoi renverser Henri. Ce sera très facile et rapide.

Il la fit reculer jusqu'à la fenêtre, espérant qu'une bouffée d'air frais l'aiderait à reprendre ses esprits. Mais des bruits sourds – de métal et de bois – attirèrent son attention, et il se rendit compte avec stupeur que le pont-levis était en train de s'abaisser. Que faisaient ces idiots de mercenaires ?

— Ce ne sera pas si facile, dit-elle, haletante.

— Bien sûr que si.

— Vous vous mentez à vous-même. Vous passez trop de temps ici. Ne vous êtes-vous jamais dit que vos espions vous disaient ce que vous vouliez entendre ?

Il n'aimait pas la tournure que prenait la conversation.

— Que voulez-vous dire ?

— La campagne est pacifiée. Les villageois sont satisfaits. Vous ne lèverez pas facilement une armée. Sous le règne d'Henri, les nobles sont en train de s'enrichir, et ils ont tout intérêt à ce que cela continue.

Elle se battait toujours, mais ses attaques étaient peu puissantes, car elle utilisait son précieux souffle pour parler.

— Allez vous promener dans le pays, Wenthaven, et vous verrez que j'ai raison.

C'était malin de sa part. Très malin. Elle tentait de saper sa confiance.

Mais elle n'y parviendrait pas. Néanmoins, il fallait qu'il la surveille de près, tout comme il devait surveiller de près ces idiots, dehors, qui criaient des choses qu'il n'entendait pas. Pressé d'en finir avec elle, il dit :

— Je vais ignorer votre bêtise, et vous m'accompagnerez car j'ai besoin de vous pour que vous vous occupiez de l'enfant.

— Si vous avez besoin de moi, répondit-elle en souriant, pourquoi nous battons-nous ?

Cecily, que tout le monde avait oublié, demanda :

— Oui, pourquoi ?

Au comble de l'agacement, Wenthaven hurla :

— Cecily ! Sors d'ici. Dehors, et tout de suite !

— Mais, Wenthaven…

— Dehors, j'ai dit !

Cecily se mit à sangloter bruyamment, ce qui rendit la chienne folle, de l'autre côté de la porte. En outre, le bruit dehors devenait assourdissant, et Wenthaven, qui n'en pouvait plus de tout ce vacarme, poussa un juron.

Mais Marian ne profita pas de sa distraction. Ce qui se passait dans la cour semblait la rendre euphorique. Elle posa son épée contre le mur et se pencha à la fenêtre.

— Ils ont baissé le pont-levis, et toute une troupe de chevaliers est en train de pénétrer dans l'enceinte du château.

— Les imbéciles !

Wenthaven se précipita vers la fenêtre et essaya de la pousser, mais elle refusa de bouger.

— Parbleu, Wenthaven, un cavalier est en train de faire des dégâts chez vos mercenaires. Il…

Elle recula, et porta la main à sa poitrine comme si elle avait avalé de travers, et Wenthaven lui administra une vigoureuse tape dans le dos avant de prendre sa place.

Il comprit aussitôt qu'elle l'avait trompé. Aucun chevalier n'avait envahi la cour du château, mais le pont-levis oscillait de bas en haut, comme si deux personnes s'en disputaient les commandes. Toutefois elle n'avait pas menti au sujet du cavalier solitaire. Il ne portait qu'une armure en cuir et un bouclier, mais il s'agissait d'un chevalier, sans doute l'un des meilleurs d'Henri. Il brandissait une épée d'une main et, grâce à ses assauts puissants, faisait tomber les mercenaires un à un. Sous sa conduite habile et autoritaire, le cheval était une arme lui aussi, qui distribuait coups de sabot et de dents avec férocité.

— Qui est cet homme ? demanda-t-il, sans s'adresser à quelqu'un en particulier.

— Wenthaven ? fit Cecily d'une voix chevrotante.

— Sors d'ici, Cecily.

Un autre homme rejoignit le cavalier solitaire depuis

l'extérieur, mais il se dirigea tout de suite vers le manoir, et l'attention de Wenthaven fut de nouveau attirée par le chevalier.

— Il me rappelle vaguement quelqu'un…

— Wenthaven ? répéta Cecily.

En se tournant avec rage, il rétorqua :

— On m'envahit, espèce de…

Il se figea.

Sa fille, cette petite traînée, tenait la preuve du mariage à la main et, sous ses yeux horrifiés, elle l'approcha des flammes.

— Non ! hurla-t-il en se précipitant vers elle.

Marian écarquilla les yeux, puis, avec défi, poursuivit son geste. Il hurla de nouveau et l'empoigna par les cheveux, pendant que Cecily ouvrait la porte pour s'enfuir.

Honey, enfin libre de ses mouvements, se jeta sur son maître avec une force qui lui fit perdre l'équilibre et lâcher prise.

Marian chancela vers l'arrière, puis vers l'avant, et en profita pour enfouir le parchemin sous les braises. Après s'être débarrassé de la chienne en la jetant contre le mur, Wenthaven dégagea Marian d'un violent coup de coude et tendit la main vers les flammes.

Trop tard.

Le feu avait commencé à dévorer le parchemin. Après un minuscule embrasement, l'écriture se noircit, des volutes de fumée se formèrent, et le document disparut.

— Disparu…, gémit-il.

Il se serait emparé de l'Angleterre. Il aurait possédé l'Angleterre. Les nobles lui auraient mangé dans la main. Les paysans auraient rampé devant lui. Il aurait été riche et puissant. Si puissant.

Il regarda de nouveau les flammes, à la recherche de ce qui n'était plus, qui avait disparu sans laisser la moindre trace.

— Disparu…

Il fallait qu'elle disparaisse à son tour. Elle. Marian. Il voulait voir son corps sans vie gisant à terre, en bas de l'escalier en pierre de la tour.

Marian entendait quelqu'un pleurer. C'était Lionel.

Elle l'entendait. Il fallait qu'elle aille le consoler, mais sa vue se troubla et elle ne réussit pas à se lever.

Elle avait trop mal à la main et à la tête. Il fallait qu'elle se lève et qu'elle s'enfuie. Il fallait qu'elle se lève et prenne Lionel pour le mettre en sécurité. Mais ses jambes refusaient de bouger. Pourtant il le fallait. Il le fallait. Et vite, avant qu'il arrive…

— Marian.

C'était Wenthaven. C'était son père. Elle pensait qu'il voulait la tuer, mais il ne lui avait jamais parlé d'une voix aussi douce. Une voix qu'elle n'avait entendue qu'une seule fois chez lui, mais quand ?

— Marian ?

Une voix si douce, si gentille. Quand était-ce ?

— Venez, Marian.

Malgré son étourdissement, elle leva la tête et le regarda dans les yeux. Et elle se souvint. C'était quand il avait appelé une chienne stérile pour la tuer.

— Debout, Marian.

Il pointait son épée contre sa poitrine, la forçant à obéir. Elle s'aida du mur pour se relever. Depuis la porte, Cecily regardait, stupéfaite. Honey courait en cercle en jappant. Depuis le lit, Lionel regardait en silence, habitué à voir sa mère face à une épée.

Il aurait fallu qu'elle le rassure, mais Marian ne

parvenait à ne rien faire d'autre que fixer Wenthaven. Et sa propre mort.

— Wenthaven, dit-elle d'une voix rauque. Au nom de Jésus-Christ, notre sauveur, Wenthaven…

— Vous verrez votre sauveur bien assez tôt.

Les genoux tremblants, elle s'appuya de nouveau contre le mur.

— Vous allez brûler en enfer si vous faites cela.

— Je suis déjà en enfer, dit-il, en serrant le poing. Je le tenais dans la main. Et à cause de votre traîtrise…

Marian longeait à présent le mur en direction de la porte.

— Qu'est-il arrivé à votre honneur ? demanda Wenthaven, qui parlait toujours d'une voix si douce qu'elle inspirait presque la confiance. Je le croyais solide comme le roc.

— C'est mon honneur qui m'a commandé de brûler ce parchemin, dit-elle en s'agrippant au chambranle de la porte, alors que Cecily s'écartait pour la laisser passer. Mon honneur m'a dit que telle était ma mission.

— Alors préparez-vous à mourir pour votre honneur ! lança Wenthaven, avec rage cette fois.

Il pointa son épée vers elle, et elle fut contrainte de reculer sur le palier.

— Encore !

Elle regarda par-dessus son épaule. Derrière elle, le trou béant de la cage d'escalier, si profond qu'elle n'en voyait pas le fond.

L'épée de Wenthaven toucha sa gorge, puis se retira.

— Encore, insista-t-il. Reculez et disparaissez dans les ténèbres.

Son talon rencontra le vide, et ses orteils se rétractèrent dans ses chaussures. Tout en luttant pour garder l'équilibre, elle regardait avec une fascination horrifiée la lame brillante s'approcher de plus en plus.

— Le sol en pierre, en bas, a accueilli d'autres corps.

La lame se mit à trembler.

— C'est là que votre mère a fini, poursuivit-il. Certains ont prétendu que c'était moi qui l'avais tuée, mais c'est faux. Elle est morte, et en mourant, elle m'a échappé.

Elle le regardait. Il la regardait. Il appuya la pointe un peu plus et plissa les yeux. Puis, alors que Marian s'était presque résignée à un destin qui lui semblait inéluctable, il retira lentement son épée.

— Je ne peux pas, souffla-t-il.

— Faites-le, murmura Cecily.

Mais il poursuivit comme si elle n'existait pas.

— C'est comme si je l'entendais encore, en train de me faire jurer de toujours vous protéger, et de vous rendre forte.

— Tuez-la.

Cette fois, c'était un ordre, auquel il répondit.

— Je ne peux pas la tuer. Elle est la fille de sa mère.

— Moi, je peux !

Aussitôt, Cecily courut vers elle, les mains tendues.

Il n'y avait nulle part où aller.

Marian vacilla, en battant des bras. Une main saisit son corsage et la tira en avant, pour la mettre en sécurité. Un bras, placé en opposition, empêcha Cecily d'accomplir l'irréparable.

Tout se mit à tourner autour d'elle et Marian heurta un corps qui se débattait.

Celui de Cecily.

Tout à coup un bruit sourd la glaça. Puis un râle.

Elle reconnut ce bruit. C'était celui qu'elle craignait d'entendre.

Elle roula sur elle-même et, en s'agrippant à l'extrémité du palier, elle regarda en bas. Wenthaven était en train de dévaler l'escalier en colimaçon, comme une chiffe molle. Sa tête heurtait régulièrement le mur. Il était inconscient.

Une marche en bois craqua et il fut déporté sur le côté.

Elle hurla.

Et il tomba dans le vide.

Chapitre 20

— Baissez la herse !

Tout en poussant leur cri de guerre, les mercenaires tentèrent de désarçonner Griffith. Son étalon hennit et se cabra, infligeant de graves blessures à ceux qui osaient approcher. Ceux qui étaient touchés par ses sabots redoutables se roulaient dans l'herbe en hurlant. Mais cela n'empêcha pas Griffith d'entendre l'appel :

— C'est cela, baissez cette satanée herse !

D'un rapide coup d'œil, Griffith repéra d'où venait cet ordre. C'était Cledwyn qui, depuis les escaliers menant au corps de garde, s'adressait à ses hommes qui se trouvaient à l'intérieur.

Les dents acérées de la grille métallique s'abaissèrent rapidement, érigeant une barrière entre Griffith et les soldats d'Henri arrivant à la rescousse.

— Fermez les portes, fermez les portes, bande de bons à rien, avant que les Anglais nous transforment en chair à pâté.

Dans son armure de cavalier, Cledwyn hurlait tandis qu'une douzaine de mercenaires s'affairaient à fermer les deux lourdes portes en bois situées juste derrière la herse. Un plastron trop large protégeait son torse.

Un heaume trop petit coiffait sa tête. Des jambières couvraient ses tibias, et ses solerets cliquetaient quand il tapait du pied. Ses gantelets brillaient dans la lumière alors qu'il gesticulait.

— Dépêchez-vous ! Vite !

Bientôt, il serait trop tard. Griffith avait besoin d'aide, et de façon urgente. Où donc se trouvait Billy, qui lui avait promis du soutien ?

En poussant un rugissement, Griffith se débarrassa de ses derniers assaillants et se plaça au milieu du mur d'enceinte.

— Pour l'Angleterre ! hurla-t-il en direction du donjon. Le roi Henri demande le droit d'entrer et les mercenaires le lui refusent.

Les mercenaires se figèrent. Les soldats anglais du comte allaient-ils désobéir à leur maître pour obéir à leur roi ?

— Pour les Anglais !

Il ne se passa rien, et les mercenaires commencèrent à se moquer et à se rassembler autour de Griffith comme une meute de loups affamés. Désespéré, il cria :

— Pour votre camarade Billy et votre maîtresse Marian !

Les portes basses du donjon s'ouvrirent, et les soldats anglais se précipitèrent dehors. Derrière eux couraient des cuisinières anglaises, des femmes de chambre anglaises, des blanchisseuses anglaises, et des garçons de service anglais.

À leur tête, Billy distribuait les ordres comme un vrai commandant, et les deux parties adverses se heurtèrent avec violence. Les soldats se battaient avec ardeur, comme on pouvait s'y attendre, mais Griffith fut impressionné de voir les jeunes garçons se servir de plateaux en guise de boucliers et les femmes de chambre agiter de massifs tisonniers. Les blanchisseuses frappaient les têtes galloises avec leurs battoirs, tandis que les cuisinières enfonçaient leurs couteaux dans les jarrets des mercenaires.

Alors que le combat faisait rage, Sheldon libéra les chiens du chenil qui, d'instinct, attaquèrent les mercenaires.

Cledwyn releva sa visière et injuria ses hommes, déjà malmenés par le raz-de-marée anglais. Mais avant qu'il puisse rejoindre ses troupes, la herse commença à se lever lentement, et Griffith ne put s'empêcher d'éclater de rire devant la rage de Cledwyn. Celui-ci l'entendit, et se précipita vers l'escalier qui menait à la pièce abritant le mécanisme de la herse. Griffith, comme le mercenaire s'y attendait sans doute, galopa vers lui. Puis il descendit de cheval, et se mit à courir, l'épée à la main jusqu'au pied de l'escalier.

Il était si concentré sur sa proie qu'il faillit ne pas entendre Art quand il cria :

— Griffith. Regardez !

Il leva les yeux vers le palier et fut ébloui par l'armure de Cledwyn. En ricanant et en le provoquant, Art et Dolan le poussèrent vers le vide. Le mercenaire vacilla, et essaya, en vain, de retrouver l'équilibre. Acculé, il fit un pas de trop et tomba. Il atterrit dans la poussière avec un bruit de ferraille.

Griffith regarda ses camarades qui ricanaient toujours.

Art haussa les épaules. Dolan s'essuya innocemment les mains sur sa cape et dit :

— Il a glissé.

Oui, songea Griffith, deux Gallois étaient bien tout ce dont il avait besoin.– Vous l'avez tué. Vous avez tué votre propre père.

La plainte de Cecily résonna dans le vide de la cage d'escalier et se répercuta parmi la foule stupéfaite amassée au pied des marches.

— Elle a tué son père, insista Cecily. Faites quelque chose.

Les jappements désespérés de Honey, qui descendait l'escalier en claudiquant, ajoutèrent à l'hystérie ambiante.

— Il vous nourrissait et vous vêtait, faites quelque chose !

Mais les hommes et les femmes présents restaient muets et immobiles.

— Pourquoi ne faites-vous rien ? demanda-t-elle furieuse, oubliant tout à coup sa douleur.

— Oh ! je vais faire quelque chose, répondit une femme. Je vais rassembler mes affaires et m'en aller d'ici. Et je pense que je vais emporter la cuvette à bordure dorée qui se trouve dans ma chambre. Je la revendrai à un bon prix.

— Oui, et moi je veux le plat en or, dit un homme en caressant sa barbe. La table est-elle dressée dans la salle à manger, à votre avis ?

Marian se leva avec Lionel dans les bras, et regarda avec stupeur les gens de Wenthaven se précipiter partout dans le donjon à la recherche du moindre objet de valeur. Constatant que personne ne se souciait de Wenthaven – ni d'elle –, Cecily poussa un glapissement strident.

— Maman ? demanda Lionel.

Marian appuya la tête de son fils contre son épaule et boucha ses oreilles. Il fallait qu'elle le protège de tout cela. Elle aurait aimé que quelqu'un fasse la même chose pour elle. Son chagrin était réel et profond. Mais elle était aussi heureuse. Oui, heureuse.

Wenthaven, l'homme le plus égoïste et impitoyable de

la Terre, avait été incapable de la tuer. Elle avait détruit ses rêves de grandeur, et pourtant, au moment fatal, il n'avait pas pu la détruire elle.

Parce qu'elle était sa fille ? Peut-être. Parce qu'elle était la fille de sa mère ? Sans doute.

Mais, en tout cas, cela prouvait que l'amour existait. Et qu'il ne mourait jamais.

Le prêtre du château entra et, d'un simple coup d'œil, prit la mesure de la situation. Il s'agenouilla auprès du corps et commença ses prières. Cecily hurlait de plus en plus en fort.

— Un peu de respect, ordonna l'ecclésiastique.

Cecily regarda le prêtre, puis le corps démembré de celui qui avait été son amant et continua de pleurer, mais en silence, tout en tenant son ventre.

Honey s'approcha du corps et le renifla. Puis elle s'assit et se mit à hurler à la mort.

— Il est parti sans s'être confessé, dit Marian.

— Non, répondit le prêtre. Il a reçu l'extrême-onction tous les matins depuis le décès de votre mère.

Marian hocha la tête et quitta la tour sombre.

Elle avait besoin de Griffith. Elle l'avait vu depuis la fenêtre et l'avait immédiatement reconnu. Si l'amour ne mourait pas, alors son amour pour elle avait survécu et elle voulait y trouver refuge. Elle voulait être ce dont il avait besoin et elle voulait expier pour ce qu'elle avait fait.

En passant devant une fenêtre, elle vit que la bataille était presque terminée. Les mercenaires fuyaient les attaques acharnées des soldats de Wenthaven et se rendaient à une troupe inconnue constituée de chevaliers anglais.

Malgré le chaos qui régnait partout, Marian était déterminée à gagner le dernier endroit où elle avait vu Griffith. Elle voulait à tout prix sortir, quitter le donjon.

Elle ignora l'épagneul qui l'avait suivie et boitillait à ses côtés. Elle ignora les malandrins qui pillaient les lieux et les soldats qui tentaient de les en empêcher. Elle ne remarqua pas non plus la procession qui venait vers elle, jusqu'à ce qu'une main ferme agrippe son bras.

Elle leva les yeux vers son monarque.

— Où allez-vous ? demanda Henri.

— Trouver Griffith, répondit-elle, stupéfaite.

D'une main, il leva le visage de Lionel et l'examina.

— Pensez-vous pouvoir emmener cet enfant où bon vous semble ?

— Votre Grâce ?

Il se plaça de sorte à protéger Marian et Lionel des regards curieux de ses chevaliers.

— Où pouvons-nous aller pour être seuls ?

Elle regarda autour d'elle.

— Nous ne sommes pas loin de… des appartements de mon père. Là, nous pourrons… parler, si vous le souhaitez. Mon père n'aura plus… – elle déglutit et sa voix devint rauque – besoin d'une pièce dans ce château.

En l'observant aussi attentivement qu'il avait regardé Lionel, Henri haussa la voix afin que tout le monde puisse entendre.

— Donc, votre père a perdu la vie en essayant de me rester loyal en dépit de la sédition de ses mercenaires.

Abasourdie, Marian bredouilla :

— Je… je ne sais pas quoi…

— Venez, la pressa Henri, en posant la main dans son dos.

Elle résista.

— Mais, Griffith…

— Allez trouver Lord Griffith, ordonna Henri à ses chevaliers. Dites-lui de nous rejoindre ici.

Alors que Marian pénétrait dans les appartements de Wenthaven, les souvenirs l'assaillirent et la firent chanceler. Deux heures plus tôt, Wenthaven était encore vivant et savourait à l'avance son triomphe. Désormais il gisait, mort, et son pire ennemi avait offert de la protéger, elle, avec ses possessions. Grâce au mensonge d'Henri, elle ne serait pas seulement tolérée parmi la noblesse. Elle accéderait au statut glorieux de fille de héros.

Elle essaya de le remercier, comme il se devait.

— Votre Grâce…

Mais elle se tut lorsqu'elle vit la façon dont il dévisageait Lionel.

— Il ressemble à son père, dit-il en fermant la porte.

Son ton était neutre, mais il regardait Lionel comme s'il était en faute.

— J'aurais espéré qu'il y ait un peu de sa mère en lui. Mais non, rien… Il ne peut pas paraître en public avec ce visage. Si quelqu'un le reconnaissait…

— Votre Grâce, Lionel est mon fils, dit-elle rapidement. Son père n'est pas quelqu'un qui…

Mais elle ne put terminer sa phrase.

— Vous voyez ? Même vous ne parvenez pas à mentir à son sujet. Mais j'ai la solution.

Henri avança vers elle.

— Donnez-moi cet enfant.

Marian recula d'un pas et plaça Lionel sur sa hanche.

— Votre Grâce ? Vous voulez prendre Lionel dans vos bras ?

— Je veux garder Lionel.

Sa voix était douce, aimable, persuasive. Elle était semblable à celle de Wenthaven quand il avait essayé de la tromper, et elle le regarda dans les yeux, cherchant la vérité. Or ses yeux brillaient d'un feu glacé. Henri bouillait comme de l'eau froide sur le fer brûlant. Désormais persuadée qu'elle ne pouvait pas lui faire confiance, elle recula.

Il la suivit, et continua sa tirade qui ne la tromperait pas.

— Je pourrais le placer dans un endroit sûr, où il ne pourrait pas me gêner. Il serait en bonne compagnie.

— Avec le comte de Warwick ?

— À la Tour de Londres ? demanda-t-il en ricanant. Elle a mauvaise réputation, et c'est vraiment immérité. Il n'y a rien d'horrible à être…

— Enfermé là-bas ?

Après tant de souffrance et tant d'efforts, Marian n'en revenait pas de se trouver dans une pareille situation. Elle avait tout sacrifié pour protéger Lionel, mais à présent Henri voulait le lui enlever et faire connaître à Lionel le sort réservé aux héritiers royaux indésirables.

Il avançait lentement vers elle, comme un chasseur acculant sa proie.

— La Tour de Londres n'est pas seulement une prison, c'est aussi une résidence royale.

— Oui, les frères de Lady Élisabeth y ont vécu.

Avant leur mort, aurait-elle voulu ajouter. Mais elle n'osa pas.

La porte s'ouvrit derrière eux, mais Marian ne quitta pas Henri des yeux.

— Dehors ! lança-t-il sur le ton de celui qui est certain d'être obéi.

En regardant Lionel, il déclara :

— Il ressemble beaucoup au précédent roi. Est-il arrogant ?

Elle plaqua la tête de Lionel contre son épaule pour le soustraire à cet examen, et répondit :

— Pas du tout.

Lionel dégagea son visage et dit :

— Non !

Le sourire d'Henri, qui paraissait outré, s'effaça aussitôt.

— Je suppose qu'il est aussi agressif, dit-il avec mépris.

Lionel se débattit pour descendre des bras de Marian. Mais elle résista.

— Ce n'est qu'un petit garçon, tenta-t-elle d'expliquer, mais, à son grand désespoir, son argument ressemblait davantage à une supplication.

— Non, ce n'est pas qu'un petit garçon, répondit Henri en acculant Marian contre le mur et en tendant les bras vers Lionel. C'est le fils de Richard.

Avant que ses doigts puissent atteindre Lionel, une courte lame en argent s'interposa entre eux, telle une ligne infranchissable.

— Votre Grâce, dit Griffith, Lionel est « mon » fils.

Marian, partagée entre le soulagement et la terreur, était incapable de bouger. Henri ne bougea pas non plus. Il ne tourna pas la tête pour regarder Griffith.

— Écartez-vous, Lord Griffith, lança-t-il seulement, comme s'il ne doutait pas un seul instant d'être obéi.

— Je m'écarterai, mon suzerain, dès que vous aurez reculé.

— Tout ceci ne vous regarde pas, Lord Griffith. Écartez-vous.

La voix d'Henri claquait comme un coup de fouet, mais Griffith ne flancha pas.

— Au contraire, Votre Grâce, depuis que vous m'avez marié à Lady Marian, cela me regarde. Cet enfant est à elle, et donc à moi, et je ne vous laisserai pas nous prendre Lionel.

La surprise sembla foudroyer Henri, et il regarda Griffith

avec une détermination terrifiante. La jalousie, la rage et le désespoir se mêlaient dans son regard menaçant.

— Parlons franchement, *Sir* Griffith. L'enfant n'est pas celui de Lady Marian, ni le vôtre. C'est le fruit de l'inceste et du viol. C'est le fils de Richard, cette scorie qui a pollué la surface de la Terre. Il doit être enfermé pour éviter que l'horreur de son hérédité puisse s'exprimer.

— L'hérédité de Lionel est la même que celle de votre reine, répondit Griffith avec calme. Richard était son oncle. Pourtant Élisabeth est une femme aimable, bonne et charitable envers tous, et l'un des piliers de votre règne.

— Elle n'est pas ma reine. Je ne l'ai pas encore couronnée.

— Est-ce votre façon de la punir elle aussi ? s'exclama Marian. Est-ce votre récompense pour tous les sacrifices qu'elle a accomplis pour l'Angleterre ?

— Je serai roi par mon seul mérite, non par le mérite d'Élisabeth ou de sa famille. Sa famille…

Henri cracha par terre.

— Regardez-la. Son père était un ivrogne et un débauché. Sa mère m'a déjà trahi. Son oncle…

— Quel beau mariage, dit Marian, sarcastique. Vous jugez votre épouse à l'aune de sa famille. Que doit-elle penser ?

— Élisabeth ne sait pas…

Marian eut un rire méprisant.

— Vraiment, Votre Grâce ? J'ai grandi avec Élisabeth, et je puis vous assurer qu'elle comprend les émotions et les sentiments de ceux qui l'entourent mieux qu'ils ne se comprennent eux-mêmes. Elle a été obligée de développer ces facultés, c'était une question de survie pour elle.

Henri se redressa et se drapa dans sa cape.

— Je suis le roi. Je ne laisse rien paraître de mes sentiments.

— Vous êtes un homme, et vous êtes son époux. Elle sait ce que vous pensez, elle comprend très bien pourquoi vous ne l'avez pas encore couronnée, et chaque jour qui passe sans que vous consentiez à le faire est un comme coup de poignard dans son cœur. Elle vous a donné un héritier, elle l'aime plus que… plus que n'importe quel être au monde.

La voix de Marian se brisa et elle berça Lionel fièrement.

— Elle a oublié ses loyautés passées. Elle a oublié le serment qu'elle m'a fait prononcer. Elle a oublié le fruit de sa chair et son premier-né.

— Lady Marian ! lança Griffith, furieux. Taisez-vous.

Elle se tourna vers lui, mais il saisit son menton, et répéta son ordre, en espaçant bien les syllabes pour qu'elle comprenne.

— Tai… sez… vous.

Elle frémit d'indignation. Mais le ton menaçant de Griffith réussit à lui faire entendre raison. Elle était allée trop loin. Quand il la lâcha, elle inclina la tête et dit :

— Je vous demande pardon, mon époux. Je vous obéirai, bien sûr.

— Félicitations, dit Henri avec dédain. Vous avez réussi à mater le plus sauvage des épagneuls de Wenthaven.

— Votre Grâce, dit Griffith en tentant de se contenir lui aussi, un jour j'ai surpris Lady Marian en train de se défendre contre un homme – contre Harbottle. Il menaçait sa vertu et elle l'a repoussé d'un coup de pied à la gorge. Cela ne m'a pas empêché, impétueux et malotru que j'étais, de reprocher à Lady Marian le comportement inadmissible de Harbottle, comme si elle en était responsable. Lady Marian a dit que les hommes accusaient toujours les femmes quand elles étaient les victimes.

— Avez-vous vengé cet outrage ? demanda Henri.

— Oui.

— Mais vous ne l'avez pas bien fait, dirait-on, car Harbottle est réapparu pour nous tourmenter. Si une mauvaise herbe pousse, il faut l'arracher à la racine, Sir Griffith. À la racine.

— Henri, murmura Griffith. N'avez-vous toujours pas compris ? Lionel est un enfant royal. *Et légitime.* Si je vous tuais maintenant – et je pourrais le faire, comme vous le savez – je serais le seigneur protecteur du roi. Je serais régent. Je réaliserais mes rêves d'indépendance pour le pays de Galles, sans avoir à attendre votre bénédiction. J'aurais à mes côtés la femme que Lionel considère comme sa mère, et je ferais disparaître votre fils. L'endroit que vous avez choisi pour qu'il soit la dernière demeure de Lionel pourrait devenir la dernière demeure du roi Henri Tudor, et je ne ferais qu'un avec la Couronne.

Henri le regardait sans ciller, avec un mélange de terreur et de stupeur.

— Nous possédons la preuve du mariage.

Henri sursauta.

— Comment ?

— La preuve. Marian l'a.

— Impossible. J'ai cherché…

— Mais vous ne l'avez pas trouvée. Parce que Lady Marian l'avait depuis le début. Nous aurions pu semer le chaos dans le pays n'importe quand. D'ailleurs, le moment de le faire est-il venu, Marian ?

Griffith ne la regarda pas, mais il sentit qu'elle se rapprochait de lui.

— Vous vouliez vivre à la cour. Vous vouliez une vie de richesse et de pouvoir. C'est votre chance. Le moment est-il venu, Marian ?

Elle fit semblant de réfléchir, la tête penchée, pendant qu'elle regardait Henri.

— Et si nous laissions Lionel décider ?

— Comment ? hurla Henri.

— Demander à Lionel s'il veut être roi ? fit Griffith en hochant la tête. Pourquoi pas ? Lionel, veux-tu être roi ?

En se débattant toujours, Lionel répondit :

— Non !

— Tu vivrais dans un palais, dit Marian d'une voix caressante.

— Non !

— Les hommes s'agenouilleraient devant toi et les femmes te baiseraient la main, continua Griffith.

— Non ! Non. Lionel veut descendre, *maintenant !*

La sueur perla sur le front d'Henri.

— Vous vous moquez de moi.

— Juste un peu, Votre Grâce.

Griffith prit Lionel à Marian, qui résista un peu, et le posa à terre.

— Vous n'essayeriez pas vraiment de me renverser, n'est-ce pas ? dit Henri en essuyant son front.

— Et vous n'essayeriez pas vraiment d'enfermer Lionel à la Tour de Londres, n'est-ce pas ?

— Bien sûr que non.

— Bien sûr que non, répéta Marian. Notre suzerain est quelqu'un de sage et de prudent.

— Comme Lord Griffith et Lady Marian.

— Tout le monde peut commettre une erreur, dit Griffith. Mais seul les fous s'entêtent.

— Cette preuve de mariage…, commença Henri.

— Elle se trouve dans un endroit sûr, répondit Marian, qui n'osa rien dire de plus.

Henri soupira de soulagement.

— Bien. J'aimerais qu'elle demeure à l'abri des regards, pour la sécurité de ma reine, et pour la mienne.

— C'est une promesse que je peux faire, Votre Grâce, dit Marian.

Henri recula vers la porte, le regard glacial et le visage fermé.

— Tant que cette preuve est en sûreté, la vôtre est garantie également.

Mais Marian ne supportait pas de voir les choses se terminer ainsi. Henri vaincu. Et Griffith rejeté par son suzerain. Tout ceci était d'une telle tristesse qu'elle s'exclama :

— Attendez !

Henri s'arrêta et leva un sourcil.

— Lady Marian ? Avez-vous autre chose à me demander ?

— Une seule, Votre Grâce.

Elle s'approcha et s'agenouilla devant lui.

— Je veux vous prêter allégeance.

Henri la dévisagea, mais son regard avait l'indifférence caractéristique des grands monarques. En aucune façon, il ne montra qu'il acceptait cette marque de soumission, ni qu'il jugeait sa demande déplacée.

Il finit par prendre ses mains dans les siennes.

— Souhaitez-vous, sans aucune réserve, devenir ma vassale ?

— Je le souhaite. En devenant votre vassale, je jure

de vous rester loyale et de défendre votre couronne contre tout ce qui pourrait la menacer. Et je souhaite prononcer mes vœux d'allégeance devant la Vierge Marie qui, comme moi, était la mère d'un fils.

Henri hocha la tête comme s'il était satisfait, puis l'aida à se relever. Logiquement, le baiser de la paix aurait dû suivre, pour sceller leur pacte, mais Marian n'avait jamais embrassé quelqu'un d'aussi impassible. Henri restait silencieux, le visage fermé, attendant clairement qu'elle fasse le premier pas.

À sa grande honte, elle hésita. Cette dernière étape était trop difficile à franchir, et elle se sentait incapable de toucher l'homme qui avait menacé la vie de son fils.

Henri finit par dire :

— Allons. Que craignez-vous ?

— Rien, répondit-elle.

Le simple fait de prononcer ce mot lui fit prendre conscience que c'était la vérité. Elle ne craignait rien. Alors elle passa ses bras autour des épaules d'Henri et, en signe d'allégeance, l'embrassa sur la bouche.

Lorsque ce fut fait, il la poussa dans les bras de Griffith.

— Vous avez une épouse fort grivoise, Lord Griffith, déclara Henri, dans une tentative déroutante de détendre l'atmosphère. Prenez garde, ou bien elle vous en fera voir de belles.

— Je l'espère bien, Votre Grâce, dit Griffith en accueillant Marian dans ses bras. Je l'espère bien.

— Vous irez vivre sur vos nouvelles terres à la frontière galloise, bien entendu ?

— J'obéirai aux ordres de mon suzerain, bien entendu, dit Griffith, en serrant davantage Marian. Mais avant cela, j'avais espéré pouvoir me rendre chez mes parents, au pays de Galles, afin que notre mariage soit célébré comme il se doit.

— C'est une excellente idée. En fait, si vous restiez loin, très loin de Londres, de la cour, et de moi, ce serait encore mieux.

À la porte, Henri posa la main sur la poignée et s'arrêta. Il semblait perdu dans ses pensées, et Griffith se tendit. Puis, sans se tourner, Henri dit :

— Je vous remercie, Lady Marian, de m'avoir rappelé le plaisir que prendrait ma reine à être couronnée. Je vais lancer les préparatifs de la cérémonie, afin que l'archevêque puisse placer la couronne sur le noble front de Lady Élisabeth.

Il garda le silence un moment, puis ajouta :

— Je lui dirai de vous écrire, Lady Marian, aussi souvent qu'elle le souhaite. Votre amitié compte beaucoup à ses yeux, et je suis impatient d'avoir de vos nouvelles tout au long de l'année à venir.

Il sortit et ferma la porte avant que Marian puisse répondre. C'était heureux, car elle en aurait été incapable. Elle cacha son visage entre ses mains et se mit à sangloter.

— J'avais peur… de l'avoir mise en danger en parlant trop. J'avais peur… qu'il s'en prenne à elle. Mais il l'aime. Il l'aime vraiment. Et pensez-vous qu'il soit disposé à nous laisser élever Lionel en paix ?

— Oui, je le pense.

La voix de Griffith était grave et étranglée, comme s'il était lui aussi en proie à une violente émotion.

— Sinon il aurait appelé ses gardes et nous serions en ce moment même en train d'agoniser à terre.

— En train d'agoniser à terre ?

Elle cligna des yeux et se concentra sur son visage, en

essayant de comprendre ce qui causait ce ton sauvage et courroucé.

— Griffith ? Qu'y a-t-il ?

— Il y a, répondit-il d'une voix furieuse, que j'aimerais bien savoir comment vous vous êtes mise dans un tel pétrin.

Chapitre 21

Marian le regarda bouche bée.

— Quel pétrin ?

— Quel pétrin ? rugit-il. J'entre dans cette pièce et je vous trouve en train de défier le roi d'Angleterre, et vous demandez : « quel pétrin ? »

— Je n'ai pas…

— Tous les hommes de Grande-Bretagne vous convoitent et sont prêts à tuer pour vous, et vous demandez « quel pétrin ? »

— Ce n'est pas…

— Vous portez une jupe déchirée au-dessus des genoux, vous êtes brûlée à la main et vous avez du sang partout sur vos vêtements, et vous demandez…

Perdant son calme, elle avança vers lui, les yeux lançant des éclairs.

— Espèce d'arrogant ! Vous osez me parler de danger alors que je vous ai vu vous battre contre Harbottle sans rien d'autre qu'un marteau d'armes ? Alors que j'ai vu Cledwyn tirer sur vous ? Alors que je vous ai vu vous lancer seul à l'assaut du château de Wenthaven ?

Elle se rendit compte que quelqu'un criait, et elle comprit que c'était elle. En regardant vers Lionel d'un air coupable, elle vit qu'il était assis par terre et suivait cet échange avec beaucoup d'intérêt. Il les regardait tour à tour, Griffith et elle, attendant la prochaine volée.

Elle ne le déçut pas. En posant le doigt sur le plastron en cuir de Griffith, elle déclara :

— J'aurais dû enfoncer mon couteau dans votre cœur quand j'en avais l'occasion.

— Vous l'auriez fait, mais vous saviez que j'avais raison.

— Je l'aurais fait, mais vous n'avez pas de cœur.

— Ah non ? fit-il en dégageant son armure. Ah non ?

Il agrippa sa main et la plaça sur son torse.

— Mon cœur bat pour vous, my lady. Et deux fois plutôt qu'une. S'il ne bat pas pour les horreurs qui vous menacent réellement, il bat pour les menaces qui pourraient peser sur vous. Avant, j'étais un homme réputé pour sa fiabilité et sa stabilité. Maintenant, je suis toujours à demi fou d'inquiétude, de colère ou de désir.

Il pressa plus fort sa paume contre son torse, et la regarda de haut en bas avec intensité.

— Surtout de désir.

— Ah !

Elle retira sa main et recula.

— Vous êtes surtout stupide, oui. Et tyrannique, et prétentieux, et…

Il l'observait toujours, le souffle court. Il semblait épuisé, mais aussi… fou de désir.

— Et…

Elle avait oublié ce qu'elle voulait dire. Elle savait seulement ce qu'elle voulait faire. Tendre la main vers lui, le toucher, s'unir à lui.

C'était ce qu'il voulait lui aussi. Elle le sentait.

Elle tendit la main. Mais elle se rendit compte qu'elle tremblait et elle la laissa retomber.

— Pour l'heure, Griffith… Pour l'heure, nous n'avons pas trouvé de solution pour…

— Pour quoi ?

Pour quoi ? Elle l'ignorait.

Griffith recula vers la porte sans la quitter des yeux.

— Art ! lança-t-il.

Art entra dans la pièce, accompagné de Dolan, sous le regard stupéfait de Marian.

— Vous écoutiez à la porte ? demanda Griffith. Alors, avez-vous appris des choses intéressantes ?

L'air piteux, Art baissa les yeux, mais Dolan s'avança en souriant.

— Rien que nous ne sachions déjà, dit-il.

— Où est Henri ? s'enquit Griffith.

— Le roi est parti. Il s'est enfui comme s'il avait le diable aux trousses. Avec tout son corps de garde.

Griffith sourit.

— C'est bien ce que je pensais.

— Il a emmené Cledwyn aussi, ajouta Dolan avec une satisfaction évidente. Il lui passera bientôt la corde au cou, c'est certain.

— On ne peut pas dire qu'il ne l'ait pas mérité, déclara Griffith.

Il s'approcha de Marian, qui fixait toujours Art d'un air médusé, et encercla son poignet avec ses doigts. C'était comme une menotte, en plus solide, plus chaud et bien plus sensuel.

— Je vous confie l'enfant. Lady Marian et moi partons faire un tour à cheval.

— Un tour à cheval ? demanda Art, incrédule. Mais il y a pléthore de chambres dans…

— Nous partons ! insista Griffith en lui adressant un regard noir.

Dolan donna un coup de coude à Art.

— Tais-toi, ils savent ce qu'ils font.

— C'est idiot, renchérit Art. Où vont-ils aller ?

— N'importe où, répondit Dolan en riant. Dis-moi, Art, depuis combien de temps n'as-tu pas été pris d'un désir irrépressible ?

Griffith n'attendit pas la réponse et entraîna Marian dehors. Dans la cour, Marian vit des mercenaires rassemblés, tels des cochons s'apprêtant à être vendus au marché, des domestiques souriants, des chiens épuisés, et quelques soldats blessés.

— Griffith, ne devrions-nous pas…

— Non.

— Mais ce sont mes gens…

— Ils vont bien.

— Vous êtes sans cœur.

Il s'arrêta si brusquement qu'elle le percuta. Il la prit dans ses bras et l'embrassa. Il l'embrassa jusqu'à ce qu'elle oublie ses gens et toutes ses responsabilités. Elle oublia la guerre, le chagrin et la honte. Lorsqu'il la lâcha, elle entendit à peine les cris d'encouragement. Elle n'entendit que ses mots :

— Je ne suis pas sans cœur, déclara-t-il. Venez avec moi, Lady Marian, que je vous montre.

— Nous pouvons prendre mon cheval.

Il sourit, de ce sourire qui, le premier jour, l'avait séduite. Ses yeux dorés qui étincelaient la réchauffèrent. Et, sans se rendre compte de rien, elle se retrouva bientôt devant lui sur son propre cheval.

— Où allons-nous ?

— Près de la rivière, là où, j'en suis sûr, on peut entendre les fées.

Ses bras se resserrèrent autour de sa taille.

— Je vous ai épousée devant notre sainte mère l'Église, maintenant je vais en appeler à la magie du petit peuple des landes et des forêts pour vous lier à moi à jamais.

— Vous n'avez pas besoin de magie.

— Ah oui ? Et comment faut-il faire alors ?

En posant la tête sur son épaule, elle dit :

— Il faut juste m'aimer.

— Mais par tous les saints, lança-t-il d'une voix exaspérée, de quoi croyez-vous qu'il ait été question depuis le début ?

Oui, de quoi ? se demanda-t-elle en frissonnant. Il avait été question d'ambition, de sa folle ambition, et aucune passion ne pourrait jamais changer cela.

— Si vous saviez la vérité à mon sujet, vous ne voudriez pas me toucher.

— J'en doute.

— Vous aviez raison. Je voulais bien le trône pour moi autant que pour Lionel.

— Je sais.

— Et je ne suis pas sa vraie mère, car sa vraie mère n'aurait jamais…

— Vous êtes trop dure avec vous-même.

— Non, au contraire, je ne le suis pas assez, murmura-t-elle en essuyant ses yeux.

— Ma mère dit que les mères qui ne font jamais rien de travers sont celles qui n'ont pas d'enfant.

Il voulait qu'elle sourie, elle se força donc à sourire. Mais ce fut une épreuve, et ses lèvres se mirent à trembler.

— Mon père, lui, a tout fait de travers, ou presque.

— Peut-être n'a-t-il fait que ce qu'il a pu. Ou ce qu'il a su…

— Comme tout le monde, peut-être, acquiesça Marian, en pensant à son propre comportement.

— À propos de votre père, en arrivant j'ai croisé des gens qui sortaient du donjon en disant que Wenthaven était tombé de la tour.

— Oui, répondit-elle en enfouissant les mains dans la crinière de son cheval. Il a essayé de me tuer, et s'est rendu compte qu'il en était incapable. Cecily, en revanche, s'en sentait tout à fait capable.

— Cecily ? demanda-t-il, d'une voix abasourdie. Votre Cecily ?

— Oui, il semblerait qu'elle soit aussi stupide que moi. Mais elle porte mon demi-frère, et elle est malheureuse.

— Et après la naissance de l'enfant ?

Marian haussa les épaules.

— Je suppose qu'elle complotera de nouveau. C'est dans sa nature, j'en ai peur.

S'arrêtant sur la pente qui dominait la rivière, Griffith regarda le ruban d'eau qui serpentait. Il descendit de cheval et leva vers elle un visage malicieux.

— Et si nous la donnions à Dolan ?

— À Dolan ? répéta-t-elle lentement, tout en le fixant avec stupeur.

— Oui.

L'idée d'un couple formé par le vieux marin irascible et la prétentieuse et coquette Cecily la fit rire.

— Lequel des deux punirait-on ?

— Ils se méritent l'un l'autre, dit-il en l'aidant à descendre.

Alors qu'elle le regardait, il perdit son sourire. Il paraissait tout à coup gêné, et déglutit avant de reprendre la parole.

— J'ai été stupide moi aussi.

— Que voulez-vous dire ?

— Vous aviez raison. Henri voulait vraiment du mal à Lionel.

Il s'anima.

— Bon sang ! Comment Henri a-t-il pu me duper à ce point ?

Elle haussa les épaules.

— Parce que les hommes tels que vous ne pensent qu'à l'honneur et à la justice, et ne s'interrogent jamais sur les émotions qui, en des circonstances très particulières, peuvent traverser les gens.

— C'est sans doute vrai, acquiesça-t-il. Mais dites-moi à présent : où avez-vous caché la preuve du mariage ?

— Je l'ai brûlée.

Il la lâcha et chancela.

— Mais vous avez dit au roi…

— Qu'elle était en lieu sûr, et c'est la vérité.

— Vous aviez dit… Vous aviez dit que vous ne la détruiriez jamais. Que vous la gardiez pour Lionel. Pour qu'il puisse faire valoir son droit à la couronne d'Angleterre.

Ses yeux s'emplirent de larmes et elle baissa la tête.

Il prit doucement ses mains et les retourna. Les doigts et la paume de sa main droite étaient rouges et enflés, et la trace que le feu y avait laissée ne s'effacerait jamais. Elle s'était infligé cette souffrance parce qu'il lui avait montré ses ambitions et qu'elle en avait eu honte. Maintenant, c'était lui qui avait honte de son jugement, inepte à propos d'Henri et injuste concernant Marian.

— Je connais le remède que ma mère utilise contre les brûlures. Je peux aller cueillir les herbes tout de suite, et…

Il s'interrompit car ce n'était pas ce qu'il devait dire. Les mots étaient difficiles à prononcer, mais il devait essayer d'obtenir son pardon.

— Je voulais que vous abandonniez votre quête et votre rêve, parce que je pensais qu'ils étaient trop lourds à porter pour vos frêles épaules. Et j'avais moins foi en votre honneur qu'en le mien. Vous m'avez donné tort, au sujet de votre force et de votre honneur.

Il lâcha ses mains.

— Et je vous comprends. Vraiment. Vous vouliez que Lionel soit roi d'Angleterre. Vous vouliez être à ses côtés et partager sa fierté. Eh bien, je… ressens la même chose à votre sujet.

— À mon sujet ?

Son visage s'embrasa et il marcha en direction de la rivière.

— J'ai attrapé une fauconne. Peu d'hommes peuvent se vanter d'une chose pareille.

— Une fauconne ? fit-elle en le suivant, fascinée. Parlez-vous bien de moi ?

— Oui, de vous. Vous planez haut dans le ciel, libre et sauvage, et vous m'avez emporté avec vous. Voulez-vous marcher un peu ? Nous avons le temps à présent. Nous n'avons personne à secourir, ni aucune armée à défaire.

Elle prit son bras.

— Avec plaisir.

Il désigna un bouquet d'arbres.

— Allons par là, cela me paraît un bon endroit pour débusquer les fées.

Elle le regarda, et il vit de l'excitation dans son regard.

— Je vous suis, dit-elle. À condition que vous me parliez de votre fauconne.

Il hocha la tête et s'exécuta bien volontiers.

— Bien entendu, la plupart des hommes n'essaient même pas de capturer un tel oiseau. Ils craignent le bec et les serres acérés, mais ils envient celui qui en possède un.

— Pensez-vous vraiment que les autres hommes vous envieront de m'avoir pour épouse ? demanda-t-elle en ricanant amèrement. Les autres hommes ont des épouses qui cousent, cuisinent et s'occupent de leur famille. Les autres femmes ne se battent jamais à l'épée, elles ne voyagent pas seules et ne défient pas le roi. Quand vos amis rentreront chez eux, ils diront : « Pauvre Griffith, il n'aura jamais la paix avec cette scandaleuse Lady Marian. »

— Oui, c'est vrai. Et la nuit, ils feront comme s'ils étreignaient la scandaleuse Lady Marian, et leurs insignifiantes épouses s'étonneront de ces élans passionnés.

Il l'entoura de ses bras.

— Mais je serai le seul à avoir la vraie Lady Marian, reine de mon foyer, de mon cœur, de mon lit.

— Je pensais que vous en vouliez à Henri de vous avoir forcé à m'épouser.

— À votre avis, qui a soufflé cette idée à Henri ?

Elle le poussa si fort qu'il faillit trébucher.

— Vous avez fait cela ? Mais pourquoi ?

— J'ai... obéi à une impulsion.

Alors qu'elle le fixait, incrédule, il dit :

— Je n'ai fait que cela depuis le premier jour où je vous ai rencontrée. Je vous ai attirée dans mon lit. Je vous ai emmenée chez moi contre votre volonté... Mais j'en suis heureux, tellement heureux !

— Pourtant vous aimez rester maître de vous-même en toute situation.

C'était le moment de lui dire. De lui parler du siège du château Powel. De lui raconter comment sa rage juvénile et incontrôlée avait coûté son château à son père et son œil à Art. Mais c'était trop difficile encore, et il avait peur de passer pour un idiot, ou – pire – de ne pouvoir retenir une larme.

Mais c'était sans doute trop tard, car elle s'approcha et essuya ses joues.

— Griffith, Art m'a raconté le siège du château, et il m'a dit que toute votre vie vous avez craint de vous fourvoyer de nouveau. Mais ce n'est pas pour votre maîtrise que je vous aime. Celui que j'aime, c'est l'homme qui rugit quand il est en colère, qui rit quand il est heureux et qui aime une fauconne avec tant de passion qu'il l'a apprivoisée contre son gré.

Il prit ses mains et les porta à son visage.

— C'est pour cela que vous m'aimez ?

— Bien sûr ! Mais je vous aime aussi quand vous êtes froid et dur comme le roc, et même sentencieux. Cela me fait rire.

Il répondit d'un air pincé :

— Tant mieux si vous me trouvez drôle, my lady.

Elle rit, puis, posant les lèvres tout contre sa bouche, elle murmura :

— Savez-vous quand j'ai compris que vous m'aimiez ?

— Quand je vous l'ai dit, peut-être ?

— Non, j'ai su que vous m'aimiez quand vous avez menacé le roi de votre épée.

— Cela, c'était vraiment stupide. Impardonnable, même. J'aurais dû réfléchir et trouver un autre moyen de contraindre Henri de vous laisser tranquilles, vous et Lionel.

— C'est vrai, c'était stupide. Mais j'ai arrangé les choses.

— Je vous demande pardon, my lady ?

— Oui, c'est pour vous protéger que j'ai fait vœu d'allégeance devant Henri.

— Comment ? rugit-il.

— Il fallait bien que quelqu'un fasse quelque chose. Je sais à quel point, au fond de vous, vous êtes attaché à Henri, et je ne pouvais pas le laisser partir de cette façon. Il aurait pu s'en prendre de nouveau à Lionel et moi, et vous vous seriez battu pour nous.

Elle secoua la tête.

— S'il y a bien une chose que j'ai apprise ces derniers jours, c'est que je ne puis supporter l'idée que vous mouriez pour nous. Pour moi.

— C'est mon droit.

— Pas si je ne vous le permets pas.

Il était furieux. Elle voulait le protéger. Lui ! Le plus grand guerrier du pays de Galles et d'Angleterre. Il voyait ses yeux verts étinceler. Elle se mit à courir, mutine, en direction des arbres. Il se lança à sa poursuite en jurant :

— Je vais vous enchaîner à mon lit.

Elle éclata de rire.

— Pour cela, il faudra d'abord m'attraper.

Il accéléra.

— Vous pensez que j'en suis incapable ?

Elle alla se cacher parmi les arbres, et sa voix flotta dans la brise.

— Qui peut attraper une fauconne ?

Qui peut attraper une fauconne ?

Il s'arrêta de courir et réfléchit.

Qui peut attraper une fauconne ?

En souriant, il marcha en direction des arbres, lentement, calmement, en retirant ses vêtements un à un. Puis il murmura au vent :

— Qui peut attraper une fauconne ? Seul le plus rusé des chasseurs, avec le bon appât.

Retrouvez prochainement,
dans votre collection

Victoria

Johanna Lindsey
Sur ordre du Highlander

Écosse, 1541

Le devoir exige d'elle, joyau du clan Fergusson, qu'elle consente à une union pour sauver les siens. Sheena ne peut taire son indignation. Pourquoi devrait-elle se sacrifier et devenir la promise de Jamie MacKinnion, l'homme le plus redouté des Highlands, alors même qu'on le retient dans les geôles de la Tower Esk ? Il suffirait de si peu pour que ce dangereux pilleur de fermes et semeur de mort disparaisse…

Aurore Dumas
Noces vikings

Angleterre, 837

Alors que la dernière attaque des guerriers du Nord remonte à plusieurs années, le royaume de Wessex est de nouveau troublé : les Vikings assaillent Winchester, lieu où Emma – désormais jeune novice dans le couvent qui l'a recueillie – vit sous la protection d'Aegina, la belle-fille du roi Egbert. Quelle n'est pas sa surprise quand elle découvre que Harold de Mercie, l'homme qu'elle refuse d'épouser sous la contrainte, ne semble pas étranger à la venue des envahisseurs sur leur territoire…

La romance historique n'a jamais été aussi moderne.

OFFRE DÉCOUVERTE !

Vous souhaitez découvrir nos collections ? Recevez **votre 1er colis gratuit* avec 1 cadeau surprise !** Une fois votre colis de bienvenue reçu, si vous souhaitez continuer à recevoir nos livres, cela se fera automatiquement. Vous recevrez alors vos livres inédits** en avant-première.

Vous n'avez aucune obligation d'achat et cette offre est sans engagement de durée !

*1 livre offert + 1 cadeau / 2 livres offerts pour la collection Azur + 1 cadeau.
**Les livres Ispahan, Sagas, Gentlemen et Hors-Série sont des réédités.

☛ COCHEZ la collection choisie et renvoyez cette page au
Service Lectrices Harlequin – CS 20008 – 59718 Lille Cedex 9 – France

Collections	Références	Prix colis*
❑ **AZUR**	Z1ZFA6	6 livres par mois 29,39€
❑ **BLANCHE**	B1ZFA3	3 livres par mois 24,15€
❑ **LES HISTORIQUES**	H1ZFA2	2 livres par mois 16,89€
❑ **ISPAHAN**	Y1ZFA3	3 livres tous les 2 mois 23,85€
❑ **PASSIONS**	R1ZFA3	3 livres par mois 25,59€
❑ **SAGAS**	N1ZFA3	3 livres tous les 2 mois 28,26€
❑ **BLACK ROSE**	I1ZFA3	3 livres par mois 25,59€
❑ **VICTORIA**	V1ZFA3	3 livres tous les 2 mois 26,19€
❑ **GENTLEMEN**	G1ZFA2	2 livres tous les 2 mois 17,35€
❑ **HARMONY**	O1DFA3	3 livres tous les mois 20,16€
❑ **ALIÉNOR**	A1ZFA2	2 livres tous les 2 mois 17,35€
❑ **HORS-SÉRIE**	C1ZFA2	2 livres tous les 2 mois 17,85€

N° d'abonnée Harlequin (si vous en avez un) ⌴⌴⌴⌴⌴⌴⌴⌴⌴

Mme ❑ Mlle ❑ Nom : ______________________

Prénom : ______________________ Adresse : ______________________

____

Code Postal : ⌴⌴⌴⌴⌴ Ville : ______________________

Pays : ______________________ Tél. : ⌴⌴⌴⌴⌴⌴⌴⌴⌴⌴

E-mail : ______________________

Date de naissance : ______________________

Date limite : 31 décembre 2021. Vous recevrez votre colis environ 20 jours après réception de ce bon. Offre soumise à acceptation et réservée aux personnes majeures, résidant en France métropolitaine, dans la limite des stocks disponibles. Prix susceptibles de modification en cours d'année. Vous pouvez demander à accéder à vos données personnelles, à les rectifier ou à les effacer. Il vous suffit de nous écrire en nous indiquant vos nom, prénom et adresse à : Service Lectrices Harlequin CS 20008 59718 LILLE Cedex 9. Service Lectrices disponible du lundi au vendredi de 9h à 17h : 01 45 82 47 47.